图书在版编目（CIP）数据

步步倾君心 / 云静风渺著 . — 重庆：重庆出版社,2015.7
ISBN 978-7-229-09395-2

Ⅰ.①步… Ⅱ.①云… Ⅲ.①言情小说-中国-当代 Ⅳ.① I247.5

中国版本图书馆 CIP 数据核字 (2015) 第 014412 号

步步倾君心
BUBU QING JUNXIN

云静风渺　著

出　版　人：罗小卫
责任编辑：罗玉平　郭莹莹
责任校对：刘小燕
封面设计：艾瑞斯数字工作室 clark1943@qq.com

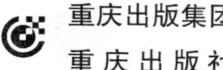重庆出版集团
重庆出版社　出版

重庆市南岸区南滨路 162 号 1 幢　邮政编码：400061　http://www.cqph.com
重庆市国丰印务有限责任公司印刷
重庆出版集团图书发行有限公司发行
E-MAIL:fxchu@cqph.com　邮购电话：023-61520646

重庆出版社天猫旗舰店
cqcbs.tmall.com

全国新华书店经销
开本：700mm×1000mm　1/16　印张：45.5　字数：861 千
2015 年 7 月第 1 版　2015 年 7 月第 1 版第 1 次印刷
ISBN 978-7-229-09395-2
定价：59.80 元

如有印装质量问题，请向本集团图书发行公司调换：023-61520678

版权所有　侵权必究

目 录

第一章　重生，芳华尽敛……………………1
第二章　心机，凤飞于天……………………17
第三章　厌恶，龙争凤斗……………………33
第四章　立威，不卑不亢！…………………49
第五章　病弱，达成共识！…………………66
第六章　撞见，清者自清！…………………82
第七章　震怒，自请废后！…………………98
第八章　彪悍，耳光响亮！…………………115
第九章　耍诈，深藏不露！…………………130
第十章　累了，相拥取暖！…………………147
第十一章　微服，不稀罕去！………………164
第十二章　跳车，不可理喻！………………182
第十三章　设计，分道扬镳！………………199
第十四章　重遇，一对冤家！………………218
第十五章　逆天，打了皇上！………………237
第十六章　奸情，一定要有！………………257
第十七章　魔星，绝地反击！………………275
第十八章　脱险，可还要她？………………289
第十九章　有我，不必硬撑！………………305
第二十章　要人，兄弟相争！………………321

第一章　重生，芳华尽敛

"不要——"

"不要——"

蓦地，从噩梦中惊醒，沈凝暄用力抓住身下的锦被，大口大口地喘息着，许久之后，呼吸总算顺畅，她的额际早已冷汗涔涔，身上的中衣，也已然被汗水湿透！

松开抓着锦被的手，轻轻抚上胸口，感受着自己仍然十分急促的心跳，她眸色微敛，起身行至窗前，伸手将窗子打开。

时令三月，春寒料峭。

微凉的晨风，迎面而来，使得本就一身寒意的她，忍不住缩了下身子。

清晰的冷意侵入毛孔，让她更真切地感受到，她还是活生生的人！

重生！

这两个字，虽然荒诞，但却真真切切地发生在她的身上。

那日，纤指断，容颜毁，烈火焚尽一切！

在濒死之际，她方从沈凝雪口中知晓了自己的身世。

原来，她与沈凝雪并非一母同胞，相反，她的生母还是被沈凝雪的生母虞氏迫害而死，而她则认贼做母十数年……

在得知一切真相之时，她心中有悔，有恨，更有深深的不甘！

于一片火光之中，她以为自己可悲的一生终于走向终点……但，再醒之时，她却发现，老天爷许是看她实在可怜，居然让她回到了七岁之时，让她有了将一切从头来过的机会！

这一次，她会好好活着。

岁月，恍若指尖细沙，无声无息，匆匆流过。

经年之后，她将行及笄礼，又到了那个如噩梦般的年纪！

吱呀一声，房门打开。

自小跟随沈凝暄的侍女青儿端着洗脸水进屋，抬头一望，见沈凝暄正站在窗前，她面色微变，忙放下水盆，快步上前把窗子关了："大清早的，二小姐怎能在窗前吹风？万一着凉可如何是好？"

"无碍的！"

对青儿盈盈一笑，沈凝暄由着她扶着向里："我没那么娇贵！"

"二小姐是主子，在奴婢眼里就是娇贵！"与沈凝暄披了衣服，青儿利落地倒了热水，伺候她洗漱更衣。

须臾，在梳妆台前落座，看着镜中尚算清秀的容颜，沈凝暄抚黛眉淡笑，思绪纷飞。

两世为人，谁对她真心，她明辨于心。

是以她重生之后所做的第一件事，便是以身体羸弱，需要静养为由，在经过父亲和虞氏应允之后，与远在边关的姑母修书一封，便被姑姑接去了边关。

在边关，有姑母庇佑，她平安长大。

直到两年前，她婷婷玉立，他的父亲左相大人才差人接她回府。

正是在那时，她以一张假面，掩去那张曾经让她送命的倾世容颜！如此，在过去两年间，她在相府之中，虽不受宠，却也安然度日。

"二小姐？"

轻唤怔愣出神的沈凝暄，青儿将发髻簪住，好奇问道："您想什么呢？竟然如此出神？"

回过神来，从镜中笑看着青儿，沈凝暄轻道："也没想什么，就想着青儿若来日嫁了人，我这头该由谁来梳……"

青儿一听，一脸的不乐意。

"奴婢谁都不嫁，这辈子就跟着二小姐！"

沈凝暄轻轻一笑，对青儿的话不置可否，起身前往花厅。

花厅里，早膳早已备好。

待沈凝暄用罢早膳，青儿刚吩咐丫头撤下，门外的卷帘丫头便走了进来。在沈凝暄面前轻福了福身，丫头低眉禀道："二小姐，大小姐来了。"

丫头语落，沈凝雪宛若黄鹂般的嗓音，已然传进花厅："暄儿，姐姐来看你了！"

"姐姐！"

淡淡敛眸，沈凝暄笑着起身迎了上去："你今儿怎么来得这么早？可是想我了？"

或许重生之后，她恨得发狂，但是经过过去几年的沉淀，她已然可以将心底的仇恨掩饰得很好。她安慰自己的话，永远只有一句，那便是——一切，来日方长！

"自然是想你了！"

温婉一笑间，沈凝雪绝美的容颜上，梨涡浅显，她态度亲昵地拉着沈凝暄的手，轻说："你回来这两年，哪一回不是我来清辉园看你，何时见你到我那园子里去过！"

沈凝暄勾了勾唇角，撇了撇嘴，自嘲笑着："姐姐人生得美，又得爹爹娘亲宠爱，自然园子也美得紧，我过去了，只怕坏了你园子的景致！"

"说什么呢！"

嗔怪着笑看沈凝暄，沈凝雪随她一起落座，"好妹妹，姐姐今儿来，是有事情要求你！"

沈凝雪的一声好妹妹，让沈凝暄心中不由想起前世惨死之时沈凝雪也是这样唤她。

低敛了眸，将神情掩饰得极好，她弯唇轻笑："你我是亲姐妹，姐姐的事情，便是我的事情，哪里来求不求的！"

闻言，沈凝雪嫣然一笑，轻唤贴身丫头："碧儿！"

"奴婢在！"

碧儿应声，小心翼翼地端着一幅画作而入。

见状，沈凝暄心中了然。

自从初回府时，她"不经意"间替沈凝雪题了一幅字后，近两年里，她时不时会拿着画作过来，让她代为题字，而她自然欣然应下。

示意碧儿将画作放下，沈凝雪笑吟吟地看向沈凝暄："今儿午后，我要出门，这画妹妹务必替我题了字！"

"好！"

视线自画作上一扫而过，沈凝暄了然弯唇而笑。

送走了沈凝雪，沈凝暄便带着青儿到了书房。

今日，沈凝雪差人送来的，是一幅八骏图！

图画之上，骏马扬蹄，气势磅礴。

与沈凝暄研墨的时候，青儿斜睇了眼字画，不由笑问："这马画得真好，落印又是子真，与前些日里那幅水墨田园出自一人之手，二小姐……您说这子真先生，到底是何方人士，竟能让大小姐如此痴迷？"

第一章 重生，芳华尽敛

凝望着画中骏马，沈凝暄眼底笑意浅浅。

沈凝雪心比天高！

这子真先生，还能是谁？

轻轻抬手，接过青儿手里的毫笔，她淡笑不语，垂眸落笔。

时候不长，将画作收好，沈凝暄命青儿亲自送去彩云阁。

窗外，不知何时，竟落起雨来。

她盈盈起身，倚立窗前，怔怔出神！

算算日子，再有一个月，便是盛夏了。

前世里，她便死于这年夏天。

今生，一切重新来过，她绝不允许，悲剧再次重演。

深深地陷入自己的思绪中无法自拔，沈凝暄一直不曾察觉，书房门外那道炙热的视线。也不知过了多久，一直不见她回神，那人终是忍不住向前一步，进入书房："小暄儿，想什么呢？竟如此出神？"

沈凝暄心神一怔，却是无奈一笑！

是了！

今生一切重新来过，她原本的生活轨迹变了，却也多了前世里并没有的人！

她身后的男人，锦衣玉带，丰神俊朗，面如冠玉，此刻他那一双眼睛如寒星一般，正饶有兴味地盯着她。

"先生，你来晚了！"淡泊的视线，依旧停在窗外，沈凝暄不曾回头，只唇角勾起的弧度微微上扬，"姐姐才刚走没多久！"

他，名唤萧逸，在沈凝暄的前世当中，并未出现，可这一世，却于两年前进入她的生活，是她回府之后，她的相爷老爹请来专教她琴棋书画的先生！

直到后来相处久了，她才知道，这萧逸入相府与她为师，是醉翁之意不在酒！

他在乎的，是那燕京第一美人，她的姐姐——沈凝雪！

"是吗？"

薄唇虽只浅勾，却魅惑人心，萧逸俊美的脸上不无惋惜之色："我来了，美人走了，无缘一见啊！"

微转过身，见萧逸如此，沈凝暄淡淡一笑："我今儿心性正好，先生陪我对弈一局如何？"

"对弈？"

萧逸唇角微勾，不满摇头："我是先生唉，怎好每日被你牵着鼻子走？"

沈凝暄轻笑，朝外走去："我让翠儿将棋盘设在凉亭里，你可来，也可不来！"

目送她头也不回地离去，萧逸璀璨的双眸中，闪过一丝宠溺之色！

初晨，春雨绵绵，春意微凉。

清辉园的后花园里，细细的雨丝，洋洋洒洒地飘落荷塘，漾起丝丝涟漪，将满塘荷花衬得娇艳欲滴。

荷塘边上，落有一座结构考究的八角凉亭。

凉亭内，沈凝暄与萧逸对桌而坐。

萧逸轻轻落下一子，笑得如沐春风："小暄儿，该你了！"

"先生又没个正经儿！"

神情淡定，只恬然一笑之间，沈凝暄轻抬皓腕落下一子！

"为师正经得很哪！"连忙正色，摆出一副为人师表的样子，萧逸看了眼棋局，修长的眉毛不禁轻皱了皱！薄唇轻抿成一条直线，他眯了眯狭长的眸子，笑叹着摇头说道："你这一子落得……还真是漏洞百出！"

"先生没听说过置之死地而后生么？"

莞尔一笑间，沈凝暄又落下一子。

这次，萧逸的眉头，皱得更紧了些。

静静凝视着自己的对手，知他需些时间考虑棋路，沈凝暄悠然侧目，看着不远处正从细雨中撑着伞徐徐而来的中年女子，她眉峰不禁轻挑。

府里的人，都管这中年女子叫张妈。

这张妈，是虞氏身边的红人，过去两年，张妈对她这个总是活在自己姐姐光辉之下的二小姐虽也礼遇有加，却甚少会到清辉园来。

须臾，张妈进入八角凉亭，将雨伞折起搁在一旁，她边掸着衣衫上的雨珠，边对沈凝暄福身说道："相爷和夫人命奴婢请二小姐到前厅，道是有话要吩咐。"

闻言，沈凝暄眉心轻拧，黛眉蹙起。

"可是有什么重要的事情么？"

沈凝暄紧蹙的眉头一直不曾舒展，淡声问道。

"是！"

张妈点了点头，有些顾虑地看了萧逸一眼，见萧逸一直在观棋，她继而出言说道："宫里来人了，奴婢方才也只模糊听了一句来，说是太后在二小姐及笄礼时，会差大长公主过府，只怕是要在相府为皇上选出一位皇后来！"

张妈的小道消息一出口，莫说沈凝暄神情一滞，就连正在与她对弈的萧逸，也是神情明显一变！

仔细算来，当今皇上已然登基两载。

第一章 重生，芳华尽敛

　　大燕的后宫之中，从来不缺女人，但后位却一直虚悬至今！

　　"要从相府选么？"短暂的怔愣之后，沈凝暄眸中波光流转，斜睨对桌男子一眼，她别有深意地淡淡笑道："有姐姐在前，何苦让我过去，牡丹花开正艳时，我这片叶子岂不多余？"

　　世人皆知相府的大小姐沈凝雪姿容天生，有倾城之色，仰慕者更是多如过江之鲫，就连此刻坐在对面的萧逸，也是因仰慕她的美貌，方才在相府为二小姐选师之时，想方设法赖在相府内。

　　而她这位二小姐……

　　多了脸上那张皮的她，虽长得不丑，也算得上清秀佳人，但若是与沈凝雪相比，便有天壤之别了！

　　"既是相爷和夫人让二小姐过去，想必便是有不可推脱的理由……也许二小姐去了，能荣幸当选也不一定呢！"沉寂许久，到底又落了一子，萧逸的脸上仍旧挂着魅惑人心的笑容。

　　他的情绪，并未因沈凝暄的话，出现丝毫波动。

　　也许所有人都会以为，他留在相府是为了一亲沈凝雪芳泽，但唯有他自己心里明白，沈凝雪花落谁家，与他没有丝毫关系。

　　"即便果真有人会中选，那人也该是姐姐，我自己有几斤几两重，自己最是明白，倘若我能当选，那母猪都能上树了！"听出萧逸话里的挖苦之意，沈凝暄嗔怪着对他翻了翻白眼，却不见一分粗俗，啪的一声将棋子落盘，她慧黠一笑，从容起身："姐姐若是当选，先生的情路便到了头儿，不过在那之前，眼下这局棋，你可是败了的！"

　　"青出于蓝啊！"

　　眉形皱成八字，萧逸好看的嘴角轻抽了抽，一脸郁闷地看着转身离去的沈凝暄……

　　"先生何时教过我下棋？"

　　淡淡一瞥，对萧逸挑眉一笑，沈凝暄轻轻抬步，自他身侧擦身走过，随张妈前往前厅。

　　望着她渐行渐远的身影，萧逸一直未动，只是他握着折扇的手，因用力过度，而微微泛白！

　　爱美之心人皆有之！

　　他初入相府，是为沈凝雪不假。

　　不过两年过去，他对沈凝雪的这份心思，早已烟消云散。

　　是以，沈凝雪为后，他一点都不会失望！

他只求，他现在的这份心思……

过不了多久，她便该行及笄礼了。

到那时候，他先生的身份，也应该变上一变了！

比如说，相府的二姑爷！

听起来真不错！

相府前厅里，文雅朴华，透着书香之气，主位上，左相沈洪涛正跟虞氏小声说笑着。

张妈一路引着沈凝暄进到前厅，在两人身前躬身禀道："启禀老爷，夫人，二小姐到了！"

两人闻声，双双抬眸，看向门口处的沈凝暄。

沈凝暄在沈洪涛和虞氏跟前，永远都低眉顺目，一副小家子气。

这不，感觉到两人的视线，她便紧攥住帕子，眼观鼻鼻观心地上前福身："女儿见过父亲母亲！"

"起来吧！"

本来，她长得便不出众，加上如此性子，难免让沈洪涛摇头叹气，她母亲的温婉她是随了去，只是这样子和气度……亲爹如此淡漠，倒是虞氏每每见着她，温良亲厚，就像亲娘一般，高兴得紧："暄儿啊，你可想煞娘亲了，十天半月也不出院子一回，赶紧到娘亲这儿来！"

"嗯！"

轻抿着唇，沈凝暄微弯了嘴角，上前由着虞氏拉过自己的手。

前世里，她只当虞氏是亲母，她如此对她，她倒也不觉得怎样，但是今生，虞氏是她的弑母凶手，被这女人紧握着手，她心里恨着，面上却仍然笑着："张妈方才说，您和父亲有话要与女儿说！"

"是啊！"

抬眼笑看沈洪涛一眼，见他正眸色深邃地看着自己，虞氏对沈凝暄和蔼笑着："太后要选你姐姐做皇后，为娘与你父亲商量着，你也眼看就要及笄了，到时也请太后一并与你赐婚！"

闻言，沈凝暄双目微睁，一脸惊讶模样。

乖乖！

张妈说，太后要在相府选出一位皇后来，可到了虞氏这里，却又成了要为她求太后赐婚！

她是吃准了自己的女儿一定雀屏中选啊！

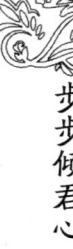

心下冷笑，脸上却瞬间闪过着赧之色，沈凝暄声若蚊蝇道："女儿的事，全凭父亲和母亲做主！"

"好孩子！"

保养得宜的容颜上，笑容洋溢，虞氏轻揽了下沈凝暄，含笑看向边上的沈洪涛。

没人知道，当年她就是凭着对沈凝暄的好，和沈凝雪的聪明伶俐才被相爷抬了夫人。

如此，她的女儿，才有了与沈凝暄一样的身份。

可是你瞧瞧，这沈凝暄一没容貌，二没才华，拿什么跟她女儿争！

眼看着沈洪涛一脸笑意，虞氏又叮嘱了沈凝暄几句，便吩咐她退下了。

"女儿告退！"

轻抬眸子，怯生生地看了眼沈洪涛，见沈洪涛的视线，仍旧停落在虞氏身上，沈凝暄心下自嘲一笑，躬身退出前厅。

从始至终，她的父亲只跟她说了三个字。

如此父女，还真是可笑！

身后，沈洪涛和虞氏开怀笑声传来，出了前厅，沈凝暄眸色微深，转身向后望去。

虞氏，你笑得真是开怀。

就不知，明日过后，是否还能笑得出来！

心下冷笑，她微敛了心思，跟着张妈才出了前院，沈凝暄便远远看着沈凝雪款款而来！油纸伞下，沈凝雪白衣飘飘，美艳得不可方物。

远远地，睇见沈凝暄，她轻勾了红唇，娉婷上前："妹妹见过娘亲了？"

"嗯！"

沈凝暄微微颔首，缓步迎上，斜睨了眼碧儿小心翼翼端着的墨宝，她眸中精光微闪，笑容温婉："姐姐这是要出门？"

沈凝雪轻盈一笑，眸波妩媚道："妹妹赶紧回去准备准备，赶明儿个让爹娘与你挑个好夫婿！"

"姐姐！"

微翘了唇角，沈凝暄轻轻跺脚，好似害羞一般，带着青儿返回清辉园。

雨，淅淅沥沥下个不停。

回到住处后，沈凝暄遣退青儿，独自一人于寝室内发起呆来！

前世，她在及笄之时，初见皇上，此前太后根本不曾在相府中选后，但是今生看来，事情真的有了改变。

8

不过这样也好。

来人是大长公主，不是皇上，她筹谋已久的计划才更容易实施。

思及此，她唇角微扬，眸色却清冷无温。

这后位，她一点都不稀罕。

可沈凝雪想要。

那她，便要去抢！

明日，是后位，来日，会是所有！

翌日一早，雨后初霁。

柔和的阳光射入窗棂，落地满室华辉。

青儿为沈凝暄挑了件暖色绣裙，轻笑着上前："二小姐赶紧更衣吧，省得耽误了时辰。"

低眉凝了眼青儿手里的衣裳，沈凝暄笑道："今日姐姐是红花，我只是绿叶，犯不着刻意打扮，跟平日相仿就行！"

青儿随意笑道："就算大小姐是红花，二小姐说不定也能被选进宫呢？"

"说不定……我怎么没想到呢？"

淡淡笑着，沈凝暄眉梢轻扬，只见她看着青儿看了许久，却不见再有什么动作。

被她盯得有些发毛，青儿干笑了下，撇唇问道："小姐做什么这么看着奴婢？"

沈凝暄心思微转，亦是轻轻一笑。如葱玉手轻轻抚过青儿手里的裙衫，她轻喃着："也没什么，只是想跟你换换衣裳……"

"这怎么行？！"

青儿双目大睁，慌忙抬手护住自己的襟口，声音发颤。

"怎么不行？"

沈凝暄娥眉蹙起，有些不以为然地转身向后走去："我说行，就行。"

"二小姐！"青儿苦了小脸道，"今日之事，事关您的亲事，您万万不能如此胡闹！"

"就是事关我的亲事，我才要跟你换啊！"紧蹙着眉头，沈凝暄轻道，"你生得比我水灵，大长公主见了你也好去回了太后，与我指个好人家！"

"话是这么说，可是……"

想到要欺瞒大长公主，青儿顿觉寒意来袭，再一想到相爷和夫人看到自己穿着二小姐的衣裳，她又不禁猛地激灵了下。

第一章 重生，芳华尽敛

这衣裳,打死都不能换!

"好青儿……你放一百二十个心吧,今天姐姐才是主角,你不会有事的!你一心为我,难道就不想让我嫁得好?"早就猜透了青儿的心思,沈凝暄连哄带吓道,"前边院子里的二愣子不是缺个媳妇儿吗?你要是不换,我就……"

"……"

在沈凝暄的威逼利诱下,青儿嘴角撇成八字,心里千万个不愿意,却还是屈服了。

时候不长,那件鹅黄色的裙衫如她所愿穿在了青儿身上,而她的身上,则是一袭翠绿色的丫头服饰。

立身菱花铜镜前,心满意足整了整身上的衣裳,沈凝暄转身看向青儿。

此刻的青儿,一身小姐衣裳,秀美可人,却微扁着嘴,一脸的苦瓜相,眼看着就快哭了。

见青儿如此,沈凝暄心下微疼。

抬步上前,拉着青儿于铜镜前驻足,她拾起玉篦,亲自动手为青儿梳妆,碧色的篦子,一下下地梳过青儿的发梢,沈凝暄意味深长地轻叹道:"你我与其说是主仆,倒更像是姐妹,你如此为我,日后我定不负你。"

铜镜里的人儿,因沈凝暄的话,身形微微一僵!

伸手拉住她的手,青儿蹙眉说道:"有二小姐这句话,奴婢死也愿意。"

"谢谢你青儿,事后我一定会保你周全的!"欣慰一笑,沈凝暄紧握着青儿的手,郑重保证道!

不多时,屋外伺候的丫头送来一封书信。

看过书信后,沈凝雪轻笑了下,便听门外又传来催促声:"启禀二小姐,前面来人,说是宫里的人快到了,请二小姐赶紧过去,莫要怠慢了!"

"晓得了!"

沈凝暄轻应一声,轻扶了扶青儿的肩膀:"二小姐,我们该上战场了。"

沈凝暄和青儿一行抵达前厅之时,沈洪涛已偕同虞氏一起前往前门,恭迎大长公主过府。

不过……此刻在前厅里,还有着另外一道让人无法忽视的风光,那便是她的姐姐,素有燕京第一美人之称的沈凝雪。

今日的沈凝雪身着一袭淡紫色双绣裙装,披着同色的云肩,如此淡雅的装扮,将她本就精致的五官衬托得极美,美到驻足厅外的沈凝暄只微探着身子远远瞧见她,便不禁唇角翘起。

10

似是感觉到沈凝暄的视线，沈凝雪眉心轻蹙着转过身来，见是沈凝暄在门外，她不禁施施然一笑，轻声软语道："宫里的人都到了，却还不见你人影，爹娘都等急了，此刻你都来了还不赶紧进来！"

"姐姐！"

沈凝暄弯唇一笑，垂首提裙进入厅内。

看到她的一身装扮，沈凝雪神情微怔，在她瞥见妹妹身后的青儿时，本就蹙起的眉头，瞬间揪起！

"奴婢……奴婢见过大小姐！"

青儿垂落的双手紧攥着身侧的裙摆，硬着头皮对沈凝雪福了福身。

"胡闹！"

娇斥一声，沈凝雪寒着俏脸看向沈凝暄。

可……尚不等她多说什么，便闻厅外传声道："大长公主到！"

闻声，沈凝雪面色一变！

大长公主独孤珍儿，是先皇最小的妹妹，比当今皇上略长几岁。这位公主，聪明绝顶，自小便深受先皇和太后宠爱，其身份之尊崇，即便是皇上见了，也要礼让三分。

听闻门外一声唱传，沈凝雪娇颜微变，脸色难看地睇了青儿一眼，暗暗咬碎满嘴银牙！

不管妹妹是不是胡闹，如今她能做的，便只有微福下身，静待独孤珍儿进入厅内。

须臾，独孤珍儿由沈洪涛夫妇陪同而入。

随着众人入内，微福着身的沈凝雪暗自扯了犹自怔忡的青儿一把，轻言出声："沈家长女沈凝雪参见大长公主殿下！"

青儿会意，忙也跟着施礼："小女凝暄给大长公主殿下请安！"

随着青儿的话出口，沈洪涛和虞氏皆是动作一滞，待他们瞧清穿着小姐衣裳的青儿时，脸色瞬息万变！

感觉到沈氏夫妇的异样，独孤珍儿目光微侧，睨了两人一眼，又不着痕迹地扫了青儿一眼，她思绪微转，眉眼含笑地边说话边缓缓踱步到沈凝雪身前，"今日本宫奉了太后懿旨前来相府，需在两位小姐中选出一位皇后，此刻既是两位小姐都在，合着该仔细端详端详才是！"

有太后的懿旨在前，沈洪涛夫妇也不多说什么，只赔笑站在边上，不过他们的视线，却同时冷冷地转向青儿身后的沈凝暄。

抬眸之间，见两人眉头紧皱着紧盯自己，沈凝暄忙又低眉敛目！

第一章 重生，芳华尽敛

在她身前，沈凝雪目光低敛，仪礼得宜地任独孤珍儿端详着自己。

"人都道相府大小姐生得沉鱼落雁，如今一见果然名不虚传！"凝睇沈凝雪许久，独孤珍儿赞叹一声后轻笑着拉起她的手，引她起身。

"大长公主谬赞！"

对独孤珍儿嫣然一笑，沈凝雪施施然站起身来。

"本宫说的可是大大的实话！"深凝沈凝雪一眼，独孤珍儿轻笑了笑，将视线缓缓后移，终是落在青儿身上。"二小姐虽美名不及姐姐，倒也是个可人儿。"

"谢大长公主夸奖！"

此刻的青儿，双手紧握，心下暗暗发紧，生怕出了纰漏！

但越是怕，就越容易出问题。

许是过度紧张，在独孤珍儿问话之时，一直维持着行礼姿势的她脚下一抖，整个身子不由自主地向后趔趄了下。

"二小姐小心！"

似是早已料到会是如此，沈凝暄目光一闪，忙眼疾手快地伸手扶了青儿一把。

只沈凝暄一扶之间，一抹碧色自她皓腕闪过，独孤珍儿见状，眉心微拧！

"奴婢听闻大长公主素有贤名，从来都是平易近人的，二小姐不必太过紧张。"从始至终一直都不曾抬头，沈凝暄助青儿稳住身形，只如此低声一语，便后退两步回到原位，继续眼观鼻鼻观心地垂首而立。

"好一个聪慧的丫头，还怕本宫难为了你家小姐不成？"

"奴婢不敢！"

沈凝暄的声音极低。

深看她一眼，独孤珍儿轻勾红唇，翩然落座："大小姐芳名在外，琴棋书画样样精通，就不知二小姐，可有长处？"

青儿微微抬眸，与独孤珍儿四目相对，暗自定了定心神，她微微侧身，看向身后的沈凝暄。

沈凝暄上前，端着一幅字来，毕恭毕敬地呈于独孤珍儿身前。

随着她双臂微抬的姿势，那精绣的芙蓉水袖，微微下滑，一抹碧色正入独孤珍儿双眼。

"殿下……"有些局促地瞟了沈洪涛夫妇一眼，见两人目光狠戾，似是要扒了自己的皮，青儿哆嗦了下身子，面向独孤珍儿有些牵强地笑了笑，嗫嚅出声："暄儿才疏学浅，只题字一幅，请殿下过目！"

"本宫来瞧瞧！"

淡淡笑着，独孤珍儿伸手执卷，卷轴徐徐展开，待看到卷轴上清秀的字迹，她

12

的脸色隐隐一变!

"好字!"

由心一赞,独孤珍儿笑盈盈地看向青儿:"二小姐的这字,还真是漂亮!"

青儿勾唇浅笑:"殿下太抬举暄儿了!"

"俗语有云,月盈则亏,这句话就好比姐姐和暄儿……"目光抬起,看了眼身边的沈凝雪,青儿将手里的巾帕,攥得极紧,"姐姐貌美倾城,宛若白雪无瑕,我与她虽为嫡亲姐妹,但却姿容平庸,不及其万分之一,萤火之光,怎可与皓月争辉……"

青儿语落,站在她身后的沈凝暄不禁莞尔一笑!

这话,是她来时教给青儿的,她虽紧张,倒学得一字不差。

"小女愚钝,让大长公主见笑了!"边上,虞氏见大长公主一直问着青儿,不禁眼角直跳,忙含笑上前,"这孩子胆小得很,妾身只想着,可与她配以良婿,此事……便有劳大长公主殿下了!"

"这样啊!"

大长公主含笑睇了青儿一眼后,将视线自沈凝暄头顶掠过,而后又落在沈凝雪身上,气若幽兰轻轻一叹:"看来相爷夫人,早已认定这后位非大小姐不可了!"

"这……"

面色一愕,虞氏有些尴尬地咂了咂嘴:"妾身不是这个意思,只是暄儿胆小懦弱,实在不适合宫中生活!"

闻言,沈凝暄心中冷然一笑。

"胆小懦弱?"轻挑了眉,独孤珍儿紧盯着虞氏,由始至终都在笑着,"本宫还第一次听闻当娘的,如此评价自己的女儿!若非二小姐这嫡女的身份摆在这里,本宫还以为这二小姐并非夫人所出呢!"

"长……大长公主殿下!"

被独孤珍儿如此奚落,虞氏的脸色,青白交加变得越发难看了。

倒是沈凝暄,低垂着头,脸上笑意更深几许。

她心想,这大长公主还真是言语犀利,一点都不给虞氏面子。

不过说来也是,谁让她想当婊子,又想给自己立贞节牌坊来着!

"大长公主殿下!"

见母亲吃瘪,沈凝雪嫣然一笑,再次微福了福身,从广袖里取出一块翠玉,她轻启红唇,刚要出声,便见大长公主轻抬了手,转身看向她:"大小姐不必多言,本宫心知肚明!"

"殿下……"

第一章 重生,芳华尽敛

13

握住翠玉的手，微微一紧，沈凝雪心中隐隐有不安袭来。

沈凝暄抬眉扫过沈凝雪手中那块翠玉，心中黯然一叹。

那块翠玉，应该是当今圣上所赐，为的便是今日，让沈凝雪可以顺利雀屏中选。

可，这大长公主显然不想卖她这个面子！

思绪回转，想到来时那封信，她微勾了唇，笑得高深莫测。

今日，她能做的，已然做了。

结果如何，那要看大长公主的意思。

念及此，她抬眸向上，却不期与独孤珍儿饶有兴味的视线相遇。

眉心轻蹙，沈凝暄刚要将视线转开，独孤珍儿已先一步看向沈洪涛夫妇："还请大小姐和二小姐暂时回避，本宫有话要与相爷和夫人单独详谈。"

离开前厅后，沈凝雪和沈凝暄主仆谁都不曾言语，而是十分有默契地一同进了距离前厅不远的偏厅。

"吓死奴婢了！"

甫一迈进偏厅大门，青儿紧绷的身子一松，连忙伸手轻拍着自己的胸口。

见状，沈凝暄但笑不语，抬手轻抚着她的后背为她顺气。

"你还知道怕啊！"

冷冷地看了沈凝暄主仆一眼，沈凝雪自二人身后走过，动作轻柔地缓缓落座桌前，然后猛地一拍桌子："大胆青儿，你可知道，万一今日有什么闪失，那就是欺君之罪，就连整座相府都要被你连累！"

因她的话，青儿忍不住瑟缩了下身子。

满是委屈地瞧了自己主子一眼，她咂了咂嘴转身面向沈凝雪："大小姐息怒，奴婢知错了。"

回眸之间，对上沈凝雪妩媚妖娆的眸子，沈凝暄静静说道："今日之事全是我的主意，否则借青儿一百个胆子她也不敢，我不过是想借着她的样貌，让太后娘娘与自己找个好夫家，并无他意，若姐姐要责怪的话，怪我便是，不必迁怒于她！"

听闻沈凝暄此言，沈凝雪原本冷着的俏脸不禁柔和几分。

"你啊！"

凝着沈凝暄柔柔弱弱的模样，沈凝雪轻叹一声，颇为无奈地轻摇螓首："你这胆小之人，这回是吃了熊心豹子胆啊！"

正如她娘所言，沈凝暄性子懦弱。

但身为女子，成亲是一生中的大事，关系到女人的一辈子。

14

为此她以青儿一搏，倒也说得过去。

时候不长，相府总管沈明进入偏厅。

先对两位小姐躬了躬身，他轻声说道："相爷吩咐，请大小姐和二小姐前往前厅。"

前厅内，大长公主独孤珍儿与沈洪涛对桌而坐，虞氏坐于次席，见沈凝雪几人进来，独孤珍儿眸底含笑，不等几人行礼，便施施然抬手道："今日并非是在宫里，俗礼便免了，我们直入主题便是。"

"是！"

虽是应了声，但沈凝雪还是礼数周全地略略福身。

"皇上登基两载，后位却一直空悬，实在是急坏了太后，世人皆知相爷教女有方，今日本宫奉太后懿旨而来，为的便是在两位小姐之中为我大燕选出一位皇后来……"独孤珍儿展颜一笑，盈盈起身，她踱步于沈凝雪和青儿身前，笑靥如花道："方才就两位小姐的情况，我已简单询问过相爷和夫人，此刻已然有了决定！"

"呃……"

虞氏干笑一声，隐隐嗔了眼沈凝暄，对独孤珍儿谄媚笑着："大长公主代太后所选，可是臣妇长女凝雪么？"

随着虞氏的一声问，厅内的气氛一时间紧张起来。

沈凝雪当选，乃是众望所归！

而此刻独孤珍儿的回答，将会改变所有人的命运！

要知道，她的一句话，将会让一个女子，飞上枝头，也将让相府沈氏一族，变成真正的皇亲国戚！

"相爷和夫人希望是大小姐么？"转身笑看沈洪涛夫妇一眼，独孤珍儿的视线在沈凝雪和青儿之间来回徘徊片刻，方才悠悠然道，"不过本宫让你们失望了，比起大小姐，本宫倒觉得二小姐更适合做皇后！"

"什么！"

随着独孤珍儿一语落地，原本一直安坐的沈洪涛再也坐不住了。

在场之人，无论是沈凝雪，还是虞氏，听到独孤珍儿的话，都惊得下巴掉了地。

而沈凝暄则眉头轻蹙着静立青儿身后。

扑通一声！

终是顶不住心中惊惧，青儿颓然跪落在地。

今日她这篓子算是捅大了！

睨了眼青儿，沈凝雪精致的眸子微微眯起，惨白了脸色："大长公主可是在开

第一章 重生，芳华尽敛

15

玩笑么？小妹她自小养在府外，规矩学得不够周全，且天性怯懦，难登大雅，何以母仪天下？！"

沈凝雪此言一出，沈凝暄心下顿时五味杂陈。

什么温柔婉约，什么对她关怀备至，这些都是假象。

现在的这副嘴脸，才是沈凝雪的真正面目。

而她，在她的眼里，从来都是如此不堪！

"规矩学得不够周全，可以接着学，天性懦弱又如何？本宫来时，太后还说起过，这胆小不一定就是坏事，最起码容易拿捏啊！"脸上仍旧挂着浅笑，独孤珍儿笑看沈凝雪一眼，而后在青儿身前缓缓迈步。

"若看眼前的沈二小姐，的确没有母仪天下的气度。不过……"于沈凝暄身前站定，独孤珍儿微微抬手，轻抬起她略显尖削的下颌，笑得高深莫测，"在本宫看来，真正的沈二小姐，聪慧恬静，并非大小姐所说的一无是处！"

因独孤珍儿的话，沈凝雪的脸色，不禁青白交加。

太后要统驭六宫，想找一个容易拿捏的皇后，不足为奇！

幽幽深邃的目光迎向独孤珍儿饱含笑意的眸子，沈凝暄只微微舒了口气，明知故问道："我与殿下素未谋面，就不知殿下是如何认出我的？"

"二小姐不是故意让本宫认出你的么？"

唇角处梨涡浮显，独孤珍儿眉目低敛，突然拉起沈凝暄的手，细细拨弄着她腕上价值不菲的碧玉手镯。

第二章　心机，凤飞于天

　　沈凝暄手上的碧玉手镯，为一块极品璞玉制成，色泽碧绿，光晕柔和，十分之贵重，玉镯本是沈凝暄亲生母亲的遗物，本有一对，可如今一只在她的手上，而另外一只，则被虞氏拿去，给了沈凝雪。
　　她料准了沈凝雪今日会戴着这只镯子。
　　是以她的衣裳跟青儿换了，却又故意戴了这只手镯，为的便是要让大长公主察觉她的真实身份！
　　"听父亲说，这镯子是母亲给暄儿的第一件礼物，暄儿从不离身！"
　　双眸之中飞上一抹别样的神采，沈凝暄不着痕迹地将手自独孤珍儿手中抽回，转过身来，看向身后面色要多难看就有多难看的沈洪涛夫妇，她轻提裙裾，屈膝而跪："女儿妄为，害得爹娘担心了。"
　　"你……胡闹！"
　　沈洪涛想要训斥女儿，却碍于独孤珍儿在场，也碍于现在沈凝暄的身份，他只面带愠怒抬起手来，重重地甩了下袍袖，轻斥了声胡闹。
　　"女儿知错了！"
　　沈凝暄无奈地撇撇唇，再次看向独孤珍儿："我有话要跟大长公主单独谈谈！"
　　"可以！"
　　微挑着眉，独孤珍儿十分爽快地点了点头。
　　"二小姐！"
　　同跪在地，青儿有些担心地看着沈凝暄。
　　"没碍的！"轻拍青儿的手，沈凝暄缓缓起身。
　　"走吧，雪儿！"

虽有不愿，沈洪涛夫妇还是拉着一脸惨白的沈凝雪退了下去。

临走时，沈凝雪还不忘狠狠地剜上沈凝暄一眼。

不多时，前厅内只留沈凝暄和独孤珍儿两人独处，立身厅门口，与独孤珍儿遥遥相望，她的脸上轻轻晕上一抹淡淡的疑感：“大长公主殿下为何要选暄儿？”

"三年前，本宫选驸马之时，也如你今日这般，与婢女互换身份，还有那幅字……"想到在皇上宫里看到的那些画，独孤珍儿动作优雅地端起桌上描绘精致的茶盏，浅啜一口后，微嘟红唇道：“你做了那么多，不就是想要这后位么？本宫现在只是遂了你的心思罢了！”

"可是……"

沈凝暄苦笑："皇上中意的是姐姐！"

"是吗？"

佯装震惊地瞪大了眼，独孤珍儿淡淡一笑："本宫来时，太后只说让本宫为皇上选后，却没有说那人一定是沈凝雪，或许世人心心念念，朝思暮想的都是她，但在我看来，皇上后宫之中，美人比比皆是，不缺她一个，倒是缺少一个如你一般深藏不露，可辅佐皇上的皇后娘娘！"

她身边的人都知道，她讨厌骄傲如孔雀般的沈凝雪，但在出宫之时，她心中皇后人选，也确实是沈凝雪，因为皇上中意她，但见过沈凝暄后，她改变主意了！

她在沈凝暄身上，看到了一种沈凝雪所没有的东西。

而这些东西，或许可以牵动那个人的心。

"深藏不露不还是被殿下看了个通透吗？！"淡淡勾唇，沈凝暄缓步行至独孤珍儿身前，"只是……我今日既是敢在殿下面前耍些小聪明，来日必定不会被人轻易拿捏！"

"日后入宫，你会是一国之母，谁敢拿捏你？"微抬眸，迎着沈凝暄恬静的神情，独孤珍儿嘴角的笑意缓缓加深，"方才本宫只是看不惯你娘和姐姐的态度，这才说了那番关于太后的话……其实她老人家，很好相处，不会如何苛待你不说，还会教你去如何拿捏别人！"

"呃……"

饶是沈凝暄如何淡定从容，此刻听到独孤珍儿的话，也颇感意外。

"很惊讶是吗？"

淡笑着放下茶盏起身，独孤珍儿目光低垂："知道本宫为何会选你么？"

沈凝暄轻摇螓首！

即使知道，也要装作不知啊！

"因为本宫讨厌你姐姐！"

18

目光微冷，独孤珍儿笑睨着沈凝暄，直言相告："所以，本宫明知你有心机，却还是会选你为后！"

"那……"微抬眸子，与独孤珍儿四目相接，沈凝暄淡淡垂眸，"暄儿便在此多谢大长公主殿下了！"

"不必！"

下颌微扬，独孤珍儿笑容明媚："你只需应下本宫的条件即可！"

"请大长公主殿下明示！"沈凝暄抬眸，看向独孤珍儿。

皇后之位，几乎是天下女子，个个都梦寐以求的！

但于沈凝暄所图的，却并非只此。

前世里，她心性淡然，从不曾想过要追逐富贵名利。

反倒是沈凝雪，一心想要飞上枝头。

那个时候，傻傻如她，竟以为她是她的亲姐姐，更为了让沈凝雪达成所愿，处处敬她，助她，忍她，让她！

结果呢？

今生，一切从头来过。

她再不是以前那个懵懂的傻子。

从重生的那一刻起，她便早已在心中起誓，但凡沈凝雪想要的东西，她今生要一件一件地夺过来，践踏在自己脚下！

包括后位！

紧盯着沈凝暄半晌，却见她始终从容淡然，独孤珍儿双眸之中闪过赞赏之意："立你为后一事，本宫会奏请太后，不过在此之前，你要答应本宫，日后若你为后，则一定记住，沈凝雪不得入宫为妃！"

闻言，沈凝暄心下一紧！

片刻之后，她心中释然，笑看独孤珍儿："如殿下所说，如姐姐一般美艳之人宫中比比皆是，不多她这一个，一门双姝，何等荣耀，若暄儿猜得没错，太后也正有此意！"

她的父亲为两朝重臣，身居左相重职，如今皇上选后要在她和姐姐两人之中选，其意无非是为巩固皇权，制约朝中掌有兵权的夏氏一族！

想当然尔，今日若沈凝雪当选，也就罢了。

但若她当选，只怕来日太后极有可能会买一送一，再指沈凝雪个妃位。

谁让，皇上喜欢她呢！

可是，大长公主让她答应的条件却是……想来，那封信上的内容，是真的。

"好一个不显山不露水的沈凝暄！"凤眸微眯，眸中透出审度之色，独孤珍儿

第二章　心机，凤飞于天

浅笑,"你可想过,今日本宫选你为后,你姐姐必定与你心生嫌隙……他日若她如愿进宫,即便屈居后位之下,却圣恩隆宠,到那时候,你的日子只怕不会太好过啊!"

沈凝暄心下微沉,四两拨千斤:"姐姐是皇上点名要的人,如若依殿下所言,我将得罪的,必然是当今圣上,到时候我的日子,也好过不到哪里去!"

睿智,从容,有胆量!

独孤珍儿有预感,眼前的女子,虽非倾国倾城,却绝对可以让皇上眼前一亮!

今日,在这相府之中,她还真是有些意外收获!

眸中精光熠熠,她唇角淡淡扬起,轻笑摇头:"本宫觉得你聪明,却没想到还是个傻的。"

"傻的?"

沈凝暄黛眉轻拧。

她傻么?

也许吧!

不傻怎会认贼作母,上辈子为仇人做了嫁衣裳!

施施然落座,独孤珍儿轻笑:"皇上中意的,是你姐姐,你不答应本宫的条件,日后你姐姐进宫,吹得枕边风,皇上照样让你的日子不好过,反则,你应下了本宫的条件,日后在宫里,本宫会帮着你不说,连太后都会站在你这一边,太后……那可是皇上的亲母!"

等了半天,沈凝暄要等的,其实就是这句话。

眼下听大长公主提起,她终是翘起嘴角,淡淡点头:"既是殿下如此言语,那暄儿应下你的条件便是!"

今日一局,她在大长公主面前,丝毫不掩心机。

但即便如此,大长公主却还是选她。

瞥见她微翘的唇角,独孤珍儿忽然有种落入圈套的感觉。

端着茶盏的手微微一僵,她眸光微敛,满是思量地斜睨着沈凝暄。片刻,聪明如她自然回过味儿来,不由哂笑:"你这丫头,竟然挖了坑,等着本宫来跳!"

沈凝暄轻笑了下,装傻充愣道:"殿下在说什么,暄儿听不明白!"

"哼哼……"

微微颔首,独孤珍儿对她努了努嘴:"嘴上不明白没什么,心里明白就行!"

嘴上说不明白,却从头至尾不曾隐藏自己的想法,没来由地,她倒有些喜欢上这个有心机的丫头了。

"暄儿明白了!"

柔荑轻抬,沈凝暄虚掩了下唇,微微颔首。

偏头凝视她片刻，独孤珍儿眼眸深处深不可测，沉寂许久，她才又轻笑了笑："相爷和夫人还寻思着求太后指你一户好夫家，你如此心机，随便嫁了，岂不可惜？"

沈凝暄眸色微缓，道："暄儿哪里有什么心机！"

"哼！"

又是轻哼一声，独孤珍儿水眸之中星光点点，若有所思地凝视着身前不远处浅笑辄止的沈凝暄，她语气低幽道："心机重，倒也省得太后日后费心调教了！"

如此！

大长公主宁愿心机深沉的她坐上后位，也不想沈凝雪飞上枝头啊！

一场本已内定的选后，结果却是出乎众人意料！

厅外，沈洪涛夫妇和沈凝雪并未离去。

沈洪涛倒还好些，只虞氏和沈凝雪母女，脸色难看得紧。

原本，她们还想着，沈凝暄那副小家子气，必定在大长公主面前失态，等大长公主出来，只需再上去说些好话，兴许能为沈凝雪翻盘。

但独孤珍儿根本就没给她们这个机会！

刚一出来，她便再次重申，作为皇上姑母，她中意的皇后人选，是相府二小姐沈凝暄！

一语落，虞氏母女面色大变！

反观独孤珍儿，好似根本没看到她们遽变的脸色，还笑盈盈地嘱咐虞氏，让她仔细为沈凝暄操办及笄礼事宜，莫让世人看了笑话……

前世里，沈凝暄生得清丽绝俗，性子也随和，自是深得沈洪涛疼爱，但是今世，为了活命，亦为了复仇，她掩去了真容，收敛了本性，一直唯唯诺诺地过活，也就造就了，如今在沈府之中，她与沈凝雪同是嫡女，却身份待遇悬殊的结果。

就比如，这及笄之礼。

一年以前，沈凝雪及笄之时，早半个月府里便忙活开了。到了沈凝暄这里，虞氏虽早有安排，却不声不响，到底比不得姐姐及笄时风光。

直到今日，沈凝暄眼看着飞上枝头，又有大长公主在边上盯着，虞氏面子挂不住，只得临时抱佛脚差人搭起祭祀台，请了族里最有福气的婆婆来为沈凝暄梳头。

毕竟，如今沈凝暄已然不只是相府的二小姐，还是大燕国未来的皇后娘娘！

一场隆重的及笄礼之后，巳时过午时，虞氏有意支开沈凝暄，将独孤珍儿请到了内堂。

聪明如沈凝暄，自然知道虞氏心里的小九九。

不过，她并未阻止，直接带着青儿回了清辉园。

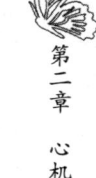

第二章 心机，凤飞于天

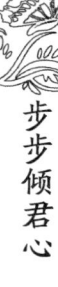

　　一路上紧紧跟随在沈凝暄身后，青儿仿佛还置身梦境一般，想到自家主子很快便会飞上枝头，成为尊贵无比的皇后娘娘，她心中雀跃，想要与之道贺，可每回与沈凝暄四目相交，见她目光平静，无喜无忧，那道贺的言语便哽在了喉间。

　　黄昏时，红霞漫天，美到炫目。

　　沈凝暄坐在寝室里，手里拿着早前收到的那封书信，她唇角冷冽一扬，倚窗而坐，视线平静地眺望着天边晚霞，那微红的光华，将她清秀的容颜，衬上一层淡淡的光晕。

　　"滚开！你算个什么东西！"

　　也不知过了多久，房门外的喧嚣之音，打断了她的思绪。

　　紧接着便听外面守门丫头的声音在门外响起："大小姐，二小姐在休息，您不能进去……"

　　闻声，沈凝暄眉头微蹙。

　　只蹙眉之间，屋里的房门便哐当一声从外面被猛地推开。

　　"姐姐！"

　　看着自屋外跨步而入的沈凝雪，沈凝暄眸光一闪，握着书信的手微滞了下，缓缓站起身来。

　　面对沈凝暄的一声姐姐，沈凝雪不曾应声，也不曾停下自己的脚步，直是怒气冲冲地冲上前来，啪的一声便甩了沈凝暄一个耳光！

　　她的巴掌，来得又快又狠，几乎用尽了全身的力气，以至于沈凝暄被打之后，因惯性使然，只能靠立在窗前，才勉强稳住了身形。

　　"二小姐！"

　　惊呼之中，青儿面如菜色地挡在沈凝暄身前，十分急切地想要抚上她的脸查看她的伤势。

　　"我没事！"

　　扶着桌案的手，微微泛白，沈凝暄微微抬手，隔开青儿的手。

　　沈凝雪此来，在她意料之中。

　　这一巴掌，她本是可以躲过的，却生生挨下了，为的是让独孤珍儿知道，为了她的条件，她付出了怎样的代价！

　　"沈凝暄，你以为大长公主选了你，你便是享尽万千荣宠的皇后了么？"声音里再不见早前的宠溺和温煦，沈凝雪杏眼圆睁，怒不可遏地瞪着沈凝暄，高声质问："你是皇上么？你凭什么？凭什么不让我进宫？凭什么？"

　　脸上，火辣辣的痛楚传来，沈凝暄轻抚脸颊，凉讽一笑，眸色淡然地看向沈凝雪："姐姐就这么想跟妹妹共侍一夫？"

从不久前在前厅里沈凝雪贬低自己时,她便知道,若得知自己不能进宫,沈凝雪一定会气极,前世她能毁了她的容,削了她的指,足见她心肠之狠毒。她一直在想,她那今世一向对她温柔似水的姐姐,在气急之下会如何对付她?

她果然没让她失望啊!

"你——"

被沈凝暄的一句话,堵得一时语塞,沈凝雪精致的容颜,近乎扭曲。

再美的女人,也有丑陋的一面!

沈凝暄心下冷嘲,轻拧了眉:"姐姐可知道,大长公主为何会选我?"

闻言,沈凝雪俏脸之上尽是狐疑之色。

静静的,凝视着沈凝雪的美眸,沈凝暄苦笑着舔了舔稍显腥涩的嘴角:"姐姐可还记得,你的玉郎?"

"玉郎?"

沈凝雪黛眉紧蹙,面色明显一变。

沈凝暄淡淡一笑,道:"姐姐如若忘了,妹妹可以提醒你……"

"住口!"

沈凝雪轻斥沈凝暄,美眸阴戾:"用不着你多嘴!"

她是大燕第一美人,人美,心气自然极高,立誓要嫁全天下最好的男人,这个男人便是当今皇上。

怎奈,造化弄人。

两年前,她与玉郎于安宁寺邂逅,那白衣华服的翩翩少年,丰神如玉,轻易便撩拨了她少女的心弦。

但,情归情,她与他若即若离,却从未真心想过要嫁他。

以至于后来,他决裂出走,再不曾踏足她的生活。

"姐姐!"

将手里的书信对折撕碎,沈凝暄纤手微扬,任碎屑随风飘逝:"你可知道,那玉郎到底是谁?"

"我……"

意识到沈凝暄不会无缘无故地有如此一问,沈凝雪心弦微动,一股酸涩浮上心头:"他姓李名玉!"

"是李庭玉!"

淡淡回眸,与沈凝雪四目相对,沈凝暄眼底平静无波。

"李庭玉……"

轻喃着这个名字,沈凝雪的脸霎时雪白。

第二章 心机,凤飞于天

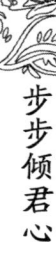

过去，她曾跟那个人说过，天下最好的男人，是皇上，最好的女人，除了皇后，自然就是公主。

她做梦都没想到，自己还没坐上皇后之位，那个人竟然当上了堂堂大燕国大长公主的驸马！

"姐姐……你现在总该知道，为何大长公主选后，选的是我，而非你……"深凝着沈凝雪惨白的容颜，沈凝暄心中冷嘲，语气却是冷冷清清，"若姐姐的气出够了，便早些回去吧，今日之事，我不会告诉爹娘！"

沈凝雪回过神来，见沈凝暄如此反应，神情极不明显地变了变。黛眉紧蹙着凝望着沈凝暄，她只觉几近窒息。

她放弃了自己心爱的男人，却因为那个男人，输给自己这个不起眼的妹妹？！

"我一直都以为，你胆子小，毫无心机，眼下看来，是我看错了你！"哂笑着深吸口气，沈凝雪冷冷对沈凝暄宣战，"即便你为皇后又如何？只要皇上不喜欢，照样会被废黜……人，贵在有自知之明，你挡不了我进宫的路，我们姐妹且走着瞧！"

是夜，月光如华。

沈凝暄被打过的脸颊，高高肿起。

躺在床上，回想着白日发生的种种，她久久无法入睡。

前世里，她在今日见到了皇上，亦是在今夜被沈凝雪哄去了别院，枉死大火之中。

作为报复，她蛰伏数年，终是在今日抢了沈凝雪心心念念的皇后之位，只是今日过后，往日平静必定不复，迎接她的将会是狂风骤雨。

不过那又如何？

死都不怕，她还怕活着么？！

今生，她为复仇而来，在仇人未死之前，就算是刀山火海，她也会咬牙蹚过。

夜，幽深漫长。

迷迷糊糊间，听到吱呀一声，沈凝暄蓦地转醒。

抬眼望去，惊见一道身影灵活翻窗而入，她心下一紧，噌地一下坐起身来。

就在她惊骇万分之际，一道熟悉的声音伴随着酒气直冲她的口鼻："为什么？"

"先生？"

明辨此刻闯入自己闺房的男子是谁，沈凝暄身形一僵："既是喝醉了酒，你便该回自己房里，为何深更半夜闯入我的闺房！"

"为什么？"

重复着方才的问话，萧逸深凝自己心爱的人："为什么要抢了你姐姐的皇后之位！"

闻言，沈凝暗心下一紧。

"姐姐失了皇后之位，先生该高兴的，不是么？"冷眼瞪着这个男人，她阴恻恻道，"如若先生违背德行深夜至此，只是为了姐姐鸣不平，那大可不必了，姐姐今日已经为自己讨回公道了！"

"呵……"

萧逸低低一笑："你冰雪聪明，难道真的不知，我心中想要的到底是谁？"

沈凝暗心神一震，整个人如石化一般。

"我想要的……"凝着于黑夜中，沈凝暗如曜石般的眼眸，萧逸自嘲一笑，"从未是你！"

沈凝暗语气清冷道："你入相府，是为了沈凝雪！现在如此对我，无非也是想毁了我，好成全了她吧！"

"不是！"

一股怒火在心间熊熊燃烧，萧逸凤眸微眯，深不见底。

"你就是！"

怒喝一声，沈凝暗眼神冰冷地看着眼前曾经让她熟悉，却又陌生的俊逸男子，心中五味杂陈，脸上却是哂笑着挤对他："一个月之后，我将是皇后，你现在夜闯我闺房，若是传将出去，世人会如何看我？一位不贞不洁的皇后娘娘，皇上和太后岂会容我？即便是如此，你却还说，不是想毁了我么？"

轰——

好像被人从头到脚浇了一盆冷水，萧逸的酒刹那间全醒！

察觉他的变化，沈凝暗高悬的心，终是暗暗定下。

轻拧了黛眉，脸上神情冰冷如斯，她薄凉一笑，直视他的深邃迷醉的双眼："你如果一心想要帮着沈凝雪，那就悉听尊便！"

"暗儿！"

背脊紧绷着，萧逸定定地看着她，语气里是难掩的愤怒："我想要的，从来跟你姐姐，没有一丝一毫的关系！"

"呵呵……"

沈凝暗冷笑着，笑得眼底含泪，眸光莹莹："你口口声声如此说着，可曾顾及过我的生死？"

"暗儿……"

怔怔地，萧逸看着心仪的女子，心中却如刀绞一般地痛着。

第二章 心机，凤飞于天

25

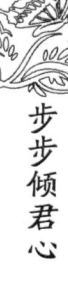

沉寂许久，他双手紧握成拳，哑着嗓子说道："跟我走……只要你愿意跟我走，天涯海角我带你遨游，什么皇上什么太后，都让他们见鬼去！"

"我不走！"

沈凝暄冷然道："皇后之位，是天下女子梦寐以求的，何以摆在我面前我不要，却要跟你浪迹天涯？你若不想毁了我，便有多远滚多远，不要再出现在我的眼前！"

"暄儿……"

萧逸笑得苍凉而又无奈："你真就这般喜欢那座冰冷的牢笼？"

"是！"

微抬眸，迎上萧逸深沉晦暗的眼，沈凝暄眸光流转中，眼角有泪珠滑落："我在相府过的是什么样的日子，你心里最是清楚！"

萧逸的声音低醇悦耳，似是能蛊惑人心："你惊才绝艳，却从不曾显露分毫，我以为……这就是你想要的生活！"

"你以为……"

沈凝暄咯咯笑出声来，清脆如玉的嗓音亦冰冷如玉，不带一丝感情，森冷如冰："你不是我，永远都不会知道，我想要的到底是什么！"

"我现在知道了！"

萧逸心中一叹，一股酸涩在心中渐渐膨胀，发酵，让他忍不住低低笑出声来。

后位！

她想要后位！

那曾经对他而言触手可得，现在却遥不可及的东西！

他一直以为她淡雅如兰，却不想她竟也这般世俗！

"我想要的，你给不了……"紧咬着唇，沈凝暄缓缓抬起头来，冷眼看着萧逸，"今夜的事情，我当作从来没有发生过，你走吧！"

"我走！"

直视沈凝暄冷冽的眉眼，萧逸自嘲笑着，那笑容仍旧如往昔一般，温柔如玉，暖人心脾，却多了难掩的苦涩和深沉的绝望！深深地凝望沈凝暄一眼，他踉跄起身，失魂落魄地离开了。

一片黑暗中，望着他离去的背影，沈凝暄唇角苦涩一勾，潋滟的双眸之中，晦暗冷绝，宛若夜色深幽。

人，都是有感情的。

她与萧逸相处两载，对于萧逸对她的感情，过去或多或少，也能感觉得到。

他俊逸博学，温柔如风，是世上绝无仅有的好男子，配得上世上最好的女子。

但，他们，仅止于此，再无其他可能，否则她和沈凝雪又有何区别？

是以，既是没有希望，她便只能让他绝望！

接下来的日子里，沈凝暄过得相当惬意。
因生怕大婚之前再节外生枝，只怕一个不好，整个相府都会跟着遭殃，沈洪涛一早就在清辉园外加派人手，事关沈凝暄起居，事无巨细，皆要亲自过问。
自选后那日起，沈凝雪只吩咐碧儿送来一双锦履，再不曾踏足清辉园，萧逸也失去了踪影，倒是虞氏一改往日冷落，整日有事没事往清辉园跑，对待沈凝暄的态度，自然也跟亲娘一般，亲昵热络得很。
一个月，说长不长，说短也可谓转瞬即逝！
大婚之日，原本一直晴好的天气，竟一改往昔，变得沉闷起来，让人倍觉压抑。
世人都道，女子出阁之日，便是一生中最美之时，经过两个多时辰的梳妆打扮，今日的沈凝暄虽非美艳至极，却也明眸善睐，堪称娇俏佳人。
秋眸剪水，眸中波光潋滟，她盈盈起身。
鲜艳夺目的大红凤袍上，诸多负累束缚，她只得在青儿的搀扶下，才得以与沈洪涛和虞氏辞别。
看着眼前风光大嫁的沈凝暄，虞氏紧握着沈凝暄的手，脸上虽在笑着，心里却透着几分羡妒，这些本该属于她的亲生女儿，可眼下却便宜了沈凝暄，她在为自己的女儿感到惋惜，但这些她并未表现出来，一切都深藏在心。
这一日，沈凝暄大婚，沈凝雪不曾送别。
早已料到会是如此，沈凝暄淡笑着登上凤辇，仪仗启程，浩浩荡荡驶向皇宫！

燕武两年，四月初六，微雨。
是为燕国皇帝独孤宸大婚之日。
这日，皇宫大内，红绸高挂，张灯结彩。巍峨雄壮的皇城上空，烟花璀璨，呈龙凤形的焰火照亮了整座皇城。
立后，祭祖，大典。
是夜，身负凤冠霞帔，折腾了整整一日的沈凝暄终于被簇拥着送进凤仪宫。
凤仪宫中，到处可见的大红色，俨然已成主色，处处都洋溢着欢喜之气！
桌案上，龙凤喜烛交相辉映，烛心处跳跃的火焰，将整座寝殿照得恍如白日。
顶着厚重的凤冠霞帔，沈凝暄静坐鸾榻，透过金光闪烁的凤冠流苏，凝望着桌案上早已垂泪的红烛，她潋滟的樱唇，渐渐扬起一抹苦涩而又无奈的笑容。
新婚之夜，时近三更皇上还迟迟不来。
这可不是什么好事！

第二章　心机，凤飞于天

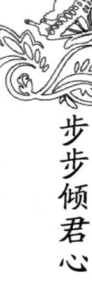

更声过三，将手里的丝绢攥起，她微动了下身子，伸手将头上快把她脖子压断的凤冠取下。

"娘娘……"

听闻环佩叮当之声，青儿连忙上前："皇上还没到，娘娘就取下凤冠，如此于理不合。"

纤细而浓密的睫毛微颤了下，沈凝暄轻轻勾唇："皇上今儿可能不会过来了，本宫累了，先安置下吧！"

"皇上很快就会到了！"

青儿接过凤冠，重新为沈凝暄戴好。

目光微抬，沈凝暄的视线盈盈落于青儿清秀的脸庞之上。

迎着她的视线，青儿微低着头轻声解释道："今日是娘娘和皇上大婚之日，新婚之夜皇上一定会在凤仪宫就寝的！"

"三更已过，你觉得皇上今夜还会来本宫这里么？"

青儿说得没错，大婚之日，皇上依照规矩，应该在凤仪宫就寝。

但，今日在册封大典之上，他与她执手并肩而行，一路之上，她虽谨遵礼度不曾窥见君颜，却也感觉得到他身上的那份疏离和冰寒！

许是因为没有如愿迎娶沈凝雪，那个君临天下的男人，并不待见她！

"娘娘稍候，皇上不出一刻一定会来！"语气里透着几分笃定，青儿将唇瓣几乎抿成了一条直线。

"你可见过皇上么？何时懂得揣度皇上的心思了？"深凝青儿一眼，沈凝暄唇角的笑意，渐渐淡去，眉头微蹙着，她目光灼灼地轻轻启唇，"青儿……"

感觉到她灼灼的视线，青儿的头低得更低了。身形轻轻地颤抖了下，她偷瞄了眼沈凝暄，嗫嚅回道："不久前奴婢替娘娘去取常衣之时，听当差的公公小声说话，他们说皇上他……早早地便召了新进宫的几位才人侍寝。"

"是吗？"

唇角处泛起丝丝自嘲，沈凝暄眸色一定："然后呢？"

大婚之夜，皇上不登凤仪宫也就罢了，还在夜溪宫中临幸其他女子，他此举于她而言，可谓是彻头彻尾的羞辱，但现在青儿的反应却告诉她，事情并不仅是如此！

"奴婢……"

紧咬着下唇，青儿刚要出声，便听殿外唱传声响起："皇上驾到！"

"娘娘，皇上来了！"

青儿大喜，一脸欢喜地扶着沈凝暄准备上前迎驾。

深凝青儿一眼，沈凝暄暗自在心中一叹，只得微弯红唇，起身相迎。

但，当她抬眸之际，却身形一僵，生生地怔在原地。

燕武帝独孤宸生得丰神俊朗，风华绝代，一袭明黄色龙袍，将他颀长的身姿衬托得玉树临风，让沈凝暄怔愣的，并非他如玉的天颜，而是此刻，他怀中紧拥的绝色女子。

那是，她的姐姐——沈凝雪！

今日，是他们大婚之日。

可他……竟然拥着她的姐姐前来，还真是一个大大的下马威！

"怎么？"

轻啄沈凝雪如玉般的脖颈，独孤宸凤眸微眯，目光幽沉地斜睇着怔愣在前的女人。

"臣妾恭迎皇上圣驾！"

耳边，沈凝雪银铃般的笑声传来，沈凝暄攥紧拳头，垂首行礼，眸光所见，是那抹象征皇权的明黄之色！

不用亲眼看见，她也知道，沈凝雪现在该是有多得意。

"皇后免礼吧！"

语气慵懒非常，独孤宸的唇角，微微扬起一抹略有些冷的笑弧。

睇见独孤宸嘴角微翘的弧度，沈凝暄眸色微敛。

略微回神，他已然越过她，抱着沈凝雪神态放浪地斜倚在贵妃榻上，低低冷笑道："才入宫第一日，便拿太后来压朕，沈凝暄……你好大的胆子！"

独孤宸说话的声音阴沉冰冷，以至于寝殿里的气氛都跟着变得凝滞。

听闻独孤宸此言，沈凝暄微微侧目看向边上的青儿。

看来，她心中担忧成真，这丫头果真差人惊动了太后！

迎着沈凝暄平静的目光，青儿满是懊恼，像个做错事的孩子一般十分局促地垂下螓首。

心下无奈一叹，沈凝暄微转过身，低眉顺目道："今日是臣妾与皇上大婚之日，依照祖制大婚之日，皇上自当于臣妾宫中就寝。"

她此言一出，寝殿里本就僵滞的气氛，顷刻间又冷了几分。

"皇上……"

声音柔得，似是可以沁出水来，沈凝雪眸中波光流转，作势便要起身："今日是你与妹妹的大婚之日，皇上自当在这里就寝，娘娘是雪儿的妹妹，皇上可千万莫要委屈了她！"

独孤宸却轻蹙了眉！

轻轻垂眸，凝视着眼前一直螓首低垂的沈凝暄，他的神情变幻莫测，"雪儿，你永远都这么善良，怎就不说，你这妹妹是如何从你手里夺去属于你的皇后之位？"

第二章 心机，凤飞于天

闻言,沈凝雪对他轻摇蛾首,沈凝暄则心下冷笑连连。

蓦地勾起薄而性感的唇,独孤宸轻吻沈凝雪:"依照祖制朕今夜确实应该宿在凤仪宫,今日朕就宿在这里,不过要雪儿你侍寝!"

"皇上!"

深吸口气,被眼前你侬我侬的一对男女一直视而不见的沈凝暄终是扬起了头:"祖制上说,不为后者,胆敢亵渎凤榻,当施绞刑!"

听闻沈凝暄所言,沈凝雪面色惨白。

视线自她惨白的俏脸上一扫而过,沈凝暄仰头看着一直对自己不屑一顾的独孤宸:"若皇上一定要让姐姐睡在凤榻,还请皇上先下诏废了臣妾,再立姐姐为后!"

深宫制度,从来严苛无情。

大燕后宫的规矩,自然不少。

就比如,但凡妃嫔侍寝,一般都会于皇上常住的天玺宫,抑或是各自寝宫,其他宫殿倒也罢了,但唯皇后寝宫凤仪宫,素来只有皇后可宿……只要名不正言不顺,便要付出难以承受的代价!

沈凝暄岂会不知,独孤宸今日带沈凝雪而来,是为了羞辱她。

他们当她是软柿子,想怎么捏就怎么捏。

只可惜,早在进宫之时,这柿子便早已生了刺,谁捏谁就会疼!

"好你个沈凝暄!"

显然,没想到沈凝暄竟敢如此,独孤宸冷冷嗤笑出声,深邃温润的眸子,倏然眯起:"你觉得朕为何会立你为后!"

"因为太后!"

淡淡抬眸,沈凝暄眼中平静无波:"皇上是孝子,不想让她老人家伤心!"

"你……"

沈凝暄镇定自若的神情,让独孤宸心下生起一丝恼意。

她说得对,他之所以立她为后,是不想拂逆了太后的意思。

可眼下,看着眼前这个被他立为皇后的女人,他心里就跟吃了死苍蝇一样难受。

"皇上?"

感觉到独孤宸周身泛起的冷意,依偎在他怀里的沈凝雪,轻喃出声。

独孤宸阴鸷的视线,始终停留在沈凝暄身上,沉默良久,他方鄙夷出声:"你可知……你是朕宫里最丑的女人!"

闻他此言,沈凝暄轻抿红唇。

皇上心中该有多恨她?

竟毫不掩饰对她的厌恶与不喜。

世人不都说，当今皇上是个爱花怜花之人，对女人温柔似水么？

看来传闻，不能全信啊！

眸子轻抬，视线扫过他怀里一脸得意的沈凝雪，她眸色微暗，语不惊人死不休："丑不丑，熄灯之后，又有何区别？"

听她语出惊人，独孤宸俊朗的眉头，不禁倏然一皱，就连沈凝雪都惊得小嘴微翕！

"你……"

嘴角轻抽了下，独孤宸俊脸上浮上寒霜："看着你，朕只会觉得恶心，你休想朕会碰你一下！"

深吸一口气，沈凝暄轻抬起头，唇角微弯，她语音轻柔道："只要其他妹妹能把皇上伺候好了，臣妾独守空房也无妨！"

迎着她脸上的浅笑，独孤宸终是仔仔细细地看了她第一眼。

今日他对她百般奚落和羞辱，她竟一一承受，淡然处之。

这要换做其他女人，只怕羞臊不已，早已哭得昏死过去。

过了片刻，见独孤宸不再出声，沈凝暄转头轻瞥了眼鸾榻边上的更漏。

"若皇上实在想要姐姐在此侍寝，便先行下诏吧！"不等独孤宸出声，她幽幽咽咽叹息一声，语气里不无惋惜之意，"反正臣妾也还不曾与太后行礼问安，如此倒也最好！"

听沈凝暄提到太后，独孤宸俊美如妖孽的脸庞，瞬时便是一沉，神情阴冷到极致，他紧抿薄唇将怀里的沈凝雪推开，居高临下地看着沈凝暄，声音冷得足以冻死活人："女人！你拿太后压朕！"

"臣妾没有！"

沈凝暄杏眼圆睁，满脸无辜，黛眉轻轻一拧，行至凤榻前，伸手轻抚那明艳艳的大红喜色，她轻叹："臣妾只是想成全皇上和姐姐！"

对于沈凝暄而言，在相府的一切隐忍，皆是为了保全自己，让自己可以踩着沈凝雪顺利登上后位。

原本，沈凝暄还想，入宫之后，隐忍为上，只需博得太后宠爱，便可一切无虞。

但是现在看来，她错了。

因为，纵是她忍了，让了，有沈凝雪在侧，皇上也不会给她好脸色看。

既是如此，那她便无须再忍！

他们的婚事，是太后一力促成。

自然，他最痛恨的便是听她提到太后。

不过怎么办？

现在她看他和沈凝雪不爽，偏偏也想着让他不爽。

第二章 心机，凤飞于天

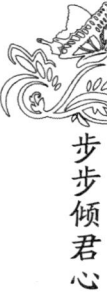

想让沈凝雪睡她的凤榻，下她的面子，可以，先过了她和太后这一关！

听到沈凝暄的叹息声，独孤宸唇角勾起一抹讽刺的冷笑："大燕国的后宫，都是朕的，这凤榻朕想让谁睡，就让谁睡！"

"是！"

弯唇颔首，沈凝暄笑得盈盈淡淡："皇上所言极是，所以皇上想要姐姐侍寝，臣妾不会阻拦，不过世上没有不透风的墙，明日一早，太后必定会过问此事，与其到那个时候，她老人家觉得姐姐是个不知礼数的，倒不如臣妾现下便过去请罪，将一切都揽在自己身上！如此……皇上觉得如何？"

"呵……"

眸中清冽之光闪动，独孤宸俊逸的脸上，厌恶之色更浓，霍然起身，他快行几步来到沈凝暄身前，伸手便已攫住她的下颌。

浓郁酒香袭来，沈凝暄想要后退，却无奈他紧握着自己的下颌，让她动弹不得！下颌被锢，沈凝暄能做的便是抬头对上他的双眼，"皇上？臣妾错了么？"

狭长的凤眸，微微眯起，独孤宸握着她下颌的手，不禁又是一紧，冷哂："你口中所言，句句为朕着想，怎会有错？"

她错了么？

她当然没错！

但，天底下没有任何一个女子，会心甘情愿地让别的女人睡在自己的婚床之上，今日之事若闹到太后面前，她老人家自然心中明了。

到时候，她老人家会生他的气，沈凝雪也会落得个恃宠的名声。

"皇上！"

指望一个厌恶你的男人怜香惜玉，很难。所以，沈凝暄的下颌被独孤宸捏得生疼！

"沈凝暄，是朕看低了你！"看似夸赞的话，自独孤宸口中说出，总少不了几分嘲讽之意，独孤宸觉得，今日面对这个女人，他总有种想要出手，却总是打在棉花上的感觉，他嫌恶厌恶这种感觉，可她却表现得无懈可击，思及此，他大手一甩，放开她的下颌。

独孤宸松手的力道很大，大到随着他甩手的动作，沈凝暄纤弱的身形，止不住趔趄了下！微抬眸瞥见殿门处，不知何时多出的一抹亮色，她眸光一转，就势跌落在地，平添几分狼狈。

看着狼狈落地的沈凝暄，独孤宸声音低沉，冷得让人发颤："女人，日后在宫中，你最好规规矩矩的，不要有一丝纰漏，否则的话，即便有太后撑腰，朕也会废了你！"

语落，他拂袖转身，拉起沈凝雪的手，刚要离去，却在看清殿门所站之人时，生生地顿下了脚步！

第三章　厌恶，龙争凤斗

　　寝殿门前，独孤珍儿一身绯色锦衣，芙蓉含笑，不知已来了多久。
　　"参见皇上！"
　　对独孤宸盈盈福身，她迎上独孤宸微冷的眸，又轻飘飘地斜睇了眼边上的沈凝雪，笑吟吟地问道："夜已深，皇上这是要去哪儿？"
　　独孤宸冷笑，笑意未达眼角："小姑姑也知现在夜深了，怎的又到这凤仪宫来了？"
　　"哦……"
　　将声音拉长，独孤珍儿缓步上前，含笑拉过沈凝雪的纤纤玉手，"太后听闻，相府大小姐今夜留在了宫里，便想着让她过去陪着说会儿话！"
　　"殿下……"
　　以前，不知大长公主和自己之间的关系，沈凝雪在她面前，倒也不算拘谨。如今得知她的驸马李庭玉就是当年的玉郎，再被她拉着手，沈凝雪怎么都觉得尴尬！
　　"怎么？"
　　独孤珍儿紧握着她的手，不容她挣脱："难不成大小姐嫌太后老了，不想陪她老人家说话？"
　　"不！"
　　沈凝雪花容失色，否认之余，在心里将独孤珍儿骂了个底朝天。
　　嫌太后老？
　　借她个胆子她也不敢啊！
　　"不是就好！"
　　独孤珍儿弯唇一笑，动作亲昵地拉着她的手："随本宫走吧，莫要太后久等

了！"

见状，独孤宸的俊脸上虽有几分不愿，却不曾阻止。

毕竟，现在要见沈凝雪的人，是他的母后！

"皇上也早些安置吧，春宵一刻值千金啊！"

娇笑着对独孤宸轻眨了眨眼，独孤珍儿微转过身，十分暧昧地看了沈凝暄一眼，明辨她眼底意味，沈凝暄不由心中好笑，连带着嘴角也跟着微微翘起。

独孤珍儿是谁？

那是先皇帝最小的妹妹，自小便被众人捧在手心里，性格活泼不说，还有些乖张！

对于她，独孤宸一向敬而远之！

眼看着沈凝雪心不甘情不愿，一步一回首地跟她离去，他紧皱了浓眉，转身看向沈凝暄，却不偏不倚，瞥见了她嘴角那抹轻翘的弧度！

沈凝暄没想到独孤宸会忽然转身，脸上的笑容蓦地便是一僵！

眼看着他如玉般的俊脸黑得一塌糊涂，她能做的便只有哭笑不得地将唇瓣抿成一条直线。

"高兴了？得意了？"

双眼中阴鸷之色升腾，独孤宸微垂眼睑，深凝着眼前将他气得牙根儿疼的女人："嗯？"

"臣妾没有！"

继续以不变应万变，直接否认，沈凝暄勾头上前，伸手便要去解他腰间玉带："臣妾伺候皇上更衣！"

今夜，是他这辈子心情最差的一夜。

可这该死的罪魁祸首，居然还在偷笑！

怒火顿生，独孤宸毫不客气地抬手拂落沈凝暄的手，语气不善地冷哼道："一个算计亲姐，蛇蝎心肠的女人，也配伺候朕！"

"臣妾不配！"

手背上火辣辣地痛着，沈凝暄不去看独孤宸愤怒的双眼，低垂着头，像是做错了事的小媳妇儿。

静静地凝望着她，独孤宸眼眸深处的厌恶更甚。

上前两步，越过沈凝暄和衣躺在鸾榻上，他冷冰冰地丢下一句："朕睡榻，你睡地！"

"……"

独孤珍儿说，春宵一刻值千金！

34

可对沈凝暄来说，这春宵非但一文不值，她还要在地上睡。

谁让皇上说的话，那就是圣旨呢！

折腾了整整一日，是个人都累了，沈凝暄自然也累，是以，得了圣旨之后，她冷冷勾唇，没有继续找独孤宸的晦气，而是吩咐青儿重新备了一床被褥，安然自得地睡在了地上。

不久，原本灯火辉煌的寝殿里，便只留一盏角灯。

缓缓睁眼，看向睡在地上的女人，独孤宸阴郁黑暗中的眼睛，光火微闪。

这女人，让她睡地，她还真就乖乖睡在地上，倒没有一般大小姐身上的娇气！

只是，不知为何，她越是如此，他心中就越是犯堵！

堵到极致，唯有冷冷一哼，转过身。

夜，寂静无声。

老老实实地躺在地上，沈凝暄倒没觉得有多不适应。想到今日发生的一切，她唇角微扬，眸色深沉如海一般。

自那日选后之后，沈凝雪便不曾出现过。

今日她随圣驾而来，在沈凝暄看来虽在意料之外，却也在情理之中。

就不知，从原本的内定为后，到如今的无名无分，骄傲如她，到底是何心境？

沈凝暄想，那心境必定不会好。

而这，正是她想要的。

翌日，四更未到，沈凝暄还不曾醒来，便觉得有谁在踢自己。

"青儿别闹！"

沈凝暄嘤咛一声，却又很快皱紧了眉头，缓缓地睁开惺忪睡眼，入目便是独孤宸那张俊美到让女人都嫉妒的脸庞，当然……他的俊脸，仍旧如昨夜一般，冷漠无情，仿佛能冻死活人："起来！"

"皇上？"

睡了一夜地板的直接后果是腰酸背疼，腿都快抽筋儿了，沈凝暄竭力挣扎着坐起身来。

看着沈凝暄睡意朦胧的样子，独孤宸讥讽一笑："都快四更了，睡得却还跟死猪一样，你懂不懂规矩？"

"规矩？"

沈凝暄眨了眨眼，还没回神，便觉手腕一紧，被独孤宸从地上拽起来拉到凤榻前。

大红色的凤榻上，一抹洁白之色，显得格外刺眼。

第三章　厌恶，龙争凤斗

微垂眸，沈凝暄的小脑袋瓜总算清醒了过来。

元帕啊！

"四更时，朕会起身上朝，到那时候太后宫里的崔姑姑定会过来取这个……"薄唇轻扯，独孤宸冷凝着沈凝暄，满脸鄙夷之色："若这上面没东西，你可想过会有什么后果？"

"她们会认为臣妾不贞！只是……"转身看向独孤宸，沈凝暄苦笑道，"这元帕为何是干净的，皇上比臣妾更清楚不是么？"

独孤宸挑眉，抱胸，笑得邪佞："反正昨夜，朕已然跟皇后圆过房，至于这元帕为何是干净的，那要你自己去想办法！"

沈凝暄闻言，冷笑："这个好办！"

说话间，她抓起独孤宸的手，用力咬在他的拇指上！

她的动作很快，快到独孤宸猝不及防，待他反应过来，自己的手指已然到了沈凝暄的嘴里，紧接着便是一阵剧痛袭来。

"嘶——"

眉宇紧皱，将手从沈凝暄口中骤然抽离，他一脸惊怒地凝视着眼前女子，仿佛要把她生吞活剥了。

从来，他都是高高在上的一国之君。

何曾有人，胆敢动他分毫。

可眼前这该死的女人，竟然敢咬他！

低眉看了眼手指上沁出的丝丝殷红，独孤宸立时暴怒了。

她，吃了熊心豹子胆了！

竟然，竟敢……下得去口！

"皇上恕罪，是臣妾太心急了！"

沈凝暄看了眼独孤宸阴云密布的俊美容颜，惊慌失措地伸手扯了鸾榻上的巾帕覆在他的手指上。低垂着眼睑，不去看他，却能感觉到头顶上方那刺冷的冰寒，她满脸的担忧和自责："若元帕无痕，所有人都会认为臣妾不贞，想到这些臣妾害怕，一时心急就……就……"

话，说到最后，沈凝暄瘪了瘪嘴，瞬间便红了眼眶。

"你还狡辩！"

看着沈凝暄泫然欲泣的模样，独孤宸对她竖着自己被咬伤的大拇指，心里头那个气啊！

看着独孤宸手指上的血痕，沈凝暄攥紧了元帕，极力忍着笑，轻眨了眨眼眸，任晶莹的泪滴滚落，委屈得不得了："一切都是臣妾的错！"

她一语刚落，内侍总管荣海的声音便在殿外响起："启禀皇上，太后宫里的崔姑姑到了。"

"沈凝暄，你等着！"

独孤宸俊脸一沉，竖着拇指的大手顿了顿，拂袖向外走去。

"臣妾恭送皇上！"

轻轻福身，目送独孤宸离开，沈凝暄神情渐渐由怯懦化作凛然，看着寝殿大门缓缓关上，她原本紧绷的心弦一松，不由脚底发飘，身形轻轻晃动。

"娘娘？！"

青儿伸手扶住沈凝暄的手臂，感觉到她的轻颤，满脸的担忧和自责："全都是奴婢的错，奴婢不该擅作主张请太后出面，害得皇上迁怒娘娘……娘娘？！"终于感觉到沈凝暄的不对劲，青儿低头一看，却见沈凝暄哪里是吓得发颤，根本就是笑得花枝乱颤！

没错，她在笑。

人们都道当今圣上，沉稳冷厉，却有谁见过他被气得跳脚的模样，见识了一国之君吃瘪的样子，她能不笑么？

昨夜沈凝雪得意而来，败兴而归，她能不笑么？

轻叹一声，脸上的笑容虽略显苦涩，却淡然婉约，沈凝暄眸光上扬，睨了青儿一眼："该来的，总是会来，昨夜的事情怨不得你，你不必放在心上，但日后在深宫之中，你一切当如履薄冰，万不可自作主张！"

崔姑姑进殿之时，青儿正在为沈凝暄梳头。

进殿之后，崔姑姑先到沈凝暄面前行了礼，道了万安，并嘱咐她等到皇上下朝，需到太后所居的长寿宫请安，便亲自取了元帕告退了。

平日在相府时，沈凝暄从来都是芙蓉净面，不施脂粉的。

反正都不是真容，描绘得再美，也不是真正的她，她也就没了女为悦己者容的心思。

但是现在不同了。

现在，她是大燕国的皇后。

身在后位，该有的威仪，总是要有的。

也正因如此，今日在青儿与她绾起高髻，描绘浓妆时，她并未出言阻止，而是与青儿出谋划策，怎么端庄怎么来。

洗漱梳妆完毕后，沈凝暄便在凤仪宫等着，不过……她没有等来皇上，却等来

了内侍总管荣海!

荣海进殿,对沈凝暄躬身行礼,只道皇上下了早朝之后,便从前朝直接前往太后所居的长寿宫,让沈凝暄立即起驾,前往长寿宫与圣驾会合。

她,可以拒绝么?

当然不能!

看着面前一脸忧色的荣海,沈凝暄并未为难他,而是谦和一笑,将如青葱般的玉手搭在青儿腕上,由荣海引路前往长寿宫。

殿外,春雨丝丝而落,透着几许微凉。

细雨蒙蒙中,凤辇缓缓前行。

端坐凤辇上,沈凝暄梳高髻,眉心贴着一朵梅,妆容大方婉约,虽无倾城之貌,却透着几分别样风韵。

许久,凤辇于长寿宫外停下。

自辇上款步而下,她微抬眸子,入目便是那雨中伫立的挺拔身影。

当下的独孤宸,仍穿着朝服,那耀眼的明黄,虽是远远望着,却格外耀眼,让人无法忽视他的存在。而他根本不曾看到她,跟对面之人笑说着什么。

眉心轻颦,沈凝暄的视线缓缓后移,却见巍峨的长寿宫门匾下,有一锦衣男子,正与他含笑相对。

定睛望去,看清男子容貌,她瞬间微眯了眸,心下更是深深一悸!

此刻,站在独孤宸对面的男子一身锦衣,腰扣翡翠玉带,身形修长,容貌俊朗。似是感觉到沈凝暄的视线,他微微侧目,一双如寒星一般的双目,在睇见沈凝暄时,不禁微微闪动,随即变得愈发深邃。

竟然……是他!

相隔数米,与男子遥遥相望,沈凝暄心中似是有惊涛骇浪袭来。

那个人,她太熟悉了。

熟悉他的眉,他的眼,他的一颦一笑,他的神采飞扬!

可是,以他的身份,怎会出现在这深宫之中?

心中疑问一个接着一个,沈凝暄紧紧攥着手里的帕子,心思百转。

遥想过去两载,他们名义上虽是先生和学生,但相处之中,却是亦师亦友……他们之间的关系虽算不得无话不谈,倒也兴趣相投,这样的关系,一直维持到那一夜……

怔怔地,站在凤辇前,迎着他光华灼灼的目光,她轻叹一声,心中震惊渐渐敛去,取而代之的,是一片淡然。

直到此时,她才发现,其实对萧逸,她一直都知之甚少,少到她竟不知他到底是谁!

彼时,独孤宸察觉到萧逸的视线,已然微微转身,见沈凝暄站于凤辇前一直不曾上前,他轻蹙了蹙眉头,继而薄唇微勾,声音温润动听:"皇后既然到了,还愣在那里作甚?若有心思赏雨,也该等到给母后请过安才是啊?"

温润如玉,风华绝代。

独孤宸嘴角微翘的弧度完美至极,与沈凝暄记忆里那个只见过一面的男人重叠。

前世,她初见他时,他笑得如那三月春风,温煦怡人,让她觉得惊为天人!那时的她,心下懵懂,竟觉心如小鹿乱撞一般……她永远都不会忘记,他笑看自己时,自己羞赧脸红的模样。

但是昨夜,她却也见识了他薄情寡性,不为人知的一面。

而她,再没了那心动的感觉!

心下暗暗一叹,沈凝暄直接忽略独孤宸话里的挖苦之意,始终不曾再多看萧逸一眼,淡笑着于细雨中缓缓上前:"臣妾参见皇上!"

见她一直低眉顺目的样子,独孤宸的心里,没来由地有些来气。

轻挑俊眉,他邪笑着与她靠近,故意在她耳侧以对方能够听到的声音亲昵低语道,"皇后初入宫闱,便遇到故人,何以视而不见?"

馥郁的龙涎香,伴着独孤宸温热的气息,轻轻地吹拂在脸上,让沈凝暄微拧了眉。

知他定是早已知道她和萧逸之间的关系,她倒也不曾闪躲,抬头便看向对面不远处,自己既熟悉又陌生的男子,落落大方道:"皇上明鉴,眼前之人,曾是臣妾的先生,更是姐姐的倾慕者,自臣妾当选为后,他便负气远走,与臣妾再无瓜葛!"

"是么?"

轻挑俊眉,独孤宸饶有兴味地看着萧逸的俊脸。

"呵……"

萧逸心下隐隐一叹,面上却是淡淡一笑,算是应了沈凝暄的说法。

"怎么?先生见了本宫还不行礼么?"红唇微微弯起,沈凝暄对萧逸淡淡一笑,不留一丝情面,"如今在这深宫之中,本宫是为皇后,你纵是还要为姐姐打抱不平,也该遵循应有的礼数才是!"

"是!"

萧逸闻言,轻拧了眉,看似心不甘情不愿地对沈凝暄拱手行礼:"独孤萧逸参见皇后娘娘!"

虽然早已料到,但真正听他在名前加上独孤二字,沈凝暄心中还是忍不住窒了窒。

第三章 厌恶,龙争凤斗

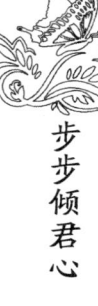

"皇兄虚长朕一岁，父皇在世时已有了封号，是为齐王。"嘴角处，笑意若隐若现，独孤宸像是看戏一般，视线在两人之间来回穿梭片刻，方才对沈凝暄低声说道，"皇后还不受礼？"

原来，他是齐王！

为此时才知萧逸的真正身份心中浮上一种说不清道不明的感触，沈凝暄淡淡地敛起眸光，不曾看他一眼！

眼前的两个男人，一个是当今圣上，前世里多看她一眼便送了她的命，也算是间接害死她的凶手，一个是皇亲贵胄，与她朝夕相处两年，口口声声说爱她，却隐瞒真实身份……

他们，与她，全是孽缘！

心下如是悠悠一叹，倔强地没有受礼，沈凝暄淡淡抬眸，对上独孤宸深潭般幽深的黑眸："太后在等着了，皇上和臣妾该早些进去请安才是。"

闻声，独孤萧逸拱手的动作微微一僵！

不曾错过萧逸细微的举动，独孤宸眸中星光点点，凝视沈凝暄片刻，他忽而一笑，对她伸出手来："走吧，朕的皇后！"

"臣妾遵旨！"

深凝着眼前独孤宸如玉般的手，沈凝暄心下冷笑，却轻轻地将自己的手置于他温热的大掌之中。

人前宠爱，人后苛待，他能做得出，她便与他演到底。

"王兄，还愣着作甚？一起进来陪母后用膳！"淡淡地，瞥了独孤萧逸一眼，独孤宸牵着沈凝暄自他身前走过。

静待两人先行，独孤萧逸原本拱起的双手缓缓垂落，却又紧紧握起，凝望沈凝暄的背影许久，他眸光轻轻闪动，久久无法平静。

长寿宫大殿，浓郁的苏合香扑面而来。

大殿上位，如太后一袭暗紫色花团锦衣，安然于座。在她身侧，大长公主独孤珍儿一脸恬笑，正与如太后低声闲聊着。

"皇上驾到！皇后娘娘驾到！"

听闻殿外唱报之声，独孤珍儿轻笑了笑，与如太后一起将视线投注到殿门处。

皇后大婚伊始，今日的如太后，妆容格外隆重。

虽说如太后已过四旬，但因保养得宜，从其此时精致的容貌，便可窥见她年轻时的绝代芳华，无须仔细端详，只匆匆一瞥便不难看出，独孤宸的俊美容颜，便是承袭了自己的母后！

入殿之后，沈凝暄在太后面前跪拜见礼。

"臣妾参见太后，太后娘娘福寿安康！"

"皇后免礼！"

与独孤宸的冷不同，在见到沈凝暄时，如太后性情慈爱，加之有大长公主在旁，沈凝暄原本忐忑的心，便稍稍安定几分。

不多时，膳食间摆膳。

精良偌大的膳桌之上，沈凝暄与独孤宸，分别围坐太后左右，依次往后便是大长公主独孤珍儿和齐王独孤萧逸。这样的位置，使得沈凝暄每每抬眸，便会看见对面而坐的独孤萧逸。

如此，她一顿早膳用得如同嚼蜡一般，全然不知是何滋味。

进膳之时，如太后偶尔与沈凝暄闲谈几句，沈凝暄也含笑一一作答，见她知礼守礼，如太后满脸欢喜。

看着两人相谈甚欢的样子，独孤宸看向沈凝暄的眼神，变得越发冷凝。

感觉到他周身散发的冷意，沈凝暄抬起头来，与他四目相交，却又暗自讪笑着将视线移开。

从太后口中，沈凝暄得知，沈凝雪已于昨夜被送出宫去，听到这个消息，独孤宸脸上虽是在笑着，周身所散发的寒意，仿如那万年冰山一般，冰寒彻骨！

独孤宸的不悦，沈凝暄可以清楚地感觉到。

她之所以可以进宫，全凭太后撑腰。自然也知道，太后多喜欢她一分，独孤宸心里对她的厌恶就会增加一分。

不过……

世上之事，从来都难以两全，是以，既得不到他的欢心，她便只能退而求其次与太后亲近了。

只要太后喜欢她，她在这深宫里便有了倚仗。

仗着这份喜欢，她就能让前世里害了她的那些人，都活得不痛快！

边上，独孤珍儿似是察觉到两人之间的暗流，唯恐天下不乱地笑问了一句："太后送走了沈大小姐，皇上不高兴了？"

如太后微拧了眉，轻瞥了独孤宸一眼。

"小姑姑又开玩笑了！"

含笑起身，却在侧身之时狠狠地剜了沈凝暄一眼，独孤宸对太后躬身："儿臣用好了，先行告退！"

沈凝暄闻言，也跟着站起身来："臣妾也先行告退了！"

他走，她自然也得跟着一起走。

第三章　厌恶，龙争凤斗

见两人如此，太后神情微黯，轻轻摆了摆手！

出得长寿宫，独孤宸脸上笑意敛去，冷冰冰地斜睨着沈凝暄。

暗叹这人的脸，比现在的天儿都要阴沉，沈凝暄微撇了撇嘴，十分识趣地跟在他身后，缓缓步下台阶，行至御辇前。

"皇上，请！"

辇前，荣海一脸恭谨地弯着身子，撩起辇车帘帐。

看了眼身前的辇车，独孤宸倏然转身，冷冷地看向沈凝暄："太后将雪儿送回相府，你心中很得意？"

"皇上……"

抬眸迎向他冰冷的视线，沈凝暄唇齿微动，想要说些什么，却终是作罢！

傻子都知道，现在不管她说什么，都会是错的，倒不如三缄其口，当个哑巴！

只是，她这样缄口不言的样子，看在独孤宸眼里，却让他更加光火。

抬眼扫了眼细雨纷飞中的宫廷，他没有多少温度的声音在沈凝暄耳边响起："今儿朕不乘龙辇，与皇后散步赏景……如何？！"

沈凝暄苦笑了下。

如何？

她可以拒绝么？

独孤宸不等她出声，已然顶着细雨，大步流星地朝着御花园走去。

"这……"

手里撑着伞，荣海看向沈凝暄："皇后娘娘！"

"把伞给本宫吧！"

看着他负气而去的挺拔身影，沈凝暄只得撑着伞跟了上去。

前方，独孤宸的步子迈得很大，一点都不担心沈凝暄会跟不上，害得她只得拼命加快步伐才能不被落下。

如此，也就罢了！

要命的是，每一次，她好不容易跟上，他却又故意加快步伐。而她手里的伞，又要撑在他的头顶……这明摆着是在戏弄她！

几番追逐过后，沈凝暄的身上和脸上，早已被雨水打湿，心下不忿，她伸手拂去脸上的雨水，气喘吁吁讽刺出声："皇上这步散得，还真是健步如飞啊！"

"哼！"

薄唇轻轻勾起，独孤宸哂笑一声，再次加快脚步。

见状，沈凝暄心下一凛，冷笑一声，她脚下佯装一绊，惊叫声中，任手中雨伞飘落，整个人朝独孤宸身上扑去……

42

独孤宸身上功夫不弱，本可以轻松躲过朝着自己扑来的沈凝暄，但沈凝暄打定了主意要将他扑倒，在身子失去平衡之前，一手便扯住了他腰间的玉带，连拉带拽地将他以嘴啃泥的姿势扑倒在湿濡的青石地上，一不小心，拿他当了垫背的！

"沈凝暄！"

短暂的静室后，独孤宸震怒的吼声直冲沈凝暄耳膜，震得她面色一变，手忙脚乱地站起身来，看着地上要多狼狈，就有多狼狈的一国之君，她强忍着笑意，低垂着头，颤巍巍地解释着："皇……皇上……臣妾不是故意的，臣妾是不小心……您走得太急……臣妾……臣妾……"

"闭嘴！"

伸手抹了把溅满雨水的俊脸，独孤宸语气冷凝，将牙根咬得生疼："依你所言，一切都是朕的错？"

从昨夜到今日，沈凝暄进宫以来，他心里就没痛快过，原本想到方才在长寿宫，她跟太后和大长公主热络的模样，他心里的怒气便不断地翻涌，现在更好……低眉看着自己身上的水渍，他俊美的容颜上，不禁透出几分狼狈！

"臣妾没那么说！"

不曾抬头去看他，沈凝暄将头埋得极低，声若蚊蝇，"是臣妾体力不支，跟不上皇上的脚步！"

"沈凝暄！"恶狠狠地瞪视着眼前低眉敛目的小女人，独孤宸语气阴沉道，"你咬朕一口，是一时心急，现在害朕摔倒，是不小心？你以为朕会相信你的话？"

"皇上，臣妾真的是不小心！"嘴巴下撇，沈凝暄缓缓抬头。

"你……"

目光轻抬，独孤宸本想斥责沈凝暄鬼才相信她的话，却在看见她因淋雨而满脸花猫似的妆容时蓦地一怔，而后抽了抽嘴角，竟忍不住轻扬了唇。

凝着他唇角扬起的弧度，沈凝暄不禁微愣了愣。

自她昨夜入宫之后，独孤宸便吝啬于他的笑容。

即便是笑着，他的笑也从来都是带着奚落的，嘲讽的笑，但他现在嘴角的那抹弧度，却是纯粹而干净，那份纯粹融化了他俊脸上原本刚毅的棱角，竟让沈凝暄恍然觉得，似是回到了前世……

"看什么看！"在沈凝暄灼灼的注视下，独孤宸嘴角的弧度，渐渐收敛，甩了甩衣袖上的水，他看着她脸上被雨水浸融的妆容，语气中透着轻蔑之意："还真是个不折不扣的丑女人！"

闻言，沈凝暄蓦然回神。

意识到他的神情，她俏脸微微一黑，伸手轻抚脸庞，摊开手来，看着指端的点

第三章 厌恶，龙争凤斗

点黛色，她挑眉看了看独孤宸身上的衣裳，笑叹道："臣妾和皇上，还真是天生一对！"

"谁跟你天生一对！"

刚刚平复的怒气，因沈凝暄的一句话而死灰复燃，独孤宸轻皱着眉宇，脸色阴郁，深瞳中嫌弃之色昭然！

"好吧！"

见状，沈凝暄在心底暗暗撇嘴，脸上却仍是一脸淡笑地看着独孤宸："皇上和姐姐才是天生一对！不过可惜了，如今臣妾才是皇后，姐姐与皇上纵是再如何相配，在这世上都没人敢说，她跟皇上是天生一对啊！"

她知道，她的淡定从容，会让他更加厌恶自己，提到沈凝雪会让这份厌恶更甚。

不过怎么办？

不求他的欢心，却总是被他厌恶着，她现在真的很不爽……就是想气他！

然……出乎她的意料，这次听了她的话以后，独孤宸竟然没有立即发火，而是将轻抿的唇角忽然扬起，似笑非笑地上前一步，眸光忽而深邃，忽而锐利地紧盯着她："女人，你知道，朕现在最想做的事情是什么？"

迎着他冰冷的眸，沈凝暄直觉丝丝寒意自脚下蔓延开来，"是什么？"

笑容敛去，便是极寒，独孤宸凑近沈凝暄耳边，眸光犀利地轻轻吐息道："让你从朕眼前永远消失！"

"看来皇上当真是恨臣妾入骨啊！"

深凝着独孤宸看似温润，却又极为冰寒的容颜，沈凝暄强稳了稳心神，不禁无奈一叹："只可惜臣妾凤权在握，是为太后所选，又深得她老人家喜爱，像不得宫里那些不知名的女人，说消失便能消失掉！"

"好一句深得太后喜爱！"

独孤宸冷冷一笑，以冰冷寒彻骨的视线紧紧地盯着沈凝暄。

被他锐冷的视线盯得头皮发麻，沈凝暄刚要启唇，却听独孤宸的声音在自己耳边再次幽幽响起："朕不能让你消失，那你身边的人呢？比如你的贴身丫头……"

沈凝暄微愣，随即脸色陡变！

他指的是青儿！

"皇后的脸色怎会忽然如此难看？"见她如此神情，独孤宸冷笑着扬眉问道，"可是怕了么？"

"臣妾怕死了！"

深深地，凝视着独孤宸微微翘起的嘴角，沈凝暄心下凛然，却又觉得有几分好笑！

身为帝王，他竟然拿她身边之人来威胁她！

她能说他卑鄙么？

或许，在前世里，对他，她是有心的。

但她前世的惨死，或多或少都与他脱不了干系。

如若不是他的见异思迁，沈凝雪又怎会对她狠下毒手！

记忆中，那一刀刀割下的剧痛浮上心头，沈凝暄忍不住紧握秀拳。

前世惨死，今生重活。

面对这样的他，她算不上恨，却也在感情上不再有一丝希冀。

今生，她所要的，并非是荣华富贵，也不是他的宠爱，而是虞氏和沈凝雪的报应！

心中思绪，百转千回！

想到过去，想到青儿的安危，沈凝暄暗自吸了口气，微微地扬起下颌。

此刻，她脸上的妆容虽然早已被雨水浸花，但却神情淡然，眸光清远透亮："臣妾知道，皇上想要的是臣妾的姐姐，并不喜欢臣妾，如今臣妾入宫，夺了姐姐的位子，皇上自然龙心不悦。臣妾知道，不管臣妾说了什么，皇上终究只会信姐姐所说，与其这样，臣妾什么都不说，只求日后臣妾在宫中过活皇上不要太过介怀，因为……不只是皇上厌恶臣妾，臣妾对皇上，也并无一丝好感！"

"你说什么？"

独孤宸有些不相信自己耳朵所听到的，俊眉微拢，目光阴冷地斜睨着沈凝暄："你敢把刚才的话再说一遍！"

"再说一遍也是一样的！"

目光淡淡，迎视着独孤宸阴鸷的双瞳，沈凝暄并未因他眼底的清冽而胆怯退缩，而是倔强地扬起下颌，"皇上大可放心，臣妾所稀罕的，只是皇后之位，对皇上可相敬如宾，却并无一丝好感！"

"你……"

又一次，被眼前其貌不扬的女人气到胸口怒气翻涌，独孤宸强压着火气，俊脸黑得那叫一塌糊涂："你这个心机深沉，不知天高地厚的女人，吃了熊心豹子胆了你……"

后宫之大，佳丽三千，无不为他趋之若鹜。

她们费尽心机，在他面前察言观色，绞尽脑汁地想要讨他欢心，她们爱他，爱到恨不得将她们的心掏出来给他看，可眼前这个可恶的丑女人说什么？她居然说……她稀罕的只是皇后之位，对他没有一丝好感！

可恶！

眼看着独孤宸出离了愤怒，沈凝暄并不惊慌，而是淡淡抬眸，似是挑衅一般，迎上他冰冷的，阴鸷的，足以吓死人的狠戾双眸！

第三章　厌恶，龙争凤斗

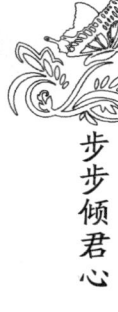

只这淡淡一眼，独孤宸的脸色瞬时便又黑了黑。

微微垂眸，不再与独孤宸对视，沈凝暄弯身将雨伞拾起，上前两步，轻叹着出声道："正如皇上所言，臣妾心机深沉，抢了姐姐的皇后之位，不知天高地厚，一再惹得皇上动气，但无论如何，皇上终究是皇上，深知臣妾的软肋在哪里，所以今日臣妾认错，认输，从今往后，在这深宫之中，臣妾会安分守己……还请皇上大人有大量，高抬贵手，放过臣妾身边的人！"

语落，沈凝暄弯唇浅笑，伸手拉起他白皙有力的大手。

没想到沈凝暄会忽然低头，独孤宸听她一席话，一时间有些怔愣，再加上她的忽然碰触，他身形蓦地便是一僵，一时间竟然没了反应。

"臣妾告退！"

含笑将手里的雨伞塞到独孤宸手里，沈凝暄在他的注视下，毅然转身，微仰着头，迎着丝丝落雨，步伐坚定地抬步离去。

独孤宸对她冷嘲热讽，她便故意气他，看着他被气得火冒三丈，她心中着实爽快，不过即便如此，她却还没傻到拿青儿的性命跟他赌气！

她这个活了两世的人，多少可以揣摩到独孤宸身为帝王者的脾性！

世上有一种人，遇强则更强，独孤宸偏偏就是这种人。

她若一直跟他对着干，他对她的态度，势必更加恶劣，如此还会威胁到青儿的安危，与其这样，她更乐意以退为进，独留一隅云淡风轻！

"沈凝暄！"

几乎咬牙切齿地寒声喊出沈凝暄的名字，看着她渐行渐远的身影，独孤宸眉头紧拧着，原本冷峻不善的神情，一点一点地慢慢龟裂开来！

沈凝暄不用想也知道，独孤宸的脸色，铁定难看得厉害。

不过，不管他的脸色多难看，她都没准备回头去看，而是加快步伐，快速消失在他的视线当中。

迎着微雨，一路向前。

一连穿过两座园子，她转身向后张望了眼，见独孤宸并未追来，这才脚步稍稍放缓。

细雨中，百花娇艳更甚。

伸手轻抚耳际湿濡的发丝，她微抬眸，仔细打量着自己身处的园子。

眼前，奇石嶙峋，曲径通幽，入目皆是上好佳木，郁郁葱葱。

缓缓合上双眸，深深地，呼吸着，花草清香伴随着雨后泥土的味道沁人心脾，沈凝暄满足地喟叹一声，眉心轻蹙，又四下张望了下，看着园子上面的角门，她的好心情一扫而空，苦笑着撇了撇嘴。

这园子，四通八达。

可，哪一个门，是通往凤仪宫的？

眉心皱紧，回头看了看来时的方向，想到自己临走时独孤宸的那一声怒吼，她暗暗咂舌，尝试着朝一个方向走去，可越往前走，就越是迷糊，无奈之下，她只得决定既来之则安之，就在原地等着有人来寻她！

庭院里，百花争艳，江南风格的木质小桥下流水潺潺，鱼儿游弋，见此景象，沈凝暄轻弯了唇，缓步上前，扶着桥栏蹲下身来。

水面上，雨丝飘落时，荡起圈圈涟漪。

心意一动，沈凝暄轻撩河水，将微凉的河水掬在脸上，欲将脸上如花猫般妆容洗净。

时候不长，一张素净的脸庞跃然水上。

凝着水波荡漾中的那熟悉而又平庸的脸，沈凝暄淡雅一笑，刚要扶着桥栏站起身来，却觉有人在身后推了她一把，脚下一滑，踉跄着扑通一声跌入河中！

四月的天，虽不再寒冷，河水却透着冰寒。

一头扎在水里，毫无防备的沈凝暄，一连被呛了好几口水，剧烈喘息着，她挣扎着滑动双臂，怎奈原本便十分厚重的裙裾，在浸染了河水之后，越发湿沉，坠得她不但不曾前行，反倒一直往河底坠落。

"咳咳……"

被冰冷的河水呛得眼泪模糊，她奋力拍打着河面，可即使水花四溅，却仍旧止不住自己的身子继续下落。

没有人知道，重生之后，沈凝暄学会了多少前世里不曾学过的东西。

但是，在边关多年，终日以黄沙为伴，她什么都学了，却唯独不会水。

喘息之间，感觉到脚下好像有个看不到的漩涡，一直在拉着她往下沉，她紧咬着牙，用尽全身的力气踢打着腿，但她越是如此，那股力量就越大！

"咳咳……"

剧烈的挣扎之中，又被狠狠地呛了口水，沈凝暄的头顶缓缓没入水中。

冰冷的河水，浸湿了她高高绾起的髻团，如寒锥一般，无情地刺入她疲惫不堪的四肢之中，那抹源自于心底的锐冷，箍住了她的全身，累得她再也无力动弹！

沈凝暄，你就这么死了么？

你如果死了，岂不是便宜了沈凝雪那贱人？

你的仇还没报，怎么可以如此轻易地死去？

心中，忽然间有一道声音在叫嚣着，身陷绝境中的沈凝暄，忽然在水中睁开双眼，拼尽自己全部的力气挥舞着四肢，直到一只大手缠上她的纤腰，将她用力往上带去……

"咳咳……"

重出水面，新鲜空气冲入心肺，沈凝暄剧烈咳嗽几声，将呛入口鼻的水悉数咳出。

身后，略显粗重的喘息声吹拂在耳边，感觉到紧搂自己腰间的健壮臂，她微怔了怔，想要仰头去看救了自己的人是谁，却因方才挣扎时，她早已耗尽了全部力气而无力为之。

"别动！"

察觉到她的意图，紧搂着她腰身的男子不由低斥出声。

这声音……

明辨那熟悉且低沉的嗓音，沈凝暄心下稍定，在这一刻，她竟忽然觉得，他低哑粗嘎的嗓音，竟是如此动听！虚弱一叹，早已无力忌讳身后之人的身份到底有多敏感，她后仰着身子，将自己全部的重量依偎在那人怀里，任对方带着自己朝着岸边游去。

感觉到她的身体的重量，独孤萧逸原本紧皱的眉头微微舒展，同是无奈一叹，然后挟带着她朝着岸边游去。

淡蓝色的锦衣，在浸过水后变为深蓝，独孤萧逸虽是精疲力竭，却仍然咬牙将沈凝暄带上了岸，与她一起滚落在岸边绿油油的草地上。

吃痛地轻抚手臂，沈凝暄龇牙咧嘴地皱着眉头，察觉到腰际有力的手臂，她挣扎着就要坐起身来："你放开……"

"这就是你想要的？"

熟悉而又饱含嘲讽的男声在她耳边响起，独孤萧逸眸色微暗了暗，疾言厉色地问道："你知不知道，今日若非我在……若非我救了你，你便会活活淹死……"

"放开本宫……"

想要挣脱，却气力殆尽，沈凝暄微抬眼帘，见独孤萧逸正如鹰鹫一般，目光阴鸷地紧盯着自己，她紧咬了下唇，就势仰躺在冰冷的草地上，讽刺地一叹："放手吧齐王殿下，你可知道，如若你我现在这般让人看了去，还不如方才让我活活溺死！"

心，猛地便是一揪，沈凝暄的话，让独孤萧逸身形微僵！

双眸之中，闪过一抹深沉的痛色，他微闭了闭眼，翻转仰躺着，如她所愿，将她放开……

48

第四章 立威，不卑不亢！

　　瞥见独孤萧逸眼底的那抹沉痛，沈凝暄的心底，说不出是一种什么样的滋味，酸酸的，涩涩的，紧咬着唇欲要坐起身来，她齿下的动作，十分用力，以至于将唇瓣都咬出了血来。

　　"你觉得你在相府的日子，过得苦么？"

　　看着欲起身的她，独孤萧逸心下凄凉，说话的语气幽幽的，让沈凝暄忍不住心头一颤："在相府，你或许过得苦，但不至于丢了性命，可这皇宫是个吃人不吐骨头的地方，即便你贵为皇后，也需小心谨慎，如履薄冰一般地过活，否则……说不定什么时候，就像今日这般，糊里糊涂地丢了性命！"

　　"我知道！"

　　淡淡回声，声音里听不出太多的情绪波动，沈凝暄轻颤着身子站起来，终是垂眸看向他："多谢！"

　　独孤萧逸闻言，心下一冷，嗤笑着问道："沈凝暄，我真想看看，你的心是不是黑的！"

　　"不劳齐王殿下费心去看，本宫的心，本来就是黑的！"沈凝暄淡漠一笑，倔强转身，却在转身之际，忍不住让泪水模糊了双眼。

　　原本，他们亦师亦友。

　　但，今日再见，他们一个是皇后，一个是齐王，将会是两条永远都不可能交会的平行线！

　　她没想到，再次濒临死亡，竟是他救了她！

　　她亦知道，他对她所说的那番话，都是为了她好！

　　但是怎么办？

她不能告诉他，前世就是在相府，她丢了自己的性命！

而她入宫，便是为了复仇！

她和他，既无缘，亦无分。

这一切，在她重生那一刻起，便早已注定！

他，她配不上，碰不起，便唯有能躲多远，就躲出去多远！

思绪飞转中，沈凝暄抬起手臂以湿冷的裙袖拭去眼泪，却在抬眸之际，瞥见不远处那抹耀眼的明黄！

脚步猛然一顿，迎向独孤宸那双波澜不惊的眸，她的心刹然转冷！

忆起方才害她坠入河中的那股力道，还有在水下时那致命的窒息感，她本就抖个不停的身子不禁剧烈瑟缩了下，而后快步上前，仰头凝视着独孤宸，语气不善地出声问道："是皇上么？"

"什么？"

凉讽之意毫不吝啬地浮上嘴角，独孤宸双臂抱胸，居高临下地俯瞰狼狈不堪的沈凝暄，眉头微微皱起，他语气冷然道："你是白痴吗？不知雨天路滑，近河边便有失足的危险吗？"

眼前的沈凝暄，面色惨白，发髻散乱，浑身上下皆已湿透，哪里还有身为皇后该有的端庄和威严！

这样的女人，没姿色也就罢了，难道连基本的常识都不懂么？

"原来真的是皇上！"

轻轻嚅动嘴唇，沈凝暄自嘲一笑，颤抖着身子，越过独孤宸向外走去。

前世里，他多看了她一眼，沈凝雪便毁了她的脸，要了她的命，却不想今生，他竟因为自己抢了沈凝雪的后位，不惜亲自出手，置她于死地！

独孤宸和沈凝雪，他们两人，还真是天生一对！

好！

很好！

如此最好！

今日之后，在这深宫之中，她再毒再狠，对他也不会有一丝负疚！

"脑子也进水了！"

冷哼一声，看着不停哆嗦着，艰难前行的沈凝暄，独孤宸轻敛了眸，神情变得高深莫测！

随着沈凝暄的离去，园内再次恢复以往的平静。

宽阔的河面上，随着雨水的洒落，荡起阵阵涟漪，在不久前沈凝暄落水之处多出一道人影。

这人英姿挺拔，一身淡蓝色的锦衣早已湿透，却丝毫不影响其俊逸出尘的气质，此刻……他那明亮的双目如寒星一般，正聚精会神地盯着脚下并未被雨水打湿的青石。

在青石上站了许久，独孤萧逸微微抬头，仰望着头顶上方遮去风雨的林荫……

远远地，看着河边的独孤萧逸，独孤宸轻皱了皱眉。

抬步上前，见独孤萧逸身上的衣衫同样湿淋淋的，他不禁微眯了眯，声音清冷道："王兄好雅兴，这个时候竟在此处赏雨！"

蓦地转身，对上独孤宸微眯的深瞳，独孤萧逸淡笑着勾了唇角，对他躬了躬身，如实说道："方才皇后娘娘在此地落水，幸得臣下所救！"

"是么？"

微眯的眸底，绽出一缕精光，独孤宸再次轻皱眉宇。

"皇上请看！"

缓缓蹲下身来，伸手抚过青石上两道划痕，独孤萧逸的眸光，渐变深邃："方才娘娘为了防止意外，特意将近水之地选在了地面干燥的林荫下，但即便如此，她却仍旧落水，加之这划痕的深度……"

"王兄想说什么？"独孤宸眸色微深，出声打断独孤萧逸未说完的话。

"臣下觉得，今日之事并非意外……"与独孤宸四目相对，独孤萧逸略一挑眉！

听闻独孤萧逸所言，独孤宸的脑海中忽然闪现沈凝暄仰头质问自己的情形。

"真的是皇上么？"

如果这一切不是意外，那么她以为……是他推她下河的么？

还真是荒谬！

"皇上？"

见独孤宸闪神，独孤萧逸不禁出声轻唤。

微微回神，垂眸睨了眼独孤萧逸脚下的划痕，独孤宸薄唇冷冽一勾，眸色阴冷道："王兄的意思，朕懂，不过既是她费尽心机要入主后宫，就早该想到，那皇后之位，不是谁想坐就能坐的，有朝一日她也许会成为别人的眼中钉肉中刺！"

闻言，独孤萧逸看着独孤宸，脸色微变了变，终是叹道："皇后娘娘是如何进宫的，臣下不敢妄议，不过……今日皇后方才入宫一日，便有人胆敢如此肆无忌惮地动手，倘若今日臣下不是凑巧经过这里，皇后娘娘将是大燕国第一个被淹死的皇后，到那时候，我大燕国的后宫，将成为全天下最大的笑柄！"

独孤萧逸的话尚未说完，独孤宸便紧皱了眉宇，脸色一时难看极了。

"臣下言尽于此！"

第四章 立威，不卑不亢！

深看独孤宸一眼,独孤萧逸微微垂眸,略一躬身:"这身湿衣裳,着实让人难受得紧,还请皇上容臣下先行告退!"

一直以来,行走于深宫之中的独孤萧逸都是温和无害的。

独孤宸知道,这是他明哲保身的方式。

但是今日,他却多言了。

看着眼前一身湿衣的他,独孤宸轻皱了浓眉,一双阴鸷的双眼中不见丝毫暖色:"去朕宫里,换件朕的衣裳吧,省得着凉!"

"谢皇上!"

淡笑颔首,独孤萧逸转身离去。

凝着他离去的背影,心中想到某种可能,独孤宸面色一沉,眸中瞬间深邃入海。

一向生性淡漠的独孤萧逸竟会为沈凝暄说话,这是否就意味着,他心里的那个人,不是美若天仙的沈凝雪,而是其貌不扬的沈凝暄么?

若是如此,事情反倒变得有趣了!

拖着一身湿衣,沈凝暄心情沉重地沿着原路折返。

带着死里逃生的惊惧,她一路上心中所想,除了独孤宸,还是独孤宸。

想到背后推自己落水的那双手,想到他紧皱着眉头,冰冷无情的眼神,本就全身湿透的沈凝暄只觉浑身发寒。

恍然之间,听闻不远处有脚步声窸窸窣窣传来,沈凝暄轻嚅唇瓣,刚要出声,便听一道焦急的女声传来:"皇后娘娘……您在哪里?"

闻言,沈凝暄心弦一松!

是青儿的声音!

"阿嚏!"

忍不住打了个喷嚏,她用手捂住鼻子,轻揉了揉,忙朝着青儿所在的方向喊道:"青儿……本宫在这儿!"

"皇后娘娘!"

循着声音快步而来,见沈凝暄在寒风中瑟瑟发抖的模样,青儿面色陡变,不曾多想,她快步上前将手里的披风替她披上。继而鼻头一酸,眼底瞬间氤氲弥漫:"娘娘……您这是怎么了?"

她自幼跟随在沈凝暄身边,自然知道,她的主子,天不怕,地不怕,却偏偏畏水!

"莫哭,本宫没事!"整张脸早已冷得僵硬,沈凝暄强牵了牵唇角,忍不住瑟缩了下:"凤辇呢?可过来了?"

"过来了!"

眼角有清泪滑落,青儿忙不迭地点点头,扶着沈凝暄转身向后,朝着凤辇走去。

凤辇上的雪纱随着微风轻轻拂动。

坐在凤辇内,沈凝暄本就单薄的身子,虽紧裹着披风,却仍不停地哆嗦着。她身上的凤袍,全都湿透了,即便眼下有披风护着,却仍难隔断那从里散发的湿潮冷意。

青儿见状,紧皱了眉,忙催促着前方的宫人:"快些!娘娘若是受了风寒,可不是你们能担待的!"

"诺!"

随侍的宫人,谁都不敢怠慢,急急护送沈凝暄回凤仪宫沐浴更衣。

不久,凤仪宫,温汤泉池。

氤氲的雾气,白蒙蒙一片,如轻烟袅袅,将沈凝暄素净的脸庞熏蒸得嫣红绯然,也遮去了她纤瘦姣好的胴躯。

"嗯……"

无比满足地喟叹一声,沈凝暄轻合双眼,仰靠在玉池边,任温暖的泉水,涤去周身冰寒。

泉水温热,舒适怡人。

浸泡其中,沈凝暄只觉浑身上下说不出的舒畅,但纵是如此,她却仍旧轻拧了眉,只因再温热的泉水,此刻都温暖不了她被寒冰倾覆的心。

今日,只差一步,她便又步了前世后尘。

是她太大意了。

但今日她不死,想要害她的人,永远都不会再有机会了!

心中,如是暗暗立誓,沈凝暄嘴角处,缓缓勾起一抹清冽的笑容。

耳边,轻碎的脚步声传来,她微微睁眼,见青儿进来,不禁嘤咛一声,稍动了动身子,由仰靠换做趴着,慵懒得如一只嗜睡的小猫一般蜷缩在温泉池边。

"娘娘!"

用湿巾从汩汩的温泉里撩起些水,青儿轻轻擦拭着沈凝暄如玉一般光裸的背脊,轻声禀道:"夫人和大小姐到了,这会儿正在外殿候着……"

"她们可说什么了?"

黛眉轻轻一蹙,沈凝暄不曾睁眼,懒懒地问着青儿。

"是!"

第四章 立威,不卑不亢!

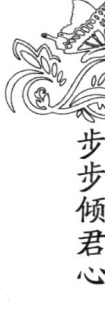

轻点了点头，青儿抿嘴回道："夫人只道皇后没有回门礼，便赶着今日进宫来觐见皇后娘娘！"

"这样啊！"抿嘴一笑，沈凝暄低声喃道，"她还真把自己当国丈夫人了！"

"娘娘说什么？"没有听清沈凝暄的话，青儿正在擦拭的手微顿了顿。

"没事！"

唇角勾起的弧度，微微收敛，沈凝暄缓缓睁开眸子，目光微漾："更衣吧！"

"是！"将湿巾收起，青儿点了点头，取了早已备好的裙裳过来，"大小姐今日打扮得十分朴素，与以往大不一样！"

"她天姿国色，素衣也是极美的！"

意味良多地淡淡一笑，沈凝暄自泉水中起身。

她说得没错，即便是素衣，也难掩沈凝雪倾城之色。凤仪宫前殿之内，沈凝雪的存在，是一道让人无法忽视的绝美风光。

今日的沈凝雪选了一件素色的纱裙，裙摆拖曳，恍若出水芙蓉，如此淡雅的装扮，确实朴素，却将她本就精致的五官衬托得越发柔美，美到沈凝暄淡笑着站在殿门前，静静地看着她，一直都不曾上前。

沈凝暄承认，沈凝雪的那张脸，生得真美。

美到天下男子为了一睹她的芳容，几乎踏平了左相府的门槛儿，美到独孤萧逸为了她甘愿舍弃王爷身份，到相府当了两年教书先生，还有皇上……他对她的垂爱，已至无以复加，必要立她为后！

只是，有谁会想到，这张美丽的脸庞下，却是一颗毒如蛇蝎的心？！

岁月静好，流光易逝。

但她却还清晰地记得，前世里的那个雨夜……那个时候的沈凝雪对后位势在必得，就不知今时今日，面对她这位抢了她后位的皇后时，又是以何心情？！

"娘娘？"

见沈凝暄半晌不曾上前，青儿不禁出声轻唤。

恍然回神，沈凝暄轻勾了红唇，抬步进入前殿。

见是沈凝暄进入殿内，沈凝雪眉心轻蹙，随即柔美一笑，对她恭谨一礼："凝雪参见皇后娘娘，娘娘万福金安！"

随着沈凝雪的一礼，本坐在一侧的相爷夫人虞氏，忙放下手里的茶盏站起身来："妾身参见皇后娘娘！"

"夫人不必多礼！"

不曾理会沈凝雪，沈凝暄轻笑着上前，伸手扶起虞氏。

如今，她贵为皇后！

从今往后，她不会再对虞氏多行一礼！

"皇后娘娘！"

心中似是有颇多感叹，虞氏双眸中，隐隐有泪光闪动，紧握着沈凝暄的手，抬起头来，见沈凝雪依然维持着行礼的姿势，她面色微僵了僵，看向沈凝暄的脸上，堆满了谄媚的笑容："你看雪儿她……"

经虞氏一提，沈凝暄轻轻一笑，做恍然状，转头看向沈凝雪："姐姐快些免礼吧！"

"谢皇后娘娘！"

轻咬了下朱唇，沈凝雪僵滞着身子起身。

双眸中，光华闪动，沈凝暄淡笑着转头，动作亲昵地轻抚着虞氏的手臂问道："父亲大人今日可曾进宫？"

"相爷现下在御书房与皇上议事呢！"微弯了唇角，虞氏轻拍了拍沈凝暄的手，掩去眸中氤氲，她对下位的沈凝雪招了招手，沈凝雪盈盈上前，将手伸到虞氏手中。

见她如此，沈凝暄眸色微动，却仍旧轻勾着唇，任虞氏如至宝一般，将两人的手送做堆："母亲这辈子，只有你们两个女儿，唯愿你们两人都过得好，今日相爷不来，我们母女三人，正好说些贴心话！"

闻言，沈凝暄心下冷嘲一笑！

谁跟你母女三人啊！

心底冷笑着，抬眸望进沈凝雪明媚的双眸之中，见她正目光炯炯地看着自己，沈凝暄目光微敛，轻牵嘴角，一脸乖顺地问着虞氏："夫人想跟女儿说什么？女儿听着呢！"

"好孩子！"

虞氏迎着沈凝暄的眸，紧抿了抿唇，轻轻叹道："如今你身在后位，所代表的不是一个人富贵，而是一个家族的荣辱兴衰，母亲知道你生性懦弱，在府中都甚少与人交往，可如今一入宫门深似海，这深宫之中，风云变幻，争宠之事从未停歇，我和你父亲，都担心你会应付不来……"

早已料到虞氏打的是什么主意，沈凝暄轻拧了黛眉，故意佯装不明就里："夫人不必担心，既来之则安之，女儿知道该怎么做的！"

"母亲不是这个意思！"

面色微变了变，却很快恢复正常，虞氏终是引入正题："母亲只是想……你姐姐她蕙质兰心，比你阅历要多，若是可以入宫为妃，跟你相互也有个照应……"

虞氏的话，说到这里，也算是挑明了。

第四章　立威，不卑不亢！

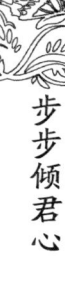

听了她的话，沈凝暄微微眯起双眸，凝眉看向沈凝雪："这……只是夫人的意思，还是……"

见沈凝暄看向沈凝雪，虞氏连忙出声："自那日你被大长公主选中之后，我便与你父亲多次提及此事……"

迎着沈凝暄的视线，沈凝雪眸中波光流转，语调轻柔婉转："若是进宫能够帮到妹妹，我愿与妹妹共同分担！"

"姐姐这话说得大义凛然，只是你心比天高，即便入宫为妃，为贵妃，只要不是为后，在我看来，便是委屈了你，更何况……"淡淡地瞟了眼沈凝雪，沈凝暄她冷淡一笑，轻飘飘地将视线移开，对虞氏笑道："母亲可是忘了，那日在大长公主选女儿为后时，便曾提过条件，我若为后，则姐姐不能为妃！"

沈凝雪想要进宫？

门都没有！

"皇后娘娘！"

深看沈凝暄一眼，虞氏喟然一叹，再次将姐妹二人的手握紧，"关于你姐姐不能入宫之事的内情，她已然悉数告知母亲，母亲知道，此事与你无关，全是大长公主的意思！"

"母亲……"

轻唤虞氏一声，沈凝暄浅笑依依，眼底却浮现泪光："姐姐和驸马之间……"

既是沈凝雪将一切悉数都告知于她，就不知道沈凝雪可有说起她给她的那狠狠一巴掌，还有……她和李庭玉之间的那段情！

果然，在沈凝暄提及驸马之时，虞氏轻蹙的眉头再次蹙紧："你姐姐和驸马之间清白如水，是那驸马一直缠着你姐姐，更怕你姐姐入宫后，再无入幕之机，这才使了如此卑鄙手段！"

"原来如此！"

深凝沈凝雪一眼，沈凝暄心底微凉。

依稀之间，她尚还记得，当初沈凝雪认识李庭玉后，少女怀春的模样，可是眼下倒好，这些全都成了李庭玉的一厢情愿了！

可怜李庭玉，对她用情至深啊！

"皇后娘娘！"

轻唤沈凝暄，虞氏再接再厉道："如今真相大白，你也已然身为皇后，既是你姐姐愿意入宫辅你后位，赶明儿个你与太后请安之时，便将此事禀请太后……"

"女儿不愿！"

不等虞氏把话说完，沈凝暄便轻轻摇头，毫不犹豫地打断了她的话。

56

闻言，还在说着话的虞氏面色微变，险些没咬到自己的舌头："凝暄！"

她无论如何也想不到，原本那个胆小怯懦的丫头，竟敢忤逆她的意思！

这，是第一次！

"母亲！"

转头望向沈凝雪，沈凝暄的神情淡淡，却是似笑非笑："姐姐和驸马之间到底清白与否，我可不去追究，但姐姐那日闯到清辉园所说的那番话，我却记得清清楚楚！"

虞氏一怔，转头看向沈凝雪。

早已料到，关于那一巴掌，沈凝雪不会跟虞氏提起，沈凝暄哂然一笑，看向青儿："青儿！"

"是！"

恭敬颔首，青儿上前一步。

淡淡地看了青儿一眼，沈凝暄微敛了笑，凝眸看向沈凝雪："大长公主选本宫为后那一日，大小姐到清辉园做了什么？又说了什么？"

"回皇后娘娘的话，那日大小姐到清辉园打了皇后娘娘！"微抬眸，见沈凝雪正冷眼瞪视着自己，青儿将视线一转，对虞氏说道："不仅如此，大小姐还说，即便皇后娘娘身为皇后又如何？只要皇上不喜欢，照样会被废黜，还说……娘娘挡不了她进宫的路，让娘娘走着瞧！"

青儿话音一落，虞氏脸色瞬息万变，而沈凝雪则霎时间面如死灰，狠狠地瞪了青儿一眼！

"母亲！"

笑盈盈地对上虞氏的双眼，沈凝暄轻缩了下犹被虞氏握着的手，语气中感慨良多："或许一开始不让姐姐进宫，是大长公主的意思，但是现在，经姐姐如此一闹，我无论如何都是不能让她进宫的。"

沈凝暄的一句无论如何，使得沈凝雪脸色一阵青白。

再看虞氏，只见她嗔怪地狠剜沈凝雪一眼，随即便正了脸色，干笑着面向沈凝暄："此事你姐姐早已跟母亲提及，也已然认错，呃……暄儿，到底是姐妹亲情，就让你姐姐进宫帮你吧！"

语落，虞氏顺带着对沈凝雪使了个眼色。

沈凝雪会意，忙上前一步，在沈凝暄面前福身，一副低姿态："那日都是姐姐不好，姐姐在这里与你赔罪了！"

微垂眼睑，凝视着眼前低眉顺目的沈凝雪，沈凝暄淡淡问道："姐姐这罪，赔得可真心？"

"自然是真心！"

眸色微闪，虞氏站起身来，看似上前轻扶沈凝雪的肩头，暗地里却抵了她的小腿，迫她下跪。

双膝落地，膝盖处一阵剧痛，却敌不过沈凝雪心中的痛，紧咬了牙，她蓦地抬眸，眸间是一闪而过的狠戾之色！

十分轻易地便捕捉到沈凝雪眼底的那抹狠戾，沈凝暄眸光淡淡地看了她一眼，转头看向虞氏："母亲，知女莫若母，姐姐真心与否，您最清楚，依我看，姐姐入宫一事，还是罢了，不管怎么样，现在我们都还是您的女儿，倘若她进了宫，只怕日后，姐妹不再是姐妹，反倒让您伤心！"

虞氏闻言，脸色一变："暄儿，你……"

"女儿知道父亲和母亲关心女儿，不过你们大可放心！"别有深意地一笑，沈凝暄自玉座上悠悠起身，"方才，您说得很对，这后宫……从来都跟前朝有着千丝万缕的联系，如今一入宫门，女儿便与相府一荣俱荣，一辱俱辱，女儿知道，女儿的性子软弱，但女儿再如何软弱可欺，如今也已是大燕国的皇后，莫说有太后和大长公主撑腰无人敢小觑女儿，纵是念在父亲在朝中的威望，若有人想动女儿，也要先掂量掂量吧！"

听到沈凝暄的拒绝之语，沈凝雪丝毫不觉意外。

早在今日来时，她便已然料到会是如此结果，她心中深知，自那日宣战之后，她若想进宫，沈凝暄一定不会同意，而今，她能靠的，唯有她自己。

倒是虞氏，眸色里尽是对沈凝暄的不赞同，仍旧紧皱着眉头，想要继续劝说："暄儿，你姐姐并不是为了自己，而是为了你，为了相府……"

为了她？为了沈家么？

若是前世，她一定会傻傻地相信虞氏的说辞。

但是今生，她清楚地知道，沈凝雪谁都不为，只为她自己的野心！

为了她自己，她不惜手足相残，对她的妹妹痛下杀手！

心口间，有股涩然缓缓流淌，沈凝暄微微转过身来，微微一叹，她含笑看着沈凝雪，悠悠然道："这深宫之中，从来伴君如伴虎，纵有万世荣华，却也是最凶险之地，相府嫡女，有我一人在此便可，姐姐既是能够逃过这座牢笼，便万万没有再让她进来的道理。"

闻言，沈凝雪皱了下眉，随即弯唇一笑："妹妹果真是为了我！"

定定地，与沈凝雪四目相对，凝着她精致无瑕的面庞，沈凝暄轻勾了红唇："我的苦心，万望姐姐都能明白！"

虞氏见沈凝暄怎么说都不为所动，终是不再隐忍，恼羞成怒道："你这孩子，当真是当了皇后就自恃身份，偏要一意孤行吗？只有你一人在这宫里有何用？你的姿色怎可与你姐姐相提并论？你以为就凭你的姿色，皇上会多看你一眼吗？我看你是才在这宫里一日，便忘了自己是谁了！"

虞氏的话，让沈凝暄的心底一紧，眸色微微泛冷。

"你……"

迎着沈凝暄冰冷的眸，虞氏紧皱了眉头："你看着我作甚？"

放在以前，经她如此一顿呵斥，沈凝暄必定吓得痛哭流涕，可是现在倒好，她非但没哭，看她的眼神却怪怪的！

"我是谁？"直盯着虞氏的眼，似是要看穿她的所有心思，沈凝暄语音微寒。

"你……"被沈凝暄盯得浑身发寒，虞氏不禁心下一颤，轻抚了胸口，她一脸伤心失望，"你是我怀胎十月所生，忍着千辛万苦，肚子里掉下的一块肉啊！"

"是吗？"

淡淡勾唇，心中狂怒，脸上却闪过一丝难言的苦涩，沈凝暄凝着虞氏，气势咄咄："母亲的眼里，从来只有姐姐，何时当我亲生？既是亲生，母亲又为何厚此薄彼？"

"我……"

虞氏想说自己没有，但却无言以对。

毕竟事实摆在那里，沈凝暄从小到大，是跟着姑母长大的，即便是回到相府，她对她的好，也只限于在沈洪涛面前。恍然之际，虞氏心中升起一种不好的预感，她以为沈凝暄知道了自己的身世，但是很快便否定了这个想法，如若沈凝暄知道真相，根本就不能像现在这般淡定。

将虞氏的神色变化看在眼里，沈凝暄的视线，轻飘飘地扫向沈凝雪，凝望着眼前的这对母女，她暗暗压下心中仇恨，告诉自己要沉住气，于是，深深地吸了口气，又长长一叹，她复又坐下身来："母亲问女儿，可是忘了自己是谁，现在女儿便告诉您，无论到了何时，女儿都不会忘记，自己是相府嫡女，但与此同时，本宫还是大燕国的皇后！"

"暄儿……"

察言观色地看着沈凝暄，知道自己的话重了些，虞氏张了张嘴，"你姐姐她入宫一事……"

"青儿！"

低垂眼睑打断虞氏的话，沈凝暄以手轻揉着鬓角，闭着眼睛对青儿吩咐道："本宫身子乏了，替本宫送夫人和大小姐出宫！"

"奴婢遵旨！"

第四章 立威，不卑不亢！

青儿转身看向虞氏和沈凝雪，轻轻抬手："夫人，大小姐，请！"

"哼！"

明媚的双眸中，阴沉郁郁，死死地盯着沈凝暄，沈凝雪紧咬着牙站起身来。

"雪儿！"

生怕沈凝暄抬头看见沈凝雪不敬的眼神，虞氏心下一紧，面色不佳地拉过她的手，对沈凝暄福了福身："臣妾告退！"

"沈凝暄！"

被虞氏拉着往外走了两步，沈凝雪驻足转身，"你别高兴得太早，我现在就去找皇……"

后面的话，沈凝雪没有说出口，便被早已变了脸色的虞氏用手捂住了嘴，扯带着向外走去。

淡淡抬眸，目送两人离去的背影，沈凝暄轻勾了红唇，微深的双目中，闪过一抹厉光！

她知道，沈凝雪今日肯定会去找她的靠山。

想到独孤宸，沈凝暄无论是身，还是心，都觉得好冷。

那份刺骨的冷，仿若不久前险些要了她性命的河水一般，冻得她忍不住打了个寒战！

燕国祖制，新后入宫翌日，宫里的妃嫔便该依礼到凤仪宫请安，然后再随皇后一同前往太后宫中行礼请安。因今日沈凝暄是与独孤宸一起前往长寿宫，是以辰时不到，荣海便已然对六宫传了独孤宸的旨意。

午时，于凤仪宫设宴，各宫妃嫔待到午时再到凤仪宫与皇后娘娘请安。

虞氏和沈凝雪离开之后，才刚过巳时，眼看着还有一个时辰，在青儿的劝说下，沈凝暄终是拖着疲惫不堪的身子重回凤榻，暂时小憩半个时辰，再起来梳妆。

重新躺回凤榻上，即便是盖着被子，沈凝暄仍觉得自己冷得厉害。紧裹身上的锦被，她像个孩童一般，将身子蜷起，想要借此暖和一些。

但事与愿违！

她越是想要暖和些，便觉得周身的冷意，越发冰寒，那份寒意，直到她入睡之时，却也丝毫不见退去。

巳时二刻，青儿准时叫起。

将垂落的暖帐挽起，她轻轻唤出声："娘娘，时辰差不多了，该起了。"

"嗯！"

凤榻上，沈凝暄迷迷糊糊地睁了睁眼，却不曾转醒。

见状，青儿心下一惊，尚不及挂在帐钩的暖帐自手中滑落，她紧蹙着眉头，垂首看向凤榻上的主子："娘娘，您没事吧？可是有什么不舒服的地方？"

"没事！"

喉间干涩难耐，沈凝暄困顿之余，觉得浑身上下绵软无力，面对青儿的关心，她只苦笑着轻摇蛏首，便强撑着缓缓坐起："水……"

青儿闻言，忙转身行至桌前倒了杯水，送到沈凝暄嘴边。

微微启唇，将水喝下，终是暂解喉间涩然，沈凝暄眉心轻颦道："什么时辰了？"

"巳时二刻了！"

放下杯盏，青儿取了锦履，在沈凝暄面前蹲下身来。

由着青儿替自己穿上锦履，沈凝暄轻蹙了下眉头，便要起身，可才刚刚站起，便觉头晕目眩，作势就要跌回榻上。

"皇后娘娘！"

惊呼一声，青儿慌忙伸手扶住沈凝暄摇摇欲坠的身形，伸手探上她的额际，惊觉到手心处滚烫的热度，青儿面色大变，连忙扶着她坐回榻上，轻颤着声，转身往外走去："娘娘您定是今日落水受了风寒，奴婢这就去请御医过来。"

"青儿！"

迎着青儿紧张的眸子，沈凝暄有些虚弱地轻叹一声："今日，是本宫进宫第一日，再过片刻，圣驾便要到了，无论是在皇上面前，还是在众妃嫔面前，本宫不能露出一丝软弱，若无威望……你我主仆以后会很艰难！"

"娘娘……"

看着沈凝暄病着坚持的模样，青儿心疼之余，紧抿了唇，眼底泛起泪光。

"这点小病，本宫还撑得住的。"缓缓地，对青儿投以安慰一笑，沈凝暄站起身来，撑开双臂，轻声催促道，"更衣吧！"

"是！"

声音里，有着止不住的轻颤，青儿回到凤榻前，替她重新更衣梳妆。

自新后入宫，宫中妃嫔便需每日辰时到凤仪宫请安，今日，是沈凝暄入宫后众妃嫔的第一礼，乃是立威之礼，日后她在宫中是否被人轻视，于今日最是重要。

是以，在梳妆之时，青儿与她梳高髻，戴凤冠，于眉心处贴了一朵娇艳欲滴的鎏金寒梅，如此的她，纵是貌不惊人，却也明眸善睐，颇具威仪。

时候不长，凤仪宫内侍总管荣明进殿，躬身在沈凝暄身前打了个千："启禀皇后娘娘，宜兰殿的玉妃娘娘到了。"

"传！"

第四章 立威，不卑不亢！

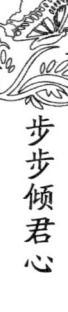

淡淡地，自红唇间吐出一字，沈凝暄拾起腮笔在脸上又涂抹了下，掩去自己苍白的脸色。

在进宫之前，她父亲沈洪涛曾告诉过她，在大燕国的后宫里，当今皇上有名分的宠妃共有两人，一为雅元殿的元妃，另一位便是如今先到的玉妃！

让沈凝暄没想到的是，当她抵达大殿时，大殿上并非只有玉妃一人，在那琉璃砌制的高位之上，褪去了一袭明黄色朝服的独孤宸，身着一件白色长衫，丰神如玉，俊美挺拔。

此刻，偎依在他怀中的锦衣女子，正浅笑着抬着青葱玉手喂他喝酒。

此女，便是独孤宸盛宠的二妃之一玉妃——玉玲珑！

"皇后娘娘驾到！"

随着荣明的一声传报，玉玲珑面色一怔，作势便要起身。

轻飘飘地，瞥了她一眼，独孤宸轻勾薄唇，置于她纤腰的手臂倏地一紧，害她根本就动不了分毫！

"皇上……"

声音软软的，让男人能酥了骨头，玉玲珑象征性地轻轻挣扎了下，并没有脱离他的怀抱。

皇后驾到，却不起身相迎，这样无疑是失仪的，玉玲珑自然心知肚明。

但皇后再大，也大不过皇上，身为妃嫔，她们最想要的，便是皇上的宠爱，所仗也是皇上的宠爱，在这后宫之中，没有人不贪恋这个怀抱，如今既是能够依偎在此，她又怎舍离开。

是以，假装轻挣之后，她便紧抿红唇，佯装一脸为难地看向甫入大殿的沈凝暄。

迎着玉妃满是无奈的眉眼，沈凝暄的眉心微颦了下，微扬了嘴角，她缓步上前，在独孤宸身前福身行礼，声音略带沙哑："臣妾参见皇上！"

"嗯！"

独孤宸微微抬眸，睨了眼沈凝暄，声音清冷道："皇后免礼吧！"

"谢皇上！"

缓缓起身，沈凝暄稳了稳心神，却并未急着入座。而后眸光一转，将凌厉的视线，停落在独孤宸怀抱的玉玲珑身上："见本宫而不跪，玉妃，你该当何罪？"

沈凝暄进殿之时，玉玲珑不曾起身参拜，已是失礼，但碍于独孤宸在场，她只得先以身作则……如今，她礼法周全，必然不会再容玉妃造次。

今日，才是她进宫的第一日。

独孤宸要下她的面子，她却一定要据理力争！

若她念在独孤宸纵容玉玲珑而让步,则日后在宫中,恐再无一丝皇后威信。

"皇后娘娘……"

沈凝暄的眼神,平淡如水,却蕴着让人无法忽视的压力,在她的注视下,即便倚靠君怀,自觉心虚的玉玲珑也觉如坐针毡一般。微微地扬了唇角,她有些尴尬地轻笑了笑,随后以洁白的贝齿紧咬唇瓣,抬眸看向紧搂着自己的独孤宸。

接收到她的视线,独孤宸好看的眉形轻轻一扬,抬眸对上沈凝暄倔强的双眼。

"皇上,臣妾是皇后!"沈凝暄淡淡地瞥了玉玲珑一眼,语气淡泊,平静,毫无波澜,"在这后宫之中,只要是皇上的女人,无论是谁,都该对本宫行礼,纵然是宠冠六宫,也不能坏了规矩。"

闻言,独孤宸原本皱起的眉头,又是一皱,而他怀里的玉玲珑,则忍不住轻颤娇躯,挣扎着就要起身:"皇上,让臣妾起身行礼吧!"

"偏不!"

微扬的嘴角,划过一抹若有似无的弧度,独孤宸邪肆一笑,凝视着下方的沈凝暄:"今儿你就在这里坐着,朕看谁敢动你!"

玉妃闻言,大喜!

沈凝暄凝视着上方紧拥的一对男女,不禁淡淡一笑,与独孤宸四目相对,她的双眸之中,倔强依旧,不见一丝胆怯之色:"皇上明鉴,眼看着各宫的妹妹们都要到了,身为皇后,臣妾有权掌管后宫事宜,若玉妃妹妹一定要坏了规矩,臣妾也不介意,当着她们的面儿,例行宫规……"话说到最后,沈凝暄做恍然状,受宠若惊地看向独孤宸:"皇上今日此举,可是想借此机会,让臣妾立威吗?"

沈凝暄此言一出,玉玲珑的脸色,霎时间雪白一片!

再看独孤宸,他原本含笑的双眸,很快便褪去了温度,不悦之色昭显。

紧紧凝着沈凝暄,他的眸色深冷:"沈凝暄,你还真是个自作聪明的女人!"

淡淡一笑,沈凝暄不卑不亢道:"臣妾谢皇上夸奖!"

"你——"

显而易见,独孤宸又让沈凝暄给气到了。

他的脸色变化,直接关系到凤仪殿的气氛是否融洽!

就在殿内气氛凝滞到极点之时,荣明躬身入内,对独孤宸禀道:"启禀皇上,皇后娘娘,元妃偕同各宫娘娘们已然到了凤仪殿外,此刻正与大长公主殿下于大殿外候旨待传!"

闻言,沈凝暄紧绷的心弦微微一松。

静室片刻,见独孤宸一直不曾作声,她神情淡然地凝望着他:"皇上……"

在玉妃是否行礼一事上,她绝对不会让步。

第四章 立威,不卑不亢!

63

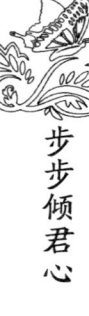

是让玉妃现在就行礼问安,还是等到待会儿当着众人的面,让她拿玉妃立威?

她,在等他的决定。

听闻大长公主来了,独孤宸视线微转,将沈凝暄如释重负的模样尽收眼底,他眸色微敛,放开揽着玉玲珑腰肢的手臂,目光锐利地凝着沈凝暄,声线泛冷地对玉玲珑道:"给皇后行礼问安!"

因他冰冷的语气,玉玲珑心下微颤,面色难堪地起身对沈凝暄福下身来:"臣妾参见皇后娘娘,娘娘万福金安!"

深看玉玲珑一眼,沈凝暄终是举步上前,越过玉玲珑在独孤宸身侧落座,她的语气同样泛冷:"下去!"

这里,是皇后寝宫。

无论到了何时,能坐在主位上的,都是皇上和皇后,纵使她玉玲珑再如何得宠,也不配在此高坐!

眼看着自己吃瘪,玉玲珑心中自是不忿的。

但对方是皇后,皇上如今只冷眼旁观,却不再言语,她自然不敢造次,只得心不甘情不愿地退下高台。

看都不看玉妃一眼,沈凝暄淡淡扬眉,对荣明吩咐道:"宣大长公主和各位妹妹觐见!"

荣明得令,察言观色地看向独孤宸,见独孤宸虽脸色阴沉,却并无其他旨意,这才衔命宣旨!

大长公主独孤珍儿,虽容貌不及元妃和玉妃等人美艳出挑,但气质却淡雅雍容,她微翘的嘴角,似笑非笑,却让人备感亲切,却又无人敢轻视于她!

正是她身上这份独特气质,让她即便立身美艳如花的元妃身侧,也不见一丝逊色!

缓缓入殿,她与元妃于众位美人之前,同对上座的独孤宸和沈凝暄恭谨行礼。

一礼落,独孤宸睨着下方行礼的众人,淡淡出声:"都平身罢!"

"谢皇上!谢皇后娘娘!"

随着众人一起平身,独孤珍儿笑盈盈地看向沈凝暄,她才刚要开口,便听元妃柔声浅笑:"我只道怎么左右等不来玉妃妹妹,原来妹妹先来一步!"

闻她此言,沈凝暄微挑了眉梢。

后宫有宠,自然少不得争宠,是以,最得宠的元妃与玉妃之间,争斗由来已久,如今元妃此言,无非是拐着弯地在说玉妃不懂规矩!

"元妃姐姐此言差矣,姐姐既非贵妃,也非皇贵妃,我与姐姐一起,是情分,不与姐姐一起,也不过分!"因方才行礼一事,玉妃本就憋了一肚子的气,这会儿见元妃有意当着皇上面儿找茬，她自然不会坐以待毙。

"你……"

被玉妃的话戳到了痛脚，元妃面色微变，当着众人的面挖苦道："当着皇上和皇后娘娘的面儿，妹妹还真是目中无人！"

玉妃轻笑，盈盈转身，看了眼高位上面色不豫的独孤宸，她反唇相讥："若都跟姐姐一般，心眼都跟那针鼻儿似的，处处找茬儿，皇上岂不得烦死？"

"你……皇上你看她……"

被玉妃气得花容微变，元妃娇嗔着轻唤独孤宸。

淡淡地瞥了元妃一眼，独孤宸轻拧了眉头，眉宇间尽是不耐！

"喊皇上作甚？你们两个争来争去，皇上只当看猴戏了，乐此不疲才是……"没等独孤宸出声，独孤珍儿接腔一并将两人都奚落了去，她此言一出，元妃和玉妃脸色同是一变，时青时白，好不精彩。

第四章　立威，不卑不亢！

第五章 病弱，达成共识！

"皇后娘娘不赐座吗？我这腿再站下去，都该打战儿了！"直接无视两妃喷火的表情，独孤珍儿淡笑对沈凝暄眨了眨眼，不等沈凝暄出声，她已然三两步上前，自行落座。

她坐下也就罢了，竟还饶有兴致地转头看向玉妃和元妃，轻挑了黛眉，悻悻说道："今儿本宫就陪皇上和皇后娘娘，一起看看这出猴戏！"

本来，在玉妃和元妃争吵之时，沈凝暄的神情始终淡定从容，她自然知道她该出言阻止，不过她身子不适，也还没等到最好的时机，便懒得出声了。此刻听独孤珍儿如此一闹，她倒也乐得轻松，将身形微微后倾，寻了舒服的姿势，准备陪着皇上一起……看猴戏！

反正，这玉妃和元妃都是皇上最宠爱的妃子，如今元妃欲求他做主，她自然不能越俎代庖！

"皇上！"

"皇上！"

被大长公主比作是猴，玉妃和元妃瞬间都像是炸了毛的鸡，不过这一回，她们不是互相攻击，而是同时看向独孤宸，等着他为两人做主！

面色难看地睨了两人一眼，独孤宸斜睇独孤珍儿，不冷不淡道："姑母是长辈，说你们两句，朕当是个乐子！"

闻言，沈凝暄脸上不见丝毫意外之情，玉妃和元妃神色各异，倒是独孤珍儿老神在在地拿起桌上的杏仁酥，吃将起来。

沈凝暄浅笑，斜睇着下方两个争风吃醋的妃子："平日你们如何不和也就罢了，日后本宫希望看到的是六宫和睦，莫要在下人面前失了体统，明白了么？"

"是！"

"是！"

皇上不出面，无论是玉妃还是元妃，都噤若寒蝉！

一时间，凤仪殿的气氛，凝滞到极点。

"啧啧啧！"

许久，独孤珍儿一连轻啧几声，打破沉寂："皇后这里的点心，还真是好吃得紧！"

虽觉身体不适，沈凝暄的脸上却始终挂着淡淡的笑容。听独孤珍儿如此感叹，她转头对青儿盼咐道："回头多做些点心，送到大长公主宫里去。"

"这多不好意思！"

嘴上这么说着，独孤珍儿却不见一点要推辞的意思。

对她的反应，沈凝暄淡淡一笑，未置可否。

微微侧目，见两人热络寒暄，独孤宸眉宇轻皱，看着独孤珍儿："小姑姑不在长寿宫陪着母后，这会儿怎有闲暇过来皇后这里？"

"本来是要陪着皇嫂的，不过今儿有事要当面问过皇后，这才颠颠儿地跑了来……"轻轻地，独孤珍儿抿了口茶，唇角翘起的弧度微微扩大，她笑看了眼独孤宸，这才将茶盏放下，偏头看向沈凝暄："这件事情，关系到日后我会不会是皇后宫里的常客！"

"本宫正愁没个伴儿，大长公主日后该常来。"沈凝暄轻笑了笑，问道，"公主殿下想问何事？"

"呵呵……"

淡雅一笑，独孤珍儿神神秘秘地看着独孤宸："这事儿，是我们女人间的秘密，让皇上听了去，不太好哦……"

独孤珍儿话里的意思，傻子都听得出来，聪明如独孤宸，自然心知肚明！

在这皇宫里，身为帝王的他，只忌惮两人。

一位，是他的母后，另外一位，便是他这不按牌理出牌的小姑姑。

是以，此刻她既是如此言语，他离开便是，只不过……便宜了沈凝暄！

念及此，他眸色幽沉地与沈凝暄对视一眼，却又很快将视线移开，转而清冷一笑，起身行至元妃面前，对她柔声道："不是新做了件绝美的舞衣么？朕这就过去瞧瞧！"

闻言，元妃欣喜一笑，"臣妾这就穿给皇上看！"

"走吧爱妃！"

魅惑一笑，独孤宸搂着元妃盈盈一握的腰肢，抬步离去。

第五章 病弱，达成共识！

67

"臣妾恭送皇上！"

轻蹙了下眉头，沈凝暄由青儿扶着起身，与殿内众人一起低眉福身，恭送圣驾。待独孤宸一行离开大殿，玉妃一脸醋意，自然也不想久留，也和众人一起，行礼告退！

直到众人散去，沈凝暄终于长长地舒了口气。

"大长公主……"轻笑着，她方要起身走近独孤珍儿，却觉一阵天旋地转袭来，身形轻晃了晃！

"皇后娘娘！"

急急扶住沈凝暄的身子，青儿见她面色潮红，不禁心中一惊！

"本宫无碍！"

轻舔了下干涩的嘴唇，沈凝暄用力地摇了摇头，想让自己清醒一些，往青儿怀里靠了靠，她苦笑着看向独孤珍儿："让殿下见笑了，本宫只是有些累了。"

今日，沈凝暄觐见了太后，也受了宫中众妃的朝拜之礼，如今独孤宸和众人离去，她紧绷的心弦，也啪的一声断开了，经由早前落水一事，此刻的她，身心疲惫，不能，也再不想坚持片刻。

"传御医！"

用力扶住沈凝暄摇摇欲坠的身形，青儿面色焦急地左右看了看，见独孤珍儿正疾步上前，她如见救兵一般："殿下……"

"皇后娘娘？！"

方才离得较远，独孤珍儿一直不曾发现沈凝暄的异常，此刻走近了她才看到沈凝暄一脸不正常的潮红！眉形一拧，她在沈凝暄身前蹲下身来，先探了她的体温，竟是伸手搭在她的腕上，开始替她把脉。

独孤珍儿的声音，沈凝暄听到了，微眯着双眼，她有些牵强地扯动了下嘴角，想要青儿扶着自己站起身来，但只轻轻动了一下，她便觉得那身子好像不是自己的一般，虚弱无力，无论如何都支撑不起。

这做皇后，也该有生病的权利吧？！

苦笑着暗暗腹诽，又一阵天旋地转袭来，沈凝暄轻蹙了下眉心，随即双眼一闭，陷入昏厥，再也无力睁眼。

眼看着沈凝暄失去意识，青儿焦急万分地询问着独孤珍儿："殿下，娘娘怎么样了？"

"不太好！"

清晰地感受到沈凝暄身上的滚烫热度，独孤珍儿紧拧的眉心，一直不曾舒展，微转过头，她对荣明盼咐道："愣着作甚？去把皇上给本宫追回来！"

"是！"

荣明不敢耽搁，连忙追了出去。

将沈凝暄安置妥当，独孤珍儿亲自开了方子命人去取药，不多时，荣明回返，看着他空空荡荡的身后，独孤珍儿黛眉轻蹙："皇上呢？"

荣明垂首，瓮声回道："皇上说，皇后娘娘该是落水染了风寒，有大长公主殿下在即可，他还有要事要忙！"

"要事？"

轻挑了黛眉，想到独孤宸临走时说的话，独孤珍儿深看了眼凤榻上烧得迷糊的沈凝暄，而后紧抿了唇。

人都说，病来如山倒！

沈凝暄这一病，便迷迷糊糊睡了一日，直到翌日午时才渐渐恢复意识。

午时，寝殿中，香烟袅袅，温煦和暖。

沉睡了整整一日的沈凝暄，眼皮轻动了动，终于有了反应。恍惚之间，感觉有人守在榻前，她艰涩地吞了吞口水，口齿不清地嚅动着干涩的唇瓣："青儿……水……"

一阵静默中，杯盏轻碰的声响传来，就在沈凝暄狐疑青儿为何不应声时，已有人轻抬她的肩膀，将茶盏递到她唇边。

属于男子的独特气息充盈鼻息之间，沈凝暄艰涩地睁开双眼，入目，是一张无限放大的俊脸，怔怔地凝视着眼前这张风华绝代的容颜……她恍然回神，原本半眯的眸子瞬间瞪大："皇上？！"

"不是要喝水么？"

幽沉的黑眸中，仿佛散落着星辰，看着眼前脸色苍白，容颜憔悴的沈凝暄，独孤宸沉着脸，冷得让人看不出多余的情绪。

硬着头皮，喝了口水，沈凝暄虚弱不堪地低垂了眼睑。

"好了，水喝过了，便该吃药了！"淡淡地瞥了眼沈凝暄低眉顺目的样子，独孤宸的眼底，虽尽是鄙夷之色，却仍旧端了汤药来，再一次送到沈凝暄嘴边，"喝吧，朕的皇后！"

微眯了眸，在独孤宸的注视下，沈凝暄能做的便只有乖乖张嘴，喝下他送到嘴边的药汁。药汁入喉，难耐的苦涩在口中弥漫，她秀气的眉头便紧紧揪起。

"良药苦口利于病！"

看着沈凝暄眉头紧皱的样子，独孤宸心下莫名舒坦，轻扯了唇角，他凉凉说道："有朕亲自喂你，你该觉得这药是甜的！"

闻言，沈凝暄不禁觉得好笑。

第五章 病弱，达成共识！

69

甜的！

他也自恋了些！

"有劳皇上了！"许是睡得太久的缘故，即便是醒了，沈凝暄仍觉得晕眩依旧，不想在生病时还添堵，她将汤药喝完，重新躺回榻上，冷冷地看着独孤宸。

从疾言厉色，到柔情似水，他这转变，未免来得太快了些！

"朕知道你在想什么！"接收到沈凝暄疑惑的视线，独孤宸微转过身，将手里的药碗递给身后的青儿，与沈凝暄四目相对，气定神闲道，"你在想……自己一觉醒来，朕为何会守在这里！"

沈凝暄微拧了眉，说话的声音透着虚弱："皇上恨不得废了臣妾，眼前如此，无非是臣妾生病一事，惊动太后她老人家了。"

身为帝王，凡事都能运筹帷幄。

但对独孤宸来说，她的出现却不在他的掌控之中。

想来，在这偌大的皇庭内院，能够左右独孤宸决定的人也只有太后娘娘了！

"朕有句话说对了，你比之你姐姐，果然心机深沉，手段高明，竟能让小姑姑为你所用不说，还在她面前假意昏倒……"阴恻恻地笑着，独孤宸眸色一沉，冰冷的声音仿佛蕴着冰霜，"你昏倒之后，小姑姑急匆匆地去见了母后，说朕不满她替朕选的皇后，故意推你下河，险些没淹死……"

"大长公主殿下说得不对么？"

轻轻地挑起眉梢，沈凝暄斜睇着独孤宸俊美英气的脸庞。

面对沈凝暄的一问，独孤宸面色倏地一沉！

他知道，沈凝暄将落水一事算在了他的头上。

他是皇上，是帝王！

即便他是被冤枉的，他也不可能跟她去过多地解释什么。

他能做的，便是冷哼一声，甩给她一张臭脸！

独孤宸的脸臭，病弱的沈凝暄心情也好不到哪里去，轻叹口气："皇上觉得，我是假意在大长公主面前昏倒的？"

"难道不是吗？"

斜睇着沈凝暄，独孤宸眉毛轻轻一挑！

"依皇上所言，若臣妾趁着皇上还未离开前，假意在大长公主面前昏倒，岂不更好？"轻弯了弯干涩的唇，沈凝暄有些倔强地将眉心拢起，第一次，她没有再自称为臣妾，而是以我自居，有些赌气似的叹息一声，"也罢，皇上说是，我便是了。"

假装晕倒，会昏睡这么久？

她的病，在她自己身上，也唯有她自己感受最为真切，若果真如他所言，她大可不必一直坚持到他离开，眼前的这个男人，是故意要往她头上扣帽子啊！

在这天底下，还没有几个人敢在独孤宸面前自称为我，换做旁人，这早已是杀头的死罪，但沈凝暄却这么说了……在她看来，她对他如此不敬，他正好可以借此机会大发雷霆，治了她的罪！

但，让她意想不到的，在听了她的话后，独孤宸不但未怒，反倒薄唇轻勾，似笑非笑地看着她。

迎着他似笑非笑的眸子，沈凝暄心底一颤，一种不妙的感觉油然而生。

眼看着沈凝暄的神情，从倔强转为深深的戒备，独孤宸轻扬薄唇，深邃的眸子渐渐眯起："朕很讨厌你！"

沈凝暄微愣，旋即启唇："臣妾知道！"

他对她的厌恶，从来溢于言表，何曾隐藏过？

凉凉笑着，将眼睛复又睁开，独孤宸伸手端起一盏茶，放到嘴边轻抿一口，轻道："知道朕有多讨厌你么？"

沈凝暄敛眸，勾起一抹讥讽的笑容："皇上对臣妾的厌恶，如那滔滔江水，连绵不绝！"

"呵……"

冷笑一声，独孤宸将手中茶盏放下，淡淡说道："朕恨不得将找个机会将你废了，然后丢出宫去，但又不得不承认，你沈凝暄的迂回战术，用得极好，不但深得母后欢心，竟连小姑姑都站在你这边……如此，这皇后的位子，还非你不可了！"

独孤宸说话的语气温和轻慢，似是在跟沈凝暄闲话家常，但他双眸中迸发而出的锐利目光，却透着截然相反的一种情绪。

"迂回战术？"

静静抬眸，看向独孤宸，沈凝暄思忖着他话里的意思，片刻，她敛了心神，有些戒备地看着他："皇上说了这么多，到底想要臣妾明白什么？"

虽然，才刚进宫一日，但独孤宸的疾言厉色，沈凝暄早已见识过了。

经过前生，今世的她，再不是天真之人，自然，她也不会相信，单单因为太后的施压，眼前这个对她极致厌恶的男人就会对她好！

"皇后听说过聪明反被聪明误吗？"看着沈凝暄的眼神，独孤宸嘴上虽是如是说着，眼底却并未如以往一般尽是厌恶之色。

沈凝暄勾唇："臣妾是聪明还是傻的，在皇上的眼里，都是一样的，谈何误与不误？"

"伶牙俐齿！"

被沈凝暄的话堵得语塞，独孤宸冷眼打量着凤仪宫里的摆设，盛气凌人道：

第五章 病弱，达成共识！

71

"若不想让朕更加讨厌你，日后在这皇宫之中，你只需安安稳稳地做你的皇后娘娘，你的责任，便是将太后和大长公主哄高兴了……还有，如无大事，尽量不要出现在朕的眼前！"

"呵……"

低低轻笑出声，沈凝暄不怕死地问道："日后在太后身边，臣妾与皇上见面的机会不会少，依着皇上的意思，彼时，要臣妾对您视而不见么？"

"你敢！"

眸光坚毅地凝视着沈凝暄，独孤宸几乎从齿缝里挤出两个字。

"臣妾不敢！"

微扬了眉，沈凝暄淡淡含笑："不过臣妾想知道，皇上何以会容下臣妾？"

觉得她嘴角的笑，格外的刺目，独孤宸微皱眉宇，薄凉回道："母后希望这宫里，能有一位识大体的皇后，比之你姐姐日后进宫与玉妃和元妃争宠，朕宁愿将你挡在前面！"

其实，太后的原因，固然有。

但，他未曾明言，最终让他容下沈凝暄的，是她那在面对众妃时不卑不亢的态度。

大度从容，母仪天下！

这，是为皇后该有的气度。

沈凝雪美则美矣，但这样的气度，却不一定会有！

"原来是为了姐姐……"

语气里，不无挖苦之意，沈凝暄轻勾的唇角，浮上几分玄寒！

独孤宸对自己态度的突然转变，源自于想要让她当沈凝雪的挡箭牌，这让沈凝暄说不出是何种感受。

那种感觉，酸酸的，涩涩的，但到最后，却让沈凝暄觉得有些麻木了。

看来，她低估了眼前这位薄情帝王对沈凝雪的感情！

轻轻地勾了唇，她满是无奈地苦笑了下，不再纠结其他，而是一语道出今日与独孤宸谈话的重点："皇上的意思是……认可臣妾的皇后之位了？"

"是！"

如沈凝暄心中所料，独孤宸微微颔首，旋即讥诮一笑："名不副实的大燕国皇后！"

沈凝暄闻言，虽有些无奈，却是唇角微扬，眼底非但不见一丝黯然，反倒波光熠熠："那……臣妾在此，便多谢皇上成全了！"

独孤宸给她的，是羞辱。

这羞辱，来日她会还他，不过现在，她首先要做的，是将皇后的位子坐稳，想让她给沈凝雪做挡箭牌，可以，前提是，她沈凝雪能顺利进宫才行！

"别太得意忘形！"但见沈凝暄似笑非笑，独孤宸的心下便是一堵，面色微沉，他寒声提醒道，"做朕的皇后，需恭谨得宜，母仪天下，否则……"

"否则皇上会废了臣妾！"

接过独孤宸的话头，沈凝暄笑得不以为然："皇上大可放心，有我在，大燕国的后宫，会是一派和睦！"

后宫，是女人的天下，但凡有女人的地方，就少不了一个斗字！

在这里，为博皇上欢宠，为各自家族的荣华富贵，你不斗，别人也会逼着你斗，想要赢，就要狠过对方。但如果掌控后宫的皇后娘娘心中少了这个斗字，却多了几分阴狠，则整座后宫会少却许多腥风血雨。

无欲则刚！

一位对帝王没有觊觎的皇后，行事起来，少了感情牵绊，必然超然洒脱。

因沈凝暄的这句话，看着她淡漠的神情，独孤宸的眼底，不禁闪过一丝赞赏。

她曾说过，她对他，并无一丝好感！

这话，对于身为帝王的他来说，虽然讽刺，但……却该是真的吧！

这女人，还真是不把他放在眼里！

"哼！"

嗤笑一声，独孤宸眸色转冷，讪讪然道："女人，莫要把话说得太满，否则以后你连怎么死的都不知道，史上，被迫害致死的皇后，不是没有！"

"皇上是在为臣妾担心么？！"

明明知道不可能，却还是故意如此发问，满意地看着因为自己的话拉下脸的独孤宸，沈凝暄淡淡一笑，似是早已习惯了独孤宸的冷嘲热讽，和他那张总是饱含厌恶的俊脸，她的脸上未见一丝惧意，而是轻勾因发热而干涩起皮的唇瓣，拿他的话，去堵他的嘴："皇上刚刚还在夸臣妾迂回战术用得好，这宫中再如何波诡云谲，臣妾不是还有太后和大长公主做后台吗？人都说，三个女人一台戏，臣妾会帮着太后和大长公主殿下，把这出戏唱好的！"

沈凝暄的话，让独孤宸的眸色，从微冷转为玄寒，阴恻恻地凝睇着沈凝暄，在他的脸上不适时宜地划过一抹狠厉之色："悠着点，别把戏演砸了！"

"臣妾遵旨！"

幽幽地，沈凝暄颔首应声，一副低姿态。

对沈凝暄现在的态度，十分满意，独孤宸轻扯了唇，语气却冰寒一片："今日就算了，日后若胆敢在朕面前不用尊称，朕会与你一般，动用宫规！"

第五章　病弱，达成共识！

眉,轻轻一拧,看着独孤宸嘴角那薄凉的弧度,沈凝暄冷嘲:原来,这厮是在这儿等着呢!

轻轻一叹,她微微抬眼,一脸谨小慎微的小媳妇儿模样:"臣妾谨遵圣谕!"

见她如此,独孤宸极为隐忍地微眯了凤眸。

"沈凝暄,拿出你的皇后气度来!你现在的样子,让朕讨厌!"冷冷地别过头,赌气似的不看沈凝暄,他站起身来,拂袖而去!

唇角边,荡起一抹似有似无的浅笑,沈凝暄有些艰难地坐起身来,将头埋低:"臣妾恭送皇上!"

"养你的病!"

明明该是一句好话,却夹带着怒气,独孤宸挺拔的身形渐行渐远,直至消失在寝殿门口。

"该不会被我气出内伤了吧?"

淡淡的笑,爬上嘴角,沈凝暄抬起头来,见青儿仿佛失了神一般怔在原地,她懒洋洋地躺回榻上,似笑非笑地揶揄道:"青儿,皇上长得俊么?"

青儿面色一赧,紧蹙眉心道:"娘娘又打趣奴婢!"

"本宫看你都快流口水了!"戏谑一笑,沈凝暄对着独孤宸离开的方向努了努嘴,意味深长道,"皇上风华绝代,俊美无俦,对他动心,不奇怪,不过越是他这样的人,越是薄情,谁动心,谁就会受伤!"

"娘娘难道没有对皇上动心吗?"反问沈凝暄一句,青儿的俏脸羞羞的,怯怯的,与沈凝暄盛上一碗参汤。

"本宫喜欢温润如玉的男人!"

眉心轻颦,沈凝暄拿着汤匙轻轻搅动着参汤,抬眸看向青儿:"你觉得,皇上对本宫,算是温润如玉么?"

"……"

不必出声,青儿心里的答案,自然是否定的。

想到独孤宸对沈凝暄的态度,她有些头疼地皱了皱眉心,脑海中一道灵光闪过,她想都不想,便脱口问道:"娘娘喜欢的人,是齐王殿下吗?"

"齐王?"

沈凝暄握着汤匙的手微顿了顿。

"是齐王殿下!"

再次点头,青儿的脸上,一副少女怀春模样:"齐王殿下,是奴婢见过最是温润如玉的男子!"

望向青儿的眼神,越发深凝,沈凝暄低垂了眼睑,淡淡出声:"青儿,这里是皇宫，不比相府，饭，可以多吃，话，却不可以乱讲！"

青儿闻言，心下一凛！

意识到沈凝暄和独孤萧逸如今的身份，她忙惨白着脸色垂首："奴婢知错！"

深看青儿一眼，沈凝暄眸色微黯！

寝殿外，见沈凝暄已醒，独孤珍儿抬手阻止荣明通传，巧笑着举步入殿："皇后娘娘您可算是醒了，我这秘密还等着与你分享呢！"

大长公主不来，沈凝暄倒把这茬给忘了。

皱起的眉头起渐渐舒展，抬头看向一脸笑容的独孤珍儿，她慢悠悠地以汤匙轻轻搅动着参汤："本宫以为，大长公主那么说，是为了替我解围，莫不成还真有秘密不成？"

"那是当然！"

笑盈盈地在凤榻前落座，独孤珍儿伸手接过沈凝暄手里的参汤，对青儿吩咐道："你先退下！"

轻轻地舀了一勺参汤吹了吹，独孤珍儿将汤匙送到沈凝暄嘴边："来！"

看着眼前的汤匙，沈凝暄眸色微微一深。

她与大长公主，除了那日选后跟她打过交道外，便再无接触，那时候，她们是互相利用，这交情并不深，可这次她生病后，大长公主对她关心太甚不说，眼前竟还亲自喂她喝汤，这让她还真有些摸不着头脑。

轻笑了下，张口将参汤喝下，沈凝暄对独孤珍儿道："现在这里，只有你我两人，大长公主殿下可以道出那个秘密了！"

她还真有些好奇，独孤珍儿口中的秘密，到底为何！

温和一笑，将汤碗搁在一边，独孤珍儿定定地凝视着沈凝暄，"你现在，不该称我为大长公主殿下！"

闻言，沈凝暄微微拧眉。

被独孤珍儿盯得有些发毛，她淡淡一笑："是，现在，本宫该同皇上一样，尊您一声小姑姑！"

展颜一笑，独孤珍儿笑叹："丫头，你辈分儿看长！"

沈凝暄一愣！

什么叫辈分看长？

这都哪儿跟哪儿啊！

就算她聪明过人，却还是难以揣测，独孤珍儿话里的意思！

"神医鬼婆，神出鬼没，素来手下无死人……"

迎着沈凝暄满是疑惑的眸子，独孤珍儿不咸不淡地问道："皇后可认识她？"

第五章　病弱，达成共识！

听闻独孤珍儿口中道出的人名，沈凝暄这次不是一愣，而是一惊："你怎会知道鬼婆跟我的关系？"

提起鬼婆，事情，要从她九岁那年说起。

那时候，她寄住在边关陵阳，于寒冬之中，意外救起了试药昏睡的鬼婆，也正是从那时开始，为报救命之恩，鬼婆收她为徒，暗中教她医术……只是，关于鬼婆的一切，连青儿都知之甚少，独孤珍儿又怎会……

"我是你师姐！"

独孤珍儿说话的语气不善，眸中却难得荡起暖色："我说这几年，师傅怎么时不时要跑去陵阳，原来是为了你，她把你藏得真严实，生怕我拿你试了药……"

"……"

沈凝暄眼皮轻抽，无语缄默。

她一直知道，鬼婆还有个徒弟，每每提及她的这位师姐，鬼婆总是一脸骄傲，说她们迟早会见，只是……她做梦也没想到，她的这位师姐居然是燕国的大长公主！

而自己竟然成了她的侄媳妇！

这辈分……

知道沈凝暄需要时间去消化她们之间的秘密，独孤珍儿盈盈起身，透着几分宠溺地抚上她垂落的长发："半年之内，皇上不会再提沈凝雪入宫一事，你现在放心养病，以后在宫里，师姐会罩着你！"

"呃……那就有劳师姐了！"

虽然震惊，但沈凝暄的心底，却仍旧浮上丝丝暖意。

独孤珍儿为人敢爱敢恨，这从她的亲事便不难看出，她现在，既是说要罩她，便一定会帮她到底。

难得，在这深宫之中，还有人让她可以靠一靠！

大树底下好乘凉啊！

她这位忽然间冒出的师姐，在情理之中，却在意料之外，但……却是个大大的惊喜！

"那个……师父现在可在师姐府上？"

见独孤珍儿转身便要离去，沈凝暄红唇轻启："自从陵阳返京之后，两年了，我一直不曾见过她老人家！"

转过身来，独孤珍儿对沈凝暄无奈一笑，"她老人家神出鬼没的，昨儿只见了我一面，嘱咐我照顾好你，便又没了踪影！"

闻言，沈凝暄心下微微泛起失落之意。

沈凝暄烧退了之后，又一连休养了两日，身上的病，便已痊愈。

正如独孤珍儿所言，自此之后，独孤宸再不曾为难过她，亦没有再提沈凝雪入宫一事，这期间，沈凝雪曾随虞氏进宫，不过倒也安分守己。再后来，在沈凝暄的暗中安排之下，相府又添了新的姨娘，虞氏心中难免郁结。

一切，都朝着所预想方向在发展。

只是那独孤萧逸……许是因为沈凝暄说过的那番狠绝之话，自那日之后，便再不曾出现过。

时光如梭，岁月静好。

转眼间，半年光阴如指尖流沙，稍纵即逝。

在与独孤宸达成共识之后，在过去的半年时间里，他们二人在太后面前，从来都是相敬如宾。在她的掌控下，果真应了当初对独孤宸说过的话，六宫之中，虽偶有妃嫔争宠，但却也算风平浪静，一派和睦！

秋去冬来，又是一年寒冷时。

这一日，阳光较好，暖阳高照。

见室外阳光明媚，由宫人们伺候着洗漱梳妆后，沈凝暄并未乘坐凤辇，而是徒步而行，离开凤仪宫。

她本是要到太后宫中请安的，却得知独孤宸正在长寿宫，只能改变主意，百无聊赖地在御花园里晒晒太阳。

皇上曾经说过，如无大事，让她不要出现在他面前。

是以，他现下在长寿宫与太后请安，她便只能绕着走了。

冷风，清冽，凛寒。

一路闻香而来，行走于长寿宫外的梅林之中，赏寒梅盛放，闻花香宜神，沈凝暄的嘴角不禁微微扬起，驻足于花前，抬手拢过花枝上开得正艳的一簇梅花，她深嗅一口，任花香充斥五脏六腑之间。

悠然之间，有箫声传来，那箫声清空飘渺，悠远绵长，却透着几分凄凉，让听者忍不住心中唏嘘。

"这箫声真好听！"

一直跟在沈凝暄身后，青儿微报着唇，感叹出声，脚下的步子，却不曾停下。

静静地聆听着婉转绵柔的箫声，沈凝暄心下微涩，喃喃自语："我以为，你已不在，却只道是，咫尺天涯！"

向前又走了几步，终是循着箫声看到了隐于梅林中的俊逸男子，青儿的声音里，满是惊喜："皇后娘娘，是先生！"

声落，箫声停歇。

第五章　病弱，达成共识！

77

淡淡地顺着青儿所指的方向望去，沈凝暄微弯了唇，轻声斥道："青儿，你越发放肆了，莫要扰了齐王殿下的雅兴！"

原本斜倚在梅树上吹箫的独孤萧逸微微抬眸，与正朝着自己看来的沈凝暄视线相接，隔着一个青儿，一左一右，一高一低淡淡凝望！

"走吧青儿，去长寿宫与太后请安！"

因明媚的阳光，而看不清男子的脸，沈凝暄唇角弯起的弧度，微微加深，脚步轻旋，抬步准备离去。

"皇后娘娘！"

面色微暗了暗，独孤萧逸将长箫收起，而后轻抬袍襟自梅树飘然而落。洁白的袍裾，不沾一丝尘埃，伴着飘落的梅花瓣，显得翩然出尘，薄薄的嘴唇好看地抿着，他对沈凝暄无奈轻笑了下，仍是十分守礼地躬了躬身："参见皇后娘娘！"

脚步微微顿住，沈凝暄转身看向眼前半年不见的温润男子："寒梅，笙箫，齐王好雅兴！"

"若是可以，我宁愿只做娘娘的先生。"

唇角边，一抹浅笑，微微荡起，独孤萧逸眸底隐隐有光华闪过。

"只要一日在这深宫之中，你便还是齐王，你我之间，没有如果！"悻悻然一笑，沈凝暄淡淡敛眸，转身继续向外。

一个皇后，一个齐王。

如今，他们的身份再不似以前，自然不能再如在相府时那般随意。在这深宫之中，最不缺的，便是眼睛，有谁能知道，就在现在，有多少双见不得人的眼睛在暗中盯着她！

"娘娘想听听我的故事么？"

见沈凝暄再次抬步，独孤萧逸的语气里，难掩失落之意，深知应该和她保持距离，他极力将心中想要追上她脚步的冲动压下！

脚下，像是灌了铅般，始终无法抬步，沈凝暄幽幽转身看着身后的独孤萧逸，她从容沉静的面色中，透着些许淡漠与疏离："齐王，你可是忘了？本宫的心，是黑的，从来都只在乎自己，你的故事与我无关，你且好好留着，给想听的人，莫要在本宫这里浪费了时间！"

握着长箫的手，蓦地收紧，独孤萧逸深邃的目光自沈凝暄平静无波的脸庞上掠过，却挑眉轻笑出声。

看着独孤萧逸脸上温润的笑容，沈凝暄的眉心飞快一拧！

在相府与她朝夕相处两年，对她的脾性，独孤萧逸虽算不得了如指掌，却也略知一二。

此刻，她既是不走，便是在给他开口的机会！

她，还是关心他的吧？

暗暗一叹，独孤萧逸嘴角浅笑的弧度微微扬起。

清明的桃花眼中，仿佛缀满星光，他轻轻仰头，似是希望借此扫去心底阴霾，由着刺目的阳光直入眼底，自顾自地喃喃低语："如若可以，我宁愿只在相府当个普通的教书先生，也不想在这深宫之中，做个无过，却在先皇在世最后一刻被废黜的太子！"

"被废黜的太子？"

重复着独孤萧逸的话，有那么一瞬间，沈凝暄心中不由咯噔一声！

倏然抬眸，见独孤萧逸正似笑非笑地斜睨着自己，她目光微敛，并未掩去心中情绪。

自入宫之后，她从不曾打听过有关独孤萧逸的事情，许是因为他身份特殊，亦没人与她提及他的过往。是以，直到此时，她才方知在这皇宫之中，他的身份，到底有多尴尬！

在先皇在世的最后一刻被废，这也就意味着，他只差一步，便可以登上大宝！在入宫之前，她曾有耳闻，当今圣上的生母，太后如氏，并非先皇中宫，而是在先皇在世时居于贵妃之位。

那么，独孤萧逸的生母，便该是皇后。

身为中宫所出，如若独孤萧逸不成器也就罢了，但他文韬武略皆为上乘，却又为何没能继承大统？到底是何原因，让先皇在最后一刻，摒弃众意，执意废黜了无过的他，继而将皇位留给独孤宸，让他继承大统呢？

想来，这皇权更迭中，定有不为人知的秘密，而皇上对他有所忌惮，也是情理之中的事情！

"很震惊是么？"

笑容尽数敛去，独孤萧逸悠悠地，自嘲一笑："但这是事实，我是父皇与母后的嫡子，从出生之时，便冠以太子爵位，但却因缘际会无从继承皇位！"

"你觉得，自己无过，却被废黜，但本宫却觉得，世上没有无缘无故的事情，此事亦同！"心下黯然，沈凝暄看着独孤萧逸，淡淡说道，"人生不如意事十之八九，既是没能得到，便不该再存幻想，把一切都放下吧，否则只会害了自己！"

"我原本早已放下……"

深凝着眼前云淡风轻的女子，独孤萧逸有些苦涩地轻抿着薄唇，脸色不太好看。

"那就放下吧！"

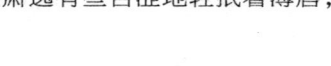

第五章 病弱，达成共识！

79

视线微转，见有宫人上前，对青儿低语几句，知独孤宸已经离开长寿宫，沈凝暄不再多留，终是转身离去。

"我也想要放下，我可以放下自尊，放下江山……"看着沈凝暄渐行渐远的窈窕身影，独孤萧逸唇角噙笑，双目却晦暗如海，"但有些东西，始终缭绕心头，从来拂之不去，又该如何放下？"

梅林中，花香四溢。

一片片粉白的花瓣，随风飞舞，旋转，落地……

那是一幅唯美的画面，景美，那背道而驰的两道身影，更美。

"荣海！"

远远地，站在梅林尽头，看着梅林中，沈凝暄离去的倩影，凝着独孤萧逸落寞冷寂的背影，独孤宸微勾着唇，玄寒的俊脸上，让人读不出一丝情绪："你说皇后和齐王，这算是幽会吗？"

"呃……"

瞬时间，荣海心中一惊，飞快地抬头瞥了眼沈凝暄离去的方向，他加倍赔着小心道："据奴才所知，过去半年，齐王殿下一直足不出户，皇后娘娘与殿下也并无牵扯，更何况……还有青儿丫头在，奴才觉得，皇后娘娘跟齐王殿下，该是偶遇……"

"最好如此！"

声音极冷地微微一笑，独孤宸沉眸看着荣海："雪儿可进宫了？"

"是！"

荣海颔首："雪儿小姐正在宜兰殿候驾！"

在寒冷的冬日里，沈凝暄迎来了自己入宫之后的第一个新年。

这日，是年初二，同独孤宸一起与如太后请安之后，她便与独孤珍儿一起回了凤仪宫。

窗外，寒冬瑟瑟。

凤仪宫内，却是温暖如春。

鎏金铸造的鼎炉中笼着桂花香，香烟夹带着桂香袅袅而上，在空中缭绕飞旋，实在是闻多了这桂花的香气，正在吃茶的独孤珍儿忍不住轻掩口鼻，抬眸看向对面的沈凝暄："我说师妹啊，这桂花香虽好，不过到底单调了些，你这宫里一直这个味儿，我都快受不了了！"

主位上沈凝暄，额发绾起，发髻高高拢起，着凤凰钗点缀，典雅庄重，不失皇后威仪。

听闻独孤珍儿所言，她淡淡一笑，细细摩挲着茶盏上的刻纹："师姐府上，草药数百，奇珍更是数不胜数，连身上都带着一股子药味儿，可惜了我这里，连一味药渣都看不到……既是寻不到自己喜欢的，那用什么香，也都是一样的。"

自从知道了沈凝暄是自己的师妹，独孤珍儿俨然成了凤仪宫的常客。

同为鬼婆的徒弟，她们姐妹俩凑到一起，谈论最多的，不是药理，便是毒理，每每此时，沈凝暄总是想要自己鼓捣些药来，可……她是皇后，在这皇宫之中，但凡跟药沾上边儿的，都得太医院经手，一个弄不好，就有可能惹上麻烦！

不过，独孤珍儿就不同了。

她可以在自己的公主府，随意地折腾！可劲儿地折腾！

还没人敢管！

"你这话我怎么听着酸溜溜的！"对沈凝暄不以为然的样子实在没辙，独孤珍儿放下茶盏，意有所指地轻叹一声："皇上这阵子痴迷各种香气，我听说元妃为讨皇上欢心，正绞尽脑汁学着调配香料，她所用之香，深得皇上喜爱！"

语落，她抬眸紧紧盯着沈凝暄，想要从她的神情中看出些许情绪变化。

但是，片刻之后，她失望了。

因为沈凝暄的脸上，淡然依旧。

初见沈凝暄时，沈凝暄一心要谋皇后之位，那时她便猜测，此女若是入宫，必定会想尽一切办法邀宠，但是事情与她所料正好相反，沈凝暄入宫之后虽是将后宫事物处理得井井有条，深得如太后欢心，但对皇上却从不邀宠。

就如，她的宫里，从来都笼着桂香，她说这是她所喜欢的，但偏偏……独孤宸最不喜欢的，就是这个味道。

难道这一切只是巧合么？

"元妃所调配的那些香料，于龙体无忧！"抬起头来，平静无波地看着独孤珍儿，见她脸色微愠，沈凝暄弯唇笑了笑，"师姐话里的意思，我懂，不过我这张脸实在长得难看入不了皇上的眼。与其到他面前去自找没趣，倒不如安分守己地做我的皇后。其实自入宫那一日，我便已知红颜未老恩先断是何滋味，如今我与他井水不犯河水，正是本宫想要的……至于元妃，她今日调了香料，玉妃和肖嫔明日就会想着别的法子争着去讨皇上欢心，最重要的是皇上能开心！"

"原来如此，不过……"

素手轻抬，轻扶了扶自己的发髻，独孤珍儿笑得无害："依我看来，你跟皇上井水不犯河水的好日子，立马就要结束了！"

第六章 撞见，清者自清！

独孤珍儿的话让沈凝暄嘴角的笑微微一僵！

眸中闪过一抹慧黠，独孤珍儿倾身靠在座椅上，笑看着她："昨儿皇上去见过太后，要与太后求一个人！"

"沈凝雪？"

沈凝暄凤眸微眯。

她的姐姐心心念念的是后宫，是皇上，是天下女人梦寐以求的帝王荣宠！

前世那张绝美却狰狞的脸，今生掌掴她时的狠辣神情……如此一个蛇蝎女子，绝对不会安分守己地过一辈子！

"正是！"

独孤珍儿颔首，肯定了沈凝暄的猜测，轻敛了笑颜，冷笑道："你姐姐国色天香，让皇上念念不忘不说，还一直不曾婚嫁……过去太后念在你刚刚入宫，不好提及此事，如今半年已过，看样子要旧事重提了！"

"唔……当初不让她入宫，是师姐你的意思，如今太后若是旧事重提的话……"眉梢几不可见地轻抬了下，沈凝暄微微思量，故意对独孤珍儿说道，"师姐，依我看，实在不行，就让她入宫好了！"

"你敢！"

独孤珍儿面色微微一变，直勾勾地盯着沈凝暄。

从独孤珍儿现在的神情，便知她心意仍如往昔，沈凝暄狡黠一笑，微微叹道："师姐手里毒药千百，我确实不敢！"

"臭丫头！"

娇嗔一笑，独孤珍儿再次端起茶盏，神情渐变寡淡："其实她进宫与否，与我没有半文钱的关系，我只是……见不得她好！"

见独孤珍儿如此神情，沈凝暄神情依旧不变，但眸色却隐隐发暗："师姐放心，她不会好过的。"

听到沈凝暄的话，独孤珍儿神情一愕！

深凝着沈凝暄片刻，她有些疑惑地拧眉问道："你跟她是亲姐妹？"

"不亲，只是流着一样的血罢了！"这话，说得云淡风轻，沈凝暄含笑勾唇，对上独孤珍儿满是探寻的视线，"比起她，我觉得跟师姐你更亲一些！"

"去！"

抬眸掀给沈凝暄一个大大的白眼，独孤珍儿语重心长地摇头轻叹："你若把这油嘴滑舌的本事，拿去缠着皇上，哪里还有她沈凝雪的立足之地啊！"

淡淡挑眉，沈凝暄只笑不语。

见她依然在笑，独孤珍儿顿时不干了："你可知道，此次皇上让她进宫的决心有多大？亏你还笑得出来！"

沈凝暄眸色微微一沉，轻道："世上，有一种人，往往如若下定决心，一定要得到什么，便会不顾一切，哪怕前路荆棘，也会使出浑身解数，沈凝雪便是如此！"

是以，受她美色蛊惑的皇上，做出任何决定，都不足为奇！

"你说得没错！"

轻叹着，独孤珍儿微微颔首："据我所知，近两年里，她跟皇上曾在玉妃宫里见过数次。"

"师姐你说得未免客气了些，他们明摆着是在玉妃宫中私会……"呵笑一声，沈凝暄望着独孤珍儿柔和的侧脸。

"此事你知道？"

独孤珍儿眉心轻皱，面露惊讶之色。

"就如师姐所言，元妃调配香料是为了在御前争宠，玉妃让我姐姐在宫中私会，无非是与她相互利用，与皇上争宠的一些手段罢了！"语气里饱含浓浓的无奈之意，沈凝暄笑得云淡风轻，"我是皇后，是为后宫之主，只要是后宫里的事情，自然知道得一清二楚。"

独孤珍儿瞥了她一眼，语气里颇有皇上不急太监急的意思："一早就知道此事，却从不曾声张，师妹……好涵养啊！"

"与皇上私会的，是我的亲姐姐，师姐觉得，此事于我光彩吗？"对独孤珍儿勾唇苦笑，沈凝暄眸色微微一沉，别有深意地轻轻叹道，"姐姐她每次入宫，我都知道，但却不阻止，只因……希望越大，失望才会越大，过程不重要，重要的是结果！"

闻言，独孤珍儿陷入沉思。

依着沈凝暄话里的意思不难看出，沈凝暄是故意在给沈凝雪接近皇上的机会，由着她背负私会之名，使出浑身解数地讨皇上欢心，而后……在她以为水到渠成之时，一个巴掌拍下……

"那……"

一直知道沈凝暄有些心机，却始终不曾看懂她，有些迟疑地凝视着她，独孤珍儿忽然间有种自己错把大灰狼当成了小白兔的感觉："你的意思是，倘若太后出面，你也不会答应沈凝雪进宫？"

"师姐所言，并非倘若，而是太后一定会出面吧！"沈凝暄唇角微翘，四下打量着眼前金碧辉煌的宫殿片刻，随即眉心一拧，语气坚定道，"不管是出于对师姐的承诺，还是为了我自己，在大燕国的皇宫之中，永远都不可能有沈凝雪的立足之地！"

"皇后……"

独孤珍儿心下一震，表情瞬间严肃起来。

听闻沈凝暄坚定的言语，她脑海中忽然闪过沈凝暄形容沈凝雪时的那句话！

不亲，只是流着一样的血罢了！

目光微转，沈凝暄对独孤珍儿温和一笑，面色沉静地站起身来，她轻拢广袖，转身朝着内殿走去："师姐，我有些累了，先小憩片刻。"

"暄儿！"

唤停沈凝暄的脚步，深深凝视着她略显单薄的背影，独孤珍儿静默片刻，轻语："实在不行，还有师姐，我说过，我会罩着你！"

听到独孤珍儿的话，沈凝暄心里蓦地一暖，微转过身，会心一笑。

她知道，独孤珍儿对她的好，是出自于真心。

这样的好，对她来说，弥足珍贵！

回眸看着独孤珍儿，沈凝暄再次回返落座，伸手接过青儿递来的新茶，她掀起茶盖，轻吹茶面，亲手将茶盏递到了独孤珍儿面前。

因沈凝暄突然的动作，而微微怔忡，独孤珍儿黛眉轻蹙，迷茫问道："皇后这是作甚？"

沈凝暄施施然一笑，忽而问着独孤珍儿："师姐可知，在相府，我跟谁最亲？"

独孤珍儿稍有迟疑，到底还是蹙眉回道："该是娘娘的父亲或是娘亲。"

天底下的孩子，自然跟爹娘最亲！

"师姐错了！"唇角处，浅笑若有若无，沈凝暄哂笑着摇着头道，"天下为子女者，本应最亲父母，但对我而言，跟我最亲的人，从来是青儿，不过现在，又多了一个你！"

沈凝暄的话，让独孤珍儿心弦轻颤。

轻启朱唇，她还想问些什么，当她迎上沈凝暄波光隐隐的秋眸时，却选择了缄默。

在她看来，相府嫡女，沈凝雪容貌出众，在她的光芒下，沈凝暄显得格外平庸，那日选后之时，若非沈凝暄刻意为之的主仆易装和那幅字，她根本不会过多地去在意她！

这，也就不难理解，左相夫妇会厚此薄彼了！

只是，同为女儿，一个如掌上明珠，另一个却不闻不问，任谁也会觉得沈凝暄对沈凝雪，应该是心怀怨怼的。

月，妖娆。

凤榻上，沈凝暄虽高床软枕，却是思绪纷乱，辗转难眠。

自从半年前跟独孤宸达成共识，在过去的半年里，她恪守本分，两人倒也相安无事。

但如今，这相安无事的日子，马上就要结束了。

"娘娘！"

青儿脚步微急，自外殿而入。

"嗯……"自喉间轻吟出声，一直不曾入睡的沈凝暄眉心轻蹙，"何事？"

青儿几步上前，将垂落的暖帐掀起一角，禀道："皇上来了，这会儿正在大殿等着，让娘娘赶紧过去。"

闻言，沈凝暄凤眸微眯了下。

心想着，这独孤宸来得还真快，她不急不慢地自床上坐起身来，未曾梳妆，便赶往大殿……

大殿里，独孤宸正优雅地斜倚在暖榻上，十分随意地摆弄着散落在棋盘上的棋子，见沈凝暄进来，他眸子抬起，轻瞥了她一眼，便再次将注意力放在棋盘上。

见他如此，沈凝暄弯了弯唇，如往昔一般，行至他身前福身行礼："臣妾参见皇上！"

"嗯！"

不曾抬眸，独孤宸指了指棋局，随意说道："过来陪朕。"

"臣妾遵旨！"

轻轻点头，沈凝暄上前坐下，亲自提壶与他倒了杯茶，含笑递了过去："这茶

第六章 撞见，清者自清！

85

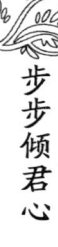

是臣妾自儿个煮的，放了姜片和决明子，加以无根之水煮沸，皇上尝尝！"

终是抬眸看了沈凝暄一眼，独孤宸接过她手里的茶盏，尝也不尝地将之搁在一边，语气中不无讽刺之意："难得皇后还能自己动手煮茶。"

"臣妾会的多了，只是皇上不曾见过罢了！"

人，真的有劣性根！

就如现在的沈凝暄一般。

听多了独孤宸的冷嘲热讽，她倒也习惯了，虽然大多数的时候，她聪明地选择无视，但有的时候，她还真有种冲动，让她见识见识真正的自己！

"言归正传！"

眉头轻皱着，独孤宸凉凉一笑，先落黑子，直言不讳道："朕今日来，是要送你一份大礼。"

"皇上要赏臣妾什么好东西？"

沈凝暄眉心轻颦，笑容爬上眼角。

浅浅的笑弧，挂在独孤宸的嘴角，配以他英俊出众的五官，显得格外好看。对荣海略使眼色，他好整以暇地对沈凝暄道："皇后看过便知！！"

看着他神秘莫测的样子，沈凝暄淡然一笑，看向已然躬身在侧的荣海。

"皇后娘娘，请！"

低垂着头，荣海将手中的明黄色卷轴，呈于沈凝暄面前。

那是……一道圣旨！

低眉凝着荣海手中的圣旨，沈凝暄心下哂然，伸手接过而后缓缓打开，待看清圣旨上龙飞凤舞的苍劲字体时，她心下微颤，却又很快恢复平静。

"朕决意召雪儿入宫，赐住裕华宫，封为宁妃！"唇角的弧度，浅浅的，弯弯的，独孤宸幽深的双目，一眨不眨地注视着沈凝暄的反应。见她始终一脸平静，他微皱了眉，冷冷说道，"朕赐你沈家一后一妃子，是为大燕开国至今，无上荣宠，这对皇后，难道不算一份大礼吗？"

"对沈家，的确算是一份大礼！"沈凝暄目光低垂着，细细地研读着圣旨上的一字一句，须臾，她有些好笑地看着他，"依皇上的意思，臣妾此刻该三跪九叩，拜谢皇上对沈家大恩才是。"

"三跪九叩就不必了！"

轻轻地端起茶盏，独孤宸轻抿口茶，启唇浅笑："如今这道圣旨上，只差皇后的宝印了……"

茶水入喉的滋味，辛辣中透着浓浓的熟悉滋味，令独孤宸不禁紧蹙了眉宇。

略显阴沉的视线，深深地注视着沈凝暄，独孤宸想从她的表情中找寻些什么，却终是失望地将视线收回。轻轻地又喝了口茶,细细品尝着茶中滋味,他心中滋味莫辨:"上元节时,是母后寿辰,朕会在长寿宫摆宴,到那时你只需落下凤印,当众宣旨!"

其实,他本可以到时当众宣布沈凝雪封妃的圣旨。

但,在过去半年里,沈凝暄这位皇后,上承太后,下御六宫,做得可谓滴水不漏。就冲这一点,在封沈凝雪为妃的事情上,他选择提前给她打声招呼,破天荒地给她一个台阶下。

"当初臣妾入宫为后时,曾与太后提及,只要臣妾入宫,则不允姐姐入宫……"轻轻地将圣旨置于一边,沈凝暄端起茶盏,浅啜一口后,抬眸迎向独孤宸的眼。眼看着他双眸之中,阴鸷密布,沈凝暄微弯了弯唇,将视线别开,"皇上觉得,此事臣妾一定照办吗?"

闻言,独孤宸眸子,满是危险地眯了起来。

略一勾唇角,他目光灼热地望着沈凝暄:"那是半年前的事情了,朕以为……如今皇后统御六宫半载,心性也该变得豁达些了!"

"未曾!"

已然半年不曾见过独孤宸剑拔弩张的模样,沈凝暄似是习惯了他的温文尔雅,此刻面对他冷漠的神情,在他的灼热的视线中,沈凝暄不自然地笑了笑,语气中正平和:"即便是过去两年,三年,抑或是三十年……就算心性变了,臣妾不准姐姐进宫的心思,始终不变!"

"沈凝暄……"

凝着沈凝暄的眸子,倏然泛冷,独孤宸冰冷的眸光中,寒光烁烁:"你别给脸不要脸!"

"皇上何出此言?"沈凝暄无惧独孤宸周身所散发的冷意,巧妙反击,道,"您是万万人之上的国之君主,而臣妾……是您的妻,是国母,臣妾的脸面,代表着皇上的脸面啊!"

"亏你还知道你是朕的妻!"

心头无名火乱窜,独孤宸紧皱着眉宇,"就封妃之事,若朕不是顾念你的身份,直接命人宣旨便是,今日朕之所以将圣旨交给你,是看你这阵子表现尚可,给你个台阶下,如此一来,也省得你落个妒忌亲姐美貌,处处为难她的恶毒名声!"

"皇上觉得臣妾恶毒吗?"

嘴角的笑隐隐透着几分凉意,沈凝暄深凝着独孤宸,语气轻软:"臣妾是怕皇上迷恋女色,荒废了朝政啊!"

她对眼前的男人无情,后宫之中,自然不会去争些什么,过去半年,宫中妃嫔无论何人博他欢心，她都淡漠视之。她……恐怕是有史以来，最大度的皇后了。

换言之，她再恶毒，比得上沈凝雪吗？

"你觉得，朕像昏君吗？"

冷冷地瞥了沈凝暄一眼，独孤宸微微仰头，将茶盏里仅剩的些许茶水饮下，潇洒起身："既然知道自己的身份，你便也该知道，夫者为天的道理，朕心意已决，圣旨交给你，上元节朕等着你的表现！"

独孤宸说的话，好似要看她的意思，但他微冷的语气却告诉她，上元节时，她别无选择，必须按照他所说的办！

看着他的身影消失在夜色之中，沈凝暄嘴角弯起的弧度，微微敛起，直到再不见分毫。

"娘娘……"

重新为沈凝暄斟上新茶，青儿满心忧虑地看着沈凝暄，"皇上心意已决，娘娘若不允，必定又会大怒，这可如何是好？"

"如何是好？"

轻抬皓腕，将边上的圣旨拿在手中，沈凝暄眸中光华隐动："皇上不是说了么？等着本宫的表现，本宫好生表现便是！"

"娘娘……"

低垂着头，在沈凝暄身侧站着，青儿小声嗫嚅道："为了这件事，您和夫人都快闹僵了，既是皇上现在将圣旨给了您，您倒不如顺水推舟……"

"青儿！"

打断青儿的话，沈凝暄抬眼看着青儿："本宫累了，想歇息了！"

翌日，清晨。

起身洗漱过后，沈凝暄微眯着眸子，坐于铜镜前梳妆。

碧玉色的篦子，一下一下，自如云一般的黑发中来回穿梭，玉篦与头皮接触的舒适感，让沈凝暄原本阴郁的心绪渐渐平静下来。

"娘娘！"

略显尖锐的声音忽然传来，荣明近前，躬身禀道："启禀娘娘，大小姐在殿外求见！"

听说沈凝雪来了，青儿拿着玉篦的手微微一抖，扯痛了沈凝暄。

"娘娘……"

心下一颤，青儿脸色微变。

"无碍的！"轻皱眉宇，抬手抚上被扯痛的鬓角，沈凝暄对青儿淡然一笑，转而吩咐荣明:"让她进来。"

片刻之后,沈凝雪随着荣明翩然入殿。

今日的她,虽是略施脂粉,却仍旧难掩花容月貌,一袭蓝色袭衣,虽略显厚重,却仍旧将她窈窕的身形衬托得玲珑有致……静静地凝视着一路朝着自己娉婷走来的沈凝雪,沈凝暄心中不由暗自一叹!

沈凝雪对自己的容貌很有自信。

而她,确实有这个本钱!

"凝雪参见皇后娘娘!"

于大殿站定,沈凝雪轻轻欠身,她的面色虽平静无波,但微翘的嘴角却将得意洋洋显露无遗。

沈凝雪嘴角的笑,让沈凝暄觉得格外刺眼,浅笑着轻抿了唇,她对青儿和荣明道:"你们先下去,本宫想跟姐姐说几句贴心话!"

"是!"

……

待两人一走,大殿里便只剩下沈凝暄姐妹二人。

自玉座上起身,她缓缓步下台阶,在沈凝雪身前驻足,伸出手来:"姐姐平身吧!"

"谢皇后娘娘!"

浅笑着将自己手置于沈凝暄手中,沈凝雪站起身来,于眸光流转中,不无得意地笑道:"我曾说过,娘娘挡不了我进宫的路,如今……让娘娘失望了,我还是如愿进宫了。"

听沈凝雪如此言语,沈凝暄丝毫不觉意外。

淡淡地凝视着姐姐的如花美貌,她唇角含笑,扬眉坐在一边:"姐姐这不是还没进宫么?"

沈凝雪面色微变,冷笑:"此事,太后应下了,皇上的圣旨也下了,难不成你要抗旨?"

"抗旨,是要杀头的,本宫可不敢!"淡淡的语气里难掩伤感,沈凝暄苦笑轻叹,"若姐姐此行,是来与我耀武扬威的,那此刻你的目的达到了,可以离开了!"

"凝雪此行,只是来告诉娘娘,一切……才刚刚开始!"看着沈凝暄一脸无奈的样子,沈凝雪心情大好,笑容明媚地再次欠身,"雪儿告退!"

将沈凝雪志得意满的神情尽收眼底,沈凝暄轻抚发髻,沈凝暄盈盈起身唤道:"姐姐!"

"皇后娘娘还有事吗?"眼中狠辣之色一闪而过,沈凝雪停下脚步,转身与沈

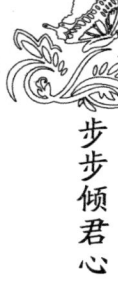

凝暄相视而立。

"没有什么要紧的事儿！我只是想跟姐姐说……"眸光淡淡地看着沈凝雪，沈凝暄弯唇笑了笑，佯装伤感地轻轻抚上沈凝雪纤弱的肩膀，"眼下距离上元节，还有十数日，姐姐当好生保养，只待那日艳压群芳！"

沈凝雪不禁心里冷笑。

"别以为你现在与我示好，我就会将一切放下！"抬手拂落沈凝暄的手，她的双眸之中已全都是狠戾之色，"我永远都记得你对我做过的事情，这宫中，只要有我在，你便休想过安稳日子！"

语落，不再停留，沈凝雪抬步朝外走去！

看着沈凝雪离开的背影，沈凝暄原本平静淡然的双眸，浮上一层冷意。

今日的沈凝雪志得意满，一改过去半年的温顺之态，在她面前耀武扬威！

由此可见，她笃定自己可以如愿入宫。

就不知到上元节时，美梦破灭，她会是何种神情！

眼看着沈凝雪离去，青儿急忙进殿。

但见沈凝暄坐于下位，神情微冷，她心下一慌，连忙凑上前来，一脸关切之意："皇后娘娘，您没事儿吧？"

沈凝暄和沈凝雪的关系如何，别人不知，但她却知道得一清二楚。

"能有什么事儿？"

深深地吸了口气，沈凝暄缓缓起身："去长寿宫走上一趟，禀明太后娘娘，本宫身子不适，今儿便不过去陪膳了！"

闻言，青儿心下一紧，忙垂首应道："奴婢这就去！"

从凤仪宫到长寿宫，路程并不长。

但，青儿一去，却是良久，等她返回凤仪宫时，亦非独自一人，而是与他人同行，这个他不是别人，竟是齐王独孤萧逸！

花厅之中，各色精美菜肴刚刚摆上桌案。

坐在桌前，看着眼前的独孤萧逸，沈凝暄模棱两可地笑了笑："今儿这凤仪宫，还真是热闹得紧，该来的，不该来的，一个不差……"

"娘娘……"

青儿张口欲要解释，却见沈凝暄抬手阻止。

淡淡地斜睨青儿一眼，沈凝暄将手中银筷放下，微微凝了眉，看着青儿身边的独孤萧逸："今儿什么风，竟把齐王殿下吹到本宫这里来了？"

她入宫半年有余，独孤萧逸来凤仪宫，却还是头一遭！

"听说娘娘凤体有恙，本王特前来探望！"对于沈凝暄的冷淡态度，丝毫不以为然，独孤萧逸见她无恙，神色温和如是回了句，便对花厅里伺候的宫人吩咐道："你们暂且退下！"

他此言一出，满室都陷入寂静之中，宫人们都看着自己的主子——皇后娘娘。

沈凝暄眉心飞快一拧，却又很快舒展开来："有什么话，齐王直言便是。"

她和独孤萧逸，一个是皇后，另一个是齐王，乃是最惹人忌讳的叔嫂关系，若是独处的话，难免会生出闲话！

迎着她的视线，独孤萧逸紧拢了眉宇，却退而求其次："事关本王的终身大事，本王实在不想被太多人听了去，若娘娘觉得不妥，想要避嫌，那就让青丫头留下便是！"

微微颔首，沈凝暄吃了口燕窝粥，方才开口道："青儿留下，其他人暂且退下！"

"是！"

……

几名宫女应声退后，只留青儿一人在侧。

轻轻地将粥碗放下，沈凝暄再次将视线调转到独孤萧逸身上，面色平静地看着他："有什么话，你只管说便是！"

眸色幽深地看着沈凝暄，见她面上平静无波，独孤萧逸微微拧了眉头，上前一步，站在桌前问道："娘娘可知，雪儿即将进宫一事？"

"消息传得还真快！"

眸色微深，沈凝暄轻弯了唇角。无奈地叹了口气，她不无失望地垂眸说道："本宫以为，断了她的后路，依你的文武兼备，博学多才，定能抱得美人归！"

"不是不能，而是不想！"

因沈凝暄不冷不热的反应而深感无奈，抬眸之间，与她视线相交，独孤萧逸心下一紧，却又硬生生地将视线别开："明日本王会到太后宫中，请太后赐婚！"

"赐婚给谁？你和沈凝雪？"

匆匆一瞥间，却没有错过独孤萧逸眼底的那抹深情，沈凝暄心下微微一悸，定定地看着他，她眼中眸光流转，叹声问道："你这么做，是为你，还是为了本宫？"

凝视着沈凝暄平静的面庞，独孤萧逸眸色微缓："这重要么？"

"你方才说，自己不想！"

轻敛了眸，沈凝暄再次将银筷拿起，淡淡说道："既是不想，便不要为难自己。"

"可……"

看着沈凝暄神情淡漠地用着膳，独孤萧逸眸色微暗，看似玩世不恭，却笑得认

第六章 撞见，清者自清！

91

真:"我愿意为你为难自己!"

闻言,沈凝暄握着银筷的手,蓦地一顿。

青儿脸色惊变,忙朝门外看了一眼,心惊胆战地看向独孤萧逸:"王爷,您这是怎么了?想要害死皇后娘娘不成?"

面对青儿的低语,独孤萧逸的俊脸微微泛白,再不见一丝温润,有的只是一片惨绝。

他何尝不知,自己的言语若被旁人听了去,必然成为沈凝暄的掣肘,但是他心中苦涩,忍不住……

垂眸,再抬眸,独孤萧逸蹙眉看着青儿,笑说:"你这丫头,太大惊小怪了吧?本王只是戏言而已!"

"这里是皇宫,哪里容得下什么戏言……"

意识到独孤萧逸齐王的身份,青儿撇了撇嘴,声音越来越小。

"皇上已经将封姐姐为妃的圣旨交予本宫,意欲让本宫在太后寿宴上当众宣布……沈凝雪入宫,已成定局,你再做什么,也是徒劳!"出声打断两人的对话,沈凝暄微抬了眸,神情淡漠地看向独孤萧逸,"本宫奉劝王爷,无谓的事情,还是不要做了……"

"娘娘觉得无谓吗?"静默半晌,独孤萧逸神色如初,淡淡浅笑,"只要圣旨一日不下,事情便仍有转圜余地,即便是徒劳,本王也该试试不是吗?毕竟为了她,本王在相府,蹉跎了两年时光呢!"

"若是如此,本宫便不再拦你,只是这些,是为了王爷自己,你该去长寿宫与太后说,不该来这里!"

嘴上,虽是如是说着,但沈凝暄心头却涌起一种莫名的滋味,那种感觉,酸酸的,涩涩的,似是在感叹独孤萧逸的痴情,抑或其他,总之不太好受,轻轻一叹间,深邃的目光掠过独孤萧逸俊逸的面庞,她弯唇笑了笑:"说句不该说的,即便你去请太后赐婚,她应该也不会应允!"

世上,有哪个当娘的,不向着自己的儿子?

独孤宸才刚跟太后开口要沈凝雪,太后又怎会将沈凝雪指给独孤萧逸?

"没试过,怎就知道她不会应允……"

低沉的笑声缓缓溢出,独孤萧逸眸光闪动,笑凝着沈凝暄。

以前的他们亦师亦友,相处得极为融洽,但自沈凝暄入宫之后,总是刻意与他保持距离,就如眼下,她明明就站在眼前,他却觉得他们之间隔着千山万水!

"暄儿!"

一种无法言喻的异样情绪浮上心头,独孤萧逸微微启唇,忍不住伸手拉过沈凝暄的手，黯然轻叹："我知你洁身自好，当以六宫为责，这才对我如此冷淡，不过你大可放心，你是皇后，我是齐王，即便我再如何倾慕于你，也绝对不会因为自己的身份，让你受到一丝伤害，你大可不必与我如此！"

其实，他想要的，并不多。

哪怕远远地看着她，得见她的一颦一笑，便已足矣！

可她……

"王爷，你逾矩了！"目光微敛，看着自己被他紧握的柔荑，沈凝暄娥眉轻蹙，用力一甩，"万望你以后，谨记自己的身份！"

沈凝暄的反应，在独孤萧逸意料之中。

但即便如此，凝着她平静得有些冷的双眸，他的心仍是忍不住一阵揪痛！

心下百转千回，他暗自一叹，将尚带着沈凝暄体温的手，微微握紧："本王一定谨记！"

他是王爷，她是皇后。

从她入宫那一刻开始，他便再没有了唤她做暄儿的权利，天知道……他到底有多怀念相府时的生活！

听到独孤萧逸饱含失落的话语，沈凝暄的心微微抽动："你记得就好！"

人非草木，孰能无情？

独孤萧逸对她的好，她怎会体会不到？

只是，他固然好，她却不能，也不敢，更不该回应他半分，因为，倘若如此，等待他们的，将是万劫不复！

"我……"

眼底，划过一抹伤痛，独孤萧逸薄唇轻颤着刚要说些什么，却在瞥见窗外那抹刺目的明黄之时，瞳孔骤然收缩，心，也跟着猛然沉下！

"王爷还有话要说？"

轻轻地将目光抬起，瞥见独孤萧逸白皙俊逸的面容，惊觉两人离得太近，沈凝暄淡淡地转开视线，刚想后退，却见独孤萧逸的面色微变，朝着她的身后望去……

与此同时，视线正对窗外的青儿，瞥见窗外的那抹明黄之色，不禁大睁眼睛，一脸震惊地掩着口鼻，颤声低语："皇上！"

听到青儿的低语，沈凝暄的心不禁狠狠一室！

紧拧的眉心，不曾舒展，她不着痕迹地向外跨出一步，倏然转身望向窗外，待瞥见窗外的那抹让独孤萧逸和青儿变色的明黄时，她的心陡然一沉！

想到方才自己与独孤萧逸在一起时的情景，她微微侧目，神情复杂地与独孤萧逸四目相对。

皇上在外面！

却不知来了多久，又将她和独孤萧逸之间的对话听去了多少！

他可听去了独孤萧逸要与太后请婚之事？可听到独孤萧逸方才与她的那句戏言？

若她所料不差，今时今日，如此情景，独孤宸绝对会上演一场捉奸的好戏。

他，一定不会放过这个可以废后的机会！

但，他又会如何对待独孤萧逸？！

破天荒地，一向心思缜密的沈凝暄，这一次乱了思绪。

千钧一发之时，她最担心的，并非自己，而是身边的这个男人。

睇见沈凝暄眼底的慌乱，独孤萧逸淡淡的神情中，一抹自嘲若隐若现！

收回视线，凝着一脸凝重的沈凝暄，他眸色微暗了暗，却忽而扬唇。

此一刻，他俊脸上的笑，如沐春风！

让沈凝暄神情微愕："也亏王爷还能笑得出……"

"不笑难道还要哭不成？"嘴边的笑意更深几许，独孤萧逸的整张俊脸都变得明媚起来，掩嘴轻咳一声，他含笑看着沈凝暄，以只有两人可以听清的声音低语道："我们来打赌，皇上的脸，一定很臭！"

"……"

沈凝暄无语！

这点，不用想，也能猜到！

只是，独孤萧逸从方才的一脸阴霾，到现在的心情大好，一副唯恐天下不乱的神情，着实让她微微咋舌！

狠狠地剜了独孤萧逸一眼，她敛起心神，不动声色地重新坐下身来："青儿，本宫身子不适，你便莫要愣着了，外面冷，去恭请皇上圣驾！"

"娘娘……"

看着娴静淡雅，沉静如水的沈凝暄，青儿都快哭了。

"青丫头，本王同你一起去！"优雅一笑，倒也不怕皇上对自己怎么着，独孤萧逸先行转身出了花厅。

青儿见状，连忙跟了出去。

看着两人出去，沈凝暄低敛了眸，静静等待。

她的心里，已然做了最坏的打算！

须臾，独孤萧逸和青儿带着荣海回返，却不见圣驾！

"奴才荣海，参见皇后娘娘！"

躬身上前，荣海在沈凝暄身前打了千儿。

微微抬眸，见独孤萧逸对自己苦笑着轻摇了摇头，沈凝暄微眯了凤眸，打量着荣海的一身灰衣。

方才，那抹明黄，只可能是独孤宸。

何以此刻，他却不曾露面？！

念及刚才自己与独孤萧逸的对话，沈凝暄心神微凛，目光清冽地睇了眼低眉顺眼站在一旁的荣明，她的嘴角，蓦地掠过一抹冷笑："荣总管今儿怎么得空来本宫这里？"

今日之事，既然独孤宸不曾声张，她便只需遂了他的意，看看他葫芦里到底卖的什么药！

余光扫过沈凝暄脸上的冷笑，荣海垂首躬身："昨儿夜里，皇上回去到天玺宫时，说娘娘宫里的姜茶喝着有些滋味，奴才想着过来讨了方子去……"

"哦……"

尾音拉长，沈凝暄低敛目光，转身对青儿道："去将姜茶给荣总管取来。"

"诺！"

青儿颔首，转身出了花厅。

淡淡回眸，视线再次停落在荣海身上，沈凝暄不动声色地问道："荣总管一路过来，在外面可看见什么人？"

轻轻摇头，荣海眼睛微微眯起，低声笑回："回娘娘的话，奴才才刚来而已，谁都不曾见过。"

知荣海是聪明人中的聪明人，根本不可能从他嘴里问出话来，沈凝暄亲自接过青儿取来的方子递给荣海："这里面的茶叶，是依着本宫自己喜欢的口味搁的，皇上喜欢什么茶，你依理换了便是。"

"奴才记下了！"

动作恭谨地接过茶方，荣海躬身："奴才告退！"

静静地凝视着荣海离去的背影，沈凝暄的脸色微微泛起冷意，眸光轻绽，她转身对边上荣明斥道："有人进了凤仪宫，本宫却最后才知，荣明……你该当何罪？"

荣明闻言，身子抖动，扑通一声跪在地上："娘娘饶命！不是奴才不报，是……奴才不敢……"

"好个不敢！"

打断荣明语无伦次的话语，沈凝暄视线清冽地看着他，淡淡声道："在这偌大的皇宫里，身为奴才，你们所仰仗的，便是自己的主子，荣明……你以后，最好认清你的主子！"

"奴才谨记！"

第六章 撞见，清者自清！

沈凝暄的视线，就像是一把刀，让荣明心下暗惊。

六宫皆知，皇后娘娘温婉谦和，是个好脾气的主儿，直到此时，他才惊觉，他的主子，并非表面所见。

"皇上还真是奇怪，对本王方才那一出居然可以视而不见，来而复去……"深凝着眼前有些陌生的沈凝暄，独孤萧逸淡雅一笑，俊美的五官，因脸上的笑，显得格外迷人，"娘娘可需本王去解释？"

他所认识的沈凝暄，或俏皮，或灵慧，却不曾如现在这般冷厉。

原本，他还担心，以她的性情，无法在皇宫立足。

但是现在，看着这样的她，他心中忽然间有种如释重负的感觉。

方才的独孤萧逸，一脸失落，难掩心伤，现在的他，却又笑了……他如此快的转变，让沈凝暄不觉有些好笑。

淡然如风，随性而活。

话说回来，这样的齐王，才是她过去所熟识的那个先生！

凝着他脸上淡然的浅笑，沈凝暄方才倍觉压抑的心情蓦然转好，微眯了眯眼，她一脸悻悻地叹道："皇上都没往心里去，王爷若是去了，岂不此地无银三百两？"

"娘娘的意思是……"

眸光微动，独孤萧逸迎着她的视线轻问："无须跟皇上解释……"

"清者自清！本宫和王爷，清白如水，王爷想要去跟皇上解释什么？"淡淡地轻瞥独孤萧逸一眼，沈凝暄端起桌上早已半凉的燕窝粥轻抿了一口，入口的滋味，透着凉意，让她忍不住轻蹙了蹙眉心。

正如独孤萧逸所言，独孤宸听到独孤萧逸和她的谈话，本该冲进来上演一场捉奸的好戏，而她……也已经做好了心理准备。

但他没有！

如此，确实奇怪！

不过……

世上最难测的，便是君心。

皇上的心思，不是人人都能揣摩的。

是以，在眼下这种局面下，她能做的，便是不将心思浪费在揣摩圣意上。

那句话怎么说来着……船到桥头自然直！

"仔细说起来，娘娘和本王之间，还是有些关系的！"静静地看着沈凝暄，独孤萧逸脸上的笑，稍稍收敛，有些幸灾乐祸地叹道。

沈凝暄闻言，眸光微微一闪。

指了指方才独孤宸所站的窗外，独孤萧逸自嘲一笑，无奈说道："皇后娘娘不得皇上圣宠，而皇上对本王的忌惮之心，也非一日两日！"

意会他的意思，沈凝暄喟然长叹："王爷想说，本宫跟王爷，是物以类聚么？"

她和他，独孤宸哪一个都不待见！

会心一笑，独孤萧逸微微点头。

"皇上对王爷存有忌惮之心，这点王爷说得没错，不过……"缓缓勾起红唇，沈凝暄凉凉一笑，"本宫于皇上，并非不受宠，根本是让他厌恶至极！"

独孤萧逸脸上的笑微微一僵！

深凝着沈凝暄嘴边那抹自嘲的笑痕，他的心忍不住一阵抽痛！

微微转头，将视线别开，他躬身对沈凝暄行礼："本王还要去长寿宫与太后请安，先行告退了！"

"王爷请便！"

弯唇轻笑，沈凝暄微微抬手。

闻言，独孤萧逸浅笑，目光似水。

与他温和如水的视线相交，沈凝暄的心微微一悸！

记忆，如开闸的洪水，顷刻间奔涌而出。

曾经相处的一幕幕情景在眼前闪过，百转千回间，她低语："不要去请婚，她配不上你！"

"娘娘说什么？"

蓦地抬眸，独孤萧逸看向沈凝暄。

心下微微一窒，不曾与他的视线相交，沈凝暄温婉一笑，缓缓地转身背对着他："本宫说……若王爷执意要请太后赐婚，今日不宜，上元节时，众臣齐聚，皇孙贵胄一个都不会少的！"

"多谢娘娘提醒！"

独孤萧逸轻轻点头，双眸之中，闪过一抹异样的神采。

他以为，他听错了。

不过看来，未必！

第六章 撞见，清者自清！

第七章　震怒，自请废后！

自从入宫之后，沈凝暄恭谨谦和，恪守礼度，但凡后宫事宜，事无巨细全都处置得稳妥得当，从不曾有过一丝疏忽！

但是，燕武三年，正月初四这一日，她一早除了命青儿到长寿宫禀过如太后，自己凤体有恙以外，还诏告六宫妃嫔，凤仪宫闭门谢客。

午后，阳光自窗棂洒落一地，一片清明中，沈凝暄迎着温煦的阳光悠悠转醒。

睡眼惺忪，迷迷蒙蒙。

她透过榻前垂落的帘帐，凝望着鎏金鼎炉中袅袅升起的轻烟，微翘了嘴角，十分满足地喟叹出声。

"皇后娘娘？"

听闻声响，青儿急忙上前，轻轻拢起帘帐，对上沈凝暄慵懒的睡眼，她有些牵强地笑了笑："您可算醒了！"

俏生生地轻瞥青儿一眼，沈凝暄的脸上荡起一抹满足的笑靥："人活着，果真只图吃饱睡好，其余都是过眼烟云！"

"娘娘这一觉睡得好，奴婢心里再如何忐忑，倒也值了！"看着沈凝暄睡到一脸满足的样子，青儿无可奈何地扁了扁嘴，"娘娘有所不知，自今早奴婢到太后宫中给娘娘告了病，崔姑姑便领着太医过来要与娘娘瞧病了！"

沈凝暄轻皱了下眉头，却又很快将眉心舒展开来，缓缓坐起身来，如瀑青丝垂落肩侧，她抬眉看着青儿："那后来呢？"

"后来大长公主来了，替奴婢解了围。"

点了点头，沈凝暄了然一叹："本宫真没想到，天下最难缠的大长公主殿下，竟然成了本宫的福星！"

"是啊，在这宫里，是人都会忌惮大长公主三分！"

眼看着沈凝暄竟然光着脚下了地，青儿咂了咂嘴，忙取了锦履，小心翼翼地说道："大长公主让奴婢等娘娘醒了告诉娘娘，因娘娘凤体违和，皇上将为太后准备寿宴一事，交到了她手里，这几日里，只怕没工夫过来陪娘娘下棋。不过上元节时，一定会与娘娘相见，到时候，无论娘娘打算怎么做，她都会站在娘娘这边。"

"那天，还真少不了她！"嘴角渐渐浮上一抹高深莫测的笑容，沈凝暄轻抚饥肠辘辘的小腹，可怜兮兮地看着青儿："青儿，备膳吧，用完了，本宫还要再睡会儿！"

"娘娘……您还睡啊！"

青儿俊俏的小脸，纠结得都快成苦瓜了。

"备膳吧……"

沈凝暄轻笑了笑："顺带着连文房四宝一并准备好！"

"娘娘要练字么？"

轻笑着如是一问，青儿衔命而去："奴婢这就去准备！"

用过午膳后，沈凝暄静静地，立于书案一侧，看着青儿研墨，铺纸，她低垂目光，在书案后坐下，而后轻拢袖摆，执起笔来，动作轻盈地蘸着墨汁，书下"师姐台鉴"四字！

娟秀的小楷，如行云流水间，跃然纸上，沈凝暄低垂着眼睑，神情微凝。

"娘娘！"

窥见信上的内容，青儿一脸疑惑之色。

这她家主子想见大长公主的话，直接通传了便是，何必如此大费周章？

"大长公主不是说，这阵子没工夫过来么？"目光抬起，与青儿对视一眼，沈凝暄再次垂眸，一笔一画地写着给独孤珍儿的书信："如此，倒更清楚些！"

时候不长，她将写好的书信递给青儿，"你亲自去趟长寿宫，务必将信交到大长公主手中！"

"奴才遵旨！"

心下一凛，青儿将信件郑重收起。

十日，只在转眼之间。

正月十五，上元之节，亦是如太后寿辰之日。

这一日，大燕皇宫，将于长寿宫宴请皇亲群臣，为如太后贺寿！

卯时许，天色尚暗，沈凝暄便早早起身。

净面过后，她静静地坐在梳妆台前，面色从容地看着镜中不施脂粉，青丝寂然

第七章 震怒，自请废后！

的自己。

"皇后娘娘!"

替沈凝暄轻拢发丝,青儿凝着铜镜中的主子,轻声禀道:"方才荣明差人来报,夫人和大小姐已经进宫了。"

"这主角,来得还真早!"轻抚黛眉,沈凝暄盈盈起身,行至一边的贵妃榻上坐下身来,"时辰还早,咱们晚些时候再去长寿宫!"

在过去的十日里,沈凝暄一直在告病。

是以现在,她自然也要将自己的病一装到底,俗话说得好,好戏……不怕晚!

辰时许。沈凝暄用过早膳,正优哉游哉地喝着茶,却见青儿一脸凝重地进了寝殿。

"怎么了?"

瞧见青儿的脸色,沈凝暄轻转着手中茶盏。

"娘娘!"

望着沈凝暄,青儿张了张嘴,欲言又止!

沈凝暄淡淡敛眸:"有话直说便是!"

双唇紧抿着,青儿脸色难看地将手中一封书信,和一纸便笺递上:"请娘娘过目!"

"谁送来的?大长公主?"凝眸看向青儿递来的书信和便笺,沈凝暄心思微转。

青儿摇头:"书信是相爷差人送来的,那便笺……是皇上!"

沈凝暄心下微微一紧,先将便笺打开,看过上面的内容后,她不禁冷笑着随手丢于一边,哼道:"这男人,这是五十步笑百步!"

便笺上,只写了一句话:朕容你与齐王私会,今日你最好乖乖就范!

原来,他那日来而复去,为的便是今日。

容他和齐王私会?!

她跟齐王,比之他与沈凝雪,要干净千百倍!

"娘娘!"

眼看着沈凝暄的脸色渐含愠,青儿哭丧着脸说道:"方才荣明来报信,昨儿皇上降旨,齐太后凤体违和,准齐王即刻赶赴安宁寺探望!"

"好一招先发制人!"唇畔处,缓缓勾起一抹笑痕,沈凝暄有些无奈地长叹一声,"在这世上,可以左右齐王的,唯有他的生母齐太后了,皇上这招用得极好。"

当年,燕文帝驾崩之前,不但废黜了无过的太子,还将他的生母齐太后,软禁于安宁寺中,不准与任何人接触。

过去三年，独孤萧逸从来都没有见过自己的母后。

如今齐太后凤体有恙，皇上又恩准他去探望，他自然不会，也舍不得错过这个与生母相见的机会！

在这个时候将齐王支走！

想必，那日她与独孤萧逸的谈话，独孤宸不曾听去全部，也已大半！

"齐王殿下不在，便不能请求太后赐婚……"抬眼看着沈凝暄的脸，青儿蹙眉问道，"娘娘，眼下该如何是好？"

"本宫本就不赞成他去请求太后赐婚！"精致的眉轻轻拧起，沈凝暄视线微转，看向沈洪涛差人送来的那封家书。

家书，是沈洪涛亲笔所书。

无非是说，沈凝雪天资聪颖，深得圣心，让沈凝暄顾全大局，以沈家为重，定要力保沈凝雪进宫。

虽然，早在打开那封家书前，沈凝暄便已然猜到上面的内容，但当她真正看到的时候，却难免心中酸涩。

她并非虞氏所生，沈洪涛总该是她亲爹吧？

前世里，他对她宠爱，她铭记于心，可是今生呢？今生他的眼里，从来都只有沈凝雪这一个女儿！

如此，也好！

省得她下不去手！

　

暌违数日不曾露面，沈凝暄出席太后寿宴，自然精心装扮一番。

髻团高绾，仍以浓妆示人，她如以往一般，雍容庄和，带着青儿前往长寿宫。

为与如太后贺寿，长寿宫中，早已红绸高挂，装饰一新。

沈凝暄抵宫时，众多皇亲国戚早已聚首一堂！

立足宫门处，听闻殿内欢声笑语不断，沈凝暄缓缓步入大殿。

大殿内，酒席齐备，奇珍异果琳琅满目。

高位上，太后与独孤宸相依而坐，昭显母慈子孝，大长公主独孤珍儿稳坐左下首位，再依次往下，宫中妃嫔个个打扮得花枝招展，沈凝雪同虞氏坐在末位，如此，最后才是朝中显贵和重臣家眷。

"参见皇后娘娘！"

见沈凝暄进殿，除主位上的如太后和独孤宸以外，众人纷纷起身行礼。

"免礼吧！"

淡淡地，含笑看向众人，沈凝暄抬步上前，于如太后身前，跪拜如仪："臣妾

第七章　震怒，自请废后！

101

来迟，请太后恕罪！"

"哀家知你身体有恙，不怪罪！"

人逢喜事精神爽，如太后满面红光，朝着沈凝暄和蔼一笑，抬手示意她坐于独孤宸身侧。

"臣妾谢太后娘娘，谨祝太后娘娘福寿无疆！"

垂眸贺寿，沈凝暄目光浅漾，与独孤宸的眸子在空中短暂相接，她微微福身："臣妾参见皇上！"

"皇后今日可真是姗姗来迟啊！"

剑眉微拢，独孤宸冷淡一笑，锐利的目光自沈凝暄身上一扫而过，浅笑着转身对如太后说道："母后，今日是您的寿诞，刚好各宫主位都到齐了，皇后有重要的东西，要请您过目！"

独孤宸的话才一出口，原本热闹嘈杂的大殿，顷刻间鸦雀无声。

一时之间，众人或是疑惑，或是揣测地纷纷转睛，望向沈凝暄，唯独沈凝雪和虞氏满脸欣悦，喜上眉梢。

静静地将视线从虞氏和沈凝雪身上扫过，沈凝暄眸色依旧，隐于广袖中的双手，却是渐渐收紧。

深看沈凝暄一眼，边上一身隆装的独孤珍儿满脸欢喜，出声打破沉寂："今日皇嫂寿诞，皇后娘娘可是为皇嫂准备了一份大礼？"

知她是故意转开话题替自己解围，沈凝暄会心一笑。

垂眸在独孤宸身侧落座，她目光微转，含笑看向如太后："太后一生富贵，见过的好东西不胜枚举，臣妾实在不知这寿礼该准备什么稀罕物件儿！这里准备了一幅字，虽不名贵，却是出自臣妾之手；还请太后笑纳！"

语落，她轻飘飘地扫了沈凝雪一眼，但见沈凝雪面色微变，她含笑击掌，便见青儿端着一幅宽约尺半的卷轴上前。

"本宫先瞧瞧！"

独孤珍儿盈盈起身，动手解开礼绳。

不等她将画卷打开，上座的独孤宸轻端着酒盏，口中便溢出一声嗤笑："沈家大小姐的字，闻名天下，皇后一向平淡无奇，萤火之光，岂能与皓月争辉！"

"何为萤火，何为皓月，皇上不一定真的清楚！"淡笑怡然，并未因他的嗤笑露出丝毫不悦，沈凝暄端起茶盏，低头饮起茶来。

见沈凝暄如此，独孤宸本就犀利的眸光中，冷冽之色一闪而过！

抬手阻止独孤珍儿打开字轴，他冷声问道："看字先不急，皇后还是先办正经事要紧！"

潋滟的红唇微微离开茶盏，沈凝暄启唇冷笑，淡淡出声问道："皇上何必如此迫不及待？"

　　在沈凝暄看来，今日她要做的事，势必惹独孤宸震怒，既是结果不可避免，过去这大半年她隐忍的日子过够了，今儿索性就活得痛快些！

　　如她所料，他的反应，着实让独孤宸恼火。

　　只见他紧皱眉宇，直接沉下俊脸，如刀般的锐利视线，就差没把沈凝暄凌迟了。

　　边上，如太后将一切看在眼里，自然感觉到两人之间的暗流涌动。轻叹一声，她温声说道："皇上和皇后，到底要说的是哪件重要的事情？不妨说来与哀家听听！"

　　闻言，沈凝暄对如太后笑笑，却是但笑不语。

　　她越是如此，如太后便越发好奇。

　　视线轻抬，看向独孤宸，如太后笑容雍和："皇帝！"

　　看着沈凝暄柔和浅笑的样子，独孤宸脸上厌恶之情骤现。沉寂片刻，他暗自呼出一口浊气，对如太后微微低首，神情阴郁道："是儿臣上次与母后提及之事……儿臣心仪一女，欲要召她入宫！"

　　他如此一言，原本安静的大殿，嗡的一声，像是炸开了锅一般，伴随着细细碎碎的议论声，醒过神来的众人都将目光纷纷投向沈凝雪！

　　过去半年之内，沈凝雪和皇上之间的风流韵事，可谓天下皆知！

　　眼看着，大殿里，所有人的视线，都集中到沈凝雪身上，沈凝暄的脸上，从始至终，都平静淡然，并没有一丝的情绪波动，眸光温和地凝视着沈凝雪，她轻盈起身，自高位上款款步下，终是停在沈凝雪身前。

　　"皇后娘娘！"

　　看着眼前贵为皇后的沈凝暄，虞氏稍显局促。

　　"母亲！"

　　对虞氏微微颔首，沈凝暄朝着沈凝雪伸出手来："姐姐……"

　　"皇后娘娘……"

　　妩媚的大眼中，风情万种，沈凝雪微顿了顿，嘴角微翘着将手与她的纤手交握。

　　眼前的画面，在外人看来，便是姐妹情深的美景。

　　但，唯沈凝暄和沈凝雪知道，她们姐妹二人之间，隔着千山万水。

　　"姐姐随我过来！"脸上神情波澜不惊，沈凝暄轻握着手中柔若无骨的纤纤玉手，渐渐地扬起一抹浅笑，她在众目睽睽之下，拉着沈凝雪的手，娉婷向前，最终在

第七章　震怒，自请废后！

103

鎏金雕琢的富贵台前停下脚步。

　　轻抬眸，迎向独孤宸微微缓和的双目，她紧紧地握了握沈凝雪的手，转身看向青儿。却见青儿眼观鼻鼻观心地端着早前独孤宸写好的圣旨，十分恭敬地呈于太后面前。

　　如太后见状，紧蹙着眉头对崔姑姑微微颔首。

　　独孤宸欲要封沈凝雪为妃一事，如太后早已知情，此刻见到圣旨，她紧蹙的眉头，渐渐舒展，却未见丝毫不悦。

　　如太后如此，本在沈凝暄预料之中。

　　只见她微微一笑，松开沈凝雪的手，而后双手高举竟是将头髻上象征皇后身份的凤冠摘下……

　　见此情景，大殿内响起一片抽气之声！

　　"皇后！"

　　如太后面色微变，从座位上站起身来，沉声问道："你这是作甚？"

　　"是啊！"

　　虞氏急忙起身，绕过桌案来到沈凝暄身侧，伸手扶住沈凝暄端着凤冠的手，她紧蹙眉心道："这凤冠，关乎皇后威仪，娘娘怎好随便取下？"

　　"母亲难道不知为何吗？"

　　垂眸看着虞氏扶着自己的手，沈凝暄淡淡一笑，顺势将凤冠递给了她。

　　"青儿！"

　　不理虞氏，沈凝暄轻唤青儿一声，缓缓将双臂张开，随着她张开双臂的动作，凤袍之上金线勾勒的火凤，展翅翱翔！

　　面色沉静地看着自己的主子，青儿缓步上前，开始动手将沈凝暄身上的凤袍褪下。

　　片刻，凤袍离身，沈凝暄身上，只余一件素色长裙，长裙简朴，让她纤瘦的身形尽显无遗。

　　取凤冠，褪凤袍！

　　因她如此突然的举动，大殿内一时间落针可闻！

　　凝视着大殿上一身素袍的女子，独孤宸才刚缓和的神情，时青时白，如太后的脸色，也跟着变得难看起来。

　　"皇后，你这是要做什么？"将手中的圣旨放在桌上，如太后脸色晦暗地看着沈凝暄。

　　微微抬眸，迎上如太后暗沉的双眼，沈凝暄原本微翘的嘴角，渐渐敛起。

　　眉心轻蹙，她伸手撤下髻团上的凤钗，失去了束缚的柔软青丝，瞬间散开，如瀑布一般，以极致柔美的弧度倾泻而下……

"皇后！"

几乎是从齿缝里挤出"皇后"二字，独孤宸阴鸷的双眸，危险眯起。

"太后手中的圣旨，是皇上年后便交由臣妾，命臣妾加盖凤印，欲要于今日宣布的。"轻轻抬眸，看了如太后一眼，沈凝暄缓缓低下头来，苦笑着垂着眸，"皇上心仪家姐，与她两情相悦，欲要封她为宁妃！"

静静地凝视着沈凝暄，如太后的语气微冷："只是封妃而已，你何必如此大动干戈？"

"臣妾如此，实属无奈之举，还请太后息怒！"

转头，深看沈凝雪一眼，沈凝暄轻掀裙裾，后退一步，将足上锦履褪下，呈至众人眼前。

看着沈凝暄脚下的那双锦履，沈凝雪精致的容颜，霎时间变了颜色。

"太后！"

嘴角的苦笑，明显而刺目，沈凝暄低眉看着脚下的锦履，语气低沉，却铿锵有力："这双锦履，是家姐在臣妾入宫之前亲手缝制，正因如此，臣妾对它，珍之重之，从入宫之日，便穿着它，但……也正是它，害得臣妾落水，险些成了大燕国第一个溺水而亡的皇后娘娘！"

"什么？"

终是露出惊容，如太后紧拧了眉头。

同时，大殿内，在极致的静谧之后，再次哗然！

不待众人反应，独孤珍儿快步上前，将锦履拾起，而后细细查看："皇嫂，这锦履底部，材料特殊，掺杂有石灰粉，不遇水则已，遇水则滑……"

"这不可能！"

因为心中的惊惧，而忍不住娇躯轻颤，沈凝雪满脸惊惶地摇头狡辩："太后娘娘明鉴，臣女对妹妹，一片赤心，怎会加害于她？此事定是有人陷害臣女……"

见状，独孤宸微微倾身。

"姐姐！"

不待独孤宸有所动作，沈凝暄淡笑着看向沈凝雪，语气格外温和："那日大长公主选我为后时，你追到清辉园，甩我一巴掌时说过的话，可能再说一遍么？"

"我……"

沈凝雪心弦微乱，一时语塞："我什么都没说！"

"大小姐自己说过的话，难道忘了么？"青儿壮着胆子上前，低眉顺目轻声道，"那日大小姐对皇后娘娘说，即便你身为皇后又如何？只要皇上不喜欢，照样会

第七章 震怒，自请废后！

被废黜，人，贵在有自知之明，你挡不了我进宫的路，我们姐妹且走着瞧……"

闻言，在场众人，无不变色。

"你胡说！"

心急之下娇斥一声，沈凝雪柔柔弱弱地看向独孤宸，泪眼朦胧地跪下来，那委屈模样我见犹怜："皇上，请您为雪儿做主，您是最了解雪儿的，雪儿是冤枉的！"

沈凝暄哂然笑道："事实摆在眼前，姐姐还敢说自己冤枉么？"

"若……"

声音清冽，冰冷，沉寂许久的独孤宸终于开口，道："朕说，朕相信她呢？"

独孤宸此言一出，沈凝暄的脸色，略微变得有些难看，深看他几许，她末了却是冷笑一声："依皇上意思，是臣妾和青儿自导自演了今日这一出，为的便是要污蔑她？"

虽然，她早已料到他会如此，但他一定不会想到，面对他对沈凝雪的袒护，她会如何以对！

"难道不是么？"

目光低垂，重新端起酒盏，独孤宸凉凉说道："皇后不是一向嫉妒雪儿美貌，处处刁难于她么？"

"皇帝！"

微拢远黛，如太后转头看向独孤宸，脸色微微有些难看："皇后的品行，哀家还是清楚的！"

"太后不必多言，皇上心思，臣妾都明白！只是皇上心里，一直只有姐姐，臣妾无能无德，实在愧对于您……"心如坠冰窟，沈凝暄声情并茂深看如太后一眼，深吸口气，她垂眸将广袖挽起，露出象征着女子贞洁的那抹嫣红，而后微扬起头，将视线转向独孤宸："皇上相信姐姐，臣妾不能左右，但是非公道自在人心，臣妾容不得她进宫与臣妾骨肉相残，若皇上一定要立她为妃，还请皇上废后！"

沈凝暄如玉般的藕臂之上，一颗鲜红的朱砂痣显得格外刺眼，那鲜红的色彩，既象征着她的纯洁，又在跟在场众人阐述着一个不争的事实。

大半年过去了，可……皇上和皇后，有名无实！

看到那抹艳红，所有人看向沈凝暄的目光，或是震惊，或是无奈，又或是同情，就连一向镇定的独孤珍儿都是一脸的惊讶之色！

"皇后……你！"

凝着沈凝暄手臂上鲜艳夺目的朱砂，如太后不由抽口冷气。扶在桌上的手，紧紧攥着那道尚不曾加盖凤印的圣旨，她气息不稳地轻颤喝问："皇帝！这是怎么回事？"

106

"母后!"

从不承想,沈凝暄竟会如此大胆与决绝,竟当着各宫妃嫔的面儿将自己的难堪摆在台面上,面对太后的质问,独孤宸的神情微僵,额角抽搐!

他现在唯一的念头,就是把眼前的这个女人给活活掐死!

"太后……一切是臣妾的错,与皇上无关……"双眸中氤氲缭绕,沈凝暄佯装深情地凝了独孤宸一眼,而后凄然一笑,将事情悉数揽到自己身上!

只是,她越是如此,如太后对皇上的怒气,便越发多了几分。

事情明摆着,此事皆因皇上而起。

敢情那日那元帕,是皇上用来诓骗自己的!

"皇后!"

如太后轻轻一叹,扶着崔姑姑起身,却又觉头晕眼花,不禁伸手抚上额角。

眼底湿润一片,沈凝暄拧眉劝道:"都是臣妾的错,请太后娘娘息怒!"

看着她如此委曲求全的模样,独孤宸紧抿的嘴角不禁一抽!

他以为,有独孤萧逸一事,这女人会乖乖就范,却不承想,今日她竟胆敢当着太后和重臣的面将他狠狠摆了一道!

"沈凝暄!"握着酒盏的手,倏然用力,将酒盏啪地一声捏得粉碎,他冷笑着,恨不得将沈凝暄生吞活剥了,"你当真以为朕不敢废了你吗?!"

"皇上当然敢!"

用力,用力,再用力,将下唇咬出了血,沈凝暄委委屈屈地低敛眉目,整个身子伏在地上,任青丝自肩头四散滑落:"身为皇后,最难不过是皇上的不信任,臣妾无德,还请皇上废了臣妾,另立姐姐为后!"

"皇后!"

明媚的双目,一眨不眨地盯着沈凝暄手臂上的守宫砂,独孤珍儿怔怔地站在她的身边,一时间不知该说些什么。

纵然是她,也没有想到,事情居然会发展到这一步!

"胡闹!"

啪啪连拍两次桌子,如太后颤巍巍伸手指着自己一向认为很懂事的沈凝暄,痛心疾首道:"废后之事,事关朝廷,岂能如此儿戏!"

"太后,臣妾也不想啊!"

目光婉约地看着如太后,沈凝暄微微撇唇,又摆出一副受了委屈的小媳妇模样。

"沈凝暄!"

看着沈凝暄一脸委屈的样子就怒火中烧,独孤宸的眼中厌恶涌动,蓦地自御座

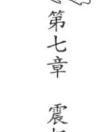

第七章 震怒,自请废后!

上站起，他眸色冷冷地看着她，声音冷得冻掉了一地冰碴子："既是你一心求朕废后，朕今日便成全你！荣海！备笔墨锦帛！"

原本，他容她在后宫立足，已是天大的仁慈。

可这个女人，却得寸进尺！

忍耐，是有限度的！

沈凝暄今日所为，触碰到了他的底线！

"皇帝！"

沉声看向独孤宸，如太后面露怒色："今日，是哀家的寿诞，你……"

"母后不必再劝，朕心意已决！"不等如太后把话说完，独孤宸凝眉冷道，"待儿臣废了她，再来与您老人家请罪！"

他的声音，极冷！

冷到如太后噤声，也让大殿里的众位妃嫔都忍不住浑身一颤！

她们都知道，皇上这次，是真的震怒了！

很快，荣海便将笔墨锦帛奉上。

不曾有丝毫犹豫，独孤宸提笔落下，一挥即就！

须臾，诏书写好，不等墨迹干涸，他扬手将之甩在沈凝暄身前，脸色前所未有的冷峻："从现在起……你被朕废了！"

直起身来，定定地，看着自独孤宸手中飞出的明黄色锦帛，沈凝暄并未去接，而是眼睁睁地看着它落了地！

静谧片刻后，大殿内再次哗然，看着那落地的废后诏书，无论是元妃还是玉妃，都心思微动，与身旁的妃嫔交头接耳，小声地议论起来。

现在，皇后被废，后位再次空悬。

这也就意味着，任何人都还有机会！

然，经由皇后如此一闹，沈凝雪只怕再过不了太后那一关了！

许久之后，沈凝暄的头，一直是低垂着的，不用去看，她也能猜到此刻的独孤宸，该被自己气成什么样子了。水漾的明眸，一眨不眨地盯着身前的废后诏书，她的嘴角几不可见地牵了牵，面露悲切地再一次缓缓伏身叩首："臣妾请旨，离宫前往安宁寺为太后和皇上祈福，此生与青灯古佛相伴终老！"

"娘娘……"

垂眸看着跪在身侧的沈凝暄，独孤珍儿红唇轻嚅。

不等她出声，却见独孤宸的嘴角勾起一抹冷笑，看着沈凝暄的眼神，也跟着变了些许："你休想！你死都要死在宫里！"

"臣妾明白了！"

知独孤萧逸身在安宁寺，独孤宸绝对不会应允自己前往，沈凝暄轻颤着伸手拾起圣旨，将之抱在怀中缓缓站起身来。素白色的裙摆，微微旋动，她对身边的沈凝雪凄凉一笑："姐姐如愿了！"

"沈凝暄……"

轻哑了哑嘴，沈凝雪脸色雪白。

今日，在这大殿之上，有无数双眼睛在看着，只过了今日，普天之下的人们都会知道，她蛇蝎心肠，毒害亲妹，逼得亲妹自请废后……从此，世人都会知道，她是卑鄙、龌龊的。日后，即便她进了宫，皇后之位不会是她的，她的一生都不会光彩！

她一直都觉得，沈凝暄处处不如她，可是在眼下这场对决之中，她却输了！

输掉了过往数年精心建立的形象，输掉了太后的支持，更有甚者还有皇上对自己的信任……输得一败涂地！

"皇后！"

颤巍巍地依着崔姑姑站起身来，如太后看了眼沈凝暄怀里的圣旨，转身对独孤宸怒极喝道："你果真要废了皇后，改立沈凝雪？"

太后此问一出，大殿内再次陷入一片静寂！

后位归属，意味着日后宫内由谁当家作主，事关各宫日后大局，各宫妃嫔趋之若鹜！是以，沈凝暄被废了不要紧，嫔妃们所在意的是日后执掌凤权之人到底是谁！

静室许久之后，独孤宸冰冷的视线仍旧停留在沈凝暄的身上，感觉到他如利刃一般的视线，沈凝暄顿觉背脊发寒。

手指关节微微泛白，将手里的圣旨握得紧得不能再紧，她轻轻福身，看似要请旨告退，却又别有深意地看了独孤珍儿一眼。

接收到她的视线，独孤珍儿却猛然回神。

转身行至桌案前，取了那幅未曾展开的字，快步行至独孤宸面前，抬手扫去桌案上菜肴酒水，甩手将卷轴打开！

独孤珍儿的动作，一气呵成。

待众人回神，那幅字已然摆在独孤宸面前。

看着眼前熟悉到不能再熟悉的字迹，他眸光绽放，心中是深深的震撼！

将独孤宸目露惊讶的神情尽收眼底，独孤珍儿语气微冷："沈家大小姐一定跟皇上说，小姑姑之所以会选皇后为后，是因为她使了手段吧？只是皇上……您聪明绝顶，怎就忘了，小姑姑我，连先皇都不怕，又有谁能胡乱左右我的决定？我之所以会选她为后，是因为她的才学，也因为曾经在皇上宫中见到过她的字画！那些字画的由来，小姑姑不清楚，不过现在……皇上总该清楚了吧？"

"姑姑别说了！"

第七章 震怒，自请废后！

置于桌案上的五指，蓦地收紧，将手下的字卷抓在手中，独孤宸面容冷峻地看向沈凝雪。

"皇上……"

水眸中波光荡漾，沈凝雪惨白了脸色，她的视线，在与独孤宸视线相交的瞬间，却又很快移开。

如此，独孤宸的心，瞬间冰封！

一切便已了然！

美色，虽然很重要，但他最看重沈凝雪的，却是她的才情。

可是现在，原来他一直都错了。

过去那些诗情画意，全都并非出自她手，而是那个他最厌恶的女人……这一切，于他对沈凝雪的信任，无异于天大的讽刺！

"皇嫂！"

见独孤宸如此，独孤珍儿转头看向如太后，如太后会意，沉声说道："废诏上尚未加盖玉玺，皇后……仍旧还是皇后！"

闻言，沈凝暄心弦蓦地微松！

现在，就看皇上的反应了！

偷偷地瞄了独孤宸一眼，仔细观察着他的神情，沈凝暄和殿内众人一般，皆屏息以待！

许久，独孤宸微转过头看向如太后，与如太后对视片刻，他眸色微深，再次将视线停落在大殿中那个让他此刻心绪不明的女人身上，语气寒彻非常："废后之事，事关朝廷，既是母后不允，只要废后诏书一日不落印，皇后便仍是六宫之主！"

说话间，他已站起身来，缓步来到沈凝暄身前。

不曾认真去看她一眼，独孤宸轻勾起一抹冷笑："皇后今日这出戏，唱得极好，让朕刮目相看！"

"皇上过奖了！"

嘴角轻抽，看着他嘴角的冷笑，将头勾得极低："让皇上不快，臣妾罪过！"

"罪过？"

双眸之中闪过一抹冷冽，独孤宸阴恻恻地问着："有罪是不是当罚？"

"是！"

唇齿轻合，沈凝暄低眉敛目。

今日，沈凝雪非但不能如愿进宫，连名声都搭了进去，她的目的达到了，而独孤宸吃瘪气恼的样子，也让她心情舒畅，是以她并不怕他的惩罚，因为……无论如何，她的师姐都会保全她！

110

"母后，儿臣与皇后先行告退了！"

倏然伸手紧攫沈凝暄纤细的皓腕，在沈凝暄一声惊呼之中，独孤宸对如太后微微躬身，转身扯带着她一路向外走去："摆驾凤仪宫！"

见此情形，如太后面露忧色，不等太后出声，独孤珍儿连忙福身："皇嫂别担心，珍儿过去瞧瞧！"

在回凤仪宫的路上，独孤宸脸色，如千年冰山一般，冷得瘆人！

微微侧目，瞥见他棱角分明的坚毅下颌，沈凝暄微微滞怔，轻垂眸，静静地看着自己被握得生疼的手腕，她紧紧拧眉，却隐忍得不曾痛吟一声。

独孤宸心知，自己手下的力道，到底有多大。

他当然知道沈凝暄会疼，但他就是要她疼。

只因，眼下唯有如此紧紧地握着她手腕，才可暂时平息心中熊熊的怒火！

一路无语，御辇终是停靠于凤仪宫门前。

不等荣海出声，他砰地一声抬脚踹开辇门，一脸凛寒地扯着沈凝暄的手臂朝着凤仪宫而去。

他的脚步很快，无论沈凝暄如何跟随，却总是慢了两步，从而只得像个破布娃娃般，狼狈不堪地被他拽着向前。

"皇后娘娘！"

心中惊惧沈凝暄的处境，青儿一路直追，脸上早已眼泪模糊。

"没朕的旨意，谁敢跟进来朕就要了他的脑袋！"冷凝着俊脸迈进凤仪宫大殿的门槛，独孤宸头也不回地对身后众人怒吼一声，骇得众人浑身一颤，谁也不敢再妄进一步。

进殿，抬脚将门带上。

独孤宸浓眉一皱，猛地用力甩开沈凝暄的手臂。

巨大的惯性，使得沈凝暄跟跄上前，终是身形不支摔落在地。

此时，沈凝暄身上的衣裳，十分单薄，身子和冰凉的地板擦撞出的剧痛从四肢百骸传来，她吃痛地抬起头来，却见独孤宸逼近于前，阴沉着一张俊脸说道："给朕一个解释！"

"解释？"

迎着独孤宸阴冷的眼神，沈凝暄羽睫轻颤："今日发生这么多事，皇上要臣妾解释哪一件？"

"你明知故问！"

伸出手来，狠力掐住她的下巴，独孤宸冷笑："朕说的是那幅字！"

第七章 震怒，自请废后！

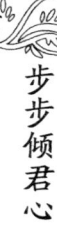

"字？"

淡雅的浅笑，浮上眼角，沈凝暄轻声笑道："若臣妾说，那些字，是姐姐偷了臣妾的，皇上可会相信？"

闻言，独孤宸眸色一沉："朕不是傻子！"

若说，沈凝暄的字，只有一幅倒也罢了。

但在他手中，她的字不止一幅两幅，更有他作画后她的题字，这……又该如何解释？

"皇上心中信的，一直都是她，心中一定在想，是臣妾算计了她，对吗？"脸上的笑，淡雅依旧，沈凝暄迎着独孤宸嗔怒的眸，从地上艰难起身，上前一步，微扬着头，她含笑说道，"事实是，沈凝雪空有美貌，却是金玉其外败絮其中，那些字是她在臣妾闺房无意得见，继而窃取而去，据为己有的……从此之后，她时不时会让臣妾与她题字，臣妾也不知，她拿那些字，是为了欺君啊！"

沈凝暄所言，本就五分真，五分假。

但碍于她说话的语气无差，加之她双目清澈见底，愣是让人看不出一丝破绽！

眸色微沉，紧盯着她的美眸半晌，独孤宸终是松开了对她的钳制，却是神情复杂地突然问道："你觉得，朕会信你么？"

闻言，沈凝暄展颜，凉凉讽道："方才皇上坚信沈凝雪，到头来是个什么结果？皇上……您早前以萤火之光与皓月来形容臣妾与她……现在想想，可觉得讽……"

眸色一狠，不等沈凝暄口中的讽刺二字道出，独孤宸便已伸手用力掐住她的脖颈，瞬间夺走了她所有的呼吸！

呼吸，骤然受阻，沈凝暄心下一紧，旋即瞪大了双眼。

在独孤宸的大掌禁锢下，空气急速流失，她檀口微张，想要喘息，却不能成。失去了呼吸后，她的脸色，渐渐从白色，到青白，最终涨成了酱紫色！但，即便如此，她却并未挣扎半分，而是紧蹙着黛眉，大睁着明亮的双目，紧紧注视着独孤宸的眼！

当了大半年的皇后，她自然知道独孤宸武功不弱。

如今，她的小命就捏在他的手里，若他真的有心杀她，大可一下拧断她的脖子，可他并没有那么做，而是掌控了她的呼吸，想让她尝尝濒临死亡的感觉，想要看她垂死挣扎的模样！

是以，此时此刻，她最好的武器，便是无畏！

她要做的，便是等！

等他失望收手！

胸口憋胀得难受，心跳，越来越快！

随着时间流逝，沈凝暄的视线，渐渐变得模糊。

就在她眸光黯淡的瞬间，独孤宸眉心一皱，猛地松开了手掌。

"咳咳……"

新鲜的空气直冲而入，一连剧烈地咳嗽数声，沈凝暄喘息着抚上自己被掐痛的颈项，贪婪地大口呼吸着久违的新鲜空气，脸色惨白如雪！

"原来，你也怕死？"

唇齿间扬起一抹讥讽的笑，独孤宸眸色冷冽地伸手勾起沈凝暄的下颌，语气如寒冬的风，冰冷刺骨："依你今日的所作所为，朕掐死你也不为过，从今以后，别再妄想挑战朕的底线，否则，你会死得很难看！"

"臣妾谢皇上不杀之恩！"

娇弱的身躯，不受控制地哆嗦了下，沈凝暄一身狼狈地跪坐在地上，语气稍缓。晶莹的泪滴，自眼中夺眶而出，在独孤宸咄咄而冰冷的视线下，她一脸惊战地伸手紧紧拽住他的袍襟，抖着嗓子说道："臣妾知道，皇上心里，只有臣妾的姐姐，但臣妾只要为后一日，便不能让她入宫……臣妾不想与她姐妹相残！"

方才在长寿宫的时候，沈凝暄便是一脸委屈示于人前，眼下看着她可怜兮兮的样子，独孤宸脸上再次被厌恶渲染。

"皇上……"

泪悬于睫，故意以袖摆胡乱擦拭，让泪水花了脸上的妆容，沈凝暄直直望入独孤宸清冽冷漠的眸底，故意边哭边道："如果皇上一心要让她入宫，还请废了臣妾吧！"

闻言，独孤宸俊挺的眉头瞬时大皱！

垂眸之间，瞥见沈凝暄哭花了妆的脸，他心底不由升起一股莫名的躁意。

"松手！"

毫不客气地伸手打掉沈凝暄紧拽着自己的手，他抽了抽唇角，冷嗤着转身向门外喊道："荣海何在？"

"奴才在！"

荣海应声，勾着头自殿外进来："皇上有何吩咐？"

冷冷地，注视着脚下的沈凝暄，独孤宸对荣海道："传朕旨意，自今日起，将皇后打入冷宫！"

"皇上——"

心意微动，沈凝暄一把鼻涕一把泪地再次伸手，又想扯住独孤宸的袍襟。

"你不是以废后来要挟朕么？"

第七章　震怒，自请废后！

113

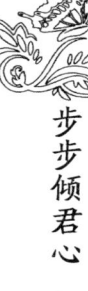

冷冷地嗤笑一声，独孤宸抬手打掉沈凝暄的手，冷言道："朕以后就让你尝尝废后才能过的日子！"言罢，懒得再多看沈凝暄一眼，他旋步转身，一脸冷凝地拂袖而去！

眼睁睁地看着他大步离开凤仪宫，沈凝暄心弦微松。

缓缓抬手，拭去眼角的泪，体会着指尖上的温热，她微弯红唇，自嘲一笑。

泪水，是弱者才会有的。

但有时候，却可以成为女人最有力的武器。

且，今日之事，真的不值得她落泪……

独孤珍儿和青儿进殿的时候，沈凝暄以手掩面，整个人都跪伏在地上。

"娘娘——"

看着沈凝暄双肩不停轻颤着，独孤珍儿心下一疼，连忙同红着眼眶的青儿一起上前，弯身将她扶起，无奈轻抚着沈凝暄的肩膀，她凝眉叹道："我知道，今日你心里委屈，想哭你就哭出来……"

"谁说我在哭了？"

扑哧一声，沈凝暄破涕为笑地抬起头来，笑盈盈地迎着独孤珍儿惊诧的双目："师姐，你可知道，这皇后做着有多累？虽然冷宫比不得外面，不过能够离开这座冷冰冰的皇后寝宫，我高兴还来不及呢！"

"……"

怔怔地，看着沈凝暄的反应，独孤珍儿觉得，自己眼前，有几只乌鸦呱呱飞过。

第八章 彪悍，耳光响亮！

好端端的太后寿诞，在沈凝暄的折腾下，不欢而散。

一番周折过后，独孤宸险些被气出内伤，沈凝雪也未能如愿进宫，沈凝暄虽未被废后，却迁往冷宫常住，这对各宫宠妃而言，并不算意外，这个结果，也是沈凝暄一心想要的。

起因，则是沈洪涛写给她的那封信。

对于沈家，她这个女儿不重要，重要的是权势与地位！

而她，偏偏就不让他们如愿！

冷宫。

冷清，寒冽。

也许是久无人烟的关系，寒冬之中的大燕冷宫，万木凋零，到处都是残垣断壁，无不彰显着与它名字极为相符的萧然和冷清。

站在冷宫门前，看着眼前的满院荒芜，青儿先到屋里转了一圈，然后苦着张脸，重新回到沈凝暄身边，语气里不无抱怨："过去在清辉园，娘娘虽然不受宠，但衣食住行总是不会差的，可冷宫这屋子里四面透风，如今寒冬腊月的，娘娘怎受得了这份罪！"

"边关的风雪扬沙本宫都能受得，这点小罪算得了什么？"对青儿的抱怨不置可否，沈凝暄挑眉看了她一眼，微弯着红唇轻轻一叹，"本宫看这里挺好！"

"好……"

闷闷应了一声，青儿轻轻点头："娘娘说好，便好！"

"好了，别再愣着了！"对青儿淡淡一笑，沈凝暄微转过身，脚步轻快地朝着水井方向走去。

见沈凝暄在水井前驻足,青儿忙出声问道:"娘娘……你这是要作甚?"

"自然是和你一起收拾!"动作利落地将木桶掷进井内,沈凝暄抬头笑看青儿一眼,吱呀吱呀地用力摇着井上的把手,眸底波光闪烁,"待会儿大长公主便会差人与我们送来炭火和日常补给!眼下我们先烧了开水,把屋里好好收拾一下!"

"这可使不得!"

神情微滞了滞,青儿伸手接过沈凝暄手里的把手,将沈凝暄的身子隔开,面色凝重道:"这些粗活,还是让奴婢来做吧!"

"那我先去收拾屋子!"

对青儿笑笑,不等她提出反对意见,沈凝暄转身向里,进入简陋的屋舍之中。

看着她自由自在的样子,青儿觉得,仿佛回到了三年以前。

彼时,沈凝暄虽不在父母身侧,却活得自由自在……

如沈凝暄所料,在她和青儿将四面透风的房屋收拾干净后不久,独孤珍儿便带了几名随从,出现在了冷宫之中。

甫一进院,看着沈凝暄一身素裙怡然自得的样子,独孤珍儿不禁有些发怔!

这宫里,有哪个女子,会在被皇上打入冷宫之后,仍旧可以笑得如此开怀?!

可沈凝暄……

凝着眼前正在呵着热气暖手的女子,独孤珍儿思绪飞转。

想来想去,都想不出个所以然来,她轻蹙着娥眉,缓步行至正在擦拭着庭院走廊的沈凝暄身边,凝眉说道:"我以为,师妹当初费尽心机爬上后位,是为了权势和富贵,但是现在看来,一切好像都错了!"

"师姐一定以为,我入宫之后,会不择手段地去讨皇上欢心吧?"轻轻地勾起唇角,沈凝暄停下手里的动作,再次轻哈被冻僵的双手。

"可你并没有那么做!"

眉心舒展开来,独孤珍儿轻声说道:"其实有件事情,早在你进宫之前,我便应该过问……"

"我知道你想问什么!"

故意将冻得红肿的双手伸到独孤珍儿面前,沈凝暄浅笑:"请大长公主殿下,容我到屋里去回话!"

看着面前被冻得发紫的纤手,独孤珍儿紧蹙了下眉梢,伸手将之握住。冰凉的感觉袭上心头,她面色微变,将沈凝暄冰凉的双手揣进袖摆,拉着她快步朝屋里走去:"还不赶紧的!"

"遵命!"

沈凝暄应声,随她一起进屋。

进到屋里，捧上盏热茶，沈凝暄看着眼前一脸兴奋的独孤珍儿，轻抿了下唇，道："习字，得以静心，是以，自小便喜欢练字，后来……姐姐见我字写得好，便以喜欢为名讨了去，再后来她时不时地，会从府外带回一些半作，让我帮她题字……"

独孤珍儿看着她，笑问："你别跟我说，你从来都不知，她那些画作是出自皇上之手！"如若不知，那日在她选后之时，沈凝暄便不会故意将自己的字拿给她看！

那时，这丫头便应该已然笃定，她在皇上那里见过她的字！

"我说自己不知，师姐会信么？"

挑眉看向独孤珍儿，沈凝暄沉静一笑："从她第一次拿回画作，我便知道，那是出自谁的手，但即便如此，我却并未点破，而是在那些题字上下文章，一切，是为了我可以如愿进宫，也是为了今日……皇上或许从来都不曾想过，那个与他心有灵犀之人，会是我！"

"为什么？"

静静地凝视着沈凝暄，独孤珍儿沉眉问道："你如此煞费苦心，不是为了权势和富贵，亦不想为了皇上争宠，到底是为了什么？！"

"因为后位，一直都是沈凝雪梦寐以求的……"捧着茶盏的手微微收紧，沈凝暄淡漠启唇，"只要是她想要的东西，我都要抢过来，一件，一件地……"

"为什么？"

深看了眼沈凝暄紧握杯盏的双手，独孤珍儿重复着问出这三个字。

"师姐！"

眸底深处，划过一抹深痛，沈凝暄抬眸，对上独孤珍儿的眼："我现在不想说……"

迎着沈凝暄蕴着伤痛的眸，独孤珍儿的心，忍不住轻颤了颤。深深地吸了口气，她黯然说道："你不想说，师姐也不会逼你，等你何时想说了，再说也不迟！"

微微弯唇，沈凝暄对独孤珍儿投以感激一笑。

独孤珍儿离去后不久，便差人往冷宫里送了不少的好东西，加之她命人将冷宫里里外外修葺一新，沈凝暄在冷宫里闲来弹弹琴，看看书，不但不苦，反倒出人意料的清闲自在。

所谓身在冷宫内，不问宫中事。

卸下了六宫重担的她，身心愉悦，脸上的笑容也越来越多。

一晃眼，一个月转瞬即过。

这一日，天气晴好，可沈凝暄的心情却是阴天。

因为冷宫迎来了一位不速之客——沈凝雪！

第八章 彪悍，耳光响亮！

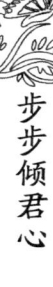

厅房内，炭炉嗞嗞，一身素衣的沈凝暄聚精会神地看着书，站在门外看着她淡然怡情的样子，沈凝雪眸色一狠，冷冷勾唇："妹妹的日子，过得好自在！"

闻声，沈凝暄握着书籍的手，蓦地一顿。

微微抬眸，她淡笑着看向沈凝雪，意有所指地故意道："姐姐的日子，难道过得不好么？"

贝齿紧咬朱唇，沈凝雪明媚的大眼中，闪过一丝狠绝，"你在长寿宫，当着所有人的面，让我出丑不说，还为我安上了欺君的罪名，你觉得，我的日子会过得好么？"

"姐姐现在还能进宫，便说明姐姐已然求得皇上回心转意……"抬手将手中书籍丢在一边，沈凝暄笑得不以为然，"只是可惜了，太后向着本宫，不让皇上废了本宫，如此……你便永远都进不了皇宫！"

"沈凝暄，你别得意得太早！"

紧皱了下眉，似是要极力隐忍下心中怨毒，沈凝雪伸手从襟袋里取出一封书信，啪地一声甩到沈凝暄面前："这是父亲大人给你的家书！"

"娘娘，午膳备好了，您……"端着午膳从外面进来，见沈凝雪在，青儿顿时如临大敌！

看到青儿，沈凝雪的脸色瞬间难看了几分。

她怎会忘记，一个月前，在长寿宫，青儿是如何揭了她的短！

换做平时，见到沈凝雪，青儿定会上前行礼。

但是今日，接收到沈凝雪锐利如刀的视线，青儿轻拧了拧眉，一脸淡定地放下手中托盘，蹲下身来拾起地上的书信，上前交到了沈凝暄的手里："娘娘！"

如今，她的主子，只有一个。

见青儿如此目中无人，沈凝雪俏脸冰寒，却忍着不曾发作。

抬眸，淡淡地斜睨沈凝雪一眼，沈凝暄微微敛眸，将书信拆开。

"为什么？"

见沈凝暄纵容青儿无礼，沈凝雪原本温柔如水的眸子，瞬间犀利如刀，双眸中狠意决绝，她紧盯着沈凝暄，沉声质问道："自从你回京之后，我待你一向不薄，却不知为何你一再地要针对我？先是抢走了本属于我的皇后之位，现在为了不让我进宫，陷害我不成，竟然胆敢自请废后！沈凝暄……你如此行事，将父母大人置于何地？又将生你养你的沈家置于何地？"

"姐姐问得好，刚好本宫也想问问姐姐……"唇角轻轻一勾，迎视沈凝暄恨不得将自己撕裂的犀利眼神，沈凝暄哂然一笑，把手里信笺随意抛掷一边，"明人面前不说暗话，事关锦履，当真是本宫陷害于你？"

闻言，沈凝雪面色微白。

"姐姐……回去帮本宫问问父母大人……"

低低地唤着沈凝雪，沈凝暄唇畔的笑容，越发冷凝，眸色陡然一厉，她低声冷道："为何，同为女儿，他们却厚此薄彼，一心只想着你？你一心害我，他们却仍旧言辞激烈地命本宫准你入宫，如此……他们又将本宫置于何地？"

沈凝雪因沈凝暄陡然凌厉的气势惊得后退一步，竭力想要让自己镇定，她的声音里却仍旧忍不住颤抖着："这些……你看过家书后，难道还不明白么？"

闻言，沈凝暄凤眸微眯。

那封家书，是她的父亲沈洪涛亲笔所书。

但字里行间，却只是斥责她不该嫉妒沈凝雪，擅自主张自请废后，险些赔上了相府的锦绣前程，而不见一丝父女亲情！

入宫大半年，如今居于冷宫，她的父亲左相大人，居然连句嘘寒问暖的话，都不曾有！

"你的所作所为，让父亲大人失望，让整座相府蒙羞！"凝视着沈凝暄微凛的神情，沈凝雪怜悯道，"父亲大人说了，你若看到这封信，便该知道自己接下来该怎么做，莫要再让他失望！你一定记着，从小到大，被他们寄予厚望的人，是我！而你……始终是块扶不上墙的……"

"啪——"

不待沈凝雪说出烂泥二字，沈凝暄竟然一个闪身，如沈凝雪当初掌掴她时一般，狠狠地甩了沈凝雪一个耳光！

"你……"

沈凝雪耳边，隆隆作响，脸颊上火辣辣地痛着，一脸震惊地瞪视着沈凝暄。

她做梦都想不到，有朝一日，会被沈凝暄掌掴！

"这巴掌，是本宫还给你的！"

有一股怒气直冲脑海，沈凝暄霍然起身，面无表情地瞪视着沈凝雪妩媚的大眼，讥讽笑说："姐姐手眼通天，人在宫外都能与皇上暗度陈仓，既是你手段如此高明，沈家又何必将希望寄托在本宫这块烂泥身上？你入宫一事，本宫决不退步，有本事你怀上皇上的龙嗣，风风光光地被皇上和太后迎进宫来！"

"你……"

被沈凝暄不堪的话语气到脸色青一阵白一阵，接连遭受打击的沈凝雪瞪大了眼睛，疯了似的朝着沈凝暄扑去！

世人皆知，当今圣上登基三载，一直都没有子嗣，即便连平日最是得宠的元妃和玉妃，也都一无所出，这只有两个可能，一是皇上无能，再者便是皇上不会随随便便让人诞下自己的子嗣!

皇上如今风华正茂,真相显然趋于后者!

骄傲如沈凝雪,为了进宫,放弃一切,与皇上暗通款曲已是不得已而为之,眼下被沈凝暄如此不留情面地奚落,已然让她丧失理智!

"皇后娘娘!"

眼看着沈凝雪疯了似的朝着沈凝暄扑来,青儿惊呼,作势便要上前挡在主子身前,但,尚不等她上前,便见沈凝暄眸色一凛,伸手撩起裙摆,抬起一脚便踹在沈凝雪的小腹上。

她的这一脚,快,准,狠!

只听扑通一声!

但见沈凝雪扭曲了俏脸,以十分狼狈的姿态,躬身跪落在沈凝暄面前。

"你……"

小腹处,剧烈的痛楚清晰传来,沈凝雪脸色涨红,微张了张檀口,却只能吐出一个"你"字!

痛!

好痛!

"姐姐以为这里还是相府,本宫还是那个任你打骂的沈凝暄吗?"俏眉微耸,凝着面前一脸痛楚的沈凝雪,沈凝暄眸色冰冷,不见一丝恻隐之意,比之前世她加诸在自己身上的痛苦,这点痛根本算不得什么。放下裙摆,缓缓在沈凝雪面前蹲下身来,迎着她怒且恨的双眼,沈凝暄语气清冽、冷酷:"而今即便本宫住在冷宫,却仍是大燕国的皇后,敢对皇后不敬,论罪当诛!"

从来,沈凝暄在沈凝雪面前,都是唯命是从的样子。

眼下,迎着她清冽的眸子,听着她冰冷无情的话语,沈凝雪娇弱的身躯,竟然不受控制地剧烈颤抖起来。

"滚出去!"

冷冷地下了逐客令,沈凝暄微扬下颌:"本宫日后不想在冷宫看到你这张脸!"

闻言,沈凝雪羞恼之余,却如临大赦。将红唇咬出一道血痕,她心中恨欲狂,却艰难起身,逃也似的踉跄着脚步离开冷宫。

凝着沈凝雪狼狈不堪的身影,沈凝暄的唇角,冷冷扬起。

微微转身,看着桌上沈洪涛的家书,她眸色一冷,伸手将之撕得粉碎!

沈凝雪有句话说对了!

这一切,只是开始。

是她与沈凝雪，与沈家决裂的开始！

"娘娘！"

轻拧了眉唤了沈凝暄一声，青儿小心翼翼地从怀里又取出一封书信，递到沈凝暄身前。

"今儿怎么这么多信？"垂眸看着身前的书信，沈凝暄眸底冷意渐渐淡去，瞬间多了几分光亮。

"这是大长公主刚刚差人送进宫的……"将信封撕开，取出里面的信笺递到沈凝暄手里，青儿羞赧一笑，"是表少爷的信！"

"月凌云？"

喃喃一声，脑海中浮现一抹英挺的俊逸身影，沈凝暄忙接过青儿递来的信，含笑坐下身来。

比之相府的冰冷的信件，月凌云远从边关的来信，更像是她的家书。

信上的字体，刚劲有力，看着月凌云的信，沈凝暄的嘴角，渐渐勾起一抹温暖的弧度。

见沈凝暄笑了，青儿不禁好奇问道："表少爷难不成在信里还能给娘娘讲故事？竟能让娘娘如此开怀？"

"表哥说，他的前程全都寄托在本宫身上，让本宫千万耐着性子，莫要跟皇上过不去，省得气坏了龙体又伤了己身！"以玩笑的口吻将月凌云信上的言语道出，沈凝暄的小脸儿，越发明亮。

数年朝夕相处，她岂能不知，月凌云的真意？

轻轻将信折好，她如对待至宝般，小心翼翼地收了起来。

低眉之间瞥见散落一地的纸屑，她轻勾的唇角泛起一丝凉意。

姑母一家，对她恩重如山。

比之沈家，那个温暖的地方，更像是她的家！

感动之色在眼中浮现，将手里的信紧捂胸前，沈凝暄命青儿准备了笔墨纸砚，当即修书一封，将之递给青儿："等用过午膳，你便去长寿宫，请大长公主将信送出去！"

"是！"

轻点了点头，青儿将书信收好。

午膳过后，青儿离开冷宫，走前她还跟沈凝暄商量着，要准备什么晚膳，但她此一去，直到日薄西山时，也未见再回！

夜幕，仿佛一张大网，漫天罩下。

一直等不到青儿回来的沈凝暄心里隐隐有些不好的预感，眼看着天色越来越

第八章　彪悍，耳光响亮！

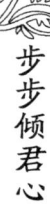

暗，她紧锁了眉头，不停在冷宫门前焦急徘徊。

"皇后娘娘！"

不期然间，一道焦急的女声自沈凝暄身后传来，以为是青儿回来了，她急忙转身，却见一名小宫女正被戍守冷宫的侍卫挡在门外。

神色极其不明显地变了变，沈凝暄微眯了眸，快步上前。

看着眼前十分眼生的小宫女，她皱眉问道："你是？"

"奴婢彩莲！"对沈凝暄福了福身，宫女低声回道，"日前在荣明公公手下当差！"

"荣明？"

自入住冷宫以来，沈凝暄便不曾再见过荣明。

"自从娘娘搬来这里，荣明公公便被玉妃娘娘要了去，眼下在她手底下当差……"解释了荣明的去处，彩莲急声道，"荣公公眼下脱不开身，让奴婢偷偷过来禀报娘娘，今儿未时许，青儿姑娘被玉妃娘娘带去了宜兰殿，这会儿已然被折磨得不成样子了……"

"什么？"

不等彩莲把话说完，沈凝暄脑中轰的一声，整颗心都提到了嗓子眼："青儿……"

"娘娘！"

一脸焦急地看着沈凝暄，彩莲催促道："您赶紧想法子吧，否则再晚人就没了！"

"玉妃！"

眸色凛冽地握紧双拳，想到青儿此刻正在遭受的苦难，沈凝暄心下钝痛，抬步便要踏出冷宫门口。

"皇后娘娘请留步！"

不等沈凝暄踏出冷宫大门，负责戍守的两名侍卫，便一个转身，横身挡在她身前。

"滚开！"

心念青儿安危，沈凝暄冷眼扫过横在自己面前的两条手臂，一向淡漠的脸上神色不怒而威！

"皇后娘娘！"

不敢去迎视沈凝暄的脸，挡在她身前的侍卫低垂着头，瓮声说道："没有上面的命令，冷宫是不可以随意进出的！"

"上面？"

沈凝暄哂然一笑，挑起眉梢："如今本宫还是皇后，是这皇宫的主人，任何人休想拦下本宫！"

闻言，侍卫们缄默不语。

"滚开！"

蓦地抬手，挥开侍卫挡开自己面前的双臂，沈凝暄迈出冷宫大门。

"皇后娘娘！"

侍卫见状，便欲再次上前，却听传来一道温润的男声："皇后娘娘贵为国母，岂是你们拦得？放行！出了事，有本王担着！"

闻声，沈凝暄心下微怔！

男子对她歉然一笑，愧疚道："皇后，本王回来晚了！"

此人，正是一去月余的独孤萧逸！

心怀感激地看着身后俊雅非凡的他，沈凝暄轻扯了扯唇，却什么都顾不得说，沉着脸色快步朝着宜兰殿的方向跑去。

她怕！

怕自己晚去一步，青儿就会没命！

宜兰殿，玉妃寝宫。

正如她的名字一般，这里遍栽兰草，大殿中淡淡兰香缭绕，让人心旷神怡！

大殿，冰冷的地板上，青儿匍匐着身子，体无完肤地瑟瑟颤抖着。

沈凝暄到的时候，看到的便是如此情形！青儿身上斑驳的伤痕刺痛了她的眼，让她心中剧痛！

"娘娘……"

目光涣散地看着站在殿门前的沈凝暄，强忍许久的泪水模糊了青儿的双眼。

"玉玲珑，我要你死！"

看到青儿被玉妃折磨的样子，沈凝暄面色一冷，心底的怒火瞬间燃烧至极致，大步上前。

"你……你想干什么？"

沈凝暄的突然出现，让玉妃猝不及防，看着沈凝暄阴狠冰冷的神情，迎着沈凝暄被怒火烧红的眼，她一时间有些慌了神，不知该如何应对！

见状，沈凝雪以极低的声音在她身后提醒道："娘娘宠冠六宫，何必怕她一个住在冷宫的废后！"

经沈凝雪提醒，玉妃心思一沉，瞬间镇定下来，冷眼看着沈凝暄一步步走近青儿。

第八章　彪悍，耳光响亮！

123

"青儿……"

沈凝暄蹲下身来想要查看青儿的伤势，却在看到她遍体鳞伤的身子时，不知该从何下手。颤抖着手，抚上青儿红肿的面颊，她微红的眸中，闪动着泪光。

目光深凝着青儿身上透着血红的鞭痕，她心痛得就快窒息了。

"娘娘，奴婢不疼！"

青儿耗尽了自己最后的一丝力气，竭力地牵了牵嘴角，却终是抵不过剧痛吞噬，整个人痛昏了过去。

"青儿！"

轻探青儿鼻息，沈凝暄低垂着眼帘，却忍不住眼中的泪水簌簌落下，哽咽一声，她转身看向站在大殿门口的独孤萧逸："还请王爷将青儿送往太医院！"

她懂医，却无药。

如今能救青儿的地方，唯太医院一处。

"皇后放心！"

独孤萧逸一脸冷漠地上前抱起青儿，微冷的眼神扫过身边的玉妃和沈凝雪，他有些担心地看向沈凝暄。

看出他眼底的担心，沈凝暄眸中瞬间闪过一抹冷冽之色，哂然一笑，她缓缓站起身来，目光阴沉地看向玉妃："住在冷宫又如何？如今本宫还是皇后，是这座皇宫的女主人！本宫今日倒要看看谁敢奈我何！"

她的话，说得掷地有声，足以震慑在场的所有人！

深看她一眼，独孤萧逸暗暗点了点头，抱着青儿转身离开主厅。

"青儿，你一定要没事！"

低喃着为青儿祈祷着，沈凝暄眸光一冽，转身看向玉玲珑。

过去半年，沈凝暄身在后位，为人温婉大度，从不似眼前这般，她的目光冰冷如刀，仿佛要将她凌迟一般。

是以，此刻对上沈凝暄愤怒而通红的双眼，玉妃通体发寒，心中难免生出胆怯之意。

这种胆怯，是发自于心的，不受她控制的。

暗暗倒抽口凉气，脑海中却响起沈凝雪方才说过的话，她眸色一敛，趾高气扬道："你是皇后又如何？你若敢动我，皇上定不饶你！"

"本宫当然知道，皇上不会饶了本宫，不过在那之前，你先看看本宫会不会饶了你！"冷冷地看着玉妃，对她的恐吓之语丝毫不以为然，沈凝暄微抬柔荑，伸手勾起玉妃尖削的下颌，用力握住，而后轻轻地以手指轻抚她的面庞："多美的一张脸啊，简直跟花儿一样！"

感叹声起，便见她眸色一狠啪的一声，甩手狠狠地抽在玉妃妆容精致的俏脸上："今儿本宫就毁了你的这张脸，看你这毒妇还如何去争皇上的宠！"

"你……"

脸颊上火辣辣地疼痛着，玉妃不敢置信地看着眼前如鬼魅般的沈凝暄，浑身彻骨冰寒："你敢打我！"

"啪——"

不等玉妃话音落地，沈凝暄毫不客气地再次出手，又狠狠地甩了她一个耳光！

顷刻间，宜兰殿中，耳光响亮！

"皇上将本宫打入冷宫，却并非夺回掌控后宫之权，你区区一介宠妃，居然敢在本宫头上动土，本宫打你又如何？"冷笑一声，沈凝暄手起声落，啪啪之声不绝于耳，连续不断地甩着玉妃耳光，"老虎不发威，你拿老娘当病猫，想辱便辱？今儿打的就是你这有眼无珠的狐媚子！"

"啊——"

伴随着沈凝暄的巴掌声，玉妃口中的痛吟声时高时低。

看着皇后娘娘彪悍强势的一面，在场众人都目瞪口呆，不知如何是好，就连原本一脸闲适等着看好戏的沈凝雪也震惊地站起身来。小嘴微翕着，怔怔地看着沈凝暄掌掴玉妃。

今日的沈凝暄……未免太过强硬！

眼看着玉妃被打得哀嚎连连，沈凝雪愣了愣，自震惊中回神，她急忙上前扣住沈凝暄的皓腕，沉声喝问："再怎么说玉妃也是一宫之主，娘娘如此掌掴于她，当真不怕皇上追究此事吗？"

"怕！"

冰寒的双眼之中，冷冽之色丝毫未减，冷冷地看着玉妃紧捂双颊，痛苦哀嚎的惨状，沈凝暄冷冷勾唇，用力甩开沈凝雪的手，抬手一巴掌打在她脸上："既然横竖皇上都要追究此事，那就让暴风雨来得更猛烈些吧！"

沈凝暄手下的力道，很大。

大到沈凝雪惨叫着，被她一巴掌打得跌倒在地！

伸手，捂住自己痛楚连连的侧脸，沈凝雪震惊抬眸，"沈凝暄，你疯了！不就是一个该死的丫头……"

"啪——"

响亮的耳光声再次响起，不等沈凝雪把话说完，沈凝暄眸色一戾，又赏了她一巴掌！

接连挨了两巴掌后，沈凝雪双手捂脸，早已花容失色。

第八章 彪悍，耳光响亮！

沈凝暄今日打了她三个耳光，还有一脚……

她印象里的沈凝暄，一向任她拿捏，何时变得如此暴戾狠辣？

"我就是疯了，怎么样？"沈凝暄冷哼一声，左右打量着宜兰殿的摆设，对沈凝雪奚落道，"沈凝雪，你以为，你跟玉妃那些见不得人的勾当我当真不知吗？还是……你以为我不知道今日青儿受难，全都是你一手谋划的？丫头又如何？纵是丫头，青儿也比你干净千万倍！"

正如她跟独孤珍儿所言，从小到大，跟她最亲的人，不是沈洪涛夫妇，而是同她一起长大的青儿。

在边关时是这样，回到京城还是这样。

在某种意义上来说，青儿与她之间的关系，并非主仆，而是姐妹。

如今，青儿受难，她岂能不疯？！

所以，她疯了！

现在的她，见谁咬谁，皇帝来了都白搭！

"凝暄……"

轻轻地颤着唇，沈凝雪被沈凝暄狠戾的神情吓着了，欲搬出姐妹之情，却在她慑人的眼光下不敢出声。

她生怕一个不好，再招来一阵毒打！

将沈凝雪噤若寒蝉的样子看在眼里，沈凝暄冷嘲一笑，缓步走到玉妃面前。

"别……别过来！"

见她欺近，被打怕的玉妃，以为她还要动手，吓得不由浑身哆嗦了下，以手撑地向后退去，直到退无可退，她轻颤着抬起头来，瞪着沈凝暄的眸中满是阴森怒火地恫吓道："皇上最宠的便是我，落架的凤凰不如鸡，纵然你是皇后，今日敢如此对我，我定让你生不如死！"

"原来，你也知道，自己只不过是只鸡罢了！"

听着玉妃生动的比喻，沈凝暄停下脚步，唇角微微扬起，毫不留情啪的一声，又甩了玉妃一记耳光，她蹲下身来用力勾住玉妃的下颔，轻拍她肿胀如猪头的脸，啧啧声道："如此一张有看头的鸡脸，皇上见了必定会心疼到碎，千万别错过这个好机会，记得待会儿去天玺宫，让皇上看得真切些！"

沈凝暄疯却不傻！

在与玉妃动手之前，便早已料到独孤宸会是如何反应。

他会如以往一般，勃然大怒！

不过，她并不怕事！

如此更好，让独孤宸仔细看看，玉玲珑，沈凝雪……他宠的这些女人，到底是些什么货色！

有理走遍天下，无理寸步难行，说白了就算独孤宸是个不讲理的，她也还有独孤珍儿和太后撑腰，还有就是……她要通过今日之事，让所有觊觎她后位的人都真切地知道，只要她还在，她身边的人便容不得任何人动一下，一根汗毛都不行！

一连挨了沈凝暄数巴掌，玉妃的脸上火辣辣地疼痛，从小到大，她锦衣玉食，何曾如今日这般狼狈？心中怒火熊熊却不敢发作，她紧咬着牙关歪头躲开沈凝暄的手，咬牙切齿地吼道："沈凝暄！我一定要让你付出代价的！"

"本宫拭目以待！"

语气淡淡的，却是最强势的迎战姿态，沈凝暄站起身来，睥睨玉妃一眼后，冷冷转身，望向边上的沈凝雪。

或许她嚷着要毁了玉妃的容，但若当真毁了她，今日她有理也变成没理了。

是以，玉妃这张猪头脸现在还得留着！

但见沈凝暄看向自己，沈凝雪双目微缩，像是受惊的小鹿一般，惊慌失措地向后退了退。

"姐姐别怕！"

出奇温柔的声音，令沈凝雪身形一颤，不由怔在原地，瞪大了眼睛看着眼前让她陌生而又胆战的妹妹。

在沈凝雪面前顿足，沈凝暄柔柔抬手。

察觉到她的动作，沈凝雪心下一惊，刚想要后退，却感觉她的手已然轻轻柔柔地抚上了自己火辣辣的侧脸。

"姐姐一定很疼吧？"

眉心，轻轻拧起，沈凝暄的眼底，忽而疼惜之意泛滥，但是很快，这些疼惜悉数化作狠戾，连带着她手上的力道，也跟着陡然加重！

"啊——"

痛叫一声，晶莹的眼泪在沈凝雪眼底打转："疼！"

"知道疼就好！"

语气冷得像是化不开的寒冰，沈凝暄哂然笑道："记得今日的疼，姐姐才好记得，日后有什么事情，直接来找本宫，本宫不容任何人，妄动本宫的人！"

话说到最后，沈凝暄的声量，陡然扬起，足以让大殿里的所有人听得真真切切！

"姐姐，别愣着了！"

轻拍沈凝雪红肿的脸庞，沈凝暄低眉扫了眼玉妃："跟玉妃妹妹一起去皇上面前告状吧！"

言罢，懒得再看她们一眼，沈凝暄转身向后，头也不回地融入夜色之中……

第八章 彪悍，耳光响亮！

沈凝暄一走，玉妃便身形一颤，紧绷的心弦断裂，整个人瘫坐在地。

"娘娘！"

沈凝雪眸色一敛，跪身在玉妃面前，不过她并未查看玉妃的伤势，而是伸手抓乱她的头髻。

"你……"

紧蹙了娥眉，看着眼前的沈凝雪，玉妃刚要开口喝问，便听沈凝雪轻道："她不是说要让皇上看得真切么？娘娘现在不去，更待何时？"

玉妃恍然，眸光却是一闪："你不跟本宫一起去？"

闻言，沈凝雪露出一丝苦笑，添油加醋道："娘娘不是不知，她是我妹妹，经由太后寿诞一事，最近皇上对我极为冷淡，如今在皇上面前，她能对我不仁，我却不能对她不义，为了来日，今日的委屈我只能打碎了牙往肚子里吞，只是我可以忍，娘娘却不能忍啊！娘娘您的脸连皇上都舍不得打，她却……"

"这口气，本宫一定要讨回来！"

脸上厉色一闪，玉妃面色愤怒地站起身来，眸光狠戾地左右看了看自己的宫人，却见众人皆低勾着头，她冷哼一声，将衣衫弄乱，直奔天玺宫而去。

天玺宫，帝王寝宫。

独孤宸安坐御案前，聚精会神地看着御案上的那幅字画。

画上，骏马奔驰，气势磅礴，题字，娟秀雅致，柔中带刚。

轻勾了薄唇，伸手抚过那曾经令他百般欣赏的字体，他眉宇轻皱，不禁在心中嘲讽一笑。

他对沈凝雪的痴迷，与其说是为了美貌，倒不如说是为了她的字！

因为，字如其人。

能写出如此一手好字的女人，绝对风华惊人！

但，任他如何，也不曾想到，写出这手好字的，居然会是她……

脑海中，一抹娴静的身影跃然浮现，独孤宸唇角的笑渐渐柔和，正在此时，一阵喧哗声传来，他紧皱了剑眉，尚不等出声，便见玉妃长发散乱，一身狼狈地哭着闯了进来。

见状，独孤宸眸色微沉："玉妃？！"

"皇上！"

一见独孤宸，玉妃便几步上前，扑通一声跪在独孤宸脚下，伸手抱住他的腿，她故意抬起肿胀的脸，好让独孤宸将自己不成样子的容颜看得真切些："皇上，您一定要为臣妾做主啊！臣妾没法儿活了！"

"是谁？"

看着玉妃的脸,独孤宸星眸微眯,眸色阴晴不定。

"是皇后!"

玉妃梨花带雨的样子本该我见犹怜,但配以那张被打肿的猪头脸,却有种让人作呕的感觉。

"皇后?"

深邃黝黑的眸底,闪过一丝光亮,独孤宸声音低醇:"她不是被关在冷宫吗?何以把给你打成这个样子?"

闻言,玉妃心里一紧,早已想好了对策的她,眸中水雾迷漫,她不停擦眼抹泪,边哭边说道:"今儿雪儿到冷宫探望皇后娘娘,不但挨了打,还被皇后娘娘给赶了出去,原本雪儿念在姐妹之情,想要息事宁人,但皇后娘娘介怀臣妾让雪儿与皇上相会,直接闯到宜兰殿,不分青红皂白就打了臣妾,她还说……"

"她还说什么?"

深凝着玉玲珑卖相极差的脸庞,独孤宸凝眉追问。

玉妃在独孤宸身边多年,自然深谙他的脾气,如今见他凝眸,她小嘴一瘪,眼泪噼里啪啦地一直往下掉:"她还说,臣妾充其量也只算是一只鸡……让臣妾把这张鸡脸,让皇上看得真切些……皇上,臣妾是您的妃子,皇后居然骂臣妾是只鸡……皇上,她这哪里是在打臣妾的脸,根本就是在打您的脸啊!"

横竖拿沈凝暄的话将独孤宸一并骂了,玉妃捂脸痛哭,伏在独孤宸肩头,泣不成声!

"皇后还真是吃了熊心豹子胆了!"

一直觉得沈凝暄是个娴静柔弱之人,独孤宸对玉妃的话多少有些怀疑,眸中冷意慑人,他冷笑一声,转身看向候在一边的荣海:"到冷宫去,把皇后给朕带来!"

"奴才遵旨!"

荣海心下一凛,连忙躬身应声!

目的达成,玉妃的嘴角,勾起一抹几不可见的笑弧。

但,下一刻,却见独孤宸毅然起身,跨步向外:"等等,朕亲自过去!"

"皇上!"

扬眉吐气的机会,玉妃岂会错过,她本想说,要跟独孤宸一起前往冷宫,但转念一想,记起青儿受伤之事,她心头一震,忙起身拦下独孤宸:"皇上,夜已深,外面更深露重,您亲自前往,莫要冻坏了龙体!"

独孤宸微转过身,魅惑一笑,温柔地抚上玉妃红肿不堪的侧脸:"爱妃放心,朕没那么娇弱!"

言罢,不待玉妃阻止,他大步向外,前往冷宫!

第八章 彪悍,耳光响亮!

第九章 耍诈，深藏不露！

夜，深寒。

冷宫之中，沈凝暄和彩莲小心翼翼地替青儿翻过身来，让她趴在榻上。

沈凝暄微红了眼，手拿药膏坐在床前，看着青儿身上密密麻麻的狰狞伤口，想到她所遭受的痛楚，她便觉得自己的心在滴血！

是她没有保护好青儿！

太医院的太医们说，鞭笞之伤，除了定时涂抹活血化瘀的药膏，便再无更好的法子，沈凝暄懂医，自然也知道太医所言不虚，但即便是涂抹药膏，青儿身上的伤若想痊愈仍尚需很长一段时日。

"嘶——"

虽然沈凝暄涂抹药膏的力道，已然轻得不能再轻，但当她的指尖触碰到青儿的伤口时，仍然痛得青儿忍不住倒抽口气，浑身颤抖着。

看着青儿受罪，沈凝暄的心里如刀绞一般痛着，涂抹着药膏的手微微一僵，她眼里的泪，终是不受控制地簌簌落下。深吸口气，起身取了止痛的丹药喂青儿服下，她哽咽出声："青儿，忍一忍，很快就好！"

"皇后娘娘……莫哭……"艰难地转过头来，青儿看着沈凝暄伤心落泪，艰涩开口，"奴婢不疼，一点都不疼……"

"青儿！"

明明痛着，却要咬牙说一点都不痛，青儿的坚强宽慰让沈凝暄的心底，一时间酸涩无比！

"彩莲，你先帮青儿上药！"

眼泪急速落下，沈凝暄掩面将药膏递给边上的彩莲，便转身逃出房间。

"皇后!"

将青儿自太医院送回,独孤萧逸便倚立门外,一直不曾离去,此刻见沈凝暄哭着跑出,他眉心一皱,连忙迎上前去。

"先生……"

苦涩而心酸的泪水模糊了双眼,看着快步朝着自己而来的独孤萧逸,沈凝暄心弦微松,满是心伤地投入他的怀中!

这一刻,她的心,真的很痛!

真的真的,想要找个温暖的肩膀依靠,而不是继续故作坚强。

沈凝暄突如其来的举动,让独孤萧逸挺拔的身形蓦地一僵!

怔愣半响,感觉到怀中沈凝暄因伤心而不停颤抖着,他深吸口气,又无奈地叹了口气,终是抬起手来缓缓扶上她的肩头:"别哭,一切都会好起来的!"

沈凝暄岂会不知,贪恋独孤萧逸的怀抱,会给两人带来许多不必要的麻烦。

但是现在,她的心真的很痛!

她真的需要一个温暖的臂膀,让她暂时依靠一会儿。

哪怕,只是片刻!

"呵……"

忽然之间,一道冷笑声在他们身后响起。

轻拢狐裘,独孤宸就那么站在冷宫门外。静静地盯着院子里相拥的两人,他俊逸的脸上,神情晦暗,变幻莫测:"王兄和皇后,还真是郎情妾意,羡煞朕这个旁人啊!"

语落,屋门前相拥而立的两人皆是一惊!

早已料到独孤宸会来,却想不到他来得如此之快,沈凝暄心下凛然,伸手拭去眼角的泪,离开独孤萧逸的怀抱,她抬眸朝着独孤宸所在的方向望去。

迎着沈凝暄的目光,跟在独孤宸身侧的玉妃眸色得意地说:"皇后,你身为六宫之首,居然在皇宫大内不守妇道,跟齐王搂搂抱抱,秽乱宫闱,此乃诛灭九族之重罪!"

"玉妃……你哪只眼睛看见本宫跟齐王秽乱宫闱了?饭可以多吃,话可不能乱说,就冲你这句话,本宫就该狠狠地掌你的嘴!"略显红肿的眸,冷冷扫过玉妃,沈凝暄淡然一笑,仿佛方才的一切从来都不曾发生一般,对独孤宸福下身来:"臣妾参见皇上,皇上万安!"

"给皇上请安!"

独孤萧逸淡淡勾唇,朝着独孤宸躬身行礼。

不曾让沈凝暄和独孤萧逸免礼,独孤宸浓眉紧皱,看着眼前低眉顺目的沈凝

第九章 耍诈,深藏不露!

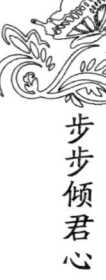

暗，他垂眸上前，讪讪问道："皇后，方才的事情，你如何解释？"

独孤萧逸轻拧了眉，淡声解释道："皇上明鉴，方才皇后娘娘是因为伤心，故此才会有所失态……"

"皇兄！"

打断独孤萧逸的话，独孤宸意兴阑珊地看着沈凝暄："朕在问皇后！"

闻言，独孤萧逸的眉心几不可见地轻拧了下。

"臣妾与齐王之间，清白如水，不必解释！"

微抬目光，对上独孤宸的眼，沈凝暄目光坦然地看着他。

其实，她解释与否，一切还是要看独孤宸的心思。

他信，她就是清白的。

他不想让她清白，便可以选择不信！

"皇上！皇后和齐王方才明明……"见独孤宸与沈凝暄四目相交，玉妃的双眼再次微微泛红，如水蛇一般贴在独孤宸身上，她再接再厉地继续添油加醋。

"闭嘴！"

冷声止住玉妃接下来的话，独孤宸冰冷的视线，在沈凝暄和独孤萧逸头顶来回穿梭片刻，而后微一皱眉，只淡淡地瞟了沈凝暄一眼，便抬步朝着主厅走去："皇后进来，其他人候着！"

看着独孤宸进入主厅，沈凝暄紧蹙眉头，与独孤萧逸对视一眼，她轻抿了唇，举步跟上。

看着沈凝暄跟着独孤宸进入主厅，自己却无能为力，独孤萧逸迎着冷风站在院落里，心中滋味莫名！

见状，玉妃鄙夷一笑，轻声问道："据本宫所知，王爷心仪之人，该是皇后娘娘的姐姐！"

闻声，独孤萧逸微敛心神。

"玉妃娘娘有所不知……"微微侧目，淡淡地瞥了玉妃一眼，他声音温和，语气却透着几分轻佻，"原本本王对玉妃娘娘也是心仪已久，不过今日得见娘娘如此丑态，还真是不敢再有一丝觊觎之心呢！"

"你……"

想要疾言厉色，却扯痛了自己红肿的脸，玉妃不禁哀嚎一声。

见她如此，独孤萧逸悻悻一笑，转眸紧盯着主厅早已紧闭的门扉……

主厅内，炭炉里的炭火噼啪地燃烧着。

沈凝暄进来之时，独孤宸早已神情阴鸷地坐在主座上。居高临下地凝视着身前的她，他藏于袭衣下的手，微微握紧。

自沈凝暄入宫之后，一直都以浓妆示人。可眼前不施脂粉的她，与过去在凤仪宫内浓妆艳抹的皇后根本就判若两人。

卸去了华服浓妆的她，五官虽算不上绝美，却也是清秀的，就如她的字……

想起那些字，独孤宸不禁在心中自嘲一笑。

眼前的女人，是他的皇后。

可他却从未将她放在心上，直到今时今日，看着眼睛微红的她，他的心里竟会觉得她楚楚可怜！

暗暗地在心中叹了口气，他眸色微深，轻敛了心神问道："是你打了玉妃？"

"是！"

早已料到独孤宸是来兴师问罪的，沈凝暄心中早已做好了最坏的打算，关于掌掴玉妃一事，她并没有否认什么。

"承认得倒还挺痛快！"

独孤宸沉声问道："你还打了你姐姐？"

"打了！"

同样不狡辩，沈凝暄十分诚实地点了点头，淡淡抬眸，她一副敢作敢当，却又不以为然地道："数不清打了多少巴掌，打得臣妾手都疼了！"

"你……"

直直地望入沈凝暄的眸海，独孤宸的心狠狠一窒！

恍然之间，眼前女子的容貌，竟与记忆深处那张永远淡然从容的面庞渐渐重叠到了一起！

沈凝暄早已料到，自己承认打人之后，独孤宸势必龙颜大怒！

是以在回话之后，她便低垂螓首，低眉敛目地等着承受他的怒火！

但，出乎意料的。

她等了半晌，主厅内却仍是一片静寂。

心下满是疑惑，她抬起眼眸，却不偏不倚地对上他温柔如水的双目。

记忆，仿佛在瞬间，被剥开了豁口。

仿佛见到了前世中那个温润男子，她的心，忍不住一动！

但，只在瞬间，独孤宸眼底的那抹柔色便已敛去，取而代之的，是她再熟悉不过的凉凉讥讽！

"皇后果真是女中豪杰，敢作敢当啊！"扶着椅把的手，微微攥紧，将心底的悸动暗暗压下，独孤宸一双锐利的眸子紧紧地盯着沈凝暄，"打狗还要看主人呢，更何况她还是朕的宠妃！"

第九章 耍诈，深藏不露！

"臣妾打的是对臣妾不恭不敬之人，只是凑巧她是皇上的宠妃罢了！"清冷一笑，沈凝暄冷冽地扬起嘴角，"皇上把她宠坏了，越发没了规矩，如今臣妾还是皇后，打个宠妃的权力，总还是有的！"

见沈凝暄如此态度，独孤宸微皱了下眉宇，眸色再次转冷："有的时候，一个失宠的皇后，还不如宠妃！"

"皇上说得极对！"

难得，对独孤宸的话，深表赞同，沈凝暄苦笑了笑，想到青儿身上的伤，她双眸微冷，喃喃自嘲说道："因为臣妾失宠，所以皇上的宠妃，可以随意在我这个皇后面前作威作福！皇上博爱，宠妃不止玉妃一人，今日皇上为她来这冷宫对臣妾兴师问罪，也许赶明儿个会为了元妃，抑或是其他宠妃再来冷宫……对这些给臣妾制造机会见到皇上的妹妹们，臣妾应该感恩戴德才是！"

"沈凝暄，你这话何意？"

听得沈凝暄自嘲的言语，独孤宸眸色微寒，脸色瞬时一黑！

虽然，他不想承认，但这个女人，总是有办法挑战自己一向引以为傲的冷静。

"臣妾的意思是……"对于独孤宸黑得一塌糊涂的冷峻神情怡然无惧，沈凝暄轻凝眉，勾唇而笑，"为了让皇上多来几回，臣妾日后逮着谁，就给她们几巴掌，让她们哭哭啼啼地去找皇上告御状！"

"沈凝暄！"

独孤宸阴鸷的眸子微微眯起，本就黑沉的脸色，蓦地又沉了几分。

眼前的她，跟半年以前在凤仪宫唯唯诺诺，总是一副小媳妇儿模样的女人，根本判若两人。只忽然之间，他竟觉得眼前的她，就像是一个谜，让他看不透，却总能让他失控。

深深地吸了口气，冷着俊脸将心中怒火压下，他深凝着她，似是想将她看透："你不是一直想要朕废了你么？今日朕便如你所愿！"

闻言，沈凝暄一怔，蹙眉看着他。

她以为他此行一定会听玉妃一面之词，对她疾言厉色！

可眼下，他没有那么做，而是云淡风轻地说……要废了她！

这简单直接，却又不曾苛待她的作风，不像是他的。

淡淡地，凝着沈凝暄怔愣的模样，独孤宸的嘴角，不自觉地勾起一抹笑弧，冰冷的声音如来自深渊一般："朕废了你，你便不再是皇后，日后不管谁来冷宫，你都只能做待宰的羔羊！"

闻他所言，沈凝暄目色微愠，暗骂这男人卑鄙无耻，心思微转间，她讪然一笑："皇上，百年修得同船渡，千年修得共枕眠，你我怎么说也夫妻一场，我们来打个赌如何？"

眸光一闪，独孤宸眉心微皱："好个沈凝暄，到现在不但一点都不怕，还敢跟朕打赌！"

沈凝暄挑眉浅笑："皇上可以不赌，反正今日皇上废了臣妾，明儿大长公主就会住进冷宫，到时候也不见得哪位宠妃胆敢过来生事！"

闻言，独孤宸面目清冷地向前微倾了倾身："你想赌什么？"

他的小姑姑，的确是让人头疼得紧！

"皇上稍等！"

眸色低敛，沈凝暄径自转身进入内堂。

见状，独孤宸眉心几不可见地轻轻一拧。

须臾，沈凝暄去而复返，手里端着的，正是一个月前他写好的废后诏书！

在独孤宸的注视下缓步上前，沈凝暄将手里的废后诏书递到他的面前，然后轻掀裙裾，盈盈跪下："就如皇上一直厌弃臣妾一般，臣妾曾经说过，臣妾对皇上并无一丝好感，说实话……皇上的宠妃们，臣妾受够了，这个皇后的位子，臣妾一刻都不想多待，可方才皇上所言，臣妾终究是有些怕的，与其失了皇后之位，要让别人保护，倒不如臣妾跟皇上赌上一赌！"

初时，听沈凝暄所言，独孤宸以为，她要服软求饶，但是话到最后，却又变了味道。

低眉看着她手里的废后诏书，他伸手将废后诏书拿在手里，幽冷的声音中，不含一丝情绪："朕以为，你想求朕，让朕废了你之后，让你跟齐王双宿双飞……"

沈凝暄微微抬首，无畏地迎视着他震怒的眸，满不在乎地淡淡说道："臣妾与齐王，清白如水，皇上如果硬是要这么说，那就权当如此吧！如若不然，等臣妾赌赢了，皇上放臣妾离宫，与齐王双宿双栖如何？"

"堂堂一国皇后，竟与齐王不伦，就凭这一点，朕就可以杀了你！"寒彻之声响彻屋内，独孤宸锐利的眸光紧紧射向沈凝暄倔强的双眸，想要从中窥见一丝胆怯！

但，沈凝暄让他失望了。

只见她淡淡一笑，似是解脱一般，竟伏下身来，对他磕头谢恩："人之生来，便会有死，若皇上要杀臣妾，唯愿能给臣妾个痛快，如此臣妾也算解脱了！"

死过一次的她，大仇未报，岂会轻易赴死？！

她怕死！

只是，一个出自相府的皇后，一个废太子，她和独孤萧逸的身份太过敏感，为顾全大局，即便方才她认了和独孤萧逸之间的莫须有的关系，此事也一定会被皇上压下！

第九章 耍诈，深藏不露！

135

冰冷的眸，死死地盯着沈凝暄，独孤宸微微起伏的胸膛，昭示着他心中此刻炙热燃烧的怒火。

淡淡地，迎视着他愤怒的眸，沈凝暄神情清冷，仿佛早已将生死置之度外！

就在二人如此僵持之时，荣海却推门而入。

见独孤宸面色不善，他神情一怔，忙上前打了个千儿，凑近独孤宸耳边说着什么。

渐渐地，独孤宸眸中杀意悄然敛去。

静室片刻，他冷冷的视线缓缓下落与沈凝暄的目光相交，在她的注视下，他垂眸打开废后诏书，眼睛都不眨一下地将印鉴落下，遂阴恻恻地问道："掌掴玉妃，承认和齐王有私情，想要跟朕打赌，又在朕面前一心求死……皇后，到底哪一个你，才是真正的你？哪句话才是你的真心？"

沈凝暄眉梢轻挑，略带讥讽地对上独孤宸的眸："皇上，想要人以真心待之，必先与人真心！"

"真心……"

独孤宸嗤笑一声，扬了扬手里的废后诏书："如今，这废后诏书，已然作数，朕不会准你离宫，你打算跟朕赌什么来保全自己？"

看着他手里的诏书，沈凝暄敛眉勾唇："臣妾就跟皇上赌，如若臣妾可以抢到皇上手里的诏书，从此之后，皇上不会再为难臣妾！也不再提废后之事！"

"可以！"

缓缓地，自唇角荡起一抹慵懒的浅笑，独孤宸深深地凝了她一眼，抬手将手里的诏书丢进炭炉之中。

明黄色的卷轴，在空中划过一道优美的弧度，独孤宸微扬的唇角，弧度雅然。

不让沈凝暄抢到的最好办法，便是毁了它！

眼看着诏书飞入炭炉，沈凝暄心下一惊，作势便要上前从炭炉里将诏书抢出。

而此时，独孤宸也动了。

只见他双眸微眯，自座位上倏然起身，在她探手的一瞬间，伸手便稳稳攥住了她纤弱的手腕！

"想拿到诏书，没那么容易！"

"皇上，你要诈！"

沈凝暄眸光一凛，不待独孤宸有所动作，她猛地用力甩动手臂，见他没有要松手的打算，她横下心来，将手腕往怀中一带，趁着独孤宸的手臂近身之际，另外一只手银光一闪，直接拍在他的曲池穴上。

"嘶——"

手臂上，痛麻之感瞬间袭来，独孤宸痛得倒吸口凉气，条件反射地松开了手。

就在他松手的那一刻，沈凝暄疾步上前，伸手快速探入炭炉，将刚刚燃着的诏书取出扔在地上，用力踩熄上面的火星！

"皇上！您可有大碍？"

见独孤宸紧皱着眉宇，捂着手臂不放，荣海一脸惊骇，忙要上前查看。

"朕无碍！"

抬手阻止荣海上前，独孤宸有些吃惊地看着身前的女子，手腕上的刺痛感觉仍未褪去，他震惊地眨了眨眼，一时间不知自己该如何反应："好你个沈凝暄，入宫为后半年有余，竟如此深藏不露！"

他的皇后，居然会武。

而他，却一直被蒙在鼓里！

现在，他敢笃定，这个女人，绝对不似众人以为的那般软弱！

相反的，她还很强大！

将诏书拾起，沈凝暄不紧不慢地轻扯唇角，转目看向独孤宸："皇上没问过臣妾会不会武，臣妾也没说过自己不会武，臣妾并非深藏，而是从一开始就平庸至极，入不了皇上的法眼！"

独孤宸闻言，锐利的眸中，顿时绽放出异样的光彩："你还真是让人惊喜！"

显然，是惊大于喜！

"多谢皇上夸奖！"

对他淡淡一笑，沈凝暄将废后诏书呈上："皇上，愿赌服输！"

扫了眼她手上的废后诏书，独孤宸嘴角微微一翘，对荣海邪肆一笑，命令道："传朕旨意，从明日开始，皇后随侍朕左右！"

"皇上！"

黛眉紧紧皱起，沈凝暄看向独孤宸的眼神微变："我们赌的可不是这个！"

在这座金碧辉煌的皇宫里，所有女人梦寐以求的便是能得皇上恩宠，为见君颜，不知有多少女人耗尽了多少心血，但于沈凝暄而言，跟在独孤宸身边，却未必就是好事！

"那又如何？"

似笑非笑地看着微恼的她，独孤宸的心情蓦地大好："从今往后，你还是朕的皇后，朕不但不废你，还要将你留在身边，让你日日看着一个不喜欢的男人，心里不得痛快！"

闻言，沈凝暄清秀的眉头紧紧皱起，看着独孤宸迷死人不偿命的邪肆笑脸，她在心中不断告诫自己，要忍！

第九章 耍诈，深藏不露！

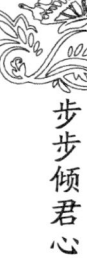

小不忍则乱大谋!

低眉瞥了眼她手里那道斑驳的废后诏书,独孤宸低哑好听的声音缓缓逸出:"这诏书朕不会昭告天下,既是皇后视为珍宝,便留作念想吧!"

"臣妾谢皇上恩典!"

攥着诏书的手指微微泛白,沈凝暄语气微寒地看向独孤宸:"皇上可想过留臣妾在身边的后果?"

独孤宸嘴角的笑更深了些,俊挺的眉微微挑起:"皇后会煮茶,又懂功夫,闲来给朕煮茶,有危险时又可护驾……如此有何不可?"

你是好了!我可没觉得好!

在心中暗骂一声,沈凝暄面无表情地将废后诏书揽在怀里,微微仰头,她直直望进独孤宸如深海一般的眼底,黛眉轻轻一挑:"臣妾是怕皇上会爱上臣妾……"

心,忍不住轻轻一悸!

独孤宸看着沈凝暄的目光,微微闪烁:"就你这副尊容,想让朕爱上都难!"

"也是!"

讥笑着微敛了眸,沈凝暄脸上波澜不惊,口中却是轻轻叹道:"皇上让臣妾去奉茶,可以,不过臣妾丑话说在前头,纵是奉茶,臣妾也是以皇后的身份,日后常伴皇上身侧,见宠妃的机会也就多了,若哪个宠妃不长眼惹了臣妾,皇上休怪臣妾不留情面!"

强行留她在身边,当然可以。

不过她得让他明白,从今日开始,那个隐忍软弱的皇后,一去不回,而他的那些宠妃,若哪个跟玉妃一样不长眼,她一点都不介意出手教训!

"但凡宠妃,性子自然会娇惯一些,平日闲来无事,交由你管教也是好的!"不以为然地笑看着沈凝暄,独孤宸唇角的笑意敛去,神情微缓,"不过皇后,切记宫里的事情,要与太后一个交代,凡事与自己多留一线,总不会有差!"

"皇上是在关心臣妾么?"

事情闹到现在这一步,外面还有一个玉妃在等着,沈凝暄自然知道见好就收的道理,此刻听了独孤宸的话,她看向他的眼神,也渐渐有了变化!

他来,是为玉妃挨打一事与她兴师问罪,让他倒戈,难于登天,不过……现在,他却默许她随便教训她们!

只是,让沈凝暄疑惑的是,总是疾言厉色的他,何时变得如此好说话了?

"你觉得朕会关心你么?"

虽只是匆匆一瞥,却仍旧得见沈凝暄眼底的灼热华彩,独孤宸心神微漾,却是紧皱着眉心如此反问。

他在关心她？

笑话！

眸色瞬间变冷，冷冷地看了眼沈凝暄，他转身向外走去。

见状，荣海连忙跟上。

陡然，在厅门处停下脚步，独孤宸不悦地微皱了皱眉，回眸睇向沈凝暄："朕四更早朝，皇后的早茶最好别让朕等！"

"呃……"

沈凝暄微怔了怔，淡淡笑道："皇上是要臣妾三更便去煮茶？"

独孤宸挑眉，转身而出。

怔怔地站在厅内，沈凝暄冷笑一声！

在皇上身边伺候，她的日子绝对不会过得顺心。

只是，如此也好。

她不顺心，他也甭想消停！

夜，已深。

冷宫庭院中，玉妃紧拢着襟口，时不时地探身朝着主厅张望着，此刻……黛眉紧拧，一脸凝重之色，在她身侧不远处，独孤萧逸还算镇定，却也暗暗在心里为沈凝暄担心着。

"皇上！"

得见君颜，玉妃小嘴一瘪，忙一脸委屈地迎了上去。

淡淡地，瞥了玉妃一眼，独孤宸转头看了眼荣海。

荣海会意，忙躬身上前，横臂挡在玉妃身前："玉妃娘娘，请留步！"

玉妃身形微微一怔，不耐烦地看了眼挡在身前的荣海，语气不善道："荣海，你让开！"

荣海垂首，不语，不让。

"玉妃接旨！"

声音仍旧淡淡的，中正温和，独孤宸的眸色却是清冽一片："玉妃对下人施暴，手段残忍，心肠狠毒，皇后处置太轻，着以今日起废黜妃位，降为美人！"

"皇上！"

乍闻自己从妃位被降为美人，玉妃面色惨白地瞪大了眼睛，一脸不敢置信地看着与自己只有数步之遥的独孤宸："皇上……臣妾……"

"朕平日最痛恨的便是对下面的奴才动手，你平日娇蛮使小性子也就罢了，万不该对奴才们下此毒手！"深邃的眸中淡漠冷然，独孤宸看着玉妃的眼神，寒凉彻

第九章　耍诈，深藏不露！

139

骨，再无一丝宠溺和怜惜，"闭门思过去吧！"

"皇上，是她不把臣妾放在眼里……"高高肿起的脸上一片惨然，玉妃想要解释，却在对上独孤宸冰冷的视线时，心下一惊！紧咬了下唇，她猛地冲过荣海的阻碍，扯着他宽大的袖摆，梨花带雨地跪地求饶，"皇上，是臣妾错了，臣妾再不敢对皇后的人动手了！"

"你觉得，朕是因为皇后才罚你？"

独孤宸冷哼一声，猛地挣开玉妃的手，身上的气势变得更冷几分，毫不留情："带玉美人回去，禁足三个月！"

"奴才遵旨！"

荣海躬身领命，对候在院子里的宫人们略使了眼色。

"皇上，臣妾不甘！"

玉妃今夜冷宫之行，他本是要为她讨公道的。却不想此时形势急转直下，一向宠她，疼她，护着她的皇上向着皇后不说，竟然还废黜了她的妃位！

青儿今日所受的，过去不是没人受过，但他却睁一只眼闭一只眼，如今她因此被废，岂会心甘？

"皇上！"

玉妃胡乱挣扎着，挣开丫头们的手，柔柔弱弱，声音凄婉苍凉："皇上说过，皇上最喜欢臣妾的剑舞，只要臣妾一日能跳，就会宠臣妾一辈子，皇上……"

"荣海！"

缓缓地合上双眸，独孤宸不再给玉妃说话的机会，对荣海轻轻摆手："带下去！"

"皇上，臣妾知错了……皇上……"

纵使心有不甘，玉妃仍是一身狼狈地被拖了出去。

淡淡地，看着玉妃从云端跌落人间，如此狼狈不堪地被拖走，沈凝暄不禁冷笑。

男人在哄你的时候，说的是甜言蜜语，若是要远离你，即便你再如何柔弱可怜，都打动不了他那颗冰冷的心！

微侧目，瞥见她嘴角的冷笑，独孤宸面色微冷，转身看向身后的沈凝暄："皇后在为玉妃不值？"

"是！"

直言不讳地点了点头，沈凝暄轻轻地勾起一抹苦笑。抬眸迎上独孤宸的视线，她悠悠启动唇："红颜未老恩先断，最是无情帝王家！"

闻言，独孤宸眼中掠过一抹奇怪的光芒："朕以为，罚了玉妃，皇后会拍手称快！"

"看玉妃受罚，臣妾心里确实觉得痛快！"双唇紧抿成一条直线，沈凝暄难得对独孤宸展颜一笑，不过，尚不等独孤宸再出声，她便低头搓了搓手，轻声咕哝道："外面真冷，还是屋里暖和！"

独孤宸闻言，面色又是一冷："皇后，朕还没走呢！"

"事情都解决完了，皇上还不走，难不成要在冷宫留宿不成？这里可比不得天玺宫暖和……"轻眨了眨眼，又用力跺了跺脚，沈凝暄对独孤宸微微福身，"臣妾恭送皇上！"

言罢，不待独孤宸说话，她脚步一转进入主厅。

"这该死的女人！"

面色微微泛黑，看着沈凝暄转身关门的动作，独孤宸心一沉，知道自己快被气出内伤了，他看向一直站在边上不曾出声的独孤萧逸："王兄风流倜傥，博学多才，像她这样容貌不济，脾气也不好的女人，你到底喜欢她哪里？"

闻言，独孤萧逸不禁心下一愣！

听到独孤宸对沈凝暄的评价，温润的笑缓缓爬上独孤萧逸的嘴角，迎着独孤宸的视线，他的双眼没有丝毫闪躲："不是哪里，是全部，臣下……喜欢她的一切！"

他喜欢沈凝暄！

她的容貌，并非倾城，甚至用独孤宸的话来说，根本就是容貌不济，但即便如此，他还是深深地喜欢着她，那份喜欢，不合时宜，却让他无法自拔！

或许，两年多以前，他进入相府，是慕沈凝雪之名而去，但后来，在结识沈凝暄之后，在朝夕相处了两年之后，这一切都变了……

虽然，在外人眼里，她无论是姿色还是才华，都不及沈凝雪，但在他眼里，她却是独一无二的！

她慧黠，她博学，她沉静……

他喜欢她安静纯粹的笑，喜欢她明媚的眸，喜欢她的所有……

一切的一切！

可惜的是，如今的她，是皇后，是皇上的女人！

而他，却是齐王！

只是，即便如此，在眼前这一刻，在这个男人面前，他却不想再隐藏什么……

他，就是喜欢她！

喜欢她的全部，她的一切！

他要让他知道，他不珍惜的东西，有人视若珍宝！

庭院里的气氛因独孤萧逸毫无隐瞒的回答，瞬间低至冰点！

第九章　耍诈，深藏不露！

半响，方才怔怔地回过味来，荣海紧咬着唇，小心翼翼地抬起头来偷瞄自家主子一眼，见他微眯双目，面色沉静得有些过分，他高悬的心几乎提到了嗓子眼儿。

"朕一直不知，原来皇后在皇兄眼里，竟如此令人着迷……"迎着独孤萧逸含笑的眸子，洞悉他的回答发自于心，独孤宸眸色微深，却不曾深究什么，只是深深地凝了独孤萧逸一眼，淡淡说道，"还真是萝卜青菜各有所爱！"

闻言，独孤萧逸莞尔一笑："皇上觉得，皇后是萝卜，还是青菜？"

"……"

独孤宸眸光微闪，冷冷勾唇："朕知道王兄喜欢吃萝卜，但是朕不喜欢！"

语落，他抬步便要离开冷宫。

"皇上！"

在独孤宸起步之时，独孤萧逸转头看向青儿所在的厢房，轻拢眉宇："青儿丫头伤得不轻，这冷宫里只怕要再添个人手……"

独孤宸脚步微微一顿，绷着一张俊脸转身看着独孤萧逸："这是朕的家事，朕自会有所安排，不劳王兄费心！"

"是臣下逾越了！"

独孤萧逸微微垂首，自讨没趣地笑了笑。

淡淡地瞥了他一眼，独孤宸微抬双目，仰望夜空，脸色是极致的阴郁："皇宫之内，都是朕的女眷，即便这里是冷宫也不例外，如今天色已晚，王兄是不是该回了？"

独孤萧逸微窘，略显刻意地出声言道："只要皇后这里安排好了，臣下便立刻离宫！"

反正，方才他已然承认了对沈凝暄的好感，是以此刻，他并不认为该在皇上面前，再避忌什么。

"王兄对皇后还真是无微不至！"

独孤宸冷冷地嘲讽着，没好气地哼了哼。

独孤萧逸不以为然地笑着："臣下深知，如此越俎代庖，但皇上对皇后心存不悦，臣下实在担心……"

独孤宸拧眉："王兄是在为皇后与朕抱不平吗？"

独孤萧逸垂眸，低语："臣下不敢！"

见他如此，独孤宸眉心微蹙，转睛看着荣海。

荣海心领神会，忙垂首应道："奴才方才见玉妃……玉美人宫里的彩莲丫头守在青儿丫头身边，待会儿会安排她留在冷宫伺候皇后娘娘和青儿丫头！"

缓缓眯眼，独孤宸的视线，再次冷冷地停落在独孤萧逸身上。

"臣下告退！"

洁白的衣袂，在昏黄的灯光的照耀下显得格外柔和，独孤萧逸十分识趣地对独孤宸躬了躬身，淡笑着退后几步，转身离开冷宫。

"臣妾与齐王，清白如水，皇上若是硬要这么说，那就权当如此吧！"

看着独孤萧逸飘然离去的身影，独孤宸脑海间无意浮上沈凝暄不久前说过的话，薄唇紧抿，他目光微沉，头也不回地对荣海命令道："明日朕起早，让皇后三更到天玺宫煮茶！"

"奴才遵旨！"

感觉到独孤宸的怒意，荣海心里一颤，忙应声转身，准备即刻传旨！

然，不等他出声，独孤宸寒沉如冰的声音便再次传来："二更！"

"诺！"

荣海身影一僵，应声之余却在心里暗暗替沈凝暄叫苦不迭！

二更！

眼下立马二更了，皇上这是换着法子不让皇后就寝啊！

二更时，皇宫大内，依旧灯火通明。

寒夜之中，沈凝暄怀揣手炉，心不甘情不愿地随一名蓝衣太监，迎着寒风，沉着脸色，前往天玺宫为皇上煮茶。

这个时候去煮茶，皇上喝了还想安寝？

沈凝暄用脚趾头想都知道，独孤宸这是在变着法子折腾她！

但是，谁让人家是皇上？！

她是人在屋檐下，不得不低头！

天玺宫，是为大燕国皇帝寝宫。

宫殿设计巧妙，冬暖夏凉，每逢夜晚，华灯初上时，那灯光透过窗棂而出，如夜空繁星，点点璀璨。从宫廷远处望来，整座宫殿的构造，就像是一方宝玺，荧荧亮亮，让人叹为观止！

听到厚重的门扉响动声，本就候在寝殿门外的荣海连忙迎上前去。

见沈凝暄进来，他勾着头躬身："奴才参见皇后娘娘！"

"荣总管免礼！"

淡笑着勾了勾唇角，沈凝暄讪讪笑道："荣总管这么晚了，还得在皇上身边当差，着实不易啊！"

荣海闻言，瓮声回道："为皇上尽心，是奴才的本分！"

"好一个本分的奴才，本宫喜欢！"

第九章 耍诈，深藏不露！

143

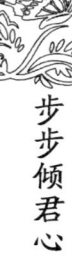

轻挑了眉梢，沈凝暄左右看了看，轻问："本宫在哪里煮茶？偏殿么？"

"还请皇后娘娘随奴才移步！"

荣海有些为难地抬头看了沈凝暄一眼，又躬了躬身，转身向里。

见状，沈凝暄眸色微动："荣总管，那里是皇上寝殿！"

虽然，她不曾在天玺宫侍寝，却也来过几回，不会连皇上寝殿在哪里都不清楚。

停步，转身，荣海有些尴尬地朝着寝殿方向引臂："娘娘说得没错，那里正是皇上寝殿，茶具奴才已然备好，还请娘娘移步！"

凝着荣海略显尴尬的脸色，沈凝暄微蹙了蹙眉，不再多问，随荣海一起进入独孤宸的寝殿。

甫入殿中，迎面袭来一阵极其浓郁的麝香之味，抬起手来轻掩鼻端，尚不待沈凝暄多想，龙榻方向便传出断断续续的女子娇吟之声！

总算明白荣海脸上的尴尬源自于何，沈凝暄眉心于瞬间紧拧，脸上到底浮上一丝赧色。轻轻地，颇有些自嘲地笑了笑，她毫不在意地扫了眼龙榻上轻垂的明黄色帷幔。

虽然看不清，却仍旧可以感觉到帷幔遮不住的羞人春色，她以眼神询问荣海。

"呃……今夜皇上召元妃娘娘侍寝！"

尴尬地又笑了笑，荣海以只有两人可以听到的声音低低禀报。

沈凝暄心下了然，轻勾了勾唇，似是不想打扰龙榻上正在颠鸾倒凤的两人，她也将声音压得极低："本宫想问的是，这里一无灶炉，二无茶具……荣总管领本宫进来，是专程来看戏的吗？"

闻言，荣海轻抽了抽唇角，脸上的皱纹，也跟着微微颤了颤，他躬着身子，将沈凝暄引向偏厅："皇后娘娘请随奴才到偏厅！"

"好！"

脚步轻抬，随荣海上前，沈凝暄嘴角的笑渐渐敛去。

世上没有哪个男人，可以容忍自己的女人投入另一个男人的怀抱！

即便这个女人是他所厌弃的，也一样不行！

是以，皇上将煮茶的地方设在寝殿里，其实就是有意让她来看戏的！他刻意演了一出活春宫，作为对今日她在冷宫与独孤萧逸相拥最好的回敬！

不过这些在沈凝暄看来，不仅毫无意义，反而……有够幼稚！

前世里，她怎么就会看上他了呢？

与寝殿相邻，是一间不大的偏厅。

因与正寝室只隔着一道镂空雕窗，身处偏厅里之内，便可以更加清晰地听到隔

144

壁饱含激情，让人面红耳赤的呻吟声！

偏厅的桌子上，摆有灶炉、上品茶叶，还有各种各色的极品茶饵……总之煮茶要用的东西，应有尽有，一应俱全！

站在桌前，听着寝殿靡靡之声，沈凝暄的嘴角不由逸出一抹嘲弄的浅笑。

"娘娘看看，可还有什么缺的？"仔细观察着沈凝暄的神情，荣海小心翼翼道，"若是还差了什么，奴才这就去准备！"

"没了，荣总管请便！"沈凝暄暗暗吁了口气，拿起火钳往灶炉里添着银炭。

躬身垂首，候在偏殿门外，荣海静静观察着沈凝暄。

半晌，见她荣辱不惊，他不禁在心中暗暗赞叹：这皇后的性子，还真是沉稳大气！

就在荣海暗自赞叹之时，沈凝暄已然将装好茶叶的茶壶搁在小灶上，转身平淡地轻唤他一声："荣总管！"

"奴才在！"

荣海闻声，忙应声上前。

淡淡抬眸，沈凝暄含笑指了指厅内陈设的几只古董花瓶："这些东西很贵吗？"

荣海被沈凝暄问得一愣，四下看了眼几只花瓶，随即满是疑惑地出声回道："娘娘对古董也有研究？"

"略知一二！"

低眉，将几只紫砂泥碗摆成梅花状，沈凝暄漫不经心道："本宫看着这些，比相府那些，要精致许多！"

荣海会心一笑，道："仔细说起，相爷府上的东西应该不会有差，不过这宫里的东西，都是精品，这些花瓶，皆为先朝古董，金贵得不得了，娘娘看着精致，倒也合情合理！"

"原来是先朝古董啊！难怪！"

一语落，沈凝暄不语，偏厅里，复又恢复平静。

如此，寝殿里的动静，便越发清晰起来。

时候不长，小灶上的水汩汩烧开，沈凝暄垫着巾帕提了水壶，冷不丁地开口叹道："荣总管，你伺候皇上，一直听着这些刺耳的动静儿，也怪不容易的！"

"呃……"

荣海一愣，嘴角轻抽，一时没能反应过来。

苍天怜见，借他个胆子，他也不敢说那动静儿刺耳啊！

"荣总管不觉得刺耳么？"

第九章 耍诈，深藏不露！

145

淡淡抬眸，瞥了荣海一眼，沈凝暄放下茶壶，行至一边的陈列架前，盈盈抬手抚上上面的一只青花瓷瓶："这东西贵重，按理说声音当清脆悦耳，比那刺耳的声音要好听得多……"

话语未落，她唇角坏坏一勾，脚步微旋，看似要折回桌前，却脚下一绊，整个人向前倾倒，不偏不倚地撞在陈列架上！

第十章 累了，相拥取暖！

　　剧烈的撞击下，陈列架向后倾倒，紧接着便咣当一阵脆响，架子上的古董花瓶，一个不剩地随着陈列架坠下，生生掉在地上，摔得七零八落……

　　只是顷刻间，周围一片静寂，荣海的脸色，也瞬间面如酱色！

　　"皇后娘娘，这些古董可都是皇上最喜欢的，这下可如何是好？"心肝皆颤地看着碎了一地的古董瓷瓶，荣海满脸焦急，左右不是，想哭的心都有了。正在此时，独孤宸清冷不悦的声音自寝殿响起："荣海！"

　　"奴才在！"

　　荣海苦着脸看了沈凝暄一眼，却不敢责怪，盼咐当值的宫人赶紧收拾，他急忙转身出了偏厅。

　　"没听到荣总管的话么？这些古董花瓶都是皇上最喜欢的，既是碎了，也该让皇上最后见上一见！"淡笑着抬手阻止宫人收拾，沈凝暄黛眉轻挑地坐下身来，眸中不见一丝顾虑和担忧。

　　"这下总算安静了！"

　　轻声呢喃，她微扬下颔，静静注视着灶火，认认真真煮起茶来。

　　"沈凝暄你好大的胆子，竟敢摔了朕最喜欢的青瓷花瓶！"

　　如沈凝暄所料，片刻之后，独孤宸便衣冠整齐地沉眸进入偏厅。

　　看着他身上繁复却整齐的龙袍，沈凝暄微怔了怔，不觉好笑地勾了勾唇。

　　这皇上让元妃侍寝，是穿着衣裳的？如若不然，他穿衣裳的速度，怎会如此之快？

　　心念一转，想到另外一种可能，沈凝暄想要笑却极力忍着，像是受到惊吓一般急忙起身，低眉敛目地对他福身一礼："皇上明鉴，臣妾只是不小心，并非故

意……"

"又是不小心？"

打断沈凝暄的话，独孤宸脸色越发阴沉起来，气急败坏道："咬朕的手指是不小心，害朕摔倒是不小心，今儿摔了朕心爱之物，又是不小心？朕还真是好奇，皇后你到底还有多少个不小心！"

"臣妾知道这些花瓶是皇上最喜欢的，即便是抚触也是加着小心的，臣妾这次是真的不小心……"沈凝暄撇了撇嘴，将头埋得更低几分，"您要是不信，大可问过荣总管！"

视线冰冷地看着宫人们将瓷瓶碎片收起，独孤宸并未去问荣海，而是薄唇紧抿，冷冷地睥睨着沈凝暄。

低垂螓首，沈凝暄欠身看了独孤宸脚上的金丝龙靴许久，见他一直不曾出声，她蹙眉抬头，迎向他深邃幽亮的双目。

紧紧地盯着沈凝暄的双眼，独孤宸声音陡然一缓，仿佛火山喷发前的宁静："沈凝暄，朕敢笃定，你一定是故意的！"

方才，荣海的确说过，她是不小心绊倒……

但，傻子才会相信！

听着独孤宸笃定的言语，沈凝暄红唇撇动，仿佛受了委屈的窦娥一般："皇上是一国之君，自是君无戏言，您说臣妾是故意，臣妾就是故意的！"

反正，东西确实是她摔的。而她——也确实是故意的！

听闻沈凝暄所言，想到她今日的一言一行，独孤宸紧皱的剑眉稍稍松开，语气清冽道："你还真是敢作敢当啊！"

"皇上是明君，断然不会胡乱冤枉臣妾！"轻眨了眨眼睫，沈凝暄温柔地微笑着，"是以，皇上说臣妾是故意的，臣妾就是故意的！"

先夸他是明君，再将一切错事揽在己身，沈凝暄话里的意思是她并不是故意，却因顾及皇上的威严，不得不大义凛然地承认自己是故意的……她此话一出口，等于拐弯抹角在说独孤宸：你如果一定要说我是故意的，那你就是昏君！

"沈凝暄！"

被沈凝暄气得牙痒痒，却又不能拿她怎么样，独孤宸心下气恼，看着小灶上汩汩作响的茶壶，他声音清冷地命令道："给朕和朕的爱妃备茶！"

"臣妾只给皇上备茶！"

淡淡抬眸，沈凝暄的视线与独孤宸的视线在半空相接。

她可以到天玺宫来奉茶。

因为她要伺候的，是皇上！

而在这座深宫之中，能让她伺候的，便只有皇上和太后！

即便，如今她奉旨随侍他身侧，但却还是一国之母，元妃再得宠，也只是个宠妃……是以，备茶可以，但只有皇上的，没有元妃的！

沈凝暄如此反应，独孤宸并不觉意外，眸色深了深，他语气冷淡道："沈凝暄，你又在忤逆朕？"

迎着独孤宸冰冷的眸，沈凝暄唇角微微勾起，像是在讲述一件与己无关之事："臣妾没有要忤逆皇上的意思，只是皇上好像忘了，妃不如后，妾大也不如妻的道理！"

看着眼前怡然无惧的沈凝暄，独孤宸双目微眯。

他心中很气，但是沈凝暄的话，却句句真理，与他针锋相对，让他辩驳不得！

看来，以后有她在身边，他的日子，应该不会太无聊！

凝着他略显晦暗的俊脸，沈凝暄以为他又要怒了，却不曾想，她等了半晌，仍不见他发作！

不明所以地迎视着独孤宸温柔的眸子，睇见他深邃黝黑的双目中，隐隐闪过的那抹兴色，她心中不觉惊喜，反倒直觉如芒在背，浑身都开始不舒服起来。

但，虽是如此，她却倔强地扬起头来，定定地与他四目相对，就是不肯低头！

在独孤宸记忆深处，曾经有一个女子，在面对他的怒火时，也如沈凝暄一般，不但不曾有过一丝慌张与退缩，还会镇定自若地与他巧妙周旋……眼前，沈凝暄淡然的眸，看似淡泊却又透着几分强势的个性，与那个女子竟是如此的相似。

心神微敛，凝着眼前明眸善睐的女子，独孤宸的心，在那么一瞬间，竟然变得柔软起来！

沈凝暄知道，自己跟独孤宸硬碰硬，是以卵击石。是以，在阐明自己的立场之后，见独孤宸不曾立即发火，她识趣地斟起了盏热茶，恭恭敬敬地呈于独孤宸面前："皇上说了半天的话，也该口渴了，先喝口茶润润嗓子吧！"

看着眼前能屈能伸，又能惹自己生气的女人，独孤宸脸色一沉，愣是没去接她手里的茶盏。

"皇上？"

见独孤宸迟迟不曾接过茶盏，沈凝暄将茶杯再次举高："请用茶！"

"区区一盏茶罢了！"

垂眸看了眼身前热气腾腾的茶水，却仍是不接，独孤宸俊朗的眉宇微微皱起，脸色稍有缓和："你可知道这些花瓶个个价值连城，你休想只用一盏茶就糊弄过去！"

"皇上，旧的不去，新的不来！"

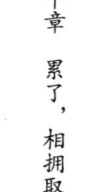

第十章　累了，相拥取暖！

不以为然地笑了笑，沈凝暄眉心一簇，浅笑着开始给独孤宸戴高帽子："在皇上的治理下，大燕国如今越来越强大，区区几个瓶子罢了，对皇上根本就是九牛一毛！"

"哼！"

独孤宸冷冷一笑，冷冷地看着沈凝暄："话说得轻巧！"

"跟皇上说话，一句不妥当的便是性命，臣妾怎会轻巧？"有些自嘲地笑了笑，沈凝暄微微抬手，十分自然地拉起他的大手，将手里的茶盏塞到独孤宸手里，"皇上，天儿冷，趁热把茶喝了吧！"

因沈凝暄忽然的动作，独孤宸身形微怔！

掌下是她柔若无骨的纤手，他心意一动，那盏温热的茶已然在他手中。迎着她晶晶亮亮的眸，他不耐烦地皱了下眉头，抬手拂掉沈凝暄的手，看似厌恶地将茶盏放在桌上："茶都凉了，还趁热喝什么？"

"那茶……分明是热的！"

知他明摆着鸡蛋里挑骨头，沈凝暄撇了撇嘴，懒得再跟他争执，而是径自别过头去，又全神贯注地煮起茶来。

他今日曾说，她日后随侍他身侧，闲来煮茶，有危险护驾！

护驾……

以她三脚猫的功夫，她不敢大言不惭！

但，眼下少了那恼人的叫春声，他又不再追究古董花瓶的事，那她便恪守本分乖乖煮茶好了。

见她不再牙尖嘴利地跟自己斗嘴，而是安安静静煮起茶来，独孤宸原本不悦的脸色慢慢缓和。

昏黄的灯光打在她的脸上，凝着她柔和的侧脸，他先是轻皱着眉宇摇了摇头，复又薄唇紧勾，露出一抹不易察觉的笑容。

原来，看得多了，她也不是那么难看！

被他灼热的视线，瞧得有些不自在，沈凝暄毅然起身，搬了把椅子送到独孤宸身前，咕哝道："让皇上等茶，是臣妾的罪过！"

独孤宸闻言，眸色微暖。

见两人不再针锋相对，荣海心里长长舒了一口气，对众人摆摆手，不动声色地退出了偏厅。

沈凝暄不是没发现偏厅里只剩下自己和独孤宸两人，不过面对如此情形，她并不觉得奇怪。

毕竟，他们一个是皇上，一个是皇后，独处一室再正常不过。

时候不长，一盏热腾腾的新茶再次呈上。

满意地看着眼前低眉敛目的沈凝暄，独孤宸唇角微扬，刚要伸手接过茶盏，便听荣海的声音在窗外响起："启禀皇上，派去楚阳的人回来了。"

闻言，独孤宸伸到半空的手，微微一顿。

清明的双眼中，掠过一抹明显的柔软，他起身向外，头也不回地出了寝殿。

皇上一走，荣海自然也跟着离开。

须臾，偏厅里除了沈凝暄，便只剩下当值的宫人。

唇角轻弯着，沈凝暄将派去楚阳的人好好地在心里感激一番，遂抬起手来，浅啜了口茶，满足喟叹一声！

垂眸欲要将茶盏放回，视线却不经意扫过倚立在厅门处的绝色女子，她动作一滞，旋即怅然轻叹道："妹妹勿怪，本宫扰了你的好事！"

皇上宠妃元雅兰，身段妖娆，盈盈一握，一颦一笑间，眉眼间难掩妩媚风情。

此刻出现在沈凝暄面前的，便是她了。

面对沈凝暄的怅然轻叹，她的脸上不见一丝不悦之色，而是浅浅扬笑，莲步款款上前在沈凝暄身前福身一礼，柔声说道："臣妾给皇后娘娘请安！"

沈凝暄眉心轻皱，深深打量着眼前的元妃。

元妃的出身，比不过玉玲珑，但比之玉玲珑的色厉内荏，温柔谦和广施于人的她更让人觉得深不可测！过去两年，她虽与玉玲珑起过数次口角，却都是玉玲珑生事在先……不过回头想想，可以伴君多年，却犹得圣宠，此女又岂会是等闲之辈？

暗道此人比玉妃有脑子，她温和笑问："本宫如今身住冷宫，连玉妃都敢爬到本宫头上作威作福，妹妹你看，本宫像是万福金安的样子么？"

"像不像不要紧，要紧的是，敢惹怒皇上，却能全身而退的，娘娘是第一人！"低眉，扫过边上空空如也的陈列架，元妃对沈凝暄温柔一笑，道，"娘娘有所不知，对于这些古董花瓶，皇上真爱得紧，臣妾和玉妃总是抢着要，他也没答应赏给我们……"

闻言，沈凝暄眸中波光一转："可惜了，皇上若早赏了你们，这些瓶子可能还好好的。"

"娘娘说笑了！"

对沈凝暄清淡一笑，元妃伸展了下腰肢，看似不悦地低眉说道："臣妾今儿跳舞扭了腰，方才那丫头手劲儿太大，差点没揉断了臣妾的腰……"

听到她的话，沈凝暄微微一愣！

想到方才那羞人的娇吟声，她面色变了变，强忍下心中狂笑的冲动，轻摆了摆手，淡淡出声："妹妹既是累了，便早些安置吧！"

元妃颔首，对沈凝暄再次福身："皇上不喜欢有人留宿天玺宫，臣妾先行告退！"

"去吧！"

沈凝暄轻轻点头，脸上平静无波，但深邃的眸底却隐隐透着光亮。

须臾，待元妃离去，沈凝暄忍无可忍，终是扑哧一声，笑出声来。

她实在是忍不住了！

这独孤宸，还真是可爱得紧，竟然找人给元妃揉腰，故意让她误会……

四下，宫人们不知沈凝暄为何忽然大笑。

看着她笑得上气不接下气，差点没拍桌子，众人都面面相觑。

眼看着众人惊异的眼神，沈凝暄伸手掩唇，把眼泪都笑了出来。

许久，好不容易恢复正常，她弯唇看了眼小灶上烧得汩汩作响的茶壶，便开始百无聊赖地跟当值的宫女大眼瞪小眼。

三更时，仍不见独孤宸回来，沈凝暄捧着热茶，神态慵懒地问着身边的宫女："知道皇上派人去楚阳做什么吗？"

"奴婢不知！"

宫女轻摇了摇头，却又忙躬身回道："皇上心怀家国，深夜要见的人，必定与国事有关！"

"皇上还真是受人爱戴啊！"

十分无趣地瞥了宫女一眼，沈凝暄仰头将茶喝完，有些疲惫地打了个哈欠："本宫再等他半个时辰！"

沈凝暄之所以说，要再等独孤宸半个时辰，是因为眼下已是三更，独孤宸四更要上早朝，剩下的这一个时辰，他一定会回来就寝。

然，半个时辰后，独孤宸没回来，她等来的却是在冷宫照顾青儿的彩莲。

看着彩莲，沈凝暄心下一顿，急忙问道："你怎么到这来了？"

"娘娘……"

因来得急，彩莲跑了一头的汗，一脸焦急地向沈凝暄福了福身，她喘息回道："方才奴婢想着，青儿姐姐没用晚膳，便与她熬了些粥，可奴婢不管怎么喊，却都叫不醒她，奴婢伸手一探，她身上烫得就跟火炉似的……"

"是伤口引起的发热！"

轻喃一声，沈凝暄脸色瞬间变得极为难看："既是如此，那你为何不先去请太医？"

"奴才去了！"

彩莲咬了咬牙，泪水在眼里打转，颤抖着声音道："今夜太医院当值的是李院判和王太医，可……玉妃……玉美人犯了头疼，传了李院判，王太医在里面休息，根本就不见奴婢！奴婢无能……"

"好了，不怪你！"轻皱了娥眉，沈凝暄冷冷一哼，抬步便朝外走去，"以你的身份，即便见了他，也请不动他！"

这宫里的人，一向拜高踩低。

眼里，便只看得见主子！

试问，有哪位太医，会寒冬腊月的，为一个冷宫的侍婢出诊？

"皇后娘娘！"

眼看沈凝暄要走，当值的宫人怯生生地喊了她一声，谨慎提醒道："皇上没说让娘娘离开……"

愠怒的视线扫过身后的宫女，沈凝暄微眯了眸子："皇上可说过，不让本宫离开？"

闻言，宫女忙垂下眸子，摇了摇头。

"那就是了！"

眸色一冷，沈凝暄转身离开偏厅。

冬月的夜，寒冷，清宁，将整座皇宫镀上一层淡淡的薄凉。

一路出得天玺宫，沈凝暄无心赏景，紧裹裘衣，头也不回地踏着月色朝太医院方向而去……

太医院。

昏暗的灯火，照亮了整座厅堂。

密密麻麻的药匣上，标注着各种药名，去给玉美人出诊的李院判已然回返，此刻他已进入休息室安置，唯两位太医随侍，正趴在前面的长案上闭目养神。

哐当一声！

太医院的大门被从外面一脚踹开，一抹纤弱的身影被药厅里的灯光，拉得极长！

受到惊吓，两位太医随侍，噌的一下便坐起身来，面带惊色地定睛朝着门口处望去，但见一名面目清秀的女子，带着另外一名女子进来，他们脸色微变，语气不善道："什么人？胆敢如此无理，擅闯太医院？"

冷冷地瞥了眼狗眼看人低的两个太医随侍，沈凝暄淡淡扬眉："把当值的太医叫出来！"

"你……到底是哪个宫里的？报上宫名！"

两名随侍中身材较瘦的那人上下打量着沈凝暄和彩莲两人，见两人衣衫寻常，容貌都不算出众，轻蔑出声："太医大人只给主子瞧病，岂是你让叫就能叫的？"

"我们是冷宫的……"

不等沈凝暄出声阻止，彩莲心直口快地报上家门。

听她说来自冷宫，那个瘦子略微一愣，随即与另外一人咯咯笑出了声："冷宫的，冷宫的居然还敢这么嚣张！"

"娘……"

彩莲小嘴一瘪，怯生生地看向沈凝暄，却见沈凝暄略微抬手，命她缄语。

"狗眼看人低的东西！"

沈凝暄心系青儿，眸光微沉地扫过两人身后的药匣子，她几步行至桌案前。看都不看两人，径自伸手搬起椅子，砰的一声砸在了两人身前摆满草药的长案上。

变故来得如此之快，两名随侍目瞪口呆！

胆敢在太医院如此嚣张之人，绝对来头惊人。

直到此时他们才想起，在冷宫里，貌似还住着那么一位……想到那个人，再看看眼前这人，两人都瞬间白了脸色。

然，尚不等他们反应过来，沈凝暄便丢下椅子越过长案，来到药匣前，而后果断扬手，将上面的药匣子，一个一个地抽出，然后噼里啪啦地扔了一地！

她懂医理，自然也能分辨草药。

但，现在这些草药，对青儿的伤势并不能起到立竿见影的效果。

是以，她要的，是太医手里经过提炼的丹药！

"皇后娘娘！"

听到响声，自里屋出来的王太医和李院判，一眼便认出此刻正在打砸太医院的是何方神圣！

心下一惊，两人双双上前跪下身来："卑职不知皇后娘娘驾到，请娘娘恕罪！"

两名随侍闻声，忙颤颤巍巍地也跟着跪下身来，不停地抽打着自己的脸："奴才该死，奴才该死……"

微垂眸，冷眼瞧着跪落在地的四人，沈凝暄的视线在两位太医身上来回穿梭："两位太医，你们还真是千呼万唤始出来啊！"

闻言，两人面色一暗，忙惊呼有罪。

王太医不曾抬头，小心翼翼地问道："皇后娘娘深夜至此，可是凤体违和？"

沈凝暄凤眸微眯，声音清冽地问着李院判："李太医方才从玉美人那里回来，应该知道本宫身边的丫头受了伤！"

"是！"

李院判微微颔首，道："齐王殿下带来的姑娘，便是卑职看诊的！"

闻言，沈凝暄眸色微敛："她现在发热了！本宫要最好的对症丹药！"

李太医闻言，忙起身进了内室，片刻之后，他揣着两瓶丹药出来，却低眉将左手里的那瓶递了出去："娘娘回去，只需将此药与她服下，她的烧自然就会退了！"

见状，彩莲上前，将药瓶接过，转递给沈凝暄。

沈凝暄拔开瓶塞，轻嗅了嗅，忽然冷笑："彩莲，本宫有些累了，你代本宫将太医院砸了吧！"

闻言，彩莲微愣，在场众人都神情一震！

怔怔抬眸，看着沈凝暄，李院判轻颤出声："皇……皇后娘娘！"

冷冷地看着李院判，沈凝暄语气凛然："本宫说过，要最好的对症丹药！彩莲，动手！"

"哦……是！"

彩莲应声，上前接过沈凝暄的活儿，抽出药匣子，再狠狠地砸在地上。

"慢！慢！"

不知沈凝暄深谙医理，李院判叫苦不迭地伸手阻止，再顾不得心疼，他将手里的另外一瓶丹药，呈到沈凝暄面前："皇后娘娘，请！"

"李太医！"

亲自伸手，接过李院判手里的药瓶，沈凝暄打开轻嗅了嗅，幽幽挑眉："欺君是死罪，有没有告诉你，欺瞒皇后，该当如何？"

李太医身形一颤，瓮声道："卑职死罪！"

"错，是生不如死！"

微冷的眸中凛冽光芒迸射，沈凝暄转身离开太医院："王太医，本宫命你掌掴李太医五十巴掌，少一巴掌，本宫会让人加倍从你身上讨回来！"

一语落，沈凝暄已然离去，李院判也已被惊得体若筛糠！

天玺宫，御书房中，独孤宸双手背负于身后，神情晦暗地静静站在窗口，轻轻抬头，神情柔和地遥望窗外幽冷的月色，他整个人都沉浸在自己的思绪里，始终无法回神。

"素儿，三年了，你心中的仇恨可曾放下了？"悠悠然，一声长叹缓缓逸出，他薄削唇形微微一抿，荡起一抹苦涩而又无奈的笑痕。

她，一切都好！

楚阳回返之人，虽只带回这单单五个字，却足以让他心满意足！

今生，他欠她的，还不了，而她，亦放不下！

他不求她能原谅自己，只求她能过得好。

第十章 累了，相拥取暖！

她，一切都好，那便是极好！

"皇上，不好了！"

荣海脚步匆忙地自殿外而入，脸色要多难看就有多难看。

独孤宸将思绪收起，眉宇轻皱着转身看向荣海。见荣海脸色难看，他不由拧眉问道，"何事如此惊慌？"

荣海苦着张脸，"皇后娘娘她……"

"皇后？"

淡淡敛眸，独孤宸轻扯唇角："她不是在寝殿里煮茶吗？"

"不久前是在煮茶的……"抬眼看了独孤宸一眼，知自己的主子听到自己带来的消息又该动气了，荣海低下头来，战战兢兢地颤声回道，"可后来……"

"后来怎么了？"

独孤宸追问。

"后来……皇后娘娘她把太医院给砸了……"

"什么？"独孤宸眸色一凛，第一次不相信自己的耳朵，"你再说一遍，皇后把哪里给砸了？"

"皇后娘娘三更时确实是在寝殿里煮茶的，可不久前照顾青儿的彩莲丫头找了来，说青儿丫头烧糊涂了，又请不动太医，皇后娘娘这才亲自去了太医院……然后……"话说到最后，几乎声若蚊蝇，荣海不敢去看独孤宸的脸，只寻思着该如何将事情诉说得委婉一些。

"然后她一怒砸了太医院？"

气极一笑后，独孤宸眉宇皱起。

"不只如此！"

不敢去看自家主子，荣海低声道："听说还赏了李院判掌掴五十！"

"皇后现在在哪儿？"眸色一寒，独孤宸幽声问道。

今日，他这位名不见经传的皇后，还真是让他开了眼界了。

荣海谨慎抬眸，未见独孤宸震怒，轻呼："回皇上，已经回了冷宫！"

"取衣，摆驾冷宫！"

冷冷地撂下了话，独孤宸抬步向外走去。

"皇上，现在三更已过……"

荣海心疼独孤宸一夜未眠，也怕他到了冷宫再平添怒气，但不管他怎么劝，却又如何劝得动主子？！

三更过后，冷宫厢房里依旧燃着灯火。

昏黄的灯光下，一身伤痛的青儿虽是睡着，却因高热的缘故时而"娘娘"，时而"奴婢"地不停呓语着。

跟彩莲一起将从太医院得来的上品退热丹药喂她服下，沈凝暄在床前拧眉站了许久，终是忍不住伸出手来。

她想要掀起棉被查探青儿的伤势，但手指触碰棉被的那一刻，她却心下一颤，硬生生地退缩了。

那触目惊心的伤，虽在青儿身上，却早已烙印进她的脑海，只要她想起，便会痛如刀绞！

彩莲小心翼翼地看了她一眼，忍不住嗫嚅出声："娘娘，您先去歇息吧，这里有奴婢守着！"

"不用！"

沈凝暄淡淡勾唇，眼底却是深深的疲惫，侧坐在床前，她伸手握住青儿的手："本宫今晚要在这里陪着青儿！"

"娘娘……"

本就睡得极不安稳的青儿，似是听到了沈凝暄的话，模模糊糊地呻吟出声："奴婢不疼，奴婢一点都不疼！"

心，忍不住一阵抽痛！

沈凝暄的眼底，瞬间有泪光闪动。

微微抬手，捂着自己的唇，她艰涩地闭上双眼。

从来，她都知道，在深宫，帝王恩宠，有时是福，有时则是祸！

在见识了独孤宸的阴晴不定后，她从来不曾在争宠一事上抱太大的希望，毕竟偏见执于人心，让一个对自己有偏见的人，从厌恶自己到喜欢上自己，很难……是以，在过去半年多的时间里，她为人谦和温婉，处事公平大度，凡事与人多留一线，尽量让六宫和睦，从不曾过分地去得罪过谁，也不曾过分去苛责过谁！

但，在赶往太医院的路上，想到青儿今日所遭受的厄难，她终是觉得自己过去的想法太傻太天真了。

这里是皇宫，处处都充满着钩心斗角和见不得光的阴暗人性！

在这里，趋炎附势，拜高踩低，是永恒的主调，在这里，人与人之间，除了利用，便还是利用，在利益的驱使下，即便你不曾得罪过谁，却也不能保证不会有人来对付你！

唯因如此，今日并非无理取闹之人的她，无理取闹地把太医院砸了！

打玉妃，打砸太医院！

明日起，这两件事情必定震动六宫！

她要借此让宫里所有的人都明白，即便她这个皇后失宠住进了冷宫，别人也不

第十章　累了，相拥取暖！

157

能轻视她分毫!

一分一毫,都不行!

看着沈凝暄和青儿紧握的手,彩莲轻抿了抿唇,准备去为沈凝暄取床被褥过来。

然,她才刚刚出门,便见独孤宸一脸冷色地进了冷宫。

见状,彩莲心下一顿,忙转身折回屋里,颤声道:"娘娘,皇……皇上驾到!"

不等彩莲语落,独孤宸已然循着灯光,大步迈入厢房。

沈凝暄知道,自己砸了太医院,并非小事,独孤宸很快就能得到消息,小气如他也一定会来找她算账!微转过身,看着盛怒的龙颜,她想要放开青儿的手,却被神志不清的青儿紧紧反握,无奈,她只得神情淡然地站起身来,朝着独孤宸欠身福礼:"臣妾参见皇上!"

凝着沈凝暄一脸的清冷淡定,独孤宸的视线终是落在她与青儿交握的双手上,锐利的双眸渐渐敛去光芒,他居高临下地看着她:"这才一会儿的工夫,你就砸了太医院?"

"砸了!"

略带疲惫地微微颔首,沈凝暄的回话没有一丝犹豫。

见她如此,独孤宸冷笑一声,瞬间眸光大炙:"你承认得倒还挺干脆!"

"皇上不是一直夸奖臣妾一向敢作敢当吗?"抬起头来,与独孤宸四目相对,沈凝暄眸色坚定,语气坚决,"太医院的太医嫌青儿是丫头,不肯拿最好的丹药出来,但臣妾却觉得,天下子民都是皇上的子民,那丹药用在青儿身上,一点都不浪费……他们不给,臣妾便只能另想他法了!"

青儿身上遍体鳞伤,伤势颇重,取药熬药,要花费不少工夫,她等不得,便只能去求最好的丹药。可李院判以为她不通医理,只给了她普通的退热丹药。

合着太医院被砸,是他咎由自取!

轻皱了下眉宇,独孤宸微眯了眸子,沉声冷道:"明明骨子里雷厉风行,却要在入宫之后伪装得柔弱庄和,沈凝暄……真是委屈你了!"

"臣妾的确委屈,但若活着,受些委屈却是必然!"

沈凝暄低垂眼帘,说话的语气也云淡风轻,不以为然地苦笑着,将青儿的手,握得更紧了些。

深深地,低凝了眼她与青儿交握的手,独孤宸眉目含愠:"你若不想吵到她休息,便随朕去正房!"语落,他转身出了厢房。

深吸口气,知道今日这关躲不过,沈凝暄暗暗一叹,轻拍了拍青儿的手:"青儿，本宫快困死了，让本宫去歇会儿好么？"

果真，像是能听到她的低喃软语，青儿的手慢慢松动。

冷宫里，一向冷清。

不燃灯烛的正房里，炭炉已熄，更是冷清得紧。

沈凝暄进入正房之时，独孤宸正背身向里，站在隔间的屏风前。

清冷的月光，透过窗棂，落在他的身上，竟让人觉得，他挺拔的背脊上，好像背负了太多，以至于平添了几许落寞！

落寞？

心中陡然蹦出这个词，沈凝暄不禁轻嘲地勾了勾唇角。

身为一国之君的他，要风得风，要雨得雨，女人更是信手拈来，他的身份跟落寞两字根本八竿子都打不着！

微敛了眸，脚步轻盈地步上前来，沈凝暄低低出声："皇上……"

"沈凝暄！"

身前的男人陡然转身，在沈凝暄尚不及反应之前怒不可遏地攫住她的颈项，将她整个人向后推去，直到她脚下一绊，整个人仰躺在床榻上，他便单膝跪在榻上，继续居高临下地紧盯着她，说话的语气低哑粗嘎："过去半年，你既是可以委屈地活着，何不一直委屈下去！你可想过今日所为，待到明日会有何等后果？明日宫里所有人都会知道，你今日砸了太医院，说不定母后也会过问此事，如此一来，过去你在母后面前所树立的形象，必定一去不复！"

"这些臣妾自然知道！"

知道挣扎无谓，也懒得去挣扎，沈凝暄淡定抬眸，平静无波的视线在黑夜中与他微冷的视线相遇，她疲惫一笑，挑眉轻道："臣妾此举有失体统，乃是悍妇所为，可是……皇上答应过臣妾，不会再为难臣妾！"

其实，她想说的是，有独孤珍儿在，她并不担心太后那边！

但是，念及此话一出，独孤宸指不定如何发狠，生怕他一个控制不好要了自己的小命，她便只得退而求其次，如此言语。

她现在人累，心更累。

真的没心情继续跟他周旋！

"沈凝暄！"

独孤宸的脸色瞬间又沉了几分，修长好看的双目危险地眯起，沉声道："你还笑！"

闻言，沈凝暄眉梢轻扬，失望地瘪了瘪嘴，而后淡淡开口道："臣妾不笑了，

第十章 累了，相拥取暖！

还请皇上来给臣妾收拾烂摊子吧！"

独孤宸闻言，眉宇微微一蹙，心中怒火骤起："你闯的祸，朕为何要帮你收拾？！"

"因为您是皇上！"

微扬着头，迎视着独孤宸愤怒的墨色双目，沈凝暄看不清他眼底的情绪，凝眉说道："在皇宫里，只要皇上站在臣妾这边，臣妾做什么都会是对的，今日废黜玉妃的是皇上，太医院也是皇上的，只要皇上肯出面，问题自然迎刃而解！"

独孤宸心下冷哼，迎着她略现希冀的眸子，紧皱了眉，哂然笑道："你休想！"

"皇上！"

微抬双目，看着他黑着的一张脸，沈凝暄虽然看不清，却可以明显感觉到他皱眉的动作。不曾多想，她微微抬手，抚上他紧皱的眉心："身为帝王，您能容天下，却为何独独容不下臣妾？整日与皇上斗，臣妾真的很累，难道您就不累吗？"

沈凝暄与他揉眉的动作，温柔轻缓，语气更是婉约如水。

面对她突然的转变和温柔的动作，独孤宸挺拔的身姿微微滞了滞！

但奇怪的是，对于她的碰触，他并不反感，手下掐着她脖颈的动作，反而松开了。

"沈凝暄……"声音冷凝地唤着她的名字，独孤宸紧皱的眉头并未舒展，"你又想玩儿什么把戏？"

感觉到独孤宸情绪的变化，沈凝暄淡淡转头，看着窗外的天色，她眸色黯然："皇上，现在快到四更了，又是打人，又是砸太医院的，臣妾折腾了一晚上了，能不累么？"

闻言，独孤宸又是一滞！

换做旁人，被他掐着脖子，不被吓死，也早已吓昏过去。

可这个女人却偏偏……偏偏在这个时候说，她累了！

蓦然，觉得有些好笑，他身子一侧，仰躺在她身边："要不朕明天再与你斗？"

沈凝暄闻言，额上聚起三条黑线。

气氛，静谧，僵滞。

感觉到屋里冷凝的温度，独孤宸薄唇邪肆一勾，趁沈凝暄不注意，伸手圈住她的腰，将她拥入怀中。

惊觉他的动作，沈凝暄身形蓦地一僵！

"皇上，您不回天玺宫么？"

身后的男人，风华绝代，俊逸非凡。

然，他的怀抱对于沈凝暄来说，是陌生的，自然也是尴尬的。

"不是只有你会累，朕也会觉得累……"声音里，是难掩的沧桑和寂寞，感觉到怀中刺头儿的拘束，独孤宸唇角的笑弧，越发柔和，"你方才也说了，快四更了，朕只眯一会儿，一会儿就好！"

"……"

人家是皇上，沈凝暄是皇后，这个……好像不能拒绝！

只是，一直以来的针锋相对，忽然化作如此相拥而眠，她的心里总觉得有些不自在，暗暗一叹，她双臂撑着床榻，准备坐起身来，却听身侧的男人慵懒问道："做什么？"

"盖被！"

淡淡回话，沈凝暄抽了边上的锦被，将两人盖住："呃……皇上，你自己睡可好？如此，臣妾睡不着。"

"唔……"

迷迷糊糊地应了一声，就在沈凝暄以为独孤宸要放开自己时，却见他轻合着眸子，霸气说道："冷宫里太冷，这样睡才暖和，反正也不差多少时间，你若是睡不着，就等朕四更走后再睡！"

"呃……"

沈凝暄无语地翻了翻白眼，敢情人家皇上是把她当暖炉了！

只是，听着独孤宸沉稳的呼吸声，沈凝暄微拧了拧眉，微微侧目，透过月光，凝着他俊逸却疲惫的脸庞，她轻轻一叹，却终是不忍再多说什么，由着他抱着自己取暖。

半响，独孤宸薄削而性感的唇瓣，轻轻抿起，将怀中女子抱得更紧……

这样，的确更暖和些！

半个时辰后，荣海叫起的声音在屋外响起。

闻声，独孤宸转醒，不习惯与人同睡的沈凝暄自然也跟着坐起身来。因他们都是和衣而睡，也就省去了更衣的麻烦。

掀起锦被，沈凝暄起身下榻，将房门打开。

房门外，荣海带着一众宫人，早已将洗漱用品备好，见沈凝暄开门，他忙赔笑行礼："奴才参见皇后娘娘，娘娘万安！"

"进来吧！"

淡淡拧眉，沈凝暄转身向里。

第十章 累了，相拥取暖！

不多时，独孤宸已然洗漱完毕，神采奕奕。

看着眼前只睡了半个时辰便生龙活虎的男人，沈凝暄忽然觉得，方才自己好像做了一场梦，而现在……这场梦醒了，他今日出了这个门，明日等待他们的，将是新的钩心斗角。

"朕洗漱，你不伺候，更衣，你也不闻不问，你这皇后，做得未免太过容易了些！"抬起头来，看向身前怔怔出神的女人，独孤宸眉心一拧，忍不住冷冷讽刺，但是过后，却放低了音量，轻问，"朕赶着上早朝，皇后可还有事？"

听他此言，沈凝暄心中暗嘲一笑，道了一声果然！

微微抿唇，她轻声说道："皇上还没答应臣妾，帮臣妾收拾烂摊子……"

早已料到她会如此，独孤宸不以为然地淡淡说道："朕为何要帮你收拾烂摊子？虽说朕答应不为难你，不过失了母后这座靠山的支持，日后你在宫中，便是孤家寡人，朕高兴还来不及呢！"

"皇上！"

淡淡扬眉，沈凝暄狡黠一笑，道："如果臣妾想，即便是孤家寡人，也能让皇上的后宫鸡飞狗跳，更何况……没了太后倚仗，臣妾还有大长公主！"

"皇后啊！皇后！"

迎着沈凝暄狡黠的明眸，听着她大胆的言语，独孤宸黝黑的眸中没有怒色，却隐隐闪过一丝赞赏，心下轻轻一叹，他好看的唇形微微弯起："朕有没有说过，你让朕生气的本事是一流的！"

"承蒙皇上夸奖！"

眸中精华闪烁，沈凝暄不怕死地对独孤宸福了福身，接着说道："青儿伤得很重，臣妾最近几日要留下来照顾，在她痊愈之前，还请皇上容臣妾不能前往天玺宫煮茶！"

"准！"

道出一个准字，独孤宸伸手钳住她的下颌，拧眉看着她片刻，他微微倾身，温热的气息拂在她的耳际，警告意味甚浓地哂然一笑："你别得意得太早，咱们来日方长！"

面对独孤宸的警告，沈凝暄能做的，便只有无所谓地淡然一笑，福身行礼："臣妾恭送皇上！"

是福不是祸，是祸躲不过！

在砸太医院之前，她便早已想到，独孤宸一定不会轻易放过她，只是昨夜的发展，有些出乎她的意料，如今他能容她留下来照顾青儿，已是格外开恩，至于来日如何，也只能走一步看一步了。

162

对于独孤宸，沈凝暄觉得，怒气冲冲的他反倒容易对付，反观昨夜的他，却让沈凝暄觉得有些摸不准，看不透……不过，不管如何，看他的反应，这天即便不晴，应该也不会再飘起鹅毛大雪了。

　　如此，最好的选择，便是后退一步，让两者相安无事。

　　翌日，独孤宸心有不快，却仍然出面与太后说明废黜玉妃一事，和沈凝暄怒砸太医院的原委，他先是废黜了侍宠多年的宠妃，后又罢了李院判的官职，以实际行动站在了沈凝暄这一边。

　　若说，前一日，宠妃被废，沈凝暄怒砸太医院震动了六宫。

　　那么，他此举一出，便是六宫哗然！

　　先是废了玉妃，后又罢免了李院判，这两件事都与皇后有关，而皇上如此处置，无非是在告诉所有人，皇后虽然住在冷宫，但身份还摆在那里，容不得任何人挑衅！

　　自此，宫中众人谁都不敢再对沈凝暄有一丝轻视之意！

　　当日，得了消息以后，大长公主便派人往冷宫送了上好的丹药，就连时下正当宠的元妃和几位美人，也都挑了上好的补品和茶叶差人送到冷宫里！

　　一时之间，原本门可罗雀的冷宫，热闹非凡。

　　其实，沈凝暄让独孤宸帮她收拾烂摊子，只是信口一说，却不想他竟然照做了。

　　当独孤珍儿笑盈盈将一切道与她知时，她神情微怔，不禁大感意外！

第十章　累了，相拥取暖！

第十一章 微服，不稀罕去！

日子，一日日，平淡如水。

从青儿受伤那日之后，独孤宸便不曾再踏足冷宫，不但如此，他也不再命沈凝暄前往天玺宫煮茶，沈凝暄心里自然明白，他之所以让她安然度日，只是暂时给她时间照顾青儿！

这种平静的日子，不会持续太久。

一晃眼，十数日转瞬即过，青儿身上的伤，渐渐好了起来。

这一日，天气沉闷，冷风骤起，天空中有冬雪飘落。

一大清早，沈凝暄亲自下厨做了几道药膳，要给青儿补身子，也不知是闻着味儿来的，还是怎么地，药膳才刚摆上桌，独孤珍儿便进了屋："赶早不如赶巧，我这肚子刚好饿了，皇后娘娘……你这药膳，定要见者有份！"

淡淡抬眸，看了眼独孤珍儿，沈凝暄吩咐彩莲先把青儿那份送过去，兀自盛了一碗药膳，笑吟吟地看着她："外面天儿不好，师姐怎么这么早就进宫来了？"

自青儿出事之后，独孤珍儿时不时地会过来，只不过她来时总是午后，从没有像今日这般，来得这么早！

"自然是有事的！"

视线一直在沈凝暄面前的药膳上打转，独孤珍儿摆出一副垂涎欲滴的模样："这粥药香浓而不涩，卖相也好，味道一定不错！"

沈凝暄抬眸，睨了眼独孤珍儿的馋相，淡淡拧眉："师姐还没用膳？"

"用过了，不过既是看到了，还是馋得慌！"独孤珍儿含笑上前，舀了勺八珍粥送进嘴边浅尝一口。唇齿间药香弥散，她眼睛一亮，赞叹点头，"臭丫头，老太婆把手艺全都传给你，好喝！"

闻言，沈凝暄微抽了抽嘴角，迎着独孤珍儿一脸希冀的神情，她无奈一叹，将面前的粥碗推了过去："好喝你就多喝一些！"

"就这么一碗，我要是都喝了，那多不好意思啊！"嘴上虽这么说着，却终是巧笑倩兮地伸手端了碗，独孤珍儿坐下身来，细细地品尝起来。

淡淡挑眉，笑看着她吃得津津有味的样子，沈凝暄幽幽说道："师姐，拿人手短，吃人嘴软！"

独孤珍儿握着汤匙的手，微微一顿，一脸戒备地转头看向沈凝暄："原来你这丫头，在这里等着我呢！"

沈凝暄浅笑，倾身在桌上支起下巴："师姐真是聪明绝顶！"

"去！"

独孤珍儿轻斥一声，继续用着药膳："说吧，你想要什么？"

"药！"

沈凝暄吐字清晰，只有一个药字！

"药？"

黛眉挑起，深凝着沈凝暄，独孤珍儿轻声说道："你不是嫌那东西麻烦么？往常我给你，你都不要，这会儿怎么又想要了"

"此一时彼一时！"

沈凝暄眸色微微一凛，语气微冷："那日，若是我手里有药，青儿就不会那么遭罪，玉妃和沈凝雪，也不会像今时这般逍遥地活着！"

"听你话里的意思，只要是药，来者不拒？"独孤珍儿看着沈凝暄，又捧着粥碗喝了一口。

"来者不拒！"

沈凝暄脸色渐渐变冷，慢慢说道："良药，是给自己人的，毒药，是给敌人的！"

独孤珍儿冷冷勾唇，深看沈凝暄一眼，低眉道："明日入宫，我会把你要的东西一并带来！"

"那我就多谢师姐了！"

沈凝暄脸上的笑盈盈灿灿，轻轻点头。

看着她浅笑的模样，独孤珍儿嘱咐道："东西我可以给你，不过话说在前头，你可不能拿皇上试药！"

"这我自然知道！"

沈凝暄投以独孤珍儿一个大大的白眼，将话题一转，蹙眉问道："对了，师姐还没说，今日这么早进宫，到底所为何事！"

第十一章　微服，不稀罕去！

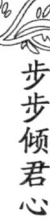

"这事儿啊！"

又喝了口粥，独孤珍儿娇俏抬头，悻悻说道："昨儿离宫时，太后有旨，让我今儿过来找你。"

"找我？"

双眸微眯，沈凝暄伸手指了指自己，疑惑道："有什么事儿，太后大可直接盼咐，大可不必如此麻烦吧？"

"太后是让我来劝你的！"

独孤珍儿对她一笑，微微倾身，将吃了大半的药膳搁下，似有恨铁不成钢之意："当初皇上罢免李院判的时候，一直在替你说话，太后以为你过不了几日便可搬回凤仪宫了，可眼下过了这么多天了，皇上不来你这里，也不见你去皇上那边，也不知你们唱的这是哪一出，她老人家自然有些着急了。"

沈凝暄浅笑："她老人家着急有什么用？皇上不来，我总不能将他硬掳了来。"

"问题就在你这心性上！"

独孤珍儿对沈凝暄的态度，表示不满，蹙眉说道："自太后寿诞之后，皇上对沈凝雪的态度，已然十分冷淡，但即便如此，你那姐姐这几天为了能如愿进宫，三天两头地进宫来讨好太后，可你瞧瞧你……太后明明向着你，你这又是什么态度？！"

"沈凝雪在打太后的主意？"

沈凝暄最近一阵子，全部心思都放在青儿身上，还真是没去在意沈凝雪的行踪。

早已察觉沈凝暄对沈凝雪有种源自于骨子里的敌视，独孤珍儿心思一动，忙出声说道："这几日里，我每日进宫时，便见她在太后身边，不是端茶倒水，就是捶背揉腰的，总之比你……要上心得多！"

沈凝暄微微抬眸，斜睇了独孤珍儿一眼，目光幽远地轻眯了华眸："下了这么多工夫，可见她还真不是一般的用心……"

"那还有假！"

独孤珍儿没有跟沈凝暄说，如太后对沈凝雪其实是心存不悦的，抬手搭在沈凝暄肩膀上，她轻声说道："太后的意思是，过几日皇上便要微服离宫，让你无论如何都要想办法让他带你同行，千万莫要让你姐姐跟了去，如此回来生米煮成熟饭，再不让你姐姐进宫，就有些说不过去了……"

听闻独孤珍儿所言，沈凝暄唇畔的浅笑渐渐扬起，直至笑靥如花："他们两人，不是很早以前就生米煮成熟饭了么？"

"沈凝暄！"

独孤珍儿黛眉微微一拢，看着沈凝暄的眼神，渐渐沉下："皇上不是滥情之人，他跟沈凝雪应该还没到那种地步！"

像是听到了天大的笑话，沈凝暄莞尔一笑，眸色深邃道："师姐也说了，是应该……我那姐姐，人生得美，心机也不比我浅，你觉得在她的诱惑下，皇上有可能坐怀不乱吗？"

"先不说这些！"

对于沈凝暄的话不置可否，独孤珍儿伸手拉过她的手，眸光闪烁地笑问道："过几日皇上便要微服离宫了，皇后可有什么打算？"

"皇上要微服出宫吗？"

淡淡扬眉，装作才听懂独孤珍儿的话，沈凝暄面露恍然。

"沈凝暄！"

着实被沈凝暄不冷不热的态度气到，独孤珍儿杏眼一瞪，怒喝："你别给姑奶奶我揣着明白装糊涂！"

"好吧！"

面对眼前容貌娇美，却一副母夜叉形象的独孤珍儿，沈凝暄妥协道："我明白了，皇上要微服出宫了！"

"你啊！我真不知你这小脑袋里面，整日都在想些什么！"实在拿沈凝暄没办法，独孤珍儿动作亲昵地伸手点了点她的额头，无奈说道："其实每年这个时候，皇上都会秘密出宫，今年应该也不会例外。"

虽说，沈凝暄跟自己是师姐妹，独孤珍儿待她极亲。

但，她却看不透沈凝暄。

你说她没野心吧，她使出浑身解数进了皇宫，抢走了沈凝雪的后位；你说她野心十足，入宫后她的表现，却让她大失所望！

她睿智，她沉稳，但是……她明媚的笑脸下，却像是藏着极深的一团云，让人看不清，摸不透，那种感觉，会让人觉得百爪挠心！

"师姐！"

听出独孤珍儿话里的无奈，沈凝暄淡笑着抽回手，低眉喝着她剩下的药膳："皇上此行即便要带着谁，也该带他最宠之人，我与皇上，是落花有意，流水也无情，他对我连宠都算不上，何来最宠？"

"落花有意流水无情吗？"凝着沈凝暄晶莹剔透的眸子，独孤珍儿眸光犀利地轻笑了笑，"依我看，不只是流水无情，连那落花，也是无意的。"

沈凝暄微抬目光，睇了独孤珍儿一眼，笑嗔道："既是师姐的心里，跟明镜儿似的，便莫要再来劝我，我与皇上，生来八字不合，如是遇着不是他厌弃我，就是我

第十一章 微服，不稀罕去！

167

气着他，如今我过得挺好，犯不着自己去找罪受！"

闻言，独孤珍儿皱眉，气道："瞎说，你们俩的八字，太后亲自找人批算过，根本就是天作之合！"

沈凝暄将药膳喝完，靠坐在椅子上，笑凝着独孤珍儿："师姐说是天作之合，便是天作之合吧！"

"你……"

独孤珍儿实在拿沈凝暄的不争没有办法，十分无奈地站起身来，向外走了两步，她复又转身："暄儿，你该知道，若皇上当真是暴躁无情之人，单就你的所作所为，已然死了不知多少回了，既是你有法子让他一而再，再而三地动气，何不把心思用在讨他欢心上，师姐相信，如果你愿意，完全有机会成为他最宠的女人。"

她相信，以沈凝暄的聪慧，若想博得帝宠，不算难事。

迎着独孤珍儿漂亮的眸子，沈凝暄淡淡笑说："这宫里，随便抓个人都会讨皇上欢心，不差我一个！"

闻言，独孤珍儿面色一黑："反正不管怎么样，太后的意思是让你想法子跟着皇上一起出宫，我的意思是，死活不能让沈凝雪跟着。"

"沈凝雪不会跟着皇上！"

语气里，是不容置疑的笃定，沈凝暄微扬下颌："我也不稀罕跟着。"

"臭丫头！"

被沈凝暄气到一室，却又要想法子在太后面前替她遮拦，独孤珍儿没好气地嗔了她一眼，拂袖而去。

待她一走，沈凝暄便眸色一深，陷入沉思之中。

独孤宸离宫，她的安稳日子，便可以过得更长久些，她才不会傻到自己没事去找事，不过人皇帝不急急死太监，但现在太监还没急，太后倒是先急了，然，这些并不是她最关心的。

她所关心的是该如何阻止沈凝雪跟着独孤宸出宫。

"有了！"

心思微转间，沈凝暄眸光一闪，红唇勾起一抹迷人的弧度……

翌日一早，独孤珍儿沉着俏脸偷偷与沈凝暄送来一只药箱。

知独孤珍儿还要到太后宫里请安，沈凝暄笑吟吟地接过药箱后，命彩莲准备好文房四宝，便兀自忙活开了。

看她一脸如获至宝的神情，又有条不紊地捣腾着药箱里的药，独孤珍儿会心一笑，暗叹这丫头还真不愧是自己的师妹。眼底尽是宠溺之色，她仔细叮嘱沈凝暄几句,让她莫要胡乱试药中了毒,便动身赶往长寿宫。

长寿宫,苏合香弥散开来。

独孤珍儿甫一进殿,便见独孤宸正与太后同坐饮茶。

温和的笑爬上嘴角,她款步上前,分别对如太后和独孤宸福了福身:"给皇嫂和皇上请安了!"

"免礼吧!"

如太后睨了眼身边的独孤宸,含笑看着独孤珍儿:"你这丫头,今儿来晚了,可是又去冷宫了?"

"可不是!"

独孤珍儿浅笑着起身。

眉心轻皱,独孤宸看向独孤珍儿:"小姑姑没事总是去冷宫作甚?"

她这姑姑,心高气傲,性格乖戾,很少跟宫里妃嫔走动,反倒是沈凝暄,让她执意选她为后不说,还在太后面前说尽了好话。

要知道,大长公主一句话,那是金贵得很呐!

"是哀家让她去的!"

凝着独孤宸轻皱的眉心,太后双眸一肃,方才还晴空万里的脸上,顿现不悦之色:"皇后住在冷宫也有些日子了,总不见皇上过去瞧瞧,哀家寻思着这次皇上出宫,该带上皇后,便让珍儿过去,先让皇后有个心理准备!"

闻言,独孤宸眸色一黯,脸色也不好看:"儿子何时说过要带她了?"

将独孤宸的反应看在眼里,独孤珍儿心下灵光一闪,旋即计上心头,阴阳怪气地架桥拨火道:"皇上不必生气,皇后娘娘说了,就算您让她随驾,她也不稀罕去呢!"

"珍儿!"

如太后因独孤珍儿架桥拨火的话而皱紧眉头,脸色难看地嗔了她一眼。

接收到如太后不悦的视线,独孤珍儿心下暗笑,别有深意地对太后眨了眨眼。

如太后面色一怔,暗暗会意,聚神看向正端着茶盏喝茶的独孤宸。

"皇后果真是这么说的?"

望着独孤珍儿,独孤宸轻转手中茶盏,眼眸深处波光微闪,深不可测。

"是啊!"

独孤珍儿轻叹一声,凝眉颔首,淡笑怡然的脸上不见一丝心虚:"皇后娘娘还说了,她现在过得挺好,犯不着到皇上跟前找罪受!"

"哦?"

剑眉轻轻一挑,独孤宸微翘的唇角,透着几许薄凉,略微沉吟,他邪肆一笑,

第十一章 微服,不稀罕去!

将茶盏放下，起身对太后躬身："儿臣过两日便要离宫，尚有许多政事要处理，先行告退！"

如太后微垂眸，深深凝视着眼前出类拔萃的儿子，轻轻一叹，无奈叮嘱道："哀家知道，你每年这个时候出去，是为了什么，哀家劝不住你，不过……出门在外，切记照顾好自己。"

"儿臣谨遵母后教诲！"

独孤宸薄唇扬起，轻点了点头，随即淡淡一礼，转身离开大殿。

目送他离开的挺拔身影，如太后不禁摇头一叹："宸儿这孩子也真是，都三年了，却还是放不下！"

见状，独孤珍儿轻轻一笑，沉眉启唇，悠悠道："皇上和南宫素儿，已无可能，他能不能放下，那要看会不会遇上对的人！"

"何为对的人？"

如太后轻皱了娥眉，对独孤珍儿涩然说道："当初你选皇后时，便与哀家说，她便是那对的人，结果呢？"

从侍女，到妃子，再到贵妃，最后是尊贵无极的太后。

如太后的一生，都在宫中沉浮，宫里的事情，她不过问，并不代表她不知。

就如沈凝暄和皇上，早前或许他们在她面前演戏演得太好，她不曾过多去怀疑什么，但自上次长寿宫宴时，她便知道，皇上和皇后，从来都不像表面那般和睦相亲。

听出如太后语气里的埋怨之意，独孤珍儿在心里把沈凝暄骂了个底儿朝天！暗叹一声可怜天下父母心，她行至如太后身前，轻轻与她揉捏着颈背，并出言安慰道："知子莫若母，皇上方才的反应，皇嫂难道看不出？皇嫂不必担心，皇后这次跑不掉的。"

虽说君心难测，不过独孤珍儿却敢笃定，听了她方才的话，独孤宸表面上虽未表现出来，但沈凝暄的平静日子，却已经过到头了。

"哀家不是怕她跑了，是担心她不知进退，又跟皇上弄得不欢而散！"如太后看了独孤珍儿一眼，沉淀着岁月光华的深眸，透着几分忧色。

"儿孙自有儿孙福，皇嫂就安心等着抱皇孙吧！"

俏皮地凑近如太后耳边笑言一声，独孤珍儿一下一下地，替如太后揉着肩膀。

在这世上，哪个不喜欢自己的孙儿。

但皇上登基三年，如今却是一无所出，如太后自然也等得心急。

此刻，听到独孤珍儿的笑言，她的脸上忧色渐渐被一抹希冀所取代，半晌，她莞尔一笑，侧头对身后的独孤珍儿道："莫要只顾着皇上和皇后，你也老大不小了，得抓紧了！"

闻言，独孤珍儿正在为如太后按摩的手，微微一顿，却于唇角逸出一抹苦笑！

是夜，落了一天的雪，丝毫不见停势，反而越下越大，仿若鹅毛一般。

窗外，鹅毛般的雪花，在空中盘旋，微转而落，但凡入目之处，皆已是一片银白之色。

在为青儿涂完药后，沈凝暄便带着彩莲返回正房。

然，甫入正房的她，却不期那高高在上的九五之尊，此刻正面色清冷地躺在自己的榻上翻看着什么。

见状，她的心里忍不住咯噔一下！

不过，很快她便低垂了眼帘，上前福身一礼："臣妾参见皇上！"

"皇后免礼！"

斜睨沈凝暄一眼，独孤宸继续看着手里的小楷篆书。

静静地站在原地，看清了独孤宸手里正在看的是什么，沈凝暄眸色微漾。

半晌，便听他淡淡问道："这些，都是你写的？"

"是！"

沈凝暄淡淡应声，静看着独孤宸，却不曾上前。

微微抬眉，俊逸的脸上，清冷依旧，独孤宸看着她，浅浅勾唇："朕很怀疑，这么丑的人，如何能写得出这么漂亮的字？"

闻言，沈凝暄黛眉一拧，却是淡淡笑道："皇上，人美，字不一定美，就像我姐姐，纵是皇上与她如何交好，可真正看过她的字吗？"

"你……"

只沈凝暄淡淡的一句话，独孤宸自持的冷静，险些又一次崩塌。深深地在心底长舒一口气，他甩手将手里的篆书丢在一边，凝眉看着沈凝暄："皇后，你总说朕容不下你，你可想过给朕留一丝情面吗？"

"皇上……"

沈凝暄张了张嘴，轻叹一声退一步海阔天空，再次服软："是臣妾的过错！"

她不该，不该哪壶不开提哪壶！

"知道就好！"

勾起的唇角，透出一种别样的魅惑，独孤宸对她招了招手："过来！"

看着他的手，沈凝暄轻蹙了蹙眉，缓步上前，在距离睡榻几步之处停下："皇上这么晚过来，可是有事么？"

"过来！"

第十一章 微服，不稀罕去！

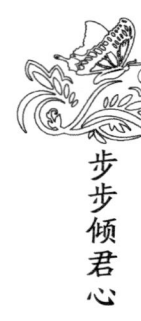

并未回答沈凝暄的问题,独孤宸眉宇轻皱,再次重复着方才的两字。

静静地凝视着他,沈凝暄沉吟片刻,终是又上前两步,在榻前站定。

然,下一刻,独孤宸的手臂,便如水蛇一般,缠上了她的腰肢,直接手臂一甩,将她带进睡榻内侧。

"皇上?"

以十分不雅的姿势摔在榻上,沈凝暄紧皱了娥眉,她想要抬眸看向独孤宸,却在下一刻跌进他温暖的怀抱之中,听他幽幽说道:"朕累了……"

纤弱的身子,猛地一僵,沈凝暄轻嚅红唇,嗫嚅出声:"皇上累了,便该回天玺宫早些安置!"

独孤宸眸色一深,搂在她腰上的手臂,倏地收紧:"皇后就那么不想见朕?"

"不是!"

纵是不想,却不能说实话,沈凝暄紧紧拧眉:"冷宫简陋,夜里会很冷,皇上若是累了,便该回天玺宫安置才对!"

"呵……口是心非!"

独孤宸眸色渐冷,薄唇抿成一道直线,神情高深莫测地将怀中女子翻转过身,看着她紧皱眉头的样子,他邪肆勾唇,道:"朕过两日就要离宫了,母后有意让皇后与朕同行,可是听小姑姑说,皇后你不稀罕去?"

沈凝暄抬起头来,凝着独孤宸冷魅的容颜,眉心始终紧皱:"皇上不是要带臣妾的姐姐同行么?"

"所以呢?"

紧盯着沈凝暄水亮澄清的眼睛,独孤宸双目微眯。

"如今天下升平,皇上出宫,必然是为了散心,臣妾人生得丑,不会讨喜皇上,跟着去只怕会坏了皇上的兴致!"紧皱的眉头,渐渐舒展开来,深凝着近在咫尺的俊逸男子,沈凝暄的唇角,勾起一抹讥消的弧度,"有姐姐相陪,皇上又何必在意臣妾?难不成皇上想坐享齐人之福,让沈氏姐妹共侍一夫?"

明明让自己冷静,却还是不受控制地因沈凝暄的话而火冒三丈,独孤宸阴沉着俊脸,伸手钳住她的下颌,眸色幽幽道:"朕没你想的那么龌龊!"

"皇上没有?"

眸光上移,与独孤宸的视线相交,沈凝暄语气淡漠地清浅笑道:"皇上没有跟她在宜兰殿幽会?还是没有打算封她做皇上的宁妃娘娘!"

"沈凝暄!"

好脾气终于被消磨殆尽,独孤宸猛地甩手,松开沈凝暄的下颌:"你算是个什么东西,居然敢如此对朕说话?你又凭什么跟你姐姐相提并论!"

"原来臣妾在皇上眼里，只是一件东西！"冷笑一声，沈凝暄眸光一凛，冷道，"皇上说对了，臣妾不该跟皇上如此说话，臣妾跟姐姐更不能相提并论，是以，臣妾不能跟皇上出行，也……不稀罕随驾出宫！"

闻言，独孤宸横眉竖目。

直接无视于他，沈凝暄背转过身，裹着被子躺下，不声不响，沉默以对。

凝着她负气的模样，独孤宸紧抿薄唇，暗如子夜的眸子，冷冽如冰："沈凝暄，你敢！"

静默片刻，当沈凝暄回应他的依旧是沉默时，她敢不敢，以行动来证明！

她，真的敢！

见她如此，独孤宸眸色一沉，起身疾步离去。

没人知道，就在沈凝暄回来之前，看着小楷篆书上秀气的字体，他原本是想宿在冷宫的。

他讨厌她么？

以前，或许吧！

但，当他知道，过去与他笔墨传情之人，实则是她时，那份讨厌便渐渐变了味道。

在过去，很长的一段时间里，他都是一个少眠之人，即便一宿不睡，也是有的。可……前些日，抱着她的时候，他却平白放松了心弦很快入睡，那一夜虽然只有短短的半个时辰，却让他格外满足。

他不想深究原因，却忍不住踏雪而来。

但，他们相处的结果，却并非是更进一步，而是背道而驰，越走越远。

独孤宸第一次清楚地觉察到，这个女人的心，很冷，像是一块顽石，清冷，冰冽，但这并非最重要的，最重要的是……那颗心，或许根本就不在他的身上！

独孤宸离去许久，沈凝暄仍旧保持着原来的姿势一动都不曾动过。

直将气急败坏的皇上恭送出冷宫，彩莲推门而入，以为沈凝暄睡着了，她蹑手蹑脚地上前替她盖好被子，便复又退了出去。

正房里，独留一人，静谧得让人揪心。

也不知过了多久，沈凝暄唇角一扯，竟露出一抹冷笑！

她跟独孤珍儿说，自己和皇上是八字不合，独孤珍儿却说，她和他根本就是天作之合。

只是，天作之合的人，会总是不欢而散？

实然，她不喜欢宫里的生活，但为了报仇，却选择了这里，她也想到自由自在的宫外去走走，但……却不是跟独孤宸一起！

第十一章 微服，不稀罕去！

只是，她不去，另外一个人，也休想跟着……

翌日，整整落了一日的雪，终于停歇。

一大清早，宫人们便忙活着开始清理积雪，彩莲则早早地候在了长寿宫外。将冻僵的双手，搁在嘴边哈着热气，不时探身张望着。

远远地见沈凝雪带着碧儿一路而来，她眼神一亮，快步迎上前去："奴婢见过大小姐！"

"你是？"

沈凝雪微皱眉头，仔细打量着身前的彩莲。

她可以肯定，自己并不认识眼前的宫女。

彩莲福身，轻道："奴婢是皇后娘娘身边的宫人，奉皇后娘娘之命，请大小姐到冷宫一聚！"

"皇后？"

一提到沈凝暄，沈凝雪心神一紧，想到上次沈凝暄连打带踹的暴力一面，她下意识地想要抚上自己的脸，但是很快她便敛起心神，淡淡出声问道："皇后找我有事？"

彩莲轻笑了笑，"皇后娘娘说，大小姐去了就知道了！"

沈凝雪不想去冷宫，但沈凝暄是皇后，虽然她住在冷宫，身份却还在，她不能拒绝，也没办法拒绝。

冷宫里的雪，沈凝暄并未吩咐宫人去清扫，而是裹着裘衣，自己动手在院子里堆起了雪人。

沈凝雪进院儿的时候，沈凝暄一眼便看见了，不过她却视而不见，轻勾着唇角，继续着手里往雪人上拍雪的动作。

见她如此，沈凝雪脸色微变，怎奈势比人强，她只能硬着头皮上前福身："参见皇后娘娘！"

闻声，沈凝暄终是悠悠转身，看着眼前低眉敛目的沈凝雪，她微微抬手："姐姐免礼！"

面对她伸出的手，沈凝雪出于本能地瑟缩了下身子。

感觉到她的惧意，沈凝暄满意地勾了勾唇，转身朝着正房走去："外面冷，姐姐屋里说话！"

"是！"

微微抬眸，紧盯着沈凝暄单薄的身影，沈凝雪的眼底一抹戾色闪过。

沈凝雪已然不是第一次来冷宫，对正房里的摆设，并不陌生。眼看着沈凝暄落座，她立身厅中，轻声问道："皇后娘娘找凝雪来，有什么事儿吗？"

"自然！"

低眉端起桌上的茶盏暖着手，沈凝暄盈盈抬眸，看向沈凝雪："本宫听闻，姐姐要跟皇上一起微服出巡？"

"这……其实凝雪也不太清楚！"

皇上出行一事，沈凝雪是知情的，如此她才一而再地进宫，但自从上次太后寿诞之后，皇上对她的态度明显冷淡不少，她一心想要跟着皇上出宫，却从未得到真正的应允，此时听沈凝暄一说，她心中不禁暗喜，反倒觉得此事有了几分把握！

"清不清楚，等皇上出宫之时，一切自然揭晓！姐姐先坐吧！"淡淡笑着，好似在跟沈凝雪闲话家常一般，沈凝暄看着沈凝雪落座，对彩莲扬了扬眉，彩莲会意，取了一只箱子放到桌上。

视线微转，对上沈凝雪疑惑的眼神，她淡然笑道："今儿让姐姐来，其实没别的事儿，只是本宫听闻最近这阵子五姨娘身子不太好，便挑了些上好的补品，好让姐姐一并捎带回去！"

听沈凝暄提到五姨娘，沈凝雪的神色瞬间变得有些不自在。

在沈凝暄入宫不久，她的父亲沈洪涛便抬了新的姨娘，这位新姨娘出自大长公主府，心思干练，手段也不简单，自她入府之后，沈洪涛几乎夜夜都宿在她的院子里，让虞氏格外窝火！

可她明的，暗的，都用了，这姨娘却像是不死的九命猫妖，活得依然滋润。

想到某种可能，沈凝雪心下一紧，偷偷地看向沈凝暄。

沈凝暄自是察觉了她的视线，不过她并未有所动作，而是淡淡弯唇，掀起茶盏浅啜了口茶，一副安然模样。

"皇后娘娘！"

半晌，沈凝雪上前一步，终是忍不住疑惑出声："您可知道这位姨娘将母亲气得几日下不来床？"

"本宫知道！"

沈凝暄眸色微敛，点了点头。

沈凝雪美目流转："那娘娘您还给她这么多补品？"

对沈凝雪笑了笑，沈凝暄不悦蹙眉："姐姐，我给她补品，不是看在母亲，而是希望她养好了身子，可以为沈家延续香火！"

天下人众所周知，沈家大小姐美貌绝伦，却也都知道，左相沈洪涛膝下无子！

这也是他一再纳妾的原因，只是他的小妾，从来活不到给他生出儿子！

而沈凝暄此言，则让沈凝雪无可辩驳！

第十一章 微服，不稀罕去！

175

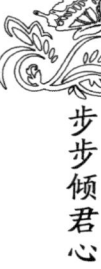

毕竟，在沈家，延续香火，才是重中之重！

接下来的时间，沈凝暄脸上的不悦，一直不曾消散，自然她也不再言语，面对不言不语的她，沈凝雪则觉如坐针毡一般，没过多久，便命碧儿提了箱子，起身告退！

藏身偏厅之内，直等着沈凝雪主仆离去，青儿才走了出来。向外张望一眼，她一脸不解地看向沈凝暄："娘娘赏五姨娘东西，不是一向通过大长公主吗？今儿怎么……"

"回头你就知道了！"

朝着青儿投以淡淡一笑，沈凝暄转头对彩莲吩咐道："出去跟着她们，不管她们做什么，看着就好，不要出声，只需回来禀与本宫知道！"

沈凝雪方才出了冷宫，脸色便瞬间沉下。

垂眸看了眼碧儿手里的箱子，她眸色一冷，满是愤恨地回头朝着冷宫又瞪了一眼。微转过身，见碧儿怔怔地站着，她冷哼一声，不悦斥道："还不走，指着皇后娘娘赏茶喝吗？"

碧儿闻言，连忙抬步跟上。

"大小姐，您别生气！"眼看着自家主子脸色难看，碧儿边跟在沈凝雪身后，边加着小心道，"大小姐，您走慢些，莫要不小心摔了——"

"啊——"

不等碧儿话音落地，沈凝雪脚下一滑，当真一屁股坐在了雪里。

远远地看到这一幕，彩莲脚步一顿，险些忍俊不禁！

"大小姐，您没事吧？"

急忙放下箱子扶起沈凝雪，碧儿抬眸偷瞄了沈凝雪一眼，见她满脸怒容地盯着自己，她心下一抖，扑通一声跪落在地，甩手啪啪地打在自己脸上："都是奴婢不好，是奴婢乌鸦嘴！"

"下回再乱说话，仔细你的嘴！"

美丽的五官，几乎扭曲地对碧儿厉喝一声，沈凝雪的视线，扫过地上的那只箱子，语气冰冷道："把箱子打开！"

碧儿闻言，忙道："这是皇后娘娘给五姨娘的，打开的话……"

剩下的话，她并未说出口，便被沈凝雪阴狠的目光所震慑，无奈之下，她只得颤抖小手，将箱子打开。

果真如沈凝暄所言，箱子里是些上好的补品。

不过，在沈凝雪仔细翻找下，还是从那些补品下面，寻到了一封书信！

看到那份书信，她眸光一闪，脸色瞬间凝重起来。

"大小姐！"

但见沈凝雪伸手撕开信封，碧儿的小脸儿都跟着绿了："这可是皇后娘娘写给五姨娘的信！"

"怕什么？"

斜嗔碧儿一眼，便仔细地阅起信来。

然，让她失望的是，这信里所说，与沈凝暄方才要表达的意思如出一辙，无非是要五姨娘养好身子，好为沈家延续香火。

看过信后，沈凝雪脸色微缓，竟是露出一丝如释重负。

她和虞氏一直都在怀疑，五姨娘是沈凝暄安排之人，这也就意味着，沈凝暄很有可能已经知道了自己的身世，如此才有了后来判若两人之变，但是现在看来，好像并不是这么回事！

彩莲回到冷宫的时候，沈凝暄还坐在椅子上喝茶。

听着彩莲将事情一一禀明，青儿眉心轻蹙，看向沈凝暄："娘娘，您这葫芦里，到底卖的什么药啊！"

"毒药！"

沈凝暄轻笑着放下茶盏，对青儿神秘说道："青儿，这下本宫可是替你报仇了！"

被沈凝暄云里雾里的话，绕得有些发晕，青儿眉心又是一皱，继续追问："娘娘您说替奴婢报仇了？可……大小姐她还好好的啊！"

"很快就会不好了！"

轻轻勾唇，沈凝暄信步向外："本宫继续去堆雪人儿！"

"呃……"

看着沈凝暄含笑出了屋子，青儿怔怔地挠了挠头："一会儿回头，一会儿很快，娘娘这葫芦里到底卖的什么药啊！"

听到青儿的喃喃自语，沈凝暄眸光一闪，嘴角勾起的弧度微微上扬。

其实，她说很快，确实很快。

因为，才不到半个时辰，独孤珍儿便到了冷宫。

看着正在院子堆着雪人的沈凝暄，她眉心一拧，快步上前。

"师姐来了！"

沈凝暄对独孤珍儿的态度，明显比对沈凝雪的态度好上许多。

独孤珍儿的视线越过沈凝暄的肩膀，看向她身后的三个雪人，清浅一笑："皇

第十一章 微服，不稀罕去！

后还真是好心情,竟忙着堆雪人了!"

"师姐难道心情不好吗?"

嘴角的笑如阳光般柔和,沈凝暄对独孤珍儿轻眨了眨眼:"师姐跟我是一国的,一定没有出卖我吧?"

"出卖你?"

独孤珍儿挑眉,半响才讪讪说道:"你都说了,我跟你是一国的,自然会站在你这边,不过你姐姐可就可怜了,那毒药本就是我调配的,你又往里加了料,这下好了,全太医院的太医,都没法子给她治,这下她想跟皇上出巡怕是难了!"

沈凝暄笑:"师姐医术惊人,太后她老人家没让你帮她瞧瞧?"

"瞧了!"

轻挑黛眉,独孤珍儿露出一副爱莫能助的表情:"本宫也没法子!"

"大小姐怎么了?"

站在边上,从两人的对话里听出了端倪,青儿忍不住出声问道。

闻言,沈凝暄对青儿笑了笑,却不言语,倒是独孤珍儿看了沈凝暄一眼,转身对青儿轻道:"方才沈凝雪在太后宫里伺候时,不知为何浑身剧痒不止,她受不了痒,便要挠,但越挠就越痒,想要止痒便只能不停地挠抓,可惜了她那张如花似玉的脸……"

听闻独孤珍儿所言,青儿忍不住轻轻瑟缩了下。

原来,皇后娘娘所说的替她报仇,竟是让沈凝雪痒到生不如死!

"皇后娘娘!"

转头向沈凝暄走近一步,青儿心中仍旧有疑惑:"您是怎么做到的?"

话,问出口,她脑中精光一闪:"是那封信!"

"青儿聪明!"

毫不吝啬地赞扬青儿一声,沈凝暄淡淡说道:"孺子可教也!"

毒药,就如独孤珍儿所言,是她亲手调配,而那封信则是载体。

她料准了沈凝雪会偷看那封信!

结果,果不其然!

是夜,月色皎洁。

独孤萧逸双手背负,站在冷宫门外许久,却始终不曾踏入。

冬日的寒风,凛冽而过,带起了他身上的披风,使得整个人看上去平添了几分俊逸和萧瑟。

微微扬头,凝着院中透窗而出的幽光,他轻勾了薄唇,喃喃低语:"暄儿,数日不见，你过得可好……"

然，他话音落地，回应他的却是阵阵寒风。

唇角勾起的弧度，渲染出几分清冷，他面色微暗，不由轻叹口气！

自上次青儿受伤，为了不与她造成不必要的困扰，这数日之内，他不曾再进过冷宫。

不过，人未到，心却在。

对于冷宫别院里的那个人儿，他始终做不到放下！

只是，放不下，又能如何？

忍不住自嘲一笑，他微旋脚步，转身正要离去，却见不远处一道人影正快步行至。

"谁？"

似是察觉到他的存在，那人脚步一顿，出声问道。

听到略微陌生的声音，独孤萧逸微微拧眉："你是彩莲？"

"是！"

听他唤出自己的名字，彩莲步上前来，待看清他英俊的容颜，不禁心跳一顿，忙福身行礼："奴婢见过王爷！"

"不必拘礼！"

独孤萧逸温润地勾了勾唇角，轻声问道："如今天色已晚，你不在冷宫伺候皇后娘娘，这是要去哪儿？"

"啊？"

因他的问题微变了脸色，彩莲低垂着头，回道："皇后娘娘的安神茶没了，奴婢去领了些茶叶！"

"皇后娘娘睡得不好吗？"没有去在意彩莲拘谨的神情，独孤萧逸最关心的是他的暗儿……需要喝安神茶才能入睡吗？

"还好！"

一直不曾抬头，彩莲低声说："只是偶尔会做噩梦！"

"这样啊！"

眸色中难掩的情愫，被黑暗所掩藏，独孤萧逸淡淡出声："天冷了，给娘娘的安神茶里，放些姜片吧！"

"呃……"

心知独孤萧逸对皇后娘娘的关心有些过了头，却不好说什么，彩莲轻应一声，道："奴婢记下了！"

"嗯！"

第十一章 微服，不稀罕去！

轻点了点头，独孤萧逸并未再做停留，抬步便要离去。

"王爷！"

凝着他孤寂而挺拔的身影，彩莲恨不得咬断自己多嘴的舌头："您有话要奴婢带给娘娘吗？"

"本王明日便要离京了……"

如此淡淡的一句后，独孤萧逸毅然抬步。

他想要，在她做噩梦的时候，抱她入怀，陪在她身边。

但是，他不能！

他想要，让彩莲带话给她，让她在他不在的时候，好好照顾自己。

但是，他也不能！

不能！

不能！

太多的不能！

他能做的，便是将这些不能深埋在心底，不再给她造成一分一毫的困扰！

正房里，炭炉烧得正旺，比外面的气氛暖和了不少。

彩莲煮好了安神茶进来时，沈凝暄正斜靠在榻上看书。

看着她翻书的动作，凝着她优雅绝伦的姿态，彩莲忽然在想，若是皇后娘娘再生得好看一些，那一切便会完美了。

感觉到彩莲的视线，沈凝暄微微抬眸："看什么呢？"

"娘娘，奴婢觉得，您很美！"

彩莲回神，直接道出心中所想。

"这才跟着青儿几天，就学会油嘴滑舌了？"斜睨彩莲一眼，沈凝暄不以为然地抬了抬眉，"安神茶煮好了？"

"是！"

彩莲深看了眼手里端着的茶盏，小心翼翼地上前："口感刚刚好，娘娘趁热喝了吧！"

"嗯……"

沈凝暄轻应一声，接过茶盏浅啜了口茶，眉心微蹙着问着彩莲："这是什么茶？怎么味道怪怪的？"

"呃……"

彩莲顿了顿，小手紧握成拳，低眉小声回道："奴婢方才在外面遇到了齐王殿下，他说天冷了，让奴婢给娘娘的安神茶里加些姜片，奴婢便照办了！"

"齐王？"

沈凝暄端着茶盏的手，微微一顿，淡淡地瞥了彩莲一眼。

"是！"

彩莲垂首点头："齐王殿下说，他明日便要离京了……"

"是吗？"

沈凝暄微微拧眉。

皇上明日要微服出宫，莫非独孤萧逸也要随行？！

"娘娘……"见沈凝暄端着茶出神，彩莲颤声说道，"茶……再不喝该凉了！"

"本宫又没怪你，你怕什么？"察觉到彩莲的紧张，沈凝暄只多喝了一口，便将茶盏递给她。

她以为彩莲是担心自己往安神茶里加了姜片，自己会责罚她，却不知今夜之事，是她想得简单了。

平日里，喝过安神茶后，沈凝暄要再等小半个时辰才能睡得安稳。但是今日，不到片刻，她便觉得头脑昏沉，有睡意袭来。

半睡半醒间，忽然觉得有一股熟悉的浓郁香气入鼻。

微微皱鼻，沈凝暄动了动眼皮，却无论如何都睁不开眼！

是龙涎香！

明辨了香气来源，想到这种香气所独属的主人，沈凝暄紧皱了眉心，努力想要睁开眼睛，却无论如何都不能如愿！

为何她现在睁不开眼？

难道……方才彩莲的一举一动，在脑海中闪过，沈凝暄的眉心不禁紧紧拧起。

片刻之后，她感觉有人摸了摸自己的脸，紧接着便是那熟悉而又清冷的声音传入耳中："别愣着了，伺候皇后上路！"

闻言，沈凝暄的心，忍不住一直往下沉，一直往下沉！

独孤宸那厮，不能废了她，这是要杀她灭口吗？

就在沈凝暄胡思乱想之时，很快，她便感觉，有人将她扛起，快速出了冷宫……

第十一章 微服，不稀罕去！

第十二章　争执，不可理喻！

沈凝暄再次转醒的时候，天色已然大亮。

甫一睁眼，她便觉眉心处隐隐泛着一丝痛楚，几乎是出于本能地紧蹙着眉，伸手捏住自己的眉心。

这一觉，她睡得虽沉，却一点都不觉轻松，她觉得自己做了一个冗长的梦，在梦里她被下了药，梦到了独孤宸，他说让人伺候她上路，然后自己便被人扛出了冷宫……

思绪至此，沈凝暄捏着眉心的手倏而一僵！想起昨夜种种，她心底蓦然一惊，猛地睁开双眸！

"嘶——"

睁眼的一刹那，她倒抽口凉气，轻轻地揉着太阳穴，紧紧蹙眉打量着自己身处的环境，随着眼前景象的清晰呈现，感觉的身处环境的晃动，似是正坐在一辆马车里，她眸色微变，脸上神情阴晴不定。

"你总算睡醒了，朕的皇后！"

满含戏谑的声音自沈凝暄头顶传来，独孤宸眉梢微挑，居高临下地看着她，脸上的笑时隐时现。

仰望着上方被无限放大的俊脸，沈凝暄纷乱的心绪终于平复，眉心忍不住轻颦了下，她缓缓地勾起一抹浅笑，语气里尽是抱怨的无奈，叹道："皇上想带臣妾出宫是好事，直言便是，何必如此大费周章？臣妾还以为……"

独孤宸浅笑："以为什么？"

沈凝暄淡淡说道："以为皇上要背弃承诺，杀臣妾灭口呢！"

"呵呵……"独孤宸讪讪然一笑，声音低沉道，"朕的皇后才华横溢，朕怎舍得杀你？朕之所以如此大费周章，无非是因为皇后说过，不稀罕跟朕一起出行，既是不稀罕，朕便只得另想他法……"

"臣妾说过这话么？"

沈凝暄双眸微怔，眨了眨眼，开始装糊涂！

独孤宸好整以暇地双臂抱胸，肯定道："小姑姑听皇后说过，朕也听皇后说过！"

沈凝暄想说，独孤珍儿就是个叛徒，却不敢说独孤宸的耳朵出了毛病！心下一黯，她抬眼看着独孤宸，干笑了下，转而问道："皇上不是要带姐姐一起出行吗？"

听沈凝暄提到沈凝雪，独孤宸眸色一冷，仍旧浅笑吟吟："你觉得，她现在方便出门吗？"

"呃？"

沈凝暄微顿，佯装不知："姐姐她怎么了？"然，她问题出口，独孤宸的脸色不是冷的，而成了黑的。

"好吧！"

秉持着识时务者为俊杰的铁律，沈凝暄低垂着头："当臣妾没问！"

"算你识相！"

独孤宸嘴角轻轻一扯，依旧冷笑着看着她。

沈凝暄迎着他微冷的视线，眉心轻轻一动，瘪了瘪嘴："皇上如若一定要臣妾跟随，臣妾跟着便是，不过还请皇上容臣妾带上几件换洗的衣裳！"

"来不及了！"

独孤宸云淡风轻地睨沈凝暄一眼，轻道："如今我们早已出了京城！"

"这么快？"

沈凝暄微微蹙眉，打开车窗。

冰寒如刀般的冷风自窗口灌入，让她忍不住哆嗦了下，微皱了下眉头，看着车外不停后移的连绵群山，并没有继续纠结方才的问题，而是有感而发道："在宫里待了大半年，一直都没机会出来走走，现在想来，还是宫外的空气更加清新和自由！"

听她这么说，独孤宸黑沉着俊脸，冷冷道出一个字："冷！"

沈凝暄回头望了他一眼，见他脸色不郁，她微翘着嘴角，含笑将车窗带上。

在独孤宸的面前，沈凝暄即便是笑，也是苦笑和讥笑，从不曾像现在这般，露出发自真心的笑容，深凝着她微翘的嘴角，觉得她脸上的笑容格外刺目，独孤宸俊朗的眉轻轻皱起："在这世上，有哪个女人被人掳掠了，还能笑得出来？"

"被自己夫君掳掠，皇上觉得，臣妾眼下该如何反应？"沈凝暄扶着车厢坐在独孤宸对面，与近在咫尺的他四目相对，沈凝暄脸色一苦，眸中瞬间蕴起氤氲，既惊

第十二章 争执，不可理喻！

惧又哀婉问道:"这样对吗?"

再怎么强势,她到底是个女子。

昨夜听到他说送她上路,她就在怕,而且怕得要死!

她若死了,大仇如何得报?

但当她听到他的声音时,心里的紧张感,却在瞬间烟消云散了。

反正,他不会杀她!

如今既是躲无可躲,又一时半会儿回不去,她大可好好地呼吸下自由的空气,让自己过得开心一点。

重活一次的机会,不是每个人都有。

既是上天把这个珍贵的机会给了她,她除了要报仇,便该去享受人生!

当然,她若开心了,也许有人会不高兴了……

因独孤宸出行,是微服私访,所乘坐的马车,也只是一般大小。

是以,此刻,她与独孤宸之间的距离,便已然很近。

温热的鼻息中,带着隐隐的桂花香味轻轻拂在独孤宸脸上,让他原本平静的心潮,不禁荡起丝丝涟漪,但这丝涟漪很快便被厌恶所取代!

眸中丝毫不掩厌恶之色,独孤宸冷冷地将脸别开,有些头疼地揉着鬓角:"沈凝暄,以后别让朕在你身上闻到桂花的香味!"

他,并非真的讨厌桂花之香,只是固执地觉得,那种香气不该出现在除了那个女人以外,任何一个女人身上。

即便那个女人,是他的皇后!

"皇上不喜欢桂花吗?可臣妾却喜欢得很呢!"深看独孤宸一眼,沈凝暄似笑非笑如是说道,见他的俊脸顿时又黑了下来,她眉梢一挑,一脸悻悻地看向一边!

好吧,老虎屁股摸不得!

因为迷药的关系,沈凝暄只熬了片刻,吃了些东西,便又沉沉睡去。

垂眸看着她毫无防备的睡颜,独孤宸嘴角轻扯,觉得好气又好笑!

他让人把她掳了来,为的便是看她惊慌失措的表情,可到头来呢?她不但没有露出一丝惧容,居然还跟飞出牢笼的鸟儿一般欢呼雀跃!

这女人,还真是时时刻刻都能让他着急上火!

日薄西山时,残阳没入云海后,是绚丽的晚霞。

赶了整整一日的路,沈凝暄一行乘坐的马车终于驶入一座小镇,在一家驿馆前缓缓停下。

马车里,沈凝暄仍旧在睡着,没有一丝要转醒的意思,而独孤宸则一脸冷凝地坐在边上，就那么死死地盯着她。

如果，眼光可以杀人的话，这会儿的工夫，沈凝暄早已被他凌迟了！

车外，荣海躬身垂立于车前，轻轻启声："主子，驿馆到了，该下车了。"

"嗯！"

自鼻息挤出一个嗯字，独孤宸蹙眉看着眼前睡得正香的沈凝暄，不禁再次抬起脚来踢了踢她身上的被子。

睡梦中，沈凝暄梦到了在边关时，与月凌云打雪仗的情景。

梦中，她跑累了，气喘吁吁地躺在雪地里，一动都不动的，月凌云那臭小子，竟然径直上前，抬腿便踢了她一脚……迷迷糊糊间，感觉有人在踢着自己，沈凝暄语气不悦地嘟囔着："臭小子，别闹，我再睡会儿！"

闻言，独孤宸面色一怔，旋即铁青一片，抬脚便又是一脚："臭丫头，你叫谁臭小子？！"

臭小子？！

普天之下，还没哪个人敢骂他臭小子，即便是他的母后，也不曾如此随意地……称呼他！

惊觉背脊发寒，意识到不对，沈凝暄倏然睁眼，抬眸望进独孤宸比冰山都要寒上几分的双眼，她心思微转，抬手捂住额头，痛苦呻吟着："头好痛，痛死了，哎哟！哎哟！"

"下车！"

看她半真半假地捂着头喊痛，被她的反应气得心口发堵，却又不想让荣海他们看笑话，独孤宸冷哼一声，紧皱着眉宇，转身便要打开车门。

"哎哟……哎哟……"

呻吟声时高时低地从马车里传来，沈凝暄没有依言下车，而是重新躺下身来，开始无比哀怨地长吁短叹起来："皇上有心带臣妾出宫，直接下旨就好，犯得着用这种下九流的招数吗？臣妾头疼死了！"

她敢笃定，他给自己下的药，绝对是经过提纯的，否则她不会察觉不出，药效也不会如此强劲！

即将打开车门的手微顿，独孤宸重新转身，淡淡地睇了眼娥眉紧皱的沈凝暄，沉声说道："皇后若是一开始就乖乖的，何来今日之苦？"语气微顿了顿，他又多说一句，语气说不出的冰冷，"给你下药，不是朕的意思！"

沈凝暄微愣，语气有些低沉地眯起了双眼："那是谁的意思？"

是他也就罢了，她惹不起，便只能忍，若不是他，此仇必报！

"暗枭！"

第十二章　争执，不可理喻！

185

独孤宸十分随意地靠在车厢上，冷睇沈凝暄一眼，轻叩车门，对她冷道："沈凝暄，你要是再不起来，今晚上就在马车里挨冻吧！"

随着他的动作，车外的荣海急忙上前打开车门。

吱呀一声，车门打开，敞开的车门前，以一男一女为首，几名黑衣侍卫同时对独孤宸躬身："主子！"

噌的一下坐起身来，沈凝暄紧抿着唇角，冷眼看着马车外的一众黑衣人。

这些黑衣人，衣着干练，一脸肃杀之气，不用想也知道一定身手不凡，不会是好惹的主儿。

此时，沈凝暄才恍然！

这些人，是皇上身边的死士，平日神龙见首不见尾，不只是她，应该说整座皇宫之中知道他们存在的人屈指可数！

因为，他们的名字，便足以说明一切！

暗枭！

他们注定隐于暗处，却个个骁勇善战！

"他们一个是枭青，一个是枭云，平日只负责我的安全！"不再自称为朕，独孤宸的视线从为首的男女身上掠过，似笑非笑地落在沈凝暄身上，他先为沈凝暄解惑，而后头也不回地问着枭云："夫人问我为何要用迷药这种下九流的招数对付她……"

闻言，枭云躬了躬身，神情肃穆道："主子早前交代过，夫人身上功夫不弱，属下是怕伤了夫人，这才出此下策！"

"我其实也就是三脚猫的功夫，犯不着浪费那么多好药！"淡淡一笑，笑意却未达眼底，沈凝暄冷眼看着独孤宸："爷，您说是不是？"

独孤宸冷哼一声，淡淡地将视线转向一边："想问什么，你一次问个清楚便是！"

凝着独孤宸仿若雕塑般完美的侧脸，沈凝暄凉凉问道："若我猜得没错，昨儿夜里我不只是中了迷药那么简单吧？"

虽说那迷药提纯过，但自己的抗药性，沈凝暄还是清楚的。

联想到彩莲昨晚的异样，她心中不禁暗叹！

在皇宫之中，会忠心不贰对待自己的随侍之人只青儿一个，而彩莲……她虽然在尽心尽力地伺候着自己，但她的主子只有一个，那便是——皇上！

"太医院说皇后通晓药理，看来所言非虚！"视线转回，迎着沈凝暄微冷的眸，独孤宸似笑非笑地牵了牵唇角，"枭青！"

枭青眉梢轻抬，微微颔首，倒也承认得干脆："如夫人所料，那安神茶里，除了迷药,还有曼陀罗粉……"

"迷药、曼陀罗粉再配上安神茶,爷对妾身还真是体贴。"沉稳的语气中,透着几许薄凉之意,沈凝暄冷笑着起身,站在独孤宸身侧。

"夫人生气了?"

独孤宸双手环胸,好整以暇地轻笑着。

"臣妾快气死了!"

迎着独孤宸俊美得让人心动的笑脸,沈凝暄想要冲上去撕烂他的脸,但是她忍了,只见她像极了受委屈的小媳妇,轻瘪了瘪嘴,作势便要越过他步下马车。

"路滑,还是为夫扶着夫人下车吧!"

看着沈凝暄一脸不悦的模样,独孤宸蓦地心情大好,十分好心地对她伸出手来。

"爷对妾身,还真是体贴入微呢!"

沈凝暄不以为然地笑笑,轻抬柔荑置于他温热的大手之中。

握紧她的手,独孤宸俊美无俦的脸上,毫不掩饰地扬起一抹胜利的笑容。

从来,都是他被沈凝暄气到跳脚!

这一局,他大获全胜!

沈凝暄淡淡地轻抬目光,视线扫过独孤宸微翘的唇角,再对上他如墨玉般的双瞳,语气微冷道:"爷可听过一句话?"

"什么话?"

独孤宸轻拧眉心,边问着边牵着沈凝暄下车。

沈凝暄微微倾身,低声说道:"唯女子与小人难养也!"

闻言,独孤宸脚步向前,却又转身看她。

"来而不往非礼也!"沈凝暄不曾看他,一边随着他进入驿馆,一边悠悠然道,"今日有人敢在我的茶里下药,明儿个我就敢在他的吃食里投毒!"

独孤宸顿了顿脚步,邪佞一笑道:"你敢!"

与君上投毒,是诛九族的死罪,他笃定她不敢冒天下之大不韪!

"我的爷……"

沈凝暄温婉一笑,微微探身,凑近他耳边。独孤宸因她突然的亲近,而微微蹙眉,感觉到她温热的气息,他心神微漾,却闻她吐气如兰道:"敢不敢,爷试试看不就知道了?"

闻言,独孤宸脸上笑容,不禁渐渐僵硬!

"头好疼!今晚上爷自己用膳吧,我再去睡会儿!"眉梢微挑间,沈凝暄双目中波光流转,将独孤宸寸寸龟裂的神情尽收眼底,她轻柔抽手,对他温婉一笑,转身

第十二章 争执,不可理喻!

穿过驿馆大堂，提裙款款上楼。

仔细说来，除了前世皇上不该多看她那一眼，他并没有对她做过什么丧尽天良之事。

她敢下毒毒死皇上吗？

她当然不敢！

只是，不敢毒死他，并不代表她不敢对他用些无碍性命的药。

这叫一报还一报！

还好她身上的荷包是随身携带的，她手里有足够的猛料，让独孤宸在出行的路上不至于太过乏味！

因为提前就有打点，驿馆内早已提前清客，如今沈凝暄先上楼，门口处便只有独孤宸一人独立，眸光于瞬间变冷，看着她娉婷而上的身影，他的双眸之中有火光隐隐跳跃！

这个女人胆子很大！

大到，居然胆敢挑衅于他！

只是……

唇角处，缓缓勾起一抹邪肆的笑弧，独孤宸哂然一笑，"暄儿，你觉得，你能玩得过我吗？"

在二楼站定，沈凝暄转身向下，终是可以居高临下地俯瞰着他："爷，夫妻是一辈子的事儿，玩不过，我可以慢慢玩儿！"

"夫妻，是一辈子的事儿！"

听到沈凝暄的这句话，独孤宸嘴角的那抹笑微微一顿，心弦也跟着轻轻颤动。就在独孤宸沉浸在那句夫妻是一辈子的事儿时，沈凝暄左右看了两眼，又低头问出心中所想："皇上，此行齐王没有跟随吗？"

听到她的问题，独孤宸面色一冷，眼底瞬间波涛汹涌！

"当我没问！"

看着独孤宸瞬息万变的神情，沈凝暄暗暗咋舌。

这男人对她又小气又算计，可为何在宫里是个女人都说他风流温雅？

带着疑问上了二楼，沈凝暄挑了间景位不算最佳的客房，直接爬上睡榻。

懒懒地躺在暌违一天一夜的床榻上，她无比满足地喟叹一声，便又合上眸子，很快又沉入梦中……迷迷糊糊间，感觉有人掀起被子上了床，她蓦地一惊，想也不想抬起一脚便朝着来人踹去！

她的脚，来得又快又狠，提前意识到她的动作，独孤宸眸中精光闪过，抬手便稳稳抓住她的脚踝，语气不悦道："夫人，你想谋杀亲夫啊！"

紧皱着眉头睁开眼睛，迎上独孤宸视线的一瞬间，沈凝暄立即从他微眯的双目，接收到他不悦的危险信号。

"皇上……爷……"

朱唇轻动，沈凝暄想说些什么，却终识趣地选择噤声，在独孤宸面前，他认为的事情，无论你如何解释，都只会是白搭。想到这一点，沈凝暄用力地挣了挣，想把自己的脚收回来，却又不能如愿，无奈之下，她仰望着床前的独孤宸，振振有词道："爷既然这么喜欢我的脚，便帮着按摩按摩吧！"

独孤宸脸色一僵，嘴角却还抽啊抽的。

天底下，还没哪个女人敢让他给按摩脚的，他还真是娶了个奇葩当皇后！

"爷……"

凝着独孤宸僵硬的神情，沈凝暄想笑不能笑，忍得相当辛苦："如若不愿，您就放手，我自儿个来就行！"

"谁说爷不愿的？"

独孤宸十分奇怪地并未发火，只是眸色一冽，握着沈凝暄纤纤玉足的大手，微微用力。

"啊——"

惊叫出声，沈凝暄苦着一张小脸儿连连抬手："今儿赶了一天的路，爷指定是累了，还是赶紧回房休息吧！"

独孤宸邪魅勾唇，睨着床榻上的沈凝暄，"不想让爷给你按摩了？"

"不想了！"

沈凝暄那头摇得跟拨浪鼓似的，都快把头髻给蹭散了。

"看你以后还敢！"

微沉的眸，狠狠地盯视着沈凝暄，独孤宸用力抬手，毫不怜惜地将她的腿狠狠扔在床上。

啪的一声传来，沈凝暄痛皱了眉，却紧咬朱唇，倔强地不曾喊痛！

紧接着，便听衣袂摩擦声自头顶响起，沈凝暄微抬双目，见独孤宸作势便要上床，她再顾不得自己被摔痛的腿，噌的一下坐起身来，一脸戒备地看着他："爷若要休息，该到自己房里，这里可是我的房间！"

她跟他八字不合，还是能离多远离多远的好！

听到她的话，独孤宸眉心一立，冷声问道："谁说这里是你的房间？"

"这里……"

迎着独孤宸深邃如海的墨色双目，沈凝暄哑然！

早前她上楼时，荣海确实没说这间房是她的，不过即便如此，她却可以肯定，

第十二章 争执，不可理喻！

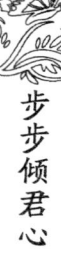

这间房绝对不会是为独孤宸准备的。

因为，无论位置还是采光，这间客房都不是最好的。

皇上自然要住在最好的上房！

可……现在看他的样子，是打算在这里睡了，若他一口咬定这房间是他的，她也无可辩驳！

"我们是夫妻，同睡一张床很正常，你在担心什么？"

蹙眉凝着她写满戒备的俏脸，独孤宸唇角轻动，勾起一抹迷人的弧度，却仍是一本正经道："夫人，赶了整整一日的路，为夫累了，想要歇息了。"

"爷累了，便歇息吧！"

看着眼前的独孤宸，沈凝暄的眉心蹙得极紧，起身便要下床："我去再找一间房！"

看着沈凝暄皱眉起身的样子，独孤宸也紧皱着眉头，伸手握住她的手腕："今次出门，你我只是寻常夫妻，夫人你在哪里，为夫便该在哪里休息，这有什么不对的？！"

"我……"

面对独孤宸的疑问，沈凝暄顿觉无语，想到要跟他同处一室，同睡一张床，沈凝暄便觉浑身一阵恶寒。忍不住打了个寒战，她掀起被子，便要穿上绣鞋："我睡相不好，怕吵到爷休息！"

见状，独孤宸目光一冷，手下蓦地用力，将她整个人拽回榻上。

整个人跌回绣枕之上，沈凝暄惊呼一声，刚要起身，便听独孤宸缓缓说道："天晚了，哪里都不许去！出去我保证你今儿在外面冻上一宿，也找不到一间客房！"

因他忽然的动作，也因他恐吓的言语，沈凝暄眉心一皱，便再没了动作。

她相信，他说得出，便一定做得到！

感觉到沈凝暄的乖顺，独孤宸说话的语气却透着淡淡的嘲讽之意："君子爱美，着以上上乘也，以你的姿色还入不了我的眼，我不会饥不择食的，放心睡吧！"

闻言，沈凝暄红唇轻嚅。

他算是君子吗？

算了，识时务者为俊杰！

她忍了他那么多次，再忍他一次，又如何？

轻飘飘地斜望沈凝暄一眼，独孤宸满意地微翘起唇角，在她灼灼目光注视下，掀起棉被盖在两人身上。

冷冷地看着他在自己身侧躺下，沈凝暄微眯了凤眸，暗暗龇牙。

她算看出来了,他这是故意在气她,辱她,报复她!

他算准了她即便受了如此委屈,也会念着人在屋檐下,而不得不低头。

被他禁锢于床内,听着他沉稳有力的心跳声,沈凝暄沉寂许久,原本布满阴霾的目光渐渐有所缓和。

罢了!罢了!

好女不吃眼前亏,反正她早就嫁了他,这样也不算名节尽失。

今夜才出宫第一日,何苦坏了好心情!

心里如是暗暗思忖着,沈凝暄微微仰头,凝着他完美的下颌轮廓,忍不住出声问道:"我们此行要去哪里?"

"楚阳!"

独孤宸不曾垂眸看她一眼,目光直视床顶,声音冷清。

"吴国楚阳?"

沈凝暄目光微转,不舒服地挪动下身子。

记得她怒砸太医院那一夜,荣海说去楚阳的人回来了,他便头也不回地走了。

想来这楚阳,定是有他割舍不下的东西!

终是垂眸看了她一眼,独孤宸眉脚轻蹙,手臂用力,让她动弹不得,语气里是轻轻的嘲讽:"难得,你还知道吴国楚阳!"

"爷,别把人想到那么孤陋寡闻好不好?"不服气地反问一句,沈凝暄不悦地蹙了蹙眉,只得退而求其次懒懒地窝在独孤宸怀里不再做任何挣扎,"此去楚阳千里迢迢,你可别告诉我,是为了去体察民情!"

初时,她以为他微服出宫是为了体察民情。但现在他们要去的居然是楚阳,那就根本不是那么回事儿了,燕国的皇帝,跑到吴国去,怎么可能是去体察民情?!

听到沈凝暄的话,独孤宸并未立即回答。

眼睑虽然低垂,却轻颤了颤,他在沉寂许久后,深看沈凝暄一眼,缓缓勾起一抹绝伦的笑,说话的语气却低哑中透着沧桑:"我……要去看一个人!"

听到他低哑的声音,沈凝暄心神微怔!

对她,眼前的男人厌恶至极,从来疾言厉色,但素日之时,纵是对宫中众人,就如他前世在她心目中的印象一般温雅如玉,但她却知道,那是他最好的伪装,可眼下在提到那个人的时候,他却神情温和,嘴角含笑,那笑容让人如沐春风!

是发乎于心!

"看够了吗?"

目光轻敛,对上沈凝暄微怔的眸子,独孤宸眼底碎星闪闪,满是戏谑。

"爷长得好看,妾身百看不厌!"不服输地挑了挑眉,却不会没事给自己找不

第十二章 争执,不可理喻!

痛快，沈凝暄低下头来，看着独孤宸的手臂，她心中有个邪恶的念头正在升起。

屋内，再次陷入沉寂之中，独孤宸星眸微闪，幽幽出声问道："你知道齐王兄离京了？"

"嗯！"

视线依旧停留在独孤宸横在自己胸前的手臂上，沈凝暄并不觉得有什么要隐瞒的，直言道："昨日彩莲见了他，听他说要离京一阵子！"

"是吗？"

独孤宸轻笑一声，眼瞳却是前所未有的深邃："齐王离京，犯得着跟一个下等奴才说起？"

"……"

沈凝暄眉心轻皱，抬眸看向他，语气软软的："爷，我困了！"

她跟独孤萧逸本就恪守着礼度，不曾有过什么，自然她也就没必要跟他解释什么！

"困了就睡吧！"

不自觉，也放柔了语气，独孤宸轻皱着眉宇，缓缓合上眸子。

看着他闭眼，沈凝暄轻皱的眉心再次皱紧，心下一横，张口便朝着他的手臂上咬了下去！

"啊——"

猝不及防，独孤宸痛呼一声，而后霍然抬手，一脸震怒之色："沈凝暄，你敢咬我！"

"咬疼了吗？"

如愿重得自由，笑看着独孤宸震怒的俊脸，沈凝暄直接当他是纸老虎，无奈叹道："爷，您就体谅下我吧，谁睡觉习惯有东西压着？"

"你嘴巴长着是做什么用的？不会说吗？"

眉眼竖起，独孤宸声线泛冷。

此刻，他心中又有种想要掐死她的冲动了。

"我长嘴了啊！可我若说让你放开我，你会放吗？"早已习惯他的冷言冷语，沈凝暄据理辩驳之余，还无畏地低眉指了指他被咬痛的手臂，"还是这招最有效！"

"沈凝暄，你该死！"

独孤宸紧皱了眉宇，几乎是用吼的咒骂一声，瞥见她眸底的那抹狡黠之色，一脸阴晴不定。

"臣妾万死！"

对他的冷嘲热讽充耳不闻，沈凝暄无所谓地自嘲一笑，竟还夸张地掏了掏耳朵，学着独孤宸的语气，有模有样道："沈凝暄，你大胆！沈凝暄，你敢！沈凝暄，你该死！沈凝暄，你这个可恶的女人……"

眼看着眼前女子吃了老虎胆子不停地学着自己，独孤宸眉心皱到紧得不能再紧，简直快被气炸了。

他很怀疑，眼前这个如小恶魔一般的女人，当真是过去那个在自己眼前委曲求全，在太后面前凡事大度，温柔端庄的皇后吗？

谁给她的胆子？！

"困死了，爷不累的话，我先睡了！"

在独孤宸冷厉如刀的目光注视下浑身不自在，沈凝暄打了个哈欠，裹着被子转身向里，闲闲地合上双眼。

目光如利刃一般，自沈凝暄素净的侧脸扫过，独孤宸心中成怒，却又忽然之间像是觉察到一向沉稳到冷清的自己，好像每次都被眼前这个小女人气得七窍生烟！

因一个女人轻易怒形于色！

于他来说，绝对不正常。

更不正常的是，他居然还能容忍她在自己眼皮子底下放肆，而不是要了她的小命！

这，绝对不正常！

几不可见地轻蹙了下眉心，他陷入沉思，面色渐渐变得凝重起来。

片刻，独孤宸阴沉着脸色准备再次躺下身来，却不期室内鼾声大作。

掀着被子的手微顿了顿，独孤宸的脸色瞬间变得极其难看，宫中佳丽三千，他这是头一回听到女人打鼾！

且，还如雷一般！

这还是女人吗？！

嫌恶得皱紧眉头，随着鼾声越来越大，他忍无可忍地抬脚踢了踢沈凝暄，语气不悦道："沈凝暄！"

"呼……呼……"

将眼睛睁开一条缝，偷偷瞥了眼独孤宸黑得一塌糊涂的俊脸，沈凝暄暗笑着裹紧被子转过身，呼噜声中竟还带着哨音，不停在独孤宸耳边响起。

"嘶——"

气得噌的一下，掀被下床，独孤宸大步行至门前，将房门打开。

门外，荣海听到开门声，躬身问道："主子，可是有什么吩咐？"

"没有！"

阴沉着脸色，在门前稍站片刻，独孤宸脸色不算好看地转身重回室内。

第十二章 争执，不可理喻！

见状，荣海上前将房门关好。

翌日清晨，明媚的阳光，透过窗棂洒满一室。

沈凝暄缓缓抬眸，看着满室华辉，无比满足地喟叹一声！

听到她的喟叹声，早已在窗前等了许久的枭云，神情一肃，声音低沉道："夫人，您醒了？主子在楼下等着您用膳呢！"

"嗯……"

翻转过身，沈凝暄懒懒地伸展双臂，极不情愿地睁开惺忪睡眼，视线刚好落在恭立窗前的素冷女子身上，仔细打量着女子素冷却秀美的容颜，她巧然一笑，坐起身来："枭云女侠，你起得好早！"

枭云微愣了下，唇角不自在地抽动了下："夫人，不早了，辰时都要过半了！"

"看样子时辰确实不早了。"

沈凝暄神情依旧，无所谓地笑了笑，便动作利落地起身下床。

盥洗处，枭云早已备好了热水，然等沈凝暄转醒的工夫，水盆里的水已然冷了，穿戴妥帖的沈凝暄走到水盆边轻掬了水，朝自己脸上拍了拍，冰凉刺骨的感觉将困意逼退，她微蹙了眉头回头问道："爷呢？"

枭云几不可见地蹙了下眉心，重复着方才说过的话："爷在楼下等着夫人一起用膳！"

恍然回神，似是想起枭云方才说过的话，沈凝暄淡淡一笑："等我醒了神儿，再下去！"

枭云脸色微变，忙上前端起水盆："属下马上帮夫人换上热水！"

眼前之人是皇后，是千金之躯，严寒冬日里，岂有用冷水洗脸的道理？

"洗都洗了，我没你想的那么娇气！"从枭云微变的脸色，意会她心中所想，沈凝暄取了帕子，将手脸擦拭干净，坐到梳妆台前自己动手梳起了长发。

见沈凝暄如此，训练有素的枭云，再次微愣了下。

冬日里，皇后娘娘竟以冷水净面！

常伴独孤宸左右，宫中形形色色的女人她见得不少，但像沈凝暄这样一点都没有娇惯之气的，她却是第一次见到！

"走了！莫要让爷久等了！"

在枭云怔忡之时，沈凝暄不施脂粉，也不戴任何金银首饰，只简单地拿玉钗将发髻簪住，便起身朝外走去。

"夫人！"

一直以冷静自持的枭云，在原地怔愣许久，直到沈凝暄出了客房，她才回过神来。

楼下，琳琅满目的精美菜肴早已上桌。

桌前，独孤宸一人独坐许久，神情冷峻得不像样子。

在他身后，荣海和枭青皆噤若寒蝉，生怕一不小心触了霉头！

傻子都看得出，他们主子现在心情不好……应该说很差！

自楼梯缓缓而下，见独孤宸目光阴沉地看向自己，沈凝暄只心虚了那么一小下，便落落大方地朝他走去："爷，昨儿夜里睡得很好吗？今儿起得这么早？"

"你怎么不说，爷我一宿没睡呢？"

俊脸上仍旧波澜不惊，独孤宸轻扯唇角，深邃如海的黑眸中闪过一抹冷洌，冷冷地看着沈凝暄下楼。

昨夜，她鼾声如雷不说，还将被子都裹了去，不是给他条胳膊，就是横过一条腿，在她如此百般骚扰下，他能睡好才怪！

"爷没睡好吗？"

对独孤宸的反应丝毫不觉意外，沈凝暄淡淡一笑，还不忘刺激下他，在他身侧微福了福身后翩然落座，她轻轻地拿起筷子，边夹着菜边啧啧叹道："这人啊，睡得好了，觉得这菜也格外香！"

一抹冷光十分清晰地划过独孤宸深如漩涡的双目，他眸光如电地看着沈凝暄，沉声说道："夫人，早膳时辰已然过了，我们该上路了！"

"……"

"还愣着做什么？启程赶路！"

不等沈凝暄反对，独孤宸啪的一声将筷子拍在桌上，对身后众人吩咐一声，起身向外走去。

"启程赶路！"

荣海神情微滞了滞，苦着脸晥了沈凝暄一眼。

皇上用过早膳了，可皇后可还没吃呢，眼下皇上又不打算给皇后时间用膳……

昨夜沈凝暄鼾声如雷，扰得独孤宸半宿没睡，是以……今晨他冷着脸子不让她用早膳，她一点都不觉得奇怪！

轻皱着眉，抬眼见荣海一脸为难的样子，沈凝暄不以为然地笑了笑，伸手拿了两个包子对荣海说道："荣管家不用为难，我有这些就行！"

"夫人……"

荣海满心满眼都是对沈凝暄的感激之情！

要知道，如若沈凝暄一定要用膳，他也拦不住，但他家主子，势必又该跳脚

第十二章　争执，不可理喻！

了。

原本，沈凝暄打算不跟独孤宸同乘一辆马车。

但，当她登上另外一辆马车之后，却见独孤宸自另外一辆马车里投来慑人的视线。

无奈，在他森冷目光的注视下，沈凝暄没有再去惹他生气，而是十分识相地窝在他乘的马车角落里，一口一口地往嘴里塞着包子。

凝着她旁若无人吃着包子的散漫模样，独孤宸薄削的嘴角勾起一抹清冷的弧度，眸中满是嫌恶和嘲讽地数落着沈凝暄的罪状："又是打鼾，又抢被子……一晚上睡得跟死猪一样，叫都叫不醒，你到底是不是女人？"

沈凝暄停下正在细细咀嚼的动作，抬眸对上独孤宸桀骜的双目，眉心轻皱了一下，放下拿着包子的手，她唇角含着浅笑，不疾不徐道："我如果不是女人，那立我为后的皇上，岂不是连男女都傻傻分不清楚，成了全天下最大的笑柄？"

"沈凝暄！"

沈凝暄一逗口舌之快的结果，是独孤宸再次怒火中烧："你胆子是越来越大了！"

听到唤着自己名讳的冰冷声音，沈凝暄心下一紧，却又很快镇定下来，暗叹一声，这人自己挑事儿还不让人还击，简直就是只许州官放火不许百姓点灯。

可，谁跟皇上讲道理，谁就是白痴。

人都说，一个巴掌拍不响，她息事宁人，他独孤宸总不能喋喋不休吧？！

心中，做如是想，她垂落眸子，不再言语。

见她不言不语，一副低眉敛目模样，独孤宸纵然心中有气，却真不好发作。

沈凝暄知道，独孤宸一定用他那双会喷火的桃花眼怒瞪着自己，不过她始终不曾抬眸，也不曾去看独孤宸一眼，只是悠闲自在坐在那里吃着自己的早膳——包子！

她越是如此，独孤宸心里便越是来气！

因一夜没有睡好，他的脸色一直不算好看，斜倚车厢盖好锦被，眼看着沈凝暄气定神闲地吃着包子，他暗暗咬了下牙，毫不客气地奚落着她，"你是女人没错，不过却生得丑陋，养得粗俗！雪儿与你，乃是一母同胞，却美丽温柔，知书达理，可你……"

"可我……"

眉眼微眯，沈凝暄静静地看着独孤宸，接着他的话道："我人长得丑不说，还吃没吃相，坐没坐相，根本就跟乡野村姑没什么两样！"

"算你有自知之明！"

上下打量着沈凝暄，见她始终神情沉静地面对自己，独孤宸深邃的双目微微眯起,先是啧啧叹息一番,又刻薄出声:"我很好奇,何以同是相府的小姐,却有云泥之别,沈洪涛可是只生了你,却不曾教会你身为女子,在夫君面前,该有的教养?"

"呵——"

沈凝暄长长一笑,将手里的包子捏得变了形状,素净的脸上掠过一抹阴霾,她静静地看着独孤宸,眸色微冷,道:"皇上说对了,我就是有人生没人养!"

谁说的,一个巴掌拍不响?!

一个巴掌拍得多了,另一个巴掌也会觉得委屈,也会觉得痛!

沈凝雪的母亲,毒杀了她的母亲,不但如此,沈凝雪还抢走了她的嫡女大小姐之名,抢走了本该属于她的一切!

她可以被比作是村野乡姑,却无法容忍跟沈凝雪相提并论!

可他独孤宸,凭什么一而再地如此,一次她忍,两次她忍,现在她是忍无可忍!

"沈……凝暄!"

沈凝暄反应之大出乎独孤宸的意料,凝着她清冷隐怒的眸子,他沉声喝道:"你休要以为朕容你让你,你就可以越发无法无天了!"

"臣妾只是将皇上的话,直白一些说出来而已!"独孤宸将朕字都说出来了,可见他是真的动怒了,不过即便如此,沈凝暄仍旧明眸怒睁,桀骜地扬起了下颌,"若皇上觉得冒犯了皇上,无须念及家父,杀了臣妾便是!"

"你——"

冰冷的眸中,冷冽之色一闪而过,独孤宸啪的一声拍在身侧的扶枕上:"别再挑战朕的底线,你以为朕当真不敢杀你吗?"

"皇上有底线,难道别人就没有了吗?"凄婉一笑,沈凝暄眸色晦暗地叹声说道,"曾经,皇上不止一次问臣妾,凭什么跟她比,就凭臣妾是皇上的皇后,大燕国最丑的皇后,第一个入宫第一日便险些死在自己丈夫手里的皇后,被皇上讨厌的,厌恶的,恨不得一把掐死,一无是处的正宫皇后!"

方才,独孤宸说,他容她,让她。

但,沈凝暄此刻所言,听似感叹,却是字字控诉。

他容她,让她,不假,因为她确实总是去摸他的老虎屁股,然,他对她,其实并不好,不但不好,还相当恶劣!

是以,听到她语气哀婉的话语,凝着她水波荡漾的眸子,独孤宸心下一堵,竟是一句斥责的话都说不出口。

微微抬手,将车窗打开。

凛冽的寒风,如一把把尖刀,自沈凝暄脸上划过,就那样迎着风坐了许久,她

第十二章 争执,不可理喻!

终是悠悠开口:"既是皇上如此嫌恶于我,又何必带我同行,落得个自己不痛快?雪儿温柔贤淑,皇上若真的喜欢,又岂会在乎她的容貌……"

"沈凝暄!"

独孤宸深凝迎着寒风而坐的倔强女子,冷冷出声:"闭嘴!"

许是寒风太烈,冻疼了眼,沈凝暄微转过身,眼底已是一片泪光,但她并未噤声,而是继续缓缓说道:"臣妾相信,只要皇上愿意,她完全可以母凭子贵顺利入宫,到那时皇上完全可以睁一只眼闭一只眼,容她将臣妾逼入绝地,永不超生……"

"不可理喻!"

习惯了她的隐忍和厚脸皮,此刻不明她如此愤怒由何而来,独孤宸的眼神瞬间变得阴郁起来。

"我是不可理喻又如何?反正皇上既不会废了我,也不会杀了我,你只能依着我的法子来,让我们姐妹相争,如此皇上才……"

"聒噪!"

沈凝暄的话尚未说完,便闻独孤宸低咒一声,几乎瞬间便见他坐起身来,一把将她扯带入怀,他温热的双唇,快速下落,覆上沈凝暄唇瓣,让她来不及说出的话悉数哽在喉间!

想让一个喋喋不休的女人闭嘴的方法有很多,独孤宸却选择了连自己都震惊的方式。

然,等他自己反应过来,一切已然发生!

呼吸骤然被夺,沈凝暄只觉唇齿之间属于独孤宸特有的清雅气息缭绕徘徊,在短暂的怔愣后,她紧蹙眉心极为抗拒地抬手向前,想要将他推开。

这是她的初吻,她前世今生,两世加起来的第一个吻!

虽然,自进宫那一刻起,她便知道,这个吻,必将与自己心爱之人无缘。

但即便如此,却也不该在眼前这种情形下发生!

凭什么?

凭什么在他毫不留情刺痛了她的心之后,却可以如此霸道地吻她?

凭什么?

凭什么他要用吻过沈凝雪的唇,来吻她?

她不要!

她嫌脏!

第十三章　设计，分道扬镳！

独孤宸，你疯了！

明辨沈凝暄眼底的厌恶，独孤宸暗暗低咒一声，深邃如海的眼底，一抹暗恼闪过，惊觉自己竟然吻了沈凝暄，他尚不等她有所反应，便猛然用力一推，使得她狠狠地跌撞在身后的车门上。

砰的一声，虽穿着冬衣，却仍觉后背隐隐泛疼，沈凝暄倏然抬眸，满眼愠怒地看着独孤宸。

"出去！"

与其说是在气着沈凝暄，倒不如说是在气自己，独孤宸靠回枕侧，语气冰冷地命令道。

"皇上的嘴，一定吻过沈凝雪吧？我嫌她脏！您不用赶我，我一刻都不想在这里多待！"眸底的羞涩与愤怒交织，沈凝暄倔强地以手背用力擦了下嘴唇，不曾叫人停车，她哐啷一声将车门踹开，不等驾车的枭青反应过来，猛地身形向前一倾，整个人便蹿了出去。

见状，独孤宸心下一阵狂跳，霍地坐起身来。

"夫人！"

"夫人！"

马车外，惊见沈凝暄蹿出马车，荣海和枭青都是一震，而后急忙勒紧缰绳将马车停下。

"夫人！您没事吧？"

不知到底发生了什么事，胆战心惊地远远瞧了眼车里脸色黑得一塌糊涂的独孤宸，荣海不用想也知道，这两位一定又掐上了，只不过这回，掐得未免凶了些……

面有难色地顿了顿，他小心翼翼地上前查看着沈凝暄的情况。

"死不了！"

沈凝暄咬牙想要站起身来，膝盖处却是一阵剧痛，紧皱了眉，却不曾屈于疼痛，她没有再看独孤宸一眼，跛着脚一瘸一拐地朝着另一辆马车走去。

"疯女人！"

看着她倔强地扬着头坚毅前行的身影，独孤宸紧绷的心弦，不禁暗暗一松。

忽然意识到什么，他惊讶抬手，有些不置信地抚上自己的左胸处！

在那里，方才那种紧张之后的如释重负是那么清晰，清晰到他俊朗的眉宇，都跟着皱了起来。

在沈凝暄跳车前，他的心中，有对她的愤怒，还有对自己的恼怒，可在她跳车的那一刻，他竟然……该死地在担心她！

意识到这一点，他的眼神骤然变得淡漠而冰凉！

车队，依然在前行。

另一辆马车里，枭云手里拿着上好的金疮药，几次想要替沈凝暄上药，却见她一直圈着膝盖坐在那里，始终不曾移动分毫。此刻，她像个受伤的小兽，独自窝在角落里，任身上的伤口流血，暗暗舔舐着自己心里的伤。

独孤宸说，沈洪涛是养了她，却没教会她身为女子，在夫君面前该有的教养。

但是他错了。

沈洪涛不但没教过她，连养都不曾养过。

他，只是生了她！

而她却至今不知，在自己生母惨死一事中，他到底扮演着什么样的角色！

不知，有时是快乐的。

最起码，前世直到临死之时，她一直生活得无忧无虑。

但是，有些事情，自知晓之后，便成了她心里的痛！

这份痛，噬骨蚀心，被她小心翼翼藏在心底，从来都不曾示于人前！

然而……独孤宸刚刚的话，却如刀似锥一般，句句刺痛她的心，声声割裂她身上这片从来不容任何人触碰的那片逆鳞！

是以，她第一次发狂了！

这一次，她不再如以往一般云淡风轻，也没了早前的聪灵慧黠！

这份痛，从一开始，便注定会是她今生的阴霾，想要这片阴霾消失，她便只能报仇！

只忽然之间，她觉得。

自己竟然没心情跟那对母女玩下去了……

黄昏日落时，车队抵达驿馆，沈凝暄由枭云扶着下车的时候，独孤宸已经到了驿馆门口，见她一瘸一拐地下来，他淡漠的眸中微起波澜。

　　沈凝暄知道独孤宸在看着自己，但她却不曾抬眸看他一眼，只垂首咬唇，阴着脸，忍着痛一步步从他身边经过。

　　见她如此，独孤宸的神情，不禁又是一冷！

　　"夫人！"

　　枭云察觉到主子的脸色，一脸担心地唤着沈凝暄。

　　然，沈凝暄对她的轻唤，根本充耳不闻，愣是把独孤宸当作空气，一瘸一拐地上了楼。

　　进入客房，沈凝暄便一声不吭地躺在软榻上，纵是枭云替自己处理伤口时有多疼，她都从不曾呻吟半声。

　　须臾，将金疮药上好，看着一脸隐忍却极其倔强的沈凝暄，枭云替她盖好被子，却是忍不住说道："尊卑总有别，夫人即便心里再气，也不该对爷视而不见！"

　　她不知皇上和皇后之间到底发生了什么，也从不是多事之人，但却对沈凝暄这位可以用冷水洗脸，可以腿流着血却不哭不闹的主子有着莫名的好感，都说伴君如伴虎，倘若皇上一不高兴怪罪下来，怕只怕受苦的还是沈凝暄自己。

　　"尊卑？"

　　沈凝暄冷冷一笑，转头看向枭云："枭云，你可听闻过，有哪位皇后，入宫半年有余，却还是处子的？"

　　枭云一愣，清秀却素冷的脸上闪过一抹异色。

　　沈凝暄尚为处子一事，在宫里虽不敢有人提起，却是尽人皆知！

　　自嘲的笑，渐渐渲染，沈凝暄抬头向上，将视线放空："当年皇上想要立为皇后之人，是我的姐姐，可大长公主到相府选后之时，却选了我……在皇上眼里，我是一个不择手段，抢走了本该属于我姐姐的皇后之位的女人……"

　　"……"

　　对于主子的事，枭云知道，自己不该也不能多言。

　　沈凝暄语气顿了顿，苦笑着凄然叹道："新婚第一夜，皇上便说过，我是他宫里最丑的女人，入宫半年有余，他到凤仪宫的次数屈指可数，却在玉妃宫里，与我姐姐夜夜暗通款曲，而我，只能睁一只眼闭一只眼……"

　　"夫人！"

　　枭云咂了咂嘴，脸色终是变了。

　　沈凝暄此刻所言皆是宫闱秘事，而她跟在皇上身边伺候，自然比谁都清楚。

第十三章　设计，分道扬镳！

但，清楚是一回事，若当事人亲口说出，便又是另外一种感受了。

没有理会枭云的话，沈凝暄苦笑了笑，兀自问道："枭云，你可受过断指之痛？"

枭云闻言，神情一怔，怔怔摇头："未曾！"

沈凝暄再笑："你可受过毁容之痛？"

枭云神情又是一变，依然摇头："未曾！"

"可是我受过！"

语气云淡风轻，似是在说着一件无关紧要的事，沈凝暄低敛了眸，看向身前的枭云："皇上一直都在说，我嫉妒姐姐美貌，却从来不曾想过这些痛……都是我那美若天仙的姐姐，加诸在我身上的！"

闻言，枭云的双目陡然大睁，一脸震惊地看着沈凝暄！

迎着枭云震惊的水眸，沈凝暄拧眉一笑，轻喃道："我累了，只是在胡言乱语，你不必当真！"

其实，前世的一切，在今生不曾发生。

而这些，她本可藏在心里，但眼下她觉得自己心里好堵！她只是想，或许找个人宣泄出来，自己多少会好受一点。

哪怕，只有一点点！

而少言寡语的枭云，刚好合适！

"夫人！您先歇着，属下去与您备膳！"

定定地，看着沈凝暄，枭云知道，沈凝暄眼底的那抹痛色，是无论如何都不可能伪装的，虽然她不知真正的内情是什么，虽然，她看惯了生死，但此刻听了沈凝暄的话，心下却微微透着酸涩，不知该如何安慰她！

是以，在替沈凝暄盖好被子，她在床前躬了躬身，转身便要退下。

"枭云！"

沈凝暄见枭云要走，再次转头看向她。

"属下在！"

枭云刚走出几步，转头对上沈凝暄的眼，她清秀的脸上，露出一丝疑惑。

沈凝暄微微一笑，轻声问道："若我今日逃了，后果会怎样？"

闻言，枭云神情一变，不禁惊出一身冷汗！

皇后出逃？

这可是天大的事情！

郑重思忖片刻，她神情凝重道："若夫人逃了，莫说夫人的家人会受牵连，就连夫人在宫里的近身奴才也会跟着遭殃，其后果不堪设想，而且……"

沈凝暄挑眉："而且什么？"

枭云垂眸，低语："那时，属下必定已死！"

"你不会死的！"

早已料到枭云会是如此回答，沈凝暄苦笑了下，眼看着枭云出了房间，她暗暗定了定心，掀开被子看着自己受伤的腿，一抹极致灿烂的光芒自她眸间绽放。

她不会逃，只不过，是想些法子，跟独孤宸分道扬镳！

翌日，天气晴好，阳光明媚。

驿馆楼下，气氛冷凝得却犹如外面的气温，寒意逼人！

独孤宸已用完早膳，却许久不见沈凝暄下楼，俊逸的眉梢，略微拧起，他面色不悦地放下筷子，抬眉看了眼躬身立于身前的荣海。

"奴才这就请夫人下楼！"

接收到独孤宸冷凝的目光，荣海忙步履匆匆地转身上楼。

不多时，荣海去而复返，脸色却十分难看，在他身后，枭云亦是一脸难色。

见状，独孤宸原本紧皱的眉，瞬时皱得更紧了些："怎么了？"

"皇……爷！"

一紧张，便险些唤错，荣海微滞了滞声，上前在独孤宸身前躬身道："夫人腿伤严重，今儿只怕不能再继续赶路了！"

"怎么回事？"

独孤宸眸色微变，抬头看向荣海身后的枭云。

昨夜，她只说沈凝暄伤了腿，但并无大碍！

枭云紧抿了抿唇，垂首回道："如今的天气，虽已立春，但仍十分寒冷，昨日夫人受伤之后没有及时敷药……昨儿一夜下来，腿伤不但未愈，反倒有了冻疮之兆！"

独孤宸闻言，心下暗惊，起身便上了二楼。

二楼客房里，沈凝暄早已等候独孤宸多时，见他进来，她只淡淡看了他一眼，便赌气似的别过头去。

独孤宸冷冷地扫视她一眼，一步步上前，终是在床前站定。

"夫人！"抬眼察言观色地瞄了独孤宸一眼，荣海心中暗暗叫苦，忍不住轻唤沈凝暄一声，"爷来看你了！"

静默片刻，终是缓缓回首，沈凝暄到底将视线调转到独孤宸身上。

"伤得很重？"

冰冷的语气中不带一丝情绪，独孤宸眸色微冷地将视线落在沈凝暄的腿上。

203

沈凝暄一直都在仔细观察着独孤宸的神色，见他神色微变，她哂然笑着，低垂着蛾首，唰的一声将半盖在腿上的被子扯去。

见状，荣海和枭青，皆背过身去，不敢冒犯。

直接无视他们，沈凝暄幽幽抬眸，看向独孤宸："这伤若养得不好，我的这条腿也就废了，也许以后燕国会有一个瘸腿皇后，这下……我只怕又要给皇上丢人了！"

看到沈凝暄腿上的伤，独孤宸骤然双目紧缩！

他没想到她的伤会这么重！

"这腿瘸了也好，以后看你还敢不敢随意跳车！"眉心紧皱了皱，独孤宸心下暗恼，修长如玉的手指，微微蜷了蜷，伸手拉过被子重新给她盖好，他抬眸望进沈凝暄淡漠疏离的眼底。

见他看向自己，沈凝暄也直勾勾地看着他，却一直不曾出声。

片刻，独孤宸转身向后，声音波澜不兴地对荣海吩咐道："传太医，过来给皇后瞧伤！"

"奴才遵旨！"

荣海领命，忙转身出去准备。

只是片刻，随行的太医便进到屋内，看着他一脸恭谨地站在床前查看自己的伤势，却不敢碰触，沈凝暄反倒落落大方，不时告诉他，她的腿现在有什么知觉。

终于，看诊过后，太医给出的结论是：皇后娘娘的腿，确实成了冻伤，需立即回宫医治！

听到太医的结论，独孤宸的脸色，立时变得极为阴寒！

"皇上！"

枭青上前一步，在独孤宸面前躬身："娘娘如此，只怕不能成行了。"

"随朕出行的机会，可不是谁都能得到的！"独孤宸深看沈凝暄一眼，薄唇勾起讥诮的弧度，"是皇后没福气！"

闻言，沈凝暄心下冷笑。

这男人，还真是自大自恋到了极点！

谁稀罕跟在你身边找谁去，这份福气她才不会贪图！

"荣海！"

将视线从沈凝暄身上移开，独孤宸转身对荣海吩咐道："准备马车，我们启程，由枭云负责送皇后回宫！"

"是！"

荣海领旨，转身出了房间。

目送荣海离去，沈凝暄眸光微绽，心下欢欣雀跃。

"这条腿如果废了，朕就杀了青儿！"冷不丁地又转头看了沈凝暄一眼，独孤宸以只有她自己能听到的声音威胁于她。

闻他所言，沈凝暄杏眼圆睁，俏脸上当即笼上一层阴霾。

见状，独孤宸邪佞一笑，潇洒转身，抬步向外走去。

凝着他离去的背影，沈凝暄心底气极！

虽然她如愿与他分道扬镳！

但，这个该死的男人，竟然拿青儿要挟她！

真是恶劣到极点！

枭云躬身送走独孤宸，回头看向沈凝暄，见她一脸气恼的样子，枭云蹙眉之余，不禁轻轻一叹：皇后的腿都要废了，皇上却丢下她仍要赶路，换做是她，她也该气了！

显然，她误会了沈凝暄此时生气的真正原因。

时候不长，独孤宸所乘坐的马车再次启程，朝着吴国进发。

神情阴晴不定地坐在马车里，独孤宸微转了视线，伸手打开车窗，又朝着沈凝暄所在的二楼方向望了一眼，这才转身对车外吩咐道："把太医留下。"

"……"

短暂的静寂后，枭青应声："主子，今次出行，我们只带了一位太医！"

"留下！"

声音冷冷的，淡淡的，独孤宸的决定，不容任何人质疑。

待驿馆的伙计将马车备好，枭云便重新上楼，对沈凝暄躬身道："夫人，爷将太医留给您！"

闻言，沈凝暄眸光微微闪动。

她知道，这次独孤宸出行，只带了一位太医！

沉寂了许久，沈凝暄深深地吸了口气，心中阴霾早已烟消云散："给太医备马，让他去追爷，不必跟着本宫！"

"可是夫人！"

"不必多言，依旨行事！"

沈凝暄端出皇后的架子，打断了枭云接下来的话。

她知道，枭云是为了自己好，不过……要回相府，带着一个枭云，已然足够麻烦，再外加个太医，岂不更麻烦？！

在沈凝暄的坚持下，枭云无奈只得吩咐太医重新上路。

重新回房，见沈凝暄神情娴静地坐在床上，她轻躬了躬身子，道："夫人！马车备好了，属下背您下去！"

"用不着那么麻烦！"

嘴角微翘着掀起被子，她动作利落地翻身下床。

见状，枭云神情一愣，半晌不曾回神！

皇后娘娘的腿，方才所见时，还青紫肿胀得不成样子，这会儿怎么就能下床了？！

见枭云一脸怔愣，沈凝暄冲她笑了笑，眸若星月弯弯，轻声替她解惑："普天之下，草药数以千万，想要寻一种可以让腿暂时肿胀的，又岂是难事？"

枭云微微回神，却是冷冰冰地问道："夫人哪里来的草药？"

沈凝暄轻挑了挑眉，淡笑不语。

见状，枭云继续问道："夫人可曾想过，这可是欺君之罪？！"

"那又如何？他若治罪，我等着便是！"沈凝暄无畏一笑，转身从屏风上取了轻裘穿上，这才边往外走，边看向枭云："走吧，马车还在外面等着呢，我们走慢些，三五日也能回到京城，到时候你回宫，我回相府！"

枭云闻言，神色变了变："相府？"

"没错，就是相府！"

沈凝暄淡笑着颔首，微笑道："自从入宫之后，我一直不曾回过相府，今次既是出了宫门，又岂有不回去瞧瞧的道理？"

昨夜，她一直在想，慢慢玩死虞氏母女，固然很好。

不过太慢了，反倒磨没了她的耐性！

"夫人！"

迎着沈凝暄灿烂的目光，枭云微微正色道："皇上有旨，命属下护送您回宫！"

"可将在外军令有所不受，如今皇上走了，你便该听皇后的！"对枭云柔和一笑，沈凝暄并没有摆出皇后的架子，但语气却是不容置喙，"你放心，青儿还在宫里，我迟早会回去，但一定要先到相府去住几日！"

枭云静静地凝视她片刻，躬身垂首，用意坚决："请皇后娘娘随属下回宫！"

目光微闪，沈凝暄低眉注视着枭云："你不听我的？"

"不是不听，而是不能听！"肃静的脸上波澜不惊，枭云低眉敛目道，"如今天寒地冻，此次回宫少说也要两日，皇后娘娘是万金之躯，如今又有伤在身，当立即回宫才是！"

"我的伤，并无大碍！"

沈凝暄静静抬眸，直截了当回了枭云的担心。

"即便如此，若此事让皇上知道了，属下仍旧担待不起！"枭云上前几步，挡在沈凝暄身前，微一抬眸直直望进沈凝暄清澈的眸底，她的脸上不见一丝退让之色，"请皇后娘娘，随属下回宫！"

见状，沈凝暄眉心紧蹙，后退一步："你这是要与我动手吗？"

"属下不敢，但若娘娘执意要回相府，属下别无选择！"不曾后退一步，枭云低声道，"为保娘娘安危，还请娘娘随属下回宫！"

"你还真是冥顽不灵！"看着挡在身前的枭云，沈凝暄倒也不恼，只一副头疼模样地揉了揉鬓角，苦口婆心地劝说道："从这里，到吴国楚阳，即便皇上日夜兼程也需半个多月的时间，且不管皇上此行到楚阳是要去看谁，他这一去一回，最少也要一个多月，你我回京才两天的路程，在相府住上十天半月再回宫又如何？再说了，有你保护我，我会有什么危险？"

语落，沈凝暄不再多费唇舌，转身便往外走。

见她要走，枭云身形一闪，再次挡在她身前。

就在她在自己身前站定之时，沈凝暄陡然抬手，于电光石火间，封了枭云三处大穴！

顷刻间，被封了三处大穴，枭云脸色遽变，满脸震惊地看着眼前的沈凝暄。

"我本不想这么做，是你一直要逼我出手的！"满是无奈地与枭云大眼瞪小眼，看着枭云精致的面容，沈凝暄脑中忽而眸光一闪，伸手在她脸上刮了刮，"前两天的那盏安神茶里的好料，都是你添的吧？"

闻言，枭云身形一僵！

清楚感觉到她身体上的僵滞，沈凝暄了然一笑。

静静地端详着眼前眉清目秀的可人儿，她脑中灵光一闪，伸手解开自己身上的袭衣，而后跟枭云身上的外衣调换！

眼看着枭云从一身黑，化作一袭白，瞬间亮眼了许多，沈凝暄微微一笑，又自梳妆台前取了胭脂水粉给枭云上妆梳头。一阵忙活后，满意地看着自己的杰作，她放下眉笔，赞叹声道："世上没有丑女人，只有懒女人，不化不知道，一化吓一跳，原来夫人生得这么美！"

听她称呼自己为夫人，枭云的一双大眼，立时便直了！

世人皆知，燕国武帝虽无皇后，但他的后宫之中，倾城之色数不胜数，想当然尔，每日跟随在他身侧的暗卫，自然也不会是庸脂俗粉！

纤眉如黛，皓目衔珠。

双眸一眨不眨地凝视着容貌清丽的枭云，沈凝暄不禁啧啧赞叹："多美的一张脸啊！"

第十三章 设计，分道扬镳！

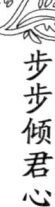

听到她的赞叹声，枭云的脸不禁铁青。

对枭云难看的脸色不以为然，沈凝暄轻拍她的肩膀，安抚道："夫人别急，属下这就背夫人下楼！"

这下，枭云的脸，直接绿了……

枭云虽常年习武，但身段却很轻盈，沈凝暄把她背到马车上，虽有些费力，却还在可以忍受的范围之中。

上了马车，沈凝暄一改来时阴郁，整个五官都明亮起来，倒是枭云的脸色，一直难看得厉害！

"我们如今已经出了临城，不出意外两天后就能抵达京城。"打开车窗往外望了一眼，沈凝暄轻勾了唇角，回头见枭云面色不豫，她伸手轻撩她的额发，淡淡笑道，"人都说女为悦己者容，夫人生得这么漂亮，该高兴才是，何必总绷着一张脸！"

枭云听了，眉心紧皱，只得竭力将穴道冲开。

沈凝暄知道她在做什么，却只深看了她一眼，并未阻止，而是淡淡敛起视线，重新望向车外。

半个时辰后，枭云终于冲破哑穴。

长吁一口气，她挣了挣身子，语气凝重道："夫人可知如此行事会有什么后果？"

"只要你不说，我不说，就不会有任何后果！"对枭云淡笑着，沈凝暄把玩着手指上的戒指，戏谑道，"夫人你不必害怕，纵是真的有什么后果，奴婢一人担着便是。"

闻言，枭云顿时气白了脸："夫人莫要再折煞属下了！属下受不起！"

"你去问谁，谁也得说你是夫人，我是属下！"佯装没看到枭云气极的模样，沈凝暄的手轻轻在她身上划动了下，不无威胁道，"本宫怎么说也是皇后，想回趟娘家，有那么难吗？你若听话，我现在就帮你解开穴道，如若不然，哼哼，回宫以后，我让你好好认识认识本宫。"

听出沈凝暄话里的威胁之意，枭云冷笑了下。

谁说当今皇后温柔娴雅，大度庄和来着，眼前的她，早已颠覆了她的认知！

试问，有哪个皇后，会跟皇上针尖对麦芒，处处作对？又有哪个皇后，会跟身边奴才换装，口口声声称呼自己奴婢？！

渐渐地，唇角冷笑敛去，她偏头想了想，略有些迟疑道："皇后去相府，只能住七天！"

"成交！"

沈凝暄笑着点头，说道："不过这一路上，你是夫人，我是奴婢！"

枭云狠狠咬了咬牙，冷冷道："成交！"

"如此多好！"

轻轻抬手，沈凝暄啪啪两声，将枭云身上的穴道解开。

重得自由，枭云身形一松，一脸无奈地看了沈凝暄一眼，便愤愤地转头看向窗外。

左右看了枭云，沈凝暄总觉缺点什么，片刻之后，她心中恍然，顺手将脖颈佩戴的玉佩取下，替枭云戴上……那一抹翠绿，跃然白袭之上，分外亮眼……

马车行至中午，路经一座小镇，在一间酒楼门前停了下来，稍作休息。看着车外来回涌动的人群，沈凝暄对枭云谄媚一笑，伸出手来挽着她起身："夫人一定饿了吧，奴婢扶您下车吃些东西吧！"

闻言，枭云一阵恶寒，却只得任由她扶着，缓缓步下马车。

酒楼不大，却干净雅致。沈凝暄与枭云选了处僻静角落坐下，喊了店小二，随意点了几道清淡小菜。

时候不长，店小二上菜。

看着那一碟碟还算精致的菜肴端上桌，沈凝暄黛眉微蹙，看向店小二："店家，你这菜上错了吧，我们没点这些。"

"不会有错的！"

店小二憨憨笑着，抬手指向二楼方向："是楼上那位爷，请两位姑娘的！"

闻言，沈凝暄与枭云相视一眼，双双循着小二的手朝着二楼望去。

二楼之上，一位华服男子，丰神俊朗，正持酒凝望楼下，见两人看向自己，他一脸放浪不羁的表情，似笑非笑着对枭云轻轻举杯。

感觉到华服男子饱含侵略的眼神，枭云黛眉轻拧，面露不悦之色！

她从心里不喜欢男子的眼神！

沈凝暄的视线仍然停留在美男身上，边看边喃喃叹道："天下乌鸦果然是一般黑的！"

枭云瞟了她一眼，问道："此话怎讲？"

收回视线，沈凝暄看向枭云："你如今梳着头髻，常人一眼便知早已嫁做人妇，可即便如此，他却仍旧送了我们一桌子菜，这不正应了那句话吗？"

枭云微微蹙眉，轻问："哪句话？"

"食色性也！"笑看着枭云，难得见她面色微赧，沈凝暄动作轻快地拿起筷

第十三章 设计，分道扬镳！

子，先替枭云往碟子里夹了块水晶肘子，"夫人快吃吧，吃饱了我们好赶路！"

"这东西来路不明，怎能食用？"枭云目光抬起，见沈凝暄毫不客气地大快朵颐，脸色变了变！

"依夫人看，以那位公子看您的眼神，他会舍得下毒毒死您吗？赶紧吃吧，吃完他还等着过来搭讪呢！"微眯了双眼，对枭云又笑了笑，沈凝暄又给她夹了些菜，继续大快朵颐起来。

她没有对枭云说的是，有没有毒，她心里有数。

沈凝暄的吃相，枭云一点都不敢恭维！

轻抽了抽嘴角，她轻柔执筷，动作优雅地吃着。

她优雅的吃相在沈凝暄的衬托之下，更显出众，一看便知出身不凡。

静静地，观察着楼下的一对主仆，酒楼上层，锦衣公子狭长的桃花眼中，目光绽放，熠熠生辉！

用过午膳，枭云起身便要离开。

"人家公子平白送我们一顿大餐，即便要走，也该道了谢再走！"伸手拉她坐下，沈凝暄貌似恭谨地替枭云斟了杯茶，随后对店小二招了招手。

店小二笑着上前问道："女客官有何吩咐？"

沈凝暄笑着看了眼二楼，对店小二道："你去转告二楼的那位公子，承蒙他盛情款待，我们家夫人吃得很好，这就要走了！"

"小的这就去！"

店小二点头哈腰地上了二楼。

冷眼看了眼二楼方向，枭云凑近沈凝暄耳边轻道："等下道谢之后，我们便走，切不可多生事端！"

"是福不是祸，是祸躲不过，再说了，有你在，我能生出什么事端来？"沈凝暄对枭云轻翻白眼，抬头见锦衣公子已带着随从下楼，忙扶着枭云起身。

不等对方上前，沈凝暄已缓步凑了过去，在锦衣公子身前微福了下身，她轻道："承蒙公子慷慨赠膳，我家夫人吃得很好，特命奴婢过来与公子道谢！"

锦衣公子瞥了她一眼，视线停落在枭云身上，在得见她脖子上那抹翠绿时，他眸光一闪，声音温和悦耳地道："一点小意思，不足挂齿，夫人吃得好便足矣！"

"承蒙公子抬爱，多谢！"

低垂着蛾首福下一礼，枭云伸手搭在沈凝暄的手上，转身向外走去。

不曾阻拦主仆二人离去，锦衣男子温润一笑，转头看向身后的随从，以尖削有型的下颌，朝着沈凝暄主仆离开的方向，划出一道优雅的弧度！

两人重新回到马车里，看着身后小镇渐渐远去，枭云如释重负地暗松口气！

210

将车窗关上，她微微转身，一脸不赞同地对沈凝暄冷声嗔道："幸好那位公子温文尔雅，不是登徒之辈！"

"也不尽然！"

沈凝暄若有所思地笑了笑，脸色稍显凝重。

枭云闻言，不禁眉头一皱："夫人什么意思？"

轻轻抬眸，沈凝暄的视线一路下滑，定格在枭云脖子上的玉佩上，轻声问道："你是皇上的暗卫，洞察力自不会弱，方才那锦衣公子在看到这块玉佩时的眼神，你不觉得有些耐人寻味吗？"

"……"

枭云微垂目光，将玉佩摊在手心，低眉敛目道："若属下记得不错，这玉佩是当年皇后入宫时，太后赏给娘娘的，既是太后赏的东西，自然不会是凡物，那位公子出身不低，识得宝物，故而多看几眼，也不足为奇！"

枭云说话的声音很是平静，但话说到最后，她眸底的神色竟也微微颤动着："这玉佩，好像是前几年太后寿诞时，新越国送的寿礼，可是新越国距离这里千里，方才那位公子他不可能是……"

"凡事没有绝对！"抬眸对上枭云精致的眉眼，沈凝暄悻悻一笑，"不过……也许是我多想了！"

然，她的笑尚还不曾褪去，马车外便传来刀剑刺入皮肉的轻微声响，听到声响，她和枭云皆是一惊，紧接着便又是车夫一声闷哼，马车骤然停下！

"糟了！"

枭云心下一惊，反转腕刀，作势便要出击。

"若外面人数众多，你这样下去，不但逃不了，还会被累死！"千钧一发之际，沈凝暄蓦地抬手握住了她的皓腕，并暗暗对她摇头，"先查明敌情，再见机行事！"

闻言，枭云身形滞了滞，抬眸与沈凝暄四目相对，见她丝毫不见胆怯之色，她咬了咬牙，终是暂时隐忍下来，未曾发作。

她的职责只有一个，那便是保护沈凝暄的周全，眼下虽马车已然停下，车外的人却并未造次，由此可见她们暂时还是安全的，比起贸然反击，她们确实应该先探明对方虚实早做打算！

不过……如果有人对沈凝暄构成威胁，那她纵是拼了这条命，也不会再忍半分！

"看我的！"

安抚好枭云，沈凝暄转头向外，伸手打开车门，垂眸看了眼早已死在车前的车夫，她黛眉一紧，冷冽喝道："你们什么人？竟然敢劫我们主子的车驾，吃了熊心豹

211

子胆了不成？"

不出沈凝暄所料，马车外站着的，正是锦衣男子的两名随从。

见沈凝暄出来，他们两人直接无视她，为首的蓝衣人只对她身后的枭云躬了躬身："夫人见谅，我家主子有几句话要问过这位姑娘！"

"见谅？"一听对方要见的是沈凝暄，枭云精致的脸上，再不见一丝笑容，脸色难看地指着早已一命呜呼的车夫，她哂然笑道，"这就是你们主子让本夫人见谅的方式吗？"

被她问得哑口无言，两名随从脸色难看地对视一眼，转而冷眼看向沈凝暄："姑娘，请吧！"

"不准！"

枭云冷冷开口，手里的腕刀动了动，还真是做足了夫人该有的派头。

"夫人不必担心，奴婢一定不会有事的！"不动声色地回头看向枭云，沈凝暄看似是在安慰她，实则让她少安毋躁。

"不行！"

枭云直勾勾地注视着沈凝暄，脸色微微发白："你不能离开我的视线！"

沈凝暄深看枭云一眼，感觉到她的紧张，转头看向车外的两人，露出一副无可奈何的模样："两位大哥，我家主子不准，我也没办法！"

"夫人放心，我们绝对不会伤害她！片刻之后，一定完璧归赵！"对枭云谦卑恭谨，那蓝衣随从不容分说，一个抬手便将沈凝暄从车厢里扯带出来。

他的动作之快，让枭云都不禁为之一惊！

此人，绝对是一绝顶高手！

眼看着沈凝暄被那人带下马车，她面色微变，在马车里如坐针毡！

若说方才，是为了先探虚实，再见机行事的话，那么此刻沈凝暄落在对方手里，她能做的，除了继续隐忍，便再无他法了！

离开枭云后，沈凝暄被蓝衣随从带进了一辆极其奢华的辇车里。

辇车之中，与外面的气候，仿若两个季节，炭炉里银炭融融，许是那一份暖意，将锦榻上斜倚的男子衬托得妩媚妖娆，仿佛妖孽一般。

这样的男人，多一分冷清，飘渺如仙，少一分妩媚，便是妖孽逆天！

可他，却并非是沈凝暄和枭云早前在酒楼所见的那一位！

"爷，人带到了。"在锦衣男子身前站定，满脸虬髯的蓝衣男子对妖孽十分恭敬地微躬了躬身。

见状，沈凝暄的脑海中，忽然闪现另一个画面，那便是枭青在与独孤宸躬身之时。

"嗯……"

轻轻的，似是应声，又似是舒服的喟叹，锦衣男子鼻息间逸出声响。缓缓抬手对正在为自己捶腿的彩衣婢女摆了摆手，他慢慢起身，微转过头，似笑非笑地斜睨着沈凝暄。

被那双妖媚的桃花眼盯得头皮发麻，沈凝暄不悦地皱了皱眉。

见她皱眉，男子的眉梢，却是轻轻一挑。

"你到底是什么人？"

要佯装害怕，却又不能输了气势，沈凝暄微扬下颌，紧盯着妖孽男子，仿佛想要将他看个通透一般。

"我是什么人？"

俊脸上的笑，如沐春风一般，却有别于独孤萧逸的温润如玉，妖孽男子微挑了眉，从锦榻上起身，来到沈凝暄身前："在问我是什么人之前，你是不是应该让我知道，你们又是什么人……嗯？"

沈凝暄心下早已料到会是如此，脸上也丝毫不掩惊讶之色！

与男子对视片刻，她此地无银三百两地微微别过脸去："我不明白你此言何意！不过我奉劝你，最好还是不要给自己找麻烦！"

"不明白吗？那就由我来提醒你一下！"对于沈凝暄的威吓，一点都不以为然，妖孽男子轻笑了下，再次转身朝着锦榻方向踱步，"四年前，燕文帝在世，贵妃如氏寿诞，我曾差人送了她一块世上独一无二的翡玉，而这块玉佩如今可是在你家主子身上！"

听妖孽男子如此言语，沈凝暄心下一怔，却是思绪千转。

这人称先帝为燕文帝，便说明他并非燕国之人，可他既是有资格与太后贺寿，便又表明他的身份，绝对不一般！

而那玉佩是新越国所送的寿礼！

难不成……他是新越国的那一位？

抬眸之间，见妖孽男子正好整以暇地看着自己，沈凝暄微敛了眸子，冷哼一声，趾高气扬道："既是你知道我家主子身世不凡，你还不赶紧放了我家夫人，与我家夫人请罪！"

"她的身份！"

将沈凝暄的趾高气扬看在眼里，妖孽男子深邃无波的眸中冷光一闪，忽而冷声道："这世上，配爷去请罪的人，屈指可数！"

闻言，沈凝暄心下一凛，怔怔地看着眼前变脸比翻书还快的男子，心中对他的身份已然猜个八九不离十，她紧咬了牙，一副忠仆模样，视死如归道："不想惹麻

第十三章 设计，分道扬镳！

213

烦，你就赶紧放了我们，我死都不会出卖自己的主子！"

"好一个忠仆！"

低眉凝视着她，妖孽男子脸上的笑早已不复一丝温度："你不说，我也不会让你死，我有的是办法让你开口！"

沈凝暄心下一冷，凝着男子脸上的笑，她汗毛竖起，一脸戒备地往后退了两步。

在她身后站着的，正是那个满面虬髯的绝顶高手，他的胸膛好似一堵墙，让不小心撞到他的沈凝暄忍不住跳脚！

即便是做奴婢，也得装得像些！

"蓝毅！跟在爷身边这阵子苦了你了，爷把她赏给你了！"凉凉睨了沈凝暄一眼，妖孽男子优哉游哉地斜倚在锦榻上。

"他？"

伸手指着险些将自己撞出泪来的大胡子，沈凝暄杏眼圆睁地瞪视着榻上的妖孽。

"嗯！他配你，也算屈就了！"眸光闪动，脸上笑得无害，锦衣男子看向蓝衣大胡子："记得玩完之后，把她卖给妓院的老鸨，以她的姿色，即便不能当花魁，怎么着也能换壶酒钱！"

他此言一出，沈凝暄的脸瞬时一黑，额头上还有三道黑线！

在他眼里，她才值一壶酒钱？

她可是大燕国的皇后好不好！

半晌，见沈凝暄怔怔不语，男子的耐心似是被磨净了，对蓝毅轻摆了摆手："还愣着作甚？春宵一刻值千金！"

"我才不跟他！"

嫌恶地看了大胡子一眼，沈凝暄轻啐一声，再抬眼看向妖孽男子，她的脸上又惊又惧，好似生怕自己被卖进妓院一般："我在宫里再怎么着也是皇后身边的掌事，我才不要跟着这个大胡子，更不要去什么妓院！"

"宫里？"

眉头微皱，妖孽男子紧眯了下双眼，淡淡问道："燕国皇宫？"

"是！"

似是生怕被卖到妓院换酒，又像是被吓破了胆一般，沈凝暄怯怯懦懦地点了点头，再提到枭云时，却是一脸骄傲："我们家夫人，就是当今的皇后娘娘！"

"燕国皇后，沈家的女儿！"

显然妖孽男子早就有此猜测，但当猜测印证为事实，心中却仍旧觉得意外，狭长的凤眸光华闪亮，他唇角的笑越发迷人："皇后娘娘不在皇宫里好好待着，如此装扮，又轻装简行出宫离京作甚？"

"我家夫人，确是皇后娘娘没错！奴婢青儿，是皇后身边的贴身侍女！"再次确认枭云的皇后身份和自己的丫头身份，沈凝暄蹙眉解释道："公子有所不知，娘娘自幼跟随姑奶奶身边，她们的感情情同母女，可自三年前进京，她便再不曾见过姑奶奶，如今听闻姑奶奶重病，便一意要前去探亲……"

说话之时，沈凝暄在心中暗求姑母原谅的同时，眼睛亦一眨不眨地注视着妖孽男子的反应，见他不但不怕，反倒眸露欣喜，她的心不禁暗暗沉下！

若是正常人知道自己所劫持的女子，竟是当朝皇后，恐怕早已吓得魂不附体了，可眼前的这对主仆的脸上，却不见一丝惊惧之色！

很显然，这是不正常的！

如此更加确定，她心中对男子身份的猜测应该是对的！

忽然之间，感觉到身边投来的不善目光，沈凝暄微微侧目，见名唤蓝毅的虬髯男子正冷冷地注视着自己，她心思一转，怯生生地调转视线，微仰着头，面带谄媚看向他的主子："公子想要知道什么，我都会知无不言，只不过还请公子保了命，莫要亏待了我……"

劫持皇后，可是死罪！

以正常人的思维来看，她让他们知道了自己主子的身份，无疑是给他们一条活路，让他们想办法为自己保命！

明了沈凝暄的意思，男子虽是笑着，眼底却隐隐透着一丝别样的神情。

对于他的眼神，沈凝暄一点都不觉陌生。因为，过去大半年里，她曾在独孤宸的眼里见过很多次，那种眼神所代表的，是厌恶，极致的嫌恶！

沉寂片刻，淡淡斜睨沈凝暄一眼，妖孽男子目光微转，只见他笑看蓝毅一眼，转头对沈凝暄道："你的大恩，我自会记在心里，你放心吧，你生得这么丑，即便你想跟着蓝毅，他也不会要你！"

他此言一出，蓝毅原本就很不善的脸色，瞬间黑得更沉！

嘴角轻抽了抽，沈凝暄脸色微变，也尴尬地笑了笑。

这妖孽，跟独孤宸皆以外貌取人，还真是有得一拼！

心中冷笑，她遂试探问道："如今公子既然知道了我家主子的身份，打算何时放我们离开？"

看着她脸上的笑，妖孽男子暗暗冷笑了下，温和声道："我要先带皇后娘娘去个地方，才能放了你们！"

凝着男子好看得犹如妖孽的脸庞，沈凝暄对妖孽男子露出倾慕之色："什么地方？"

小样吧！

第十三章　设计，分道扬镳！

她能恶心独孤宸，照样能恶心眼前之人！

迎着沈凝暄花痴一般的眼神，妖孽男子脸上的笑渐渐敛去，果真紧拧了眉头："这不是你该问的了，想活命的话，你只管照顾好你家主子便是。"

见他如此，沈凝暄佯装一惊！

这男人，果真跟独孤宸一般，架子大不说，而且……变脸比翻书还快！

"蓝毅，送她出去！"不待沈凝暄再问，妖孽男子已然对蓝毅不耐烦地摆了摆手。

"是！"

低应一声，蓝毅上前。

"你别过来……"做一脸惊恐状，好似把蓝毅当成了色狼一般，沈凝暄动作夸张地双手护胸，"我自己能走！"

"我嫌你走得慢！"

蓝毅冷哼一声，如拎小鸡一般，直接伸手拎着沈凝暄的衣领，将她拎了出去。

待两人出去，辇车里再次恢复宁静，低眉扫了眼边上彩衣婢女，示意婢女接着捶腿，妖孽男子眸光闪闪，眸色清冷无情！

"贪生怕死！卖主求荣的东西！"

直接将沈凝暄拎到马车前，蓝毅冷喝一声后，伴随而来的是哐当一声响动，将她扔回马车里。

"唔——"

吃痛地哀嚎一声，沈凝暄抬起头来，见枭云阴着张脸，死死盯着蓝毅，她哇的一声，痛哭出声："皇后娘娘，奴婢有罪，奴婢不该泄露了您的身份！"

初闻沈凝暄所言，枭云微怔着，不明所以地眨着眼！

皇后？

身为皇后的沈凝暄，竟然称她为皇后？

须臾，明白了沈凝暄话里的意思时，枭云不禁表情一僵，不自觉地抽了抽嘴角！

这皇后娘娘，玩儿得也太大了点吧！

唰的一声！

蓝毅手中长剑出鞘，沈凝暄见状，眸色一冷，她微晃了下身形想要躲闪，却终是心下暗暗一沉，一动不动地，由着那冰冷寒彻的剑锋，抵在自己白皙纤柔的玉颈之上。

剑刃抵在颈上的刺痛感瞬间传来，沈凝暄忍不住浑身哆嗦了下，抬头恶狠狠地注视着虬髯满面的蓝毅，沉声骂道："你们主子都说要记我的恩，你就这么对待自己主子的恩人吗？"

"恩人？"

像是听到了天大的笑话，蓝毅浓眉轻挑，冰冷的眼神中尽是鄙夷之色："你只是个贪生怕死，卖主求荣的小人罢了，谈何与我家主子有恩？我此生最见不得的便是你这种人，倒不如一剑了结了你！"

沈凝暄冷冷一笑，在斜睨枭云一眼后，怒极吼道："蓝毅，你们主仆出尔反尔，不守信用！"

"蓝毅？"

听到沈凝暄对蓝毅随口的称呼，枭云的脸色瞬间变得极为难看！

"哼，即便我家主子答应过你什么，那也只是他的意思，而他的意思，却并不一定就代表我的认同！"不曾察觉到枭云的神色，蓝毅冷哼一声，转眸看了她一眼，便低眉沉道，"燕后娘娘身边的这个丫头，贪生怕死，卖主求荣，在下今日便帮着皇后娘娘解决了她，回头给娘娘找个忠心的！"

他此言一出，沈凝暄脸色一变！

置于她喉间的剑，冰寒迫人，她能感觉到，蓝毅确实对她动了杀心！

但，就在此时，却见枭云伸手将蓝毅握着剑的手用力一挥，厉声对他斥责道："我不管你们是什么人，眼下既然知道了本宫的身份，便不该再另外滋事！这丫头再如何靠不住，也还是本宫的人，在这世上，只有本宫一个人有资格斥责她，断然用不着你来越俎代庖！"

枭云虽不是真正的皇后，一番话说下来却是句句铿锵，让人不容小觑！

迎着枭云冰冷的眉眼，见她没有一丝退让之意，蓝毅暗暗思忖片刻，反手将长剑收起。转身对坐在车辕上的手下吩咐道："看好她们，不容有失！"

车夫闻言，忙躬身应声："属下遵命！"

最后，蓝毅又狠狠地瞪了沈凝暄一眼，这才悻悻离开。

不多时，马车重新上路。

靠坐在马车里，沈凝暄脸色肃穆，正蹙眉思索着什么。

一直直勾勾地看着她，却不见她言语，脸色铁青的枭云终是忍不住出声问道："夫人把自己都卖了，可探到什么有用的东西？"

都说舍不得孩子，套不住狼！

如今沈凝暄虽然跟她易装，但她皇后的身份却终是暴露了。

既是如此，她多少也该能够探听到一些敌情！

"你这丫头，分明是明知故问啊！"听出枭云语气里的不满，知她必然心中怄到半死，沈凝暄淡淡抬眸，迎向她的视线，"方才看你的神情，我便知道你听过蓝毅的名字！他是什么人？"

第十四章　重遇，一对冤家！

沈凝暄知道能让枭云变色的人，一定不会是无名之辈！

而她，既然知道蓝毅其人，便该知道他的主子是谁！

"蓝毅！"重复着这个名字，枭云的脸色越发难看起来，"夫人您说得没错，属下确实知道这个人！我们……遇上麻烦了！"

沈凝暄看向枭云，一时间来了兴致，目光炯炯地注视着枭云："他家主子到底是何方神圣？"

枭云脸色微变，微抬眉眼苦笑着看向沈凝暄："蓝毅其人，乃是新越影卫都统，如若这人果真是蓝毅，夫人你说，他所保护的人，又该是谁？"

"新越国主！还真是一方之圣！"

对于这个答案，并不觉得有多意外，沈凝暄以贝齿紧咬唇瓣，抬眼见一脸肃穆的枭云，她轻掀唇瓣："方才蓝毅带我所见之人，并非方才在酒楼遇到的那一位，而是一个长得比女人都要漂亮的妖孽，不过酒楼那位，身份也必定不凡，就不知这两人哪一位才是他的主子！"

枭云轻拧了眉，面色凝重地叹道："若属下猜得不错，今日在酒楼所遇是为新越国主，而方才夫人所见，该是新越国的摄政王——北堂凌！"

"北堂凌？"

枭云点头，无奈苦笑，对北堂凌褒贬不一："天底下最妖孽，最毒辣，最懂得谋算的便是新越摄政王北堂凌了。"

"他比新越国主还厉害？"眼睛一眨不眨地注视着枭云，见枭云点头，沈凝暄悲催一叹，撇了撇嘴，眸色渐深。

她这是刚从虎口逃出，又落到狼嘴里了。

就不知这群狼要带她去什么地方！

"不过……"将视线从沈凝暄身上移开，枭云撩开车帘，打量着车外不远处，于马背上昂扬而坐的伟岸身影，而后轻蹙眉心道："我所知的蓝毅，是新越国的第一影卫，容貌俊朗，不该是这副模样！"

沈凝暄轻轻抬眸，总算开始认真打量起蓝毅来。

寻思着若去了胡子，脸再白点，那家伙长得还真是不赖！

她凝眉许久，她不禁自嘲一笑！

自己能在脸上多加一层面皮，人家自然也能伪装！

回想着自己方才同妖孽男子相处的情形，她轻笑着将车帘放下："你的猜测是对的，那人该是北堂凌！"

见沈凝暄到现在都没有一丝紧迫感，竟还能笑得出来，枭云在心里大翻白眼，不满道："既是他们知道了我们的身份，却仍旧将我们劫持，便表明此事不会善了，如若夫人一早就听属下的，今日之事也许不会落到如此田地！"

"我不是早说了么？是福不是祸，是祸躲不过！现在再想那些有什么用？"不以为然地笑了笑，沈凝暄纤细的手指，将耳际发辫绕起，心中思绪飞转。

被她无所谓的样子气得窒息，枭云脸色微沉："我的夫人啊，你到底知不知道，我们现在是什么状况？"

现在，她终于可以体会，她家主子为何在与皇后相处时，总是气急败坏了。

"我知道……"沈凝暄将尾音拉得长长的，轻拍枭云的肩膀，让她少安毋躁，"有蓝毅在，你我一起逃离，可行性有多大？"

"若只我自己，很容易，若带上夫人，便没了可行性！"强自压下心里的气和窘迫，也确实拿身边的这位奇葩的皇后娘娘没有办法，枭云强作淡定地补充道，"不过夫人放心，即便拼死，属下也会护你周全！"

"什么死不死的，有燕国皇后的身份在，你我绝对不会有事！"嘴上虽然如是说着，但听到枭云的话，沈凝暄心中却仍然涌过一道暖流！轻轻拉起枭云的手，她的唇角处，逸出一抹温和的笑："既是逃跑无望，我们就先不逃，那北堂凌说，要带我去个地方，我们且先看看他意欲何为，再见机行事！"

"为今之计，也只能如此了！"

看着沈凝暄脸上的笑，枭云心中第一次生起一种无力感！

以前，每每沈凝暄与皇上斗气，她都在心中暗暗为她捏把冷汗，不时感叹她胆子足够大，但是现在，身处如此险境，看着她脸上温和的笑，她才知道，她的胆子，并非足够大，而是大得超出她的认知！

"枭云！"

第十四章 重遇，一对冤家！

看着枭云一脸无可奈何模样，沈凝暄淡淡垂眸："你机灵着点儿，万一我成功脱身，你也要想法子快些脱逃！"

"呃……"

觉得沈凝暄的话根本就有点像天方夜谭，枭云又是无奈一叹："属下知道了！"

一路颠簸中，烈日化夕阳，黄昏将至！

感觉马车缓缓停下，沈凝暄与枭云对视一眼，便听吱呀一声，车门自外打开。

马车外站着的，正是沈凝暄不久前所见的那位妖孽男子——北堂凌！

微抬眸，看向马车里的枭云，北堂凌如沐春风般温煦一笑，对她伸出手来："赶了一下午的路，夫人也该累了，今夜我们便在此地歇脚吧！"

枭云面色阴郁地看了他一眼，并未伸手，而是径自将手伸给沈凝暄。

沈凝暄会意，轻笑了笑，本着奴才本分，扶着她步下马车。

见状，北堂凌俊雅一笑，抬手微蜷着食指，轻蹭鼻尖儿。

下了马车，看着周围熟悉的建筑，沈凝暄和枭云皆神情一变，心中疑虑重重！

眼前的驿馆，对于沈凝暄和枭云来说，并不陌生！

因为昨日夜里，她们便和独孤宸投宿在此，而今日一早，沈凝暄才背着枭云离开这个地方，眼下一日之间去而复返，莫说掌柜的一脸纳闷，就连她们二人，也都暗自心惊！

这，绝对不是巧合！

依眼前路线推断，这北堂凌要去的地方，极有可能和独孤宸所去之处，是同一个地方！

这也就意味着，独孤宸的行踪，其实一直在新越的掌控之中！

想到这一点，沈凝暄忍不住心头一颤，扶着枭云的手也倏而一紧！

微微垂眸，不着痕迹地垂眸看向她的手，枭云转身冷对身后的北堂凌："这位公子，你到底要带我去什么地方？"

"这个嘛……"

凝着枭云的眸，北堂凌神秘一笑："暂时保密！"

闻言，枭云的脸色，瞬间又是一沉！

"夫人赶了一日的路，也该累了吧！"唇角的浅笑愈发灿烂，北堂凌目光微漾，转身对蓝毅吩咐一声："先伺候着夫人上楼。"

"是！"

微微颔首，蓝毅对枭云躬身伸手："夫人，请！"

冰冷的视线，阴恻恻地扫过北堂凌和蓝毅两人，枭云轻哼一声，微扬下颌进入驿馆之中。

既然，他们都以为她是皇后，那么……她便该有身为皇后的气势。

相对而言，越是如此，沈凝暄也就越安全！

世上的事，无巧不成书！

蓝毅给沈凝暄和枭云安排的客房，竟然还是她们早前所住的那一间。

关上房门，沈凝暄笑吟吟地打量着眼前并不陌生的客房，淡淡说道："奇事天天有，今日特别多！"

"夫人！你还有心情开玩笑！"面色凝重地回头看着沈凝暄，枭云脸色冷沉得很，"怎么会这么巧？他们也走这条路？"

"天底下哪里有那么多的巧合？"将四下打量的视线收回，沈凝暄走到床榻前，斜倚在床柱上，咬牙捋起裤管，看着小腿上已然结了新痂的伤口。她伸手抚过伤口处，轻咧了咧嘴，头也不抬地对枭云说道，"皇上此次去楚阳，知情者有几人？"

她不会天真地以为，北堂凌和独孤宸的行车路线相同只是巧合。新越之所以能够得知独孤宸去楚阳，必然在燕宫之中安插了自己的眼线。

明白沈凝暄话里的意思，枭云心下暗沉，美丽的脸上，掠过一抹狠戾之色："皇上每年这个时候都会前往楚阳，每到此时，朝中政事便由齐王暂代！"

"齐王？"

听枭云提到独孤萧逸，沈凝暄心中一阵惊跳，这独孤宸不是对独孤萧逸心存忌惮吗？何以过去会把江山交到他手里，还有……抬眸看了看枭云，她疑惑问道："这次齐王不是也离宫了吗？"

闻言，枭云神情微微一愕，眼神中透着几分惊讶之色："齐王今次不会主持朝政夫人如何知道？"

"天底下没有不透风的墙！"

懒懒应付一声，沈凝暄不小心触碰到腿上的伤口，痛得倒抽一口凉气，她不满地嘀咕道："皇上也真是，没事总往吴国跑什么，他这每年一去的规律，人家一摸就能摸清！"

听出沈凝暄话里的不满，枭云心生无奈。不曾妄议主子，她快步行至床前，关切问道："夫人的伤没事吧？"

"我没事！奸细的事情，待回去之后要仔细查过！"沈凝暄不是没听出枭云意有所指的意思，只不过她是打从心底里相信独孤萧逸的，瑟缩着将裤管放下，她迎着枭云的视线，清冷地说道："若是他们带着我们一路南下，必定是为了图谋皇上安

第十四章 重遇，一对冤家！

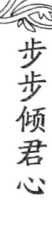

危，以眼下情势来看，若说早前我们是逃不掉，如今我们却是不能逃！"

闻言，枭云面色一凛！

沈凝暄所言对极！

与其他们逃走之后，不知新越国对皇上如何行事，倒不如将计就计跟在北堂凌身边，如此一来，若是他们要对皇上下手，她们也可以救驾！

只不过……有些担心地看着沈凝暄，枭云道出心中顾虑："若到时候他们以夫人要挟皇上的话……"

"枭云，大燕国没了皇后，可以立新后，若没了皇上，动摇的却是根本，"看着枭云的目光，微微闪动，沈凝暄却笑得淡然，只在一笑之间，她已替枭云做出了取舍，"你的职责只是保护皇上！"

"夫人！"

望着沈凝暄的眸，枭云动容。

"这种神情，不该出现在影卫脸上，也许到时候，我早已金蝉脱壳，他们拿去要挟皇上的会是你呢？"不咸不淡地跟枭云开着玩笑，沈凝暄脸上的笑渐渐淡去，微微挑眉，她毫无形象地伸了个大懒腰："今日折腾了整整一日，都快累死了！"

语落，她率性地躺在床上，裹着被子转身向里。

静静地立在床前，凝着沈凝暄稍显瘦弱的背脊，枭云沉默许久，转过身去幽幽开口道："若只能保全皇上，属下定会追随夫人而去！"

闻言，沈凝暄心中，涌起浓浓的苦涩滋味，长睫轻颤，她不曾睁眼，唇角微翘的弧度，缓缓上扬："你不必追随我而去，只需日后保全我身边丫头的安危，还有……想法子让大长公主阻止沈凝雪入宫！"

"夫人……"

听过沈凝暄和沈凝雪之间的过节，枭云无言以对。

大长公主出面，一个顶俩！

皇后娘娘这是死也不让自己的姐姐如愿啊！

只是，她有所不知的是，沈凝雪身上的毒，只有沈凝暄一个人可以解，如果她死了，沈凝雪也休想独活！

翌日，天刚蒙蒙亮，蓝毅便早早叫了起。

简单洗漱用膳之后，北堂凌便带着沈凝暄和枭云一行，再次上路！

马车疾驰在官道上，随着窗帘起伏，金灿灿的阳光透过车窗，洒落沈凝暄身畔。斜倚车厢，她身裹锦被，懒懒抬眸看着打开车窗正朝外张望的枭云："马车一路向南？"

"嗯！"

轻轻放下车帘，枭云回头看着沈凝暄，皱眉说道："夫人所料不错，果然一路向南！"

"这样也好，过不了多久，说不定就能见着皇上了！"沈凝暄有些自嘲地笑了笑，向里挪了挪身子，找了个更舒服的姿势，再次闭上眼睛淡淡说道，"比起蓝毅眼里的鄙夷之色，我倒更喜欢皇上看我的眼神！"

闻言，枭云面色微变！

皇上看沈凝暄的眼神，比蓝毅的好不到哪里去！

静静地凝视着闭目养神的沈凝暄，枭云在心里重重叹息一声，竟从心底里开始心疼沈凝暄。

自从沈凝暄以青儿之名卖主求荣之后，蓝毅再看到她的时候，不但不掩鄙夷之色，还恨不得立即将她正法！

但，皇上又何曾对她和颜悦色过？

这两个人看她的眼神，都是一样一样的！

数日之后，沈凝暄一行，已然越过燕吴边境，继续向南行进。看着不断远离的燕国大地，枭云和沈凝暄心中的猜测早已得到印证！

转眼之间，又是几日，一路南行间，寒意褪去，外面的植被，也渐渐复苏，泛起生机勃勃的碧绿之色！

知道枭云的身份，劫持沈凝暄和枭云的人自然不会太过怠慢，在临近楚阳时，她们身上厚重的冬衣，已然换做轻便的襦裙。

靠坐在马车里，看着枭云一袭襦裙清新靓丽的模样，沈凝暄不禁扬起唇角，毫不吝啬地赞叹出声："夫人真美！"

闻言，正在朝外张望的枭云面色一赧，却是回头对沈凝暄轻声说道："楚阳，到了！"

"真的？"

沈凝暄眼中闪过一抹慧黠，不待枭云反应，她已探身向外："一路上只听其名，今日我可要好好见识见识！"

车窗外，春意盎然！

沁人心脾的清新之气袭来，沈凝暄遥望着不远处朦胧秀美的那座城池，轻勾了唇角，浅笑荡漾地回头问着车外不远处，正骑马前行的蓝毅："喂，蓝大叔，我家夫人说了，让我进城之后去买些女子急用的东西！"

听到她的称呼声，蓝毅面色一沉，如刀般的锐利眼神，嗖嗖而来。

对于他的厉色，直接视而不见，沈凝暄视线一转，对上辇车里那双晶莹透亮的

第十四章 重遇，一对冤家！

深眸，随即谄媚一笑："公子，我家夫人在，打死我都不敢跑啊！"

"去吧！"

弧度优美的唇缓缓勾起，那叫一个百媚生花，北堂凌的视线扫了眼马车里镇定自若的枭云。

看着沈凝暄放下车帘，枭云蹙眉便要发问。不等她开口，沈凝暄便对她眨了眨眼："事情要往好的方面想！如果这次我能逃了也说不定呢！"

闻言，枭云脸色一凝："一切当以安危为重！"

楚阳城，气候温润怡人，是吴国南部远近驰名的水乡，城中酒楼林立，水道上船舶徜徉，一派欣欣向荣之态！

空中，不时有细雨丝丝飘落。

丝毫未因天气影响心情，沈凝暄身着一袭浅蓝色襦裙，脚步轻快地行走在人潮涌动的人群之中，听着街道两侧熙熙攘攘的叫卖声，她不时驻足，凑上前去，兴致盎然地把玩着摊贩叫卖的东西。

早已数不清沈凝暄这是第几次停下了，蓝毅不耐烦地冷哼一声，以剑柄轻戳她的腰际："不是要买你家夫人急用的东西吗？"

沈凝暄微微回眸，蹙眉剜了蓝毅一眼，不得不再次抬步继续往前走。一边往前走着，她还不忘数落蓝毅："既然出来了，就不能顺便多看几眼吗？叫你蓝大叔，一点都不屑，你还真不是一般的死板！"

她说要进城买些女子急用的东西，根本就是随口瞎掰，她的本意无非就是想要逛逛楚阳城，顺便看看能不能趁机脱逃！

又往前走了一段距离，她轻皱俏鼻，用力嗅了嗅！

"你是畜生吗？"

满是厌恶地皱着眉，蓝毅不悦地用力将她往前推了一步，让她离自己远一点！

"你才是畜生，你全家都是畜生！"

借着蓝毅手上的力道，沈凝暄脚下步子向前，不曾回头，却狠狠回骂一句，不等蓝毅反应，她眸光一亮，快步向前奔去！

"死丫头！"

眼看着沈凝暄要逃，蓝毅神情一冷，几个闪身便追了上去。可……尚不待他有所动作，沈凝暄已然停下脚步，满是惊艳地望向身前花开正艳的桃花林！

有谁会想到，在寸土寸金的楚阳城中心，居然植有一片桃林。

如今，虽非三月桃花盛开之际，但楚阳气温偏高，空气湿润，这里的桃花早已竞相开放！

那阵阵独属于桃花的馥郁清香,掺杂着雨后泥土的气息,清新雅致,沁人心脾!

"好美!"

凝眸望去,看着一望无际的桃花林,沈凝暄微张着嘴,被眼前的美景所震撼!

平日里,她在宫中只用桂花香,因为她对桂花的别样青睐,荣明便在凤仪宫的每个窗外,都栽种了桂花树!然而荣明所不知的是,她之所以喜欢桂花,是因为皇上不喜欢。

而她真正喜欢的,却是桃花!

"好香!"

沈凝暄忍不住又一次赞叹出声,唇角微翘着,举步便要朝着桃花海走去。

然,就在她迈出步子的同时,蓝毅面色一冷,伸手便扯住了她的手臂。

蓦地回神,沈凝暄紧蹙眉头,回眸看向蓝毅!此时的蓝毅,正面色凝重地紧盯着花海方向。感觉到蓝毅身上散发的肃杀之气,沈凝暄微微蹙眉,顺着他冰冷的视线一路望去,待看清花海中所站之人,她的身形不禁蓦地一滞!

桃花初开,瓣瓣粉白,自是美不胜收,于那美不胜收的花海之中,有一俊逸男子,白衣飘飘,出尘脱俗,此刻,他手揽花枝,唇瓣轻勾,似陷入深思,又似沉醉花香之中,那神态,那气质,堪称风华绝代!

而他,不是别人,竟是与沈凝暄一别数日的燕武帝——独孤宸!

进宫两年,沈凝暄所见的独孤宸,从来都不曾着过白衣,宫里的他不苟言笑,但眼前的他,淡笑怡然,让她仿佛回到了前世初见之时,心下忍不住深深悸动着。

"是你家主子!"

浑身紧绷地收回视线,低眉见沈凝暄也看到了独孤宸,蓝毅握着她手臂的大手,倏然一紧,声音冷得让人胆战:"莫要生事,否则我一定会杀了你!"

"有蓝大叔在,我怎么敢?"

心下,悸动犹在,凝着桃林中那抹俊挺的身影,沈凝暄有些不自在地扯了扯嘴角。

"知道就好!"

蓝毅眸色一冷,拉着沈凝暄便要转身离去,深看独孤宸一眼,沈凝暄刚要转身,便听不远处一阵剧烈的骚动!

紧接着,伴随着一声马儿嘶鸣,一辆马车从人群中蹿出,在街道上快速奔驰。

众人见状,忙拼命躲闪,一时间乱成一团!

面对如此乱状,蓝毅紧皱着眉头,拉着沈凝暄一个闪身便到了路边。

但,当沈凝暄反应过来,再朝着方才所站之处放眼望去之时,却见一个两三

第十四章 重遇,一对冤家!

岁,粉雕玉琢的小娃儿,正一脸懵懂地站在原地,不知危险降临。

"孩子!"

眼见马车驰近,小娃儿的脸上终于露出了惊恐之色,他许是被吓到了,竟然手拿糖葫芦怔在原地,一动都不敢动!

千钧一发之际,沈凝暄瞳孔骤缩。

不及多想,她甩开蓝毅的手,脚下步伐骤起,快速向前奔去!

"小心!"

在众人惊呼声中,沈凝暄在与马车距小娃儿一臂之遥时,飞身将他抱起,就势朝着路边翻滚。

只转瞬之间,马车驰过,却不曾停留半刻,在原地裏带起一片尘嚣!

侧蹲在地,看着马车远去,沈凝暄如释重负地吁了口气!轻动了动刚刚因与地面亲密接触,而不断抽痛着的手臂,她忍不住暗暗咬牙,连忙查探小娃儿的情况!

"小子,你没事吧?"

低下头来,正对上怀中小娃儿纯洁清澄的眸子,沈凝暄眉心一拧,自嘴角绽放一抹恬笑!

这娃儿皮肤白皙细腻,仿若粉雕玉琢,一双黑宝石似的大眼睛忽闪忽闪的,长得那个帅,若是青儿见着了,必定喜欢得不得了。

"我……我没事!"好像早已对沈凝暄惊艳的眼神习以为常,小娃儿并没有被吓得哇哇大哭,只是小嘴一瘪,口齿不清地嘟囔着,"我的糖葫芦!"

"糖葫芦?"

沈凝暄又是一怔,顺着娃儿的视线望去,见马车驶过之处,早已被轧扁的糖葫芦,她轻皱了下眉头,却又很快笑开了:"你这小子,知道不知道刚才自己在鬼门关转了一遭?这会儿倒好,还想着你的糖葫芦!"

"我的糖葫芦……"

听出沈凝暄语气里的不赞同,小娃儿撇了撇小嘴,视线依旧纠结着自己的糖葫芦上。

"呃……"

正在沈凝暄寻思着,要不要帮小娃儿再买串糖葫芦的时候,她身后的人群之中,忽然传来一阵骚动,紧接着便响起一道急切的女声:"远儿!"

"姑姑!"

小娃儿闻声,注意力一转,忙答应了一声:"姑姑……"

轻拧了眉头,沈凝暄忍着手臂上火辣辣的疼痛抱着小娃儿站起身来。她们才刚刚站起,便见一男三女一脸焦急地从人群里挤了出来。

"远儿！"

看到沈凝暄怀里的娃儿，三人中的白衣女子，脸色苍白得吓人。

这一男三女，男子气宇轩昂，五官如刀刻一般，俊朗刚毅。视线微转，沈凝暄看向那名白衣女子，却见那女子正抱着小娃儿仔细查看，稍待片刻，见小娃儿安然无恙，她将小娃儿挡住的视线移开，如此……看清了那名女子的容貌，沈凝暄顿觉眼前一亮！

怀抱小娃儿的女子身段极好，一身素白如雪的襦裙飘飘若仙，她的脸上虽脂粉不施，却是明眸皓齿，难掩清高绝艳之色。

在相府时，有京都第一美人沈凝雪，在皇宫之中，还有以美艳得名的元妃和玉妃……沈凝暄见过的天香国色不少，却从不曾像现在这般，觉得惊为天人！

眼前的女子，生得很美！

何为倾国绝色？

她，当如是！

更有甚者，她竟觉得，她在宫中所见的那些美色，虽各有千秋，却将优点，都聚于眼前的女子身上，以至于看着她的脸，沈凝暄竟有了揭下脸上面具，与她在美色上一较高下的冲动。

"多谢姑娘对远儿的救命之恩！"见孩子安然无恙，白衣女子对沈凝暄感激一笑，心惊胆战地嗔怪着往小娃儿的屁股上拍了一下："你这孩子，吓死姑姑了，看你下次还敢乱跑！"

见状，跟在她身后的女子急忙出声："主子莫气，都是奴婢的错，是奴婢没有看好小主子！"

"不怪红姑姑的，是远儿吵着要吃糖葫芦的！"摆出一副男子汉敢作敢当的架势，小娃儿虽口齿不清，却少年老成地对自己的姑姑仰头说道："姑姑，都是远儿不好，害得姑姑担心！"

"乖！"眼底微微泛着水意，白衣女子深吸口气，将远儿递给红儿，她转身对沈凝暄又是感激一笑："姑娘方才舍身救了远儿，大恩不言谢，日后你便是南宫素儿的恩人！"

"举手之劳罢了，姑娘不必介怀！"

沈凝暄轻摸远儿的头，冷眉看向方才与蓝毅所站之处，但早前预言她若生事便杀了她的蓝毅，竟消失得无影无踪！四下不见蓝毅的踪影，她眸色微变，转身望向方才独孤宸所站之处。

方才她救人的动静足够大，独孤宸应该早已发现了自己，而蓝毅也该是知道这一点，所以才消失得无影无踪的，但……当她转身看向独孤宸方才站立之处时，却失望地发现，那里已然空空如也，早不见那抹白色的俊逸身影。

这让沈凝暄，不禁大感意外！

明明发现了她，却又视而不见，他搞什么鬼？！

"姑娘在找人吗？"

见沈凝暄紧蹙眉梢，与南宫素儿同行的男子幽幽开口，嗓音浑厚低醇。

"呃……嗯！"

沈凝暄回过身来，抬眸望进男子清澈如泉的墨瞳之中，遂有些不自在地笑了笑："方才还见我家相公在此赏花，眼下却不见了踪影……可能是人多走散了！"

"姑娘成亲了吗？"

抬眼睨了眼沈凝暄的发辫，南宫素儿神情微惊，她动作亲昵拉起她的手，浅笑道："还真是看不出……"

成亲了吗？

她早就成亲了！

而且家中妾室多到数不胜数！

暗暗在心底苦笑，沈凝暄笑容温煦，以食指圈起发丝，如春风一般慧黠点头道："不梳髻的，也有可能已嫁做人妇，我家相公方才就在这里，许是方才的那阵骚乱，将我们夫妇二人冲散了。"

闻言，边上的红儿将远儿递给南宫素儿身边的男子，忙道："姑娘莫急，奴婢这就去帮姑娘找人！"

说话间，她转身便要离去。

"不必麻烦了！"

唤住红儿，沈凝暄脸上笑意更深："你不知我家相公姓甚名谁，生得相貌如何，该如何找起？还是我自己去找吧！"

听她此言，南宫素儿嫣然一笑，让百花失色："姑娘夫家姓甚名谁，大可告诉红儿，让她去找便是！在这楚阳城里，还没有我们南宫家找不到的人！"

闻言，沈凝暄微蹙了蹙眉头，但是很快便淡笑着轻摇蓁首："不用了！还是我自己去找最好！"

眼前的主仆三人，虽不似寻常百姓，但她和独孤宸的身份太过特殊，再想到蓝毅等人的缘故，她并不打算与他们有太多牵扯！

如若不然，只怕她今日救了远儿的小命，来日却会害了他全家！

"既是姑娘要亲自去找，我也不便阻拦，姑娘且记得，我名为南宫素儿，这位是我哥哥南宫月朗……"含笑看着沈凝暄，南宫素儿目光微微闪烁，抬头看了眼身边兄长，她热络地揽起沈凝暄的肩头，指着不远处隐于桃花海后方的一座府邸道："那里就是我们的府院，若姑娘有难处，大可前来，我南宫家定倾力相助！"

"好！我先告辞了！"

爽快地点了点头，沈凝暄笑看了眼边上的南宫月朗，脚步轻快地着朝着大街方向走去。

见沈凝暄要走，南宫月朗淡淡出声："尚不知姑娘芳名！"

"青儿！"

回头对南宫月朗笑了笑，沈凝暄仍旧以青儿的名字回答，抬步融入人流之中。

"她就这么走了？"看着沈凝暄渐行渐远，红儿满是不解地看向南宫素儿："在这楚阳城里，主子若想找个人，比青儿姑娘自己找要快得多，为何却还是由着她自己去找？"

"不是我不想帮她找，而是她根本就不想让我们出手相助！"感慨一叹，眼底透着几分释然，南宫素儿回眸看了眼南宫月朗怀里的远儿，嗔笑着捏了捏远儿的小脸蛋儿："你这小家伙，以后若再敢乱跑，姑姑绝不饶你！"

行走在熙熙攘攘的大街上，沈凝暄始终不见独孤宸的身影。

她笃定，方才独孤宸一定发现了自己，却不知他为何忽然没了踪影，难道说是因为蓝毅吗？

想到蓝毅的身份，她眸色微深！

皇上出行，有明处的侍卫，也有暗处的随从，她倒一点都不担心独孤宸遇到蓝毅会有什么危险，只是现下没了他的影儿，她却又不知自己该何去何从！

现在，不知蓝毅在哪个地方盯着自己。

这种感觉，让她觉得自己像是案板上的鱼肉，而刀俎在他人之手！站在大街上，放眼身前脚步匆匆的行人，沈凝暄环顾四周，心底不由生出一种无奈的感叹！

如若一切顺利，她现在应该早已回到相府，在相府里过得风生水起！可如今有新越的人从中作祟，她不想到楚阳，却还是到了楚阳，可是到了楚阳，却找不到独孤宸。

虽然独孤宸不是良人，但她宁可留在独孤宸身边，也不想落在北堂凌手里。

不期然间，被过路之人撞了下肩膀，早前因救南宫远儿而擦伤的肩膀上传来一阵阵隐痛！

沈凝暄倒抽口气，抬手捂住痛处，眉心紧皱着紧咬朱唇！

微微转身，眼角余光扫过身后一隅，她心下一凛，随即嘴角微翘，快步向前走去。往前走了没多久，便是一个十字路口，沈凝暄微顿了顿脚步，脚步一旋，转入人流较少的街道，又往前走了些许，她猛地一拐，进入一条小巷中，再拐进入另外一条

229

第十四章 重遇，一对冤家！

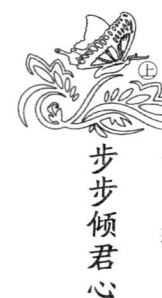

小巷子。

　　小巷幽深，她步步前行，直到再听不到街上的喧闹声，她才缓缓停下，哂笑着转身向后："蓝大叔，既然跟来了，何必要做缩头乌龟呢？"

　　言落之时，在她的身后便传来刀剑出鞘之声。

　　"我说过，我会杀了你！"

　　低眉睨了眼手中利刃，凝着剑身上闪动的利光，蓝毅不等沈凝暄作出反应，手腕一甩，便见刀光闪过，直取她喉间。

　　蓝毅的长剑来势汹汹，沈凝暄暗惊之余，身形陡地后仰，那锋利的剑刃，自她颈间一扫而过！

　　蓦地抬眸，她脸色微变地后退几步，正想着拔腿开溜，却忽见两道人影在上方蹿出，一左一右挡在她身前，见状，她眸色一动，就势跌坐在地，紧接着她的耳边传来刀剑相接的刺耳声响。

　　"你们是什么人？"

　　被二人合力挡回一剑，蓝毅面色沉下，冷峻非常！

　　两人不曾应声，只将视线望向蓝毅身后！顺着他们的视线望去，沈凝暄只见一中年男子，缓步自蓝毅身侧走过！在她怔忡之间，中年男子态度恭谨地将她扶起，这才转身面向蓝毅："在楚阳，只要是南宫家要保护的人，没有人可以动得了分毫！"

　　蓝毅微微一愣，了然冷笑："南宫月朗的人？"

　　"是！"

　　微扬下颌，中年人温和一笑，眼神却是格外自信。

　　看着两人剑拔弩张地对峙着，沈凝暄微微一愣，随即哑然失笑！

　　在楚阳，有南宫家庇护便没人动得了她吗？看来南宫家在楚阳的势力，还真是不容小觑！而她无意间救下远儿，也算是无心插柳柳成荫了！

　　"你以为，我会怕你们南宫家吗？"对自己的武功，有绝对自信，蓝毅神情冰冷地将长剑抬起直指着沈凝暄，眸中狠戾与寒气同时迸发："我要杀的人，从来都只有一个下场，那便是——死！"

　　"是吗？"

　　在蓝毅一语落地之时，一道低磁醇厚的声音在他身后响起。不知何时一身白衣，飘飘若仙的独孤宸竟已来到蓝毅身后，以晶莹剔透的玉骨扇柄轻击着掌心，他俊美无俦的脸庞上挂着清浅的笑："我倒要看看，有我在，你要如何杀了我的人！"

　　"我的人……"

　　凝着独孤宸性感好看的薄唇，沈凝暄的脑子不停回旋着独孤宸这句话。他说话时的语气虽稀松平常，却让沈凝暄心中涌起一道暖流！

"你——"

眼角的余光，扫见身后之人真容，蓝毅面色丕变，瞬时间如临大敌！

笑看着四面楚歌的蓝毅，独孤宸神情淡然，脸上的邪肆随意："蓝毅，你信不信，不等你杀了她，爷就能杀了你！"

"只是个贪生怕死，卖主求荣的贱婢罢了！"手中长剑直指沈凝暄，蓝毅蔑声一笑，转头看着独孤宸哂然冷道，"也值得燕武帝亲自出面？"

"贱婢？！"

独孤宸深暗的双目中闪过一丝疑惑！

贪生怕死？卖主求荣？

视线自沈凝暄身上扫过，他淡淡冷笑，斜睨身侧的枭青一眼："值不值得，你说了不算！"

枭青会意，步下生风，持剑立于独孤宸身前，与早前的中年男人一起，与蓝毅一左一右，成对峙之势！

蓝毅是新越影卫队长，枭青则是燕国影卫之首，若放在平常，蓝毅定无惧与枭青交手，但眼前却碍于还有第三方势力在场！若在他与枭青交手之时，南宫月朗的人另行偷袭，则后果不堪设想！

思绪至此，他脸色铁青一片！

侧目睨了眼将沈凝暄挡在身后的中年人，又眼神冰冷地看了眼沈凝暄，蓝毅到底冷冷皱眉，一个闪身蹬墙而上，消失在众人眼前。

"穷寇莫追！"

见枭青要追，沈凝暄不禁脱口说道："他此行并非独自一人！"

枭青脚步一顿，回眸看了独孤宸一眼，见独孤宸不语，他便不曾再追。

危局过后，在场众人皆心神一松！

独孤宸微抿了唇角，饶有兴致地看向沈凝暄："贱婢？嗯？"

"呃……"

迎着独孤宸不善的目光，知他要一个解释，沈凝暄刚刚松动的心弦再次绷紧，心神一转，不去理会独孤宸，她侧身对身边的中年人感激一笑："还请这位……大叔，代我多谢南宫公子的救命之恩！"

"姑娘是南宫家的恩人，不必对小的言谢！"视线在独孤宸和沈凝暄身上来回游离，中年人对沈凝暄垂首躬身，上前对独孤宸拱手道，"既然青儿姑娘是您的人，自当安全无虞，小的们这就先撤了！"

听闻中年人所言，沈凝暄眉心轻皱。

很显然，他是认识独孤宸的！

第十四章 重遇，一对冤家！

"嗯！"

笑看着沈凝暄轻皱眉心的样子，独孤宸淡淡轻应一声，对中年人微微颔首。

"小的告退！"

再次对独孤宸躬了躬身，中年人回头对沈凝暄颔首示意，便带着自己的人准备离开。

"文管家！"

不等中年人离开，独孤宸再次开口。

听到他的声音，中年人停下脚步，转身看向他。

独孤宸微转过身，眸色微暗，道："我到楚阳的消息，只你一人知道便可，不必与你主子知道。"

文管家怔了怔，踌躇片刻，终道："小的明白！"

在他们谈话的当口，沈凝暄虽心疑惑，却一直不动声色地立于一旁。因为她知道，等到外人一走，独孤宸绝对会有很多话要问她。

果然，文管家刚走，便见独孤宸转身看向沈凝暄。

"爷！"

被独孤宸冰冷的眼神看得头皮发麻，沈凝暄干笑了下，随意扯道："你今儿真帅！"

看着沈凝暄一身丫头打扮，独孤宸深邃的眼底仿佛深蕴着一座冰山，语气却轻飘得让人摸不着头绪："夫人这身行头，更让爷眼前一亮啊！"

早料到独孤宸会是如此，沈凝暄淡定地看着他，将自己早已准备好的说辞道出："我和枭云回宫之时，被蓝毅等人劫持，枭云大义凛然，为保我安全，与我调换身份，如今尚留在他们那边做人质呢！"

"你的意思是，是枭云主动跟你易装，骗过了蓝毅和他的主子？"听了她的话，独孤宸表情错愕，念及方才蓝毅说过的话，他上下又打量一身狼狈的沈凝暄一眼，好半天才哂笑道，"依朕对枭云的了解，没有你这样的主子教唆，她绝对不会想到这样的主意！"

"呃……"

直接被他一语道破，沈凝暄睇见他嘴角的那抹冷笑，却又无奈一叹："爷当真是火眼金睛，什么事情都瞒不过你！"

"你欺瞒爷的事情还少吗？"

想起她过去的端庄模样，独孤宸的嘴角不禁露出一抹讥讽之意。

她不是戏子，却胜似戏子！

或是委屈，或是圆滑，又或是强势和大无畏，每一个她都让他火冒三丈！

"不是我有意要骗，是他们先入为主，只认容貌姣好的枭云！"因独孤宸的态度而面色不豫，沈凝暄眉头轻皱，无奈耸肩，却因肩膀上的伤，倒抽一口凉气，忍不住对独孤宸撇嘴说道，"我说不出来，爷偏偏要我出来，眼下倒好，不是这儿受伤，就是那受伤，都没一个好地方了。"

独孤宸眉心一拧，眸色刚要缓和，却又很快一凝："夫人的腿，不是要废了吗？刚才为夫看着，怎么还能健步如飞啊？"

沈凝暄轻轻拧眉，却是挽起自己的袖子，将一片血红露在外面，不紧不慢道："爷有所不知，冻疮之症，遇暖必缓，从燕国到吴国，一路数十日温暖如春，我的腿伤自然慢慢也就好了！"

"哼！"

睨了眼沈凝暄的新伤，独孤宸转身对枭青吩咐道："回客栈！"

独孤宸所住的客栈，距离桃花林并不远。

回到客栈后，他并未急着去问沈凝暄什么，而是吩咐婢女替沈凝暄梳洗上药，便回到自己的房间。

窗外，车流涌动，人流不息。

独孤宸手握折扇，负手站于窗前，将视线放远，正好可以看到南宫府门外的那片桃花林，神情平淡地听着枭青对新越方面的汇报，他唇角勾起的弧度，微微上扬，逸出的却是几分冷凝。

他离开燕国之时，新越皇帝竟然身处燕境之内，而且……还半路劫持了他的皇后！

如此看来，他安插在新越的眼线，该作废了……心思转动，想到那个人，竟也让沈凝暄给骗了，他嘴角的冷笑，不禁逸出些许玩味："枭青，你说若是北堂航知道，自己竟然被朕的皇后耍得团团转，会有什么反应？"

枭青闻言，素日平静的眸子，亦闪过几分亮色："估计会抓狂吧！"

他的皇后，还真是让他——惊艳！

"一定会！"

淡笑出声，独孤宸对枭青下达命令："查他们的下落，让枭云脱身！"

身为新越皇帝，绝对不会无缘无故出现在楚阳。

"属下遵命！"

恭敬躬身，枭青对刚才进门的荣海颔首示意，转身退了下去。

微微回眸，看着身后的荣海，独孤宸轻声问道："皇后身上的伤，可有大碍？"

第十四章 重遇，一对冤家！

"给娘娘更衣的婢女道是娘娘旧伤初愈,又添新伤,腿上的伤虽是好了,今儿个肩上却又伤了……"抬眼偷瞄独孤宸一眼,荣海说话的声音,越来越小。

"自不量力的女人!"

独孤宸脑海中,忽而闪现她千钧一发之际,拼命救起远儿的一幕,知沈凝暄定是救人时受的伤,他眸色一寒,沉声问道:"伤得可严重?"

荣海微微颔首,轻应:"娘娘的伤明日该是最痛的时候,她的手臂,大约要休息几日,才可活动自如!"

闻言,独孤宸握着折扇的手微微收紧,在沈凝暄挺身而出去救远儿之前,他并未发现她,就当时的情形而言,即便她不去救远儿,他也不会容他有半点损伤!

只是,当时她的动作太快了。

快到根本就没有想过自己的安危!

念及此,他双眸微眯,抬步朝着她所在的房间走去。

见状,荣海轻勾了勾唇,连忙跟了上去。

地字一号客房里,沈凝暄已然换上一件素色襦裙,此时的她头髻梳起,薄施粉黛,纵是非倾城之色,却也与方才街上的小丫头有了天壤之别。

刚坐下身来,她端起茶盏,尚不及将茶送到嘴边,便见独孤宸进来。抬眸凝望着眼前风华绝代的俊美男子,她感叹一声,却不得不放下茶盏,起身对他行礼:"臣妾给皇上请安,数日不见,皇上一切可都安好?"

"托皇后的福,一切都好!"

独孤宸微皱了皱眉,低眉看着沈凝暄因行礼触痛手臂而轻颤的肩胛,径自落座,端起她刚刚放下的茶盏便喝了一口。

"皇上……"

唇角微牵,想阻止却已来不及,沈凝暄眼睁睁地看他喝了自己的茶,却是无奈一叹,安安静静地坐下身来。

"一个皇后,不是伤到这里,就是伤到那里……"轻抬目光,扫视她受伤的手臂,独孤宸沉声道,"你多灾多难没关系,我可不想自己的皇后哪日一不小心成了残障!"

"皇上这是在关心臣妾吗?"

独孤宸所言,虽有冷嘲热讽之意,但若细细听来,却像是在关心她的伤势,她权当他说的是好话。

"朕何时关心你了?"冷冷回了她一句,独孤宸神情冷寂几分,"先是自不量力跳下马车,后又不顾自身安危舍身救人……沈凝暄,朕是在提醒你,万事当量力而为,否则你只能如今日这般,吃尽苦头!"

闻言，沈凝暄浅笑："皇上这不是还是在关心我吗？"

"你……"

神色有些奇怪地看着沈凝暄，独孤宸眸色微沉了沉："从今日起，没有朕的允许，你便乖乖待在客栈里，哪里都不准去！"

"皇上！"红唇轻抿，沈凝暄谄媚一笑，"我可以拒绝吗？"

她一路舟车，千里迢迢地来到楚阳，还想仔细欣赏下楚阳的秀美风光呢！

"你觉得，你的拒绝会有用吗？"

独孤宸眸色转冷，像是在看着一个不听话的孩子一般，冷冷地反问沈凝暄！

自古君王一言九鼎，皇上的意思，从来不容任何人拒绝！

但沈凝暄却偏偏是个异数！

只见她深深凝了他一眼，并未曾再执意多说什么，而是不言不语地自己斟了盏茶，静静品着，以沉默来表示对他专制霸道的抗议！

"沈凝暄！"

独孤宸脸色不禁一黑："你这是什么态度？"

"皇上想要我什么态度？"沈凝暄放下茶盏，无奈耸肩，"我不想出行，皇上半夜掳掠我出宫，如今到了楚阳，我本想着要到楚阳城里走走，皇上却下了禁足令不让我出去，君王为大，夫者为天，言多必有失，我不敢顶嘴，自然便只能选择缄默不是？"

冷眼看着沈凝暄，独孤宸哂笑道："在这世上，还有什么是你不敢的吗？"

微微抬眸，与他视线相交片刻即便移开，沈凝暄撇了撇唇，再次选择沉默不语。

心头无名火乱蹿，独孤宸脸色一沉，伸手从她手里夺过茶盏，将杯中清茶一饮而尽！

见状，沈凝暄嘴角轻抽，只提壶又斟了一杯茶，仍是不曾出声！

一时间，客房里气氛直降，凝滞到了极点！

立身独孤宸身前，荣海看了看自家主子，又看了看沈凝暄，不由心底暗暗苦叹！

跟在皇上身边多年，对于他的脾性，他比谁都要了解。

他的意思，无非是要皇后安安生生在客栈里养伤，本是好意。可明明是关心，在面对皇后之时，最后却又成了这种局面！

他算看出来了，眼前的这两个人，不仅是八字不合！

他们根本就是一对冤家！

不久后，枭青的到来终于打破了客房内沉寂。

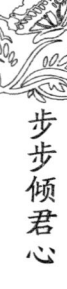

枭青分别对两人躬了躬身，轻声说道："皇上，属下有事要禀！"

独孤宸看了眼枭青，冷冷声道："禀！"

枭青点点头，低声禀道："属下查明，今日街上马车失控不是意外！"

闻言，沈凝暄心下一惊，脱口问道："你的意思是说，今日有人故意让马车失控撞向那个孩子？"

不是意外，便是人为！

远儿还那么小，她无法想象，竟会有人狠心对他下毒手！

"是！"

抬眼对沈凝暄点了点头，枭青看向脸色森冷如冰的独孤宸，"依着主子的吩咐，属下去查过了，正如主子所料，那辆马车之所以失控，是因为有人在马匹上动了手脚！那匹马的臀上插着一把匕首！"

沈凝暄眸色微深，看向独孤宸："皇上早知今日之事不是意外？"

"世上哪里有那么多的意外！"沉默半晌，独孤宸终是轻轻抬眸，看了沈凝暄一眼，便转头看向枭青，"是新越皇帝？"

"是……"

应答之时，枭青略有犹豫，然沈凝暄却眉目轻拧，出声说道："与我一起到楚阳的并非新越皇帝！"

闻言，独孤宸眸色微变！

第十五章　逆天，打了皇上！

"皇后娘娘？"

枭青神情严肃地抬眸看向沈凝暄，脸上尽是疑惑之色。

深看独孤宸一眼，见他眸色深深，沈凝暄对枭青轻笑了笑，道："枭云说，在燕国劫持我们的，确实是新越皇帝不假，但是与我们一起来楚阳的，却是另有其人！此人俊逸非凡，生得比女人还美！"

沈凝暄此言一出，独孤宸的眼底瞬间迸射出一道冷光："北堂凌？"

"嗯！"

沈凝暄轻点了点头，却是开口问道："枭云还说，这北堂凌人长得妖孽，且行事毒辣，善于谋划……他当真有枭云说的那么厉害吗？"

独孤宸神情微变了变，没有要为她解惑的意思，而是眸色幽冷地对枭青命令道："将戍守客栈的侍卫，全部调到南宫府外戍守，务必确保南宫一家安全！"

闻言，沈凝暄又是一惊："皇上！"

且不管独孤宸与南宫家到底有何渊源，但若将侍卫全部调到南宫府外，他的安全，便没了保障！

"皇上！"

荣海颤巍巍出声，躬身上前："此举万万不可！还请皇上三思！"

"荣海，你让开！"

独孤宸眸光坚定，语气坚决道："我不管他北堂凌此次图谋的是什么，但……我不许，也不容任何人伤他们母子分毫！"

听闻独孤宸的话，沈凝暄心下微怔！倏然抬眸，深凝独孤宸近乎完美的侧脸，她忽然想起他曾说过的话！

他说，他到楚阳，是要看一个人！

这个人当是南宫素儿无疑！

他说不容任何人伤害那对母子，莫非远儿……

她一直以为，他心里的那个人，是她的姐姐，但是现在看来，她那貌美倾城不可一世的姐姐，却也做了别人的替代品！不过……回想着南宫素儿清丽绝伦的容颜，她不禁又在心底无力喟叹一声！

纵然她姐姐生得再美，与南宫素儿相比，却总是差了一些……

就如独孤宸对沈凝暄的态度一般，他的决定不容任何人质疑！

这也就意味着，即便荣海一再相劝，他还是一意孤行。负责戍守客栈的暗卫，除了枭青和两三人以外，全部调去了南宫府邸。

是夜，夜色朦胧。

沈凝暄倚立窗前，瞭望空中夜色，心中久久无法平静！

独孤宸今日所言，若是出自别人之口，她只当对方是在保护妻儿，但话是他亲口所说，即便她是他的皇后，他却还是说出了那番信誓旦旦的言语。

她不得不承认，南宫素儿很美！

自独孤宸离去之后，她便一直在想，以他的身份，既是如此深爱，却又为何不能与南宫素儿相守？

他和南宫素儿之间，到底有着怎样的过去？

在窗前站了许久，微凉的夜风，迎面而来，害得她忍不住打了个喷嚏，就在此时，有人将披风披上了她的肩头："夜深了，天凉，夫人还早些歇息吧！"

听到熟悉的声音，沈凝暄身形微滞，转身看着身后不苟言笑的清冷女子，她的脸上不禁浮上笑意："枭云，你什么时候回来的？"

枭云对沈凝暄福了福身，被她的笑容感染，"不久前得了主子的暗讯，知道夫人脱险，属下便回来了。"

"回来就好！"沈凝暄眸光微微闪烁，轻问，"脱身时，可给那些人留了些惊喜？"

"托夫人的福，他们对我这个手无缚鸡之力的皇后，看守并不太严……"知道沈凝暄指的是什么，枭云轻笑着从袖袋里取出一只空空如也的锦囊，"我将夫人留下的这些好料，全喂了他们！"

"好样的！"

沈凝暄伸手接过锦囊，脸上笑意更深了："如此即便他们不死，也得丢半条命！"

"呃……"

枭云迎着沈凝暄的笑靥，轻挑了下眉梢："属下有没有告诉过夫人，新越摄政王也是精通药理之人！"

闻言，沈凝暄嘴角轻动了动，险些没爆出粗口。这男人，要不要这么全能，果然妖孽得逆天！

"皇后娘娘！"

适时，荣海进门，态度恭谨，对沈凝暄垂首躬身！

沈凝暄双眼微眯看着荣海，淡笑问道："荣总管此时不在皇上身边伺候，来本宫这里作甚？"

荣海躬了躬身，低头诚恳道："皇上将近侍调往别处，此乃大忌，但皇上不听奴才的，奴才想请皇后娘娘出面做主！"

"请本宫出面？"对于荣海的话不觉意外，却感可笑，沈凝暄上前几步，低眉凝着荣海问道，"本宫听闻，你多年来一直随侍皇上身侧，依你对皇上的了解，你觉得本宫的话，他会听？"

"不会！"

荣海斩钉截铁地摇着头。

见状，沈凝暄讪然一笑："比起来求本宫，你倒不如去求他心尖上的那个人。"

她在独孤宸面前有几斤几两重，自己最是明白，但南宫素儿不同，若由她出面，则事半功倍！

意会她的意思，荣海苦笑了下："皇上在楚阳的事情，不能让那个人知道！"

沈凝暄神情微变，冷笑着追问道："是不想让她知道，还是不能让她知道？皇上和她之间，到底是什么关系？"

荣海微怔了怔，涩然一叹道："皇上和南宫夫人之间的事情，奴才一言半语说不清楚，也不是奴才可以妄自议的！"

"说不清楚？"沈凝暄重复着荣海的话，嘴角的笑淡淡的，凉凉的，"荣总管，你来求本宫，总该让本宫知道事情的真相，明辨皇上和她之间的关系！"

意会到沈凝暄的意思，荣海抬眸，急忙摇头。

"没有关系吗？"看着轻轻摇头的荣海，沈凝暄转身行至桌前缓缓坐下，"本宫换一种问法，那孩子和皇上之间，到底是何关系？"

虽然，南宫素儿在远儿面前，自称姑姑，而非娘亲，但是她看远儿的眼神，绝对是一个母亲看自己孩子的眼神，再联想到独孤宸对他们母子的看重，沈凝暄自然而然地便想到了一种可能！

那便是远儿的身世！

第十五章　逆天，打了皇上！

"皇后娘娘！"

经沈凝暄如此一问，荣海不由苦笑了下。遥想当初，独孤宸与南宫素儿之间的情缘，和他为南宫素儿伤情的一幕幕，荣海心思暗暗沉下，无奈叹道："皇上和南宫夫人之间并非娘娘所想那般，虽然皇上不曾明言，但……若奴才所料不差，那孩子应该是吴皇所出。"

"吴皇的孩子？"

荣海的回答，出乎沈凝暄所料！

荣海没有否认远儿并非南宫素儿所出，这也就意味着，他们确实如独孤宸所说是母子，只是她没想到的是，独孤宸心中朝朝暮暮的那个人，竟然是吴国皇帝的女人，即便如此，他却仍将自己的安危置之度外，舍命也要保全他们母子二人！

由此可见，他和南宫素儿的那段过去，一定刻骨铭心！

荣海知道，沈凝暄此时心中定是疑惑重重，抬眼看着她，脸上赔着小心："皇上和南宫夫人之间的事情，来日皇上必定会告知皇后娘娘，不过为今之计，便是皇上和娘娘您的安危啊！"

"他们既是吴皇的妻儿，为何不在吴国皇宫之中？"眉心紧锁，沈凝暄微眯双眸看向荣海，见荣海只无奈一叹，知再问他也不会说什么。她略微沉思，悠悠然道："你在本宫这里发愁有什么用？去劝皇上啊！多劝几回，总会有用的。"

"皇上的脾气，娘娘该是最清楚的，奴才若能劝了皇上，便不会在娘娘跟前碍眼儿了！"想到主子的脾气，荣海的脸上满是无奈之色。

沈凝暄深看他一眼，也是无奈一叹，眉心轻轻舒展，她轻声问道："吴皇对南宫素儿母子如何？"

荣海怔了怔，忙回："吴皇对南宫夫人用情至深，曾言若她肯回宫，则后宫可以无妃！"

闻言，沈凝暄眸色微深："既是如此，她又为何不曾跟着吴皇回宫？"

"这……"

荣海眉心轻皱了下，一时无语。

见状，沈凝暄试探问道："是为了皇上？"

"也许！"

荣海抬眸，有些为难地点了点头。

"生了吴皇的孩子，却想着燕国皇帝……这还真是让人匪夷所思呢！"如此轻喃一声，想到那个绝美倾城的女子，沈凝暄微眯了眯眼，"不是失宠和置之不管，便一切好说！"

"皇后娘娘的意思是……"

荣海眸色微亮，满眼希冀地看着沈凝暄。

低眉看着荣海，沈凝暄忽而想到一句话——人老成精！

这家伙，根本就早已知道该怎么做，却又怕自己承担不了独孤宸震怒的后果，这才想方设法地想要找她来背黑锅！

不过，这也无妨！

反正他只要对皇上忠心即可，而她从来不得独孤宸欢心，再摸回老虎屁股也没什么大不了，如今，最重要的是，他们的安危！

思绪至此，她淡淡一笑，低眉冷目地看着荣海："荣总管，你是真不知本宫的意思，还是明知故问？"

"皇后娘娘！"

荣海咂了咂嘴，险些没咬到自己的舌头。

"老狐狸！"

明明白白轻斥一声，沈凝暄微扬下颔："是谁的女人和儿子，便该让谁去操心，既然是吴皇的，便由他来保护才是正理！"

闻言，荣海心下一喜，仍旧有些担心地看着她："可是皇上那边……"

"你先斩后奏了便是！"

沈凝暄起身朝着床榻走去，施施然在榻前落座，她转头看向荣海："你今日来本宫这里，不就是在想着，此事由本宫出面，即便皇上若是追究起来，也大可说是本宫的意思，一切由本宫担着吗？"

"奴才不敢！"

荣海心下一惊，忙将头低到不能再低。

他从来都知道，皇后娘娘虽貌不惊人，却不是个傻的，但是现在看来，心思却通透得很呢！

静静看着荣海，沈凝暄轻摆了摆手，道："敢不敢，今儿这黑锅，本宫替你扛了，你该干吗干吗去吧！"

"是！"

荣海如获大赦一般，躬身退下。

目送荣海离去，枭云满脸忧色，垂眸上前："这荣总管油滑得很，娘娘既然知道是黑锅，又何必要背？"

沈凝暄苦笑着看了看枭云，无奈叹道："如今皇上一意孤行，将所有的人都派去了南宫家，若新越国果真对我们图谋不轨，后果不堪设想，到那个时候，皇上有难，我这位随行的皇后，又岂能苟活？"

黑锅谁都不想背，但这一次沈凝暄却不得不背。

第十五章　逆天，打了皇上！

因为，这不仅是为了独孤宸，还为了保全她自己的性命。

现在回头想想，她重生之后，原本只想要报仇的，可是现在的一切，早已偏离了她原本轨迹，而她……却不得不走下去！

楚阳多雨，前日里才刚落了雨，只两日罢了，细密的雨丝便再次霏霏而落，将整座古城衬得朦朦胧胧。雨水自瓦口滴落石地的清脆响声不时传来，沈凝暄懒洋洋地蜷曲在窗前的贵妃榻上，轻弯了红唇，心满意足地叹一叹！

听着她的叹息声，端着热茶上前的枭云微蹙了蹙眉。将茶盏递与沈凝暄手中，她的声音不再如以往那般清冷，十分柔和地出声问道："皇后娘娘在感叹什么？"

将视线从窗外收回，沈凝暄缓缓坐起，微抬眉眼，与枭云四目相对，她低眉浅啜口茶，有些苦涩地勾起唇角："本宫在想，感情本是两个人的事，若多出一人，便注定有人会受伤……"

枭云若有所思地笑了笑："娘娘是在为皇上感叹？"

"不完全是为他，为我自己，还有……这大千世界的男男女女！"浅淡笑着，沈凝暄想了想，将红唇抿成一条直线，"一个男人对一个女子的感情越深，便注定对他身边的其他女子越薄情……"

枭云了然，怔怔地想，因为皇上对南宫素儿的深情，所以才会有他对沈凝暄的薄情！

见枭云走神，沈凝暄对她眨了眨眼，轻问："本宫说话呢，你这丫头想什么呢？"

看着她眨眼的娇俏模样，素来神情清冷的枭云，不禁有些苦涩地牵了牵唇角："皇上对南宫夫人确实用情至深，不过娘娘是皇后，以娘娘的聪明，属下想如果娘娘愿意去争的话，皇上一定会……"

"本宫无心去争！"兀自打断枭云的话，沈凝暄将手里的茶盏塞到枭云手里，再次慵懒后仰，"情之一字，从来让人生不如死，皇上既是对本宫无意，本宫也省得去自讨没趣！"

枭云定定地看着沈凝暄，沉思片刻，眸光闪动地出声问道："难不成，娘娘心里，也有心仪之人么？"

"心仪之人？"

好笑地看了枭云一眼，沈凝暄的心微微一动！

想到前世里独孤宸只淡淡看了她一眼，便让她心脏狂跳，还有今生那个让她颇为头疼的独孤萧逸……她唇角勾起的弧度，有些苦涩地渐渐上扬，"也许，是有那么一个人也不定！"

枭云闻言，视线一眨不眨地注视着她："娘娘指的是齐王殿下？"

神情微微一怔，沈凝暄回眸迎向枭云的视线，想着那个一心对她好的温润男子，她浅笑着问道："你怎会想到齐王殿下？"

枭云面色微沉，轻道："在宫里，从来不缺的便是耳朵和嘴巴，齐王殿下钟情于娘娘，几乎人人皆知！"

"是吗？"

淡淡敛了笑，沈凝暄轻挑眉梢："外人可说过，本宫对齐王如何？"

枭云紧拧了眉头，对沈凝暄说道："属下知道，皇后娘娘和齐王之间清白如水！但是……"

"但是人言可畏是不是？"

出言打断枭云的话，沈凝暄有些好笑地看着她："你现下的样子，有血有肉，不再冷冰冰的，本宫倒是喜欢得很！"

闻言，枭云怔了怔！

不理会沈凝暄的取笑，她面色严肃道："娘娘，属下是为您好！你心里的那个人，只能是皇上！"

"我知道你是为了本宫好！"沈凝暄略一勾唇角，语重心长道，"皇上心里没有本宫，本宫又何必要去自寻烦恼？"

深深地凝视沈凝暄淡漠的神情，枭云沉默许久，却到底无奈一叹！

窗外，雨水落地的滴答声徐徐响着，沉浸在这份宁静之中，沈凝暄轻呼口气，缓缓闭上眼睛，也就在她闭眼的一刹那，原本紧闭的门扉却被人由外用力踢开。

闻声，沈凝暄双眸倏地睁开，枭云则是心下一凛！

自沈凝暄身后闪身而出，她刚要出声呵斥，却在看清来人之后，心下一颤，急忙躬身行礼："属下参见皇上！"

来人，正是独孤宸！

只见他甫一进门，便气势汹汹，周身都散发着冷冽之气。

"皇上？！"

看他脸色不善，沈凝暄斜睨了眼他身后垂首跟随却噤若寒蝉的荣海，便已然知晓发生了什么。稳了稳心神，她从贵妃榻上起身，淡笑着盈盈上前福下身来："臣妾参见皇上，皇上……"

"沈凝暄！"

不待沈凝暄嘴里的话说完，独孤宸蓦地出手，狠狠掐住她的脖颈，沉声喝道："你算什么东西？竟敢替朕擅作主张！"

"皇上问得好，我自己也想知道……"在他的大掌压迫下，呼吸骤然受阻的沈

第十五章 逆天，打了皇上！

凝暄满脸涨红，窒息的感觉再次袭来，她费力地喘息着，却是眸光微闪，狠下心用力咬咬舌尖，颤声问道："在皇上眼里，自己到底算什么东西？"

她知道，眼前的这个男人，一定爱惨了南宫素儿！

否则也不会对她下此重手！

但……心肺间窒息的痛楚袭来，她的眸底泛起水雾，却毅然决然道："皇上今日如此待我，可想过我是大燕国的皇后，是你的妻！我到底做错了什么？竟让你如此待我？"

"你还敢问？"

眉目间是浓得化不去的戾色，独孤宸手下的力道蓦地收紧："谁给你的胆子，竟敢自作主张给吴皇传信？"

沈凝暄闻言，冷笑："如今天下新越、中吴、北燕三国鼎立，皇上可曾想过，北堂凌一路从燕国跟到吴国，到底所为何来？如今我们身处吴国，万一皇上有个三长两短，燕吴之战必起……"

只单单一语便点破北堂凌所图和其中利害，沈凝暄语气前所未有的坚决："如今我不管过去皇上和南宫素儿之间有过什么，但错过就是错过了，她如今是吴皇的女人，她的安危本该吴皇出面，而皇上……您是燕国的皇帝，身负江山社稷和万千黎民，龙体绝对不容有失！"

"闭嘴！"

独孤宸沉怒一喝，哂然冷道："朕要做什么，还容不得你来插嘴！"

"事关皇上安危，只要我一日为后，便有资格，也一定要插手此事！"沈凝暄眸底闪过一丝凌厉，冷嘲一笑，"除非皇上废了我，可是怎么办？皇上曾答应过，不再与我提废后之事！"

"呵……"

眸中阴霾甚重，已然怒到极致的独孤宸森冷挑眉："朕不能废了你，却可以杀了你！"

"皇上！"

枭云生怕独孤宸手下一紧结果了沈凝暄的性命，心身皆颤地对独孤宸说道："皇后娘娘所为，一切都是为了皇上安危着想，还请皇上手下留情，她是您的皇后啊！"

"皇后？"

独孤宸冷嗤一声，五指再次收缩："她活着，是朕的皇后，死了仍然会是……朕的皇后！"

因他手下的动作，沈凝暄脖颈剧痛！

意识到独孤宸眼底的那抹伤痛，她略显青白的脸上，浮上一抹戏谑的笑，竭尽全力深吸口气，她不怕死地冷笑道："原本，我以为，皇上是个明君，但没想到，为了一个女人，你做到如此，为君者，是为天下不顾，为夫者，是为妻子不顾，着实让人失望透顶！"

"皇后娘娘！"

一脸焦急地看向沈凝暄，枭云不住地摇头，求她不要再去顶撞皇上。

然，沈凝暄知道，她若不如此行事，独孤宸必定一意孤行！

是以在凄然地看了枭云一眼后，她缓缓仰头："皇上……若是下手便干脆一些，莫要一而再再而三总这么掐着我的脖子吓唬我！"

那日，在她自请废后以后，他也曾如此待她。这种濒临死亡的感觉，真是不好受，谁也不想多试几回！

还是那句话，她比谁都贪生怕死。

但是，却笃定眼前这个男人，并非昏君！

被沈凝暄如此顶撞，独孤宸俊美的脸上，掠过一丝狠戾，握着她脖颈的手倏而用力，他如死神一般，阴恻恻道："朕倒要看看，你到底有多大的胆子，当真连死都不怕吗？"

语落，他眉心紧锁，置于沈凝暄脖颈上的指尖再次微微下陷！

"皇上！"

"皇上！"

同时惊呼出声，无论是枭云还是荣海，都一脸惊惧，却不敢上前阻挠。

"皇上原来……只是想……知道我的……胆子……到底……有多大啊！"剧痛再次袭来，沈凝暄只觉眼前发黑，费力喘息着，她凝着独孤宸的水眸隐隐一闪，蓦地伸手扯住他的衣襟，她将他整个人向自己拉近，仰起头来吻上他紧抿的薄唇。

被人突然袭吻，独孤宸还是第一次！

沈凝暄吻上他的唇时，他全身猛然一震，整个人近乎石化！

因独孤宸的怔忡，沈凝暄终于可以自由呼吸，顾不得羞怯，她紧攥独孤宸的襟领，拼命从他的呼吸中，汲取自己所需的氧气！

此刻，管他皇上还是谁！

活着才最重要！

在这一瞬间，独孤宸的鼻息之间，充斥着只属于沈凝暄的桂花香气，那幽香淡淡的，却让他有一种异常的感觉自心中滋生，禁锢着她脖颈的手微松，他本想扣住她的手臂，却在发现她正贪婪地从自己口中吸吮空气时眉宇紧皱，蓦地用力将她推开！

"你……"

第十五章 逆天，打了皇上！

狭长的凤眸，聚满风暴，独孤宸一时怒极，在推开沈凝暄之际，直接举起右手，一巴掌便打在沈凝暄的脸上："不知羞耻的女人！"

脸上一阵火辣的痛楚，沈凝暄眸光一闪，竟然想都不想，便朝着独孤宸俊帅的脸上甩回一巴掌！

啪的一声！

响亮的巴掌声响彻屋内。

独孤宸做梦都没有想到沈凝暄会掌掴自己，并没有躲开她的这一巴掌，被她打了个正着！

见沈凝暄打了独孤宸，枭云和荣海，皆面露惊惧之色，忍不住倒抽口凉气！

天哪！

皇后，居然打了皇上！

她居然胆敢掌掴一国之君！

被沈凝暄的举动惊得瞠目结舌，枭云和荣海一脸震惊，大张着嘴半晌说不出一句话！

自皇上登基之后，便是九五之尊，连太后都不可动手！

可沈凝暄……她这是要逆天啊！

"皇上不是想要知道，我的胆子到底有多大吗？"忍不住剧烈咳嗽着，沈凝暄冷笑着对上独孤宸惊诧的眸子，嘴角缓缓溢出殷红的血水来，"我……没让皇上失望吧？！但求这一巴掌，可以把皇上打醒！"

闻她此言，荣海不禁暗暗咂舌！

沈凝暄这哪里算是大胆？根本就是胆大包天才对！

今日这祸，她是闯大了！

垂眸瞥见枭云满眼忧虑又狠狠地剜了自己一眼，他不禁微微侧目，偷瞄独孤宸一眼！

若说，方才被沈凝暄袭吻之时，独孤宸近乎石化在当场，那么此刻，被沈凝暄直接掌掴之后，他便是彻底石化了！

他是燕国的帝王，万万人之上的人上人！

从一出生开始，他便身份尊贵！

谁敢动他一个手指头？

可眼前这个女人却……毫不客气地给了他一巴掌！

脸上火辣辣的痛楚十分清晰地传入脑海，他垂于身侧的手，缓缓抬起，轻抚自己被打痛的脸，另一只手则是倏地收紧："沈凝暄，你好大的胆子！"

沈凝暄冷笑了笑，无惧言道："看来我这一巴掌，把皇上打醒了！"

"朕确实醒了！"

心中的火气，虽然未灭，却在可以控制的范围之内，独孤宸的目光如锋利的小刀，刀刀射向沈凝暄，凝着沈凝暄脸上的那抹冷笑，他亦冷笑一声，对荣海咬牙道："拟旨，皇后沈氏恃宠跋扈，屡犯众怒，着今日起禁足，待回宫之后，削夺凤印，流放西土千里……去放羊！"

"啊？"

荣海从震惊中回神，看了独孤宸一眼，脸色灰败地低头应道："奴才遵旨！"

流放西土千里吗？

当今世上，新越，中吴，大燕三国鼎立，燕国疆域本就靠西，再往西走千里的话，岂不成了不毛之地？

听闻独孤宸要将自己流放到西土去放羊，沈凝暄心里不觉有些好笑。

他始终不曾违背诺言，废黜她的后位，但却将她流放到不毛之地去放羊，如此一来，她会成为大燕国第一个去放羊的皇后！这名声虽然不好，但到底还是皇后啊！

他独孤宸，确实是被她打醒了，否则也不会这么狠毒，如此惩罚于她！

如此腹诽着，沈凝暄不禁暗暗一叹，迎视着独孤宸冰冷的眸，她轻轻一笑，不曾流露出一丝惧怕，而是满不在乎地对他福下身来，领旨谢恩："皇上是想让臣妾成为大燕国第一个去放羊的皇后啊，如此名号，前无古人后无来者，臣妾谢主隆恩！"

"沈凝暄，你……"

眼神阴鸷地狠狠扫过沈凝暄，独孤宸被她气得俊脸含愠，直接拂袖而去！

眼看着独孤宸转身向外，沈凝暄视线始终胶着在他的身上，直到门外再不见他的身影，她终是身形一颤，踉跄着后退几步，跌坐在贵妃榻上。

"皇后娘娘！"

一脸担心地来到沈凝暄身边，枭云垂眸看着她粉颈上清晰可辨的瘀痕，不由变了变脸色："给吴皇送信一事，越过皇上本就不对，如今皇上既是追究，您认个错便是，为何还要如此顶撞，对皇上动手，那可是诛九族的死罪啊！"

"你以为皇上当真想杀了本宫吗？"打断枭云的话，沈凝暄倔强地拂去嘴角的血迹，转头看向枭云，她唇角处勾起一抹讥讽的笑，"若他果真要对本宫下毒手，还会再给本宫任何说话的机会？"

"娘娘！"

听着沈凝暄的解释，枭云红唇轻嚅。

在方才的情况下，若皇上铁了心要杀她，大可一鼓作气了结她的性命，根本不会给她任何说话的机会！

但是，他却没有！

第十五章　逆天，打了皇上！

247

"他只是心里憋屈，想要找个宣泄的途径罢了！"沈凝暄悠悠一叹，仰躺在贵妃榻上，轻轻冷笑道，"只是让本宫意想不到的是，他竟然会流放本宫去放羊！"

看着枭云，沈凝暄神情肃穆地出声问道："枭云，你看本宫像是放羊的那块料子吗？"

"……"

枭云面色微僵了僵，怔怔地看着沈凝暄，却不知该说些什么好。

换做别人，被皇上流放到西土去放羊，只怕早已哭天喊地了，可她居然还有心情与她开玩笑……

雨夜阴沉，湿濡的夜风，透过窗棂，垂落华室，让人倍感萧凉。

从沈凝暄的房间回来之后，独孤宸便面色冷峻地坐在客房堂厅的靠椅上，不声不响，一直到晚膳时辰，都不曾动过！

"皇上，该用晚膳了！"

数不清第几次在独孤宸身前躬身，枭青轻声催促道。

"先放着！"

斜睨枭青一眼，独孤宸的回答，与前几次无异，连看都没看边上的晚膳一眼。

见状，枭青神情不变，继续退到一边，静静等着。

时候不长，屋外传来一阵窸窣的脚步声。

枭青出门，与来人低语几声，随即返回屋内，再次躬身对独孤宸说道："吴国大将军萧敬已奉吴皇旨意赶赴楚阳，主子您看我们的人是不是该撤回来？"

"先不管他们！"

独孤宸摇了摇头，把玩着手里的玉骨扇，冷冷说道："只要北堂凌一日尚在楚阳，我们的人便要保护素儿母子的周全！"

即便果真如沈凝暄所言，吴皇的妻儿，该由吴皇自己保护，但……纵然萧敬威名在外，是为吴皇的左膀右臂，只要不是吴皇赫连飔亲自出马，他永远都不能放下心来！

以前，大错已然铸成。

如今，他决不允许素儿在他的眼皮底下，受到一丁点的伤害！

"主子！"

枭青张了张嘴，却在瞥见独孤宸冷峻的神情时，不禁低声应道："属下明白了！"

片刻之后，荣海自屋外进来，在独孤宸身前躬身一礼，颤巍巍地将手里已然拟好的圣旨呈上："圣旨已然拟好，还请皇上过目……"

"不必！"

紧皱了下眉宇，独孤宸不曾抬头，直接从襟袋里取了印鉴加盖在圣旨上，对荣海命令道："去与皇后宣旨！"

"这……皇上……"

握着圣旨的手微微泛白，荣海看着自家主子阴郁的神情，却不敢出言相劝，只得转头求救似的看了眼边上的枭青。

若沈凝暄因今日之事被流放，他可就是名副其实的罪魁祸首了！

接收到荣海求救的眼神，如枭云般从来少言寡语的枭青轻皱了下眉，低眉敛目道："皇后所为，是为皇上安危着想，这流放之事还请皇上三思！"

"枭青！"

独孤宸微眉头皱起，略一扬脸，目光冰冷地扫了枭青一眼："你何时也学会多嘴了？"

"属下不敢！"

枭青低下头来："属下只是就事论事，在属下看来，皇后娘娘所为并无不妥之处！"

独孤宸冷笑："你的意思是，朕所为欠妥？"

枭青神情微变："属下不敢！"

眸光阴鸷地深凝枭青一眼，独孤宸的视线扫过荣海。

"奴才这就去宣旨！"

荣海心中暗叹，躬身退下。

独孤宸浓密的眼睫轻轻颤动，缓缓闭上双眼，而后一身疲惫地仰靠在椅背上，就在荣海踏出房门之际，他微眯双眸，倏然开口道："宣旨过后，命枭云护送她先行回京，待朕回宫之后，再行逐宫流放！"

闻言，荣海脚步微微一滞，心思却是电转。

宫中有太后，还有大长公主，她们素来宠爱沈凝暄，若她可以回宫，也就意味着一切尚有转机！

迎着荣海暗自思忖的眸，独孤宸眸色微深了深，便再次面无表情地合上眸子！

三年前，在他选择皇位之时，他和南宫素儿之间的一切，便已然注定！

她恨他，他岂会不知？

但，纵是有缘无分，只要事关于她，他便永远都不会坐视不管！他何尝不知，沈凝暄让赫连飏出面保护自己的女人和孩子，是天经地义无可厚非的？只是如果赫连飏插手此事，他便再没有任何理由，为她再做些什么了。明知她有危险的情况下，却什么都不能为她去做！这种感觉，对他而言，是无奈，亦有深深的无力感，这种感

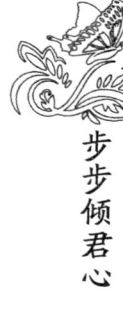

觉，让他无法忍受！

也正因为此，他才会对沈凝暄勃然大怒！

是非曲直，他区分得清，自然也知道，沈凝暄如此先斩后奏，根本就是在一心为他着想，他其实是个极其自私的人，自私到即便知道她对自己的好，却仍然想要给自己无法忍受的情绪，找一个宣泄的出口！

不过，缓缓抬手，抚上早前被沈凝暄打过的面庞，独孤宸好看的唇形，轻轻弯起。

沈凝暄胆大包天不说，这丫头巴掌，也不是吃素的啊！只是，打了皇上的后果，是送她回宫，这是不是太过便宜她了？

荣海宣旨之时，沈凝暄不哭不闹，不卑不亢，神情淡然从容。

"有劳荣总管了！"

她浅浅一笑，伸手将荣海手里那明黄色的圣旨握于手中，心中感慨良多！

她处心积虑从沈凝雪手里抢走了皇后之位，总以为可以在报仇之后老死宫中。

但是现在看来，计划永远都赶不上变化！

"沈凝暄，如今你还是皇后，是时候去了结恩怨了！"悻悻长叹，又觉得恍然如梦，沈凝暄转身向外，唇角勾起一抹凉讽的浅笑，回头看着身边的枭云。此刻的枭云不再冷清，而是满眼忧虑，正蹙眉凝望着她："皇后娘娘！"

迎着枭云略显忧虑的眸子，沈凝暄微微一笑："皇上不是命你送本宫回京吗？别愣着了，收拾东西，明儿一早我们就启程！"

"是！"

枭云愣了愣，点了点头。

微翘的嘴角高高扬起，沈凝暄轻道："还是那句话，皇上应该还会在楚阳多留一阵子，本宫想在流放之前，在相府小住几日！"

"呃……"

枭云面色一变，却是无奈一笑："娘娘是主子，属下自当遵命！"

这一次，枭云并没有固执地一定要沈凝暄回宫，而是应下了她的要求。

难得见枭云答应得这么爽快，沈凝暄淡淡一笑，再次扬了扬手里的圣旨，淡淡说道："到了西土，本宫仍旧是皇后，你可想跟本宫一起去放羊！"

"……"

枭云眼角微抽，俏脸之上尽是苦笑。

这都什么时候了，皇后娘娘又开上玩笑了！

翌日，细雨依旧淅淅沥沥落个不停。

独孤宸双手负于身后站在二楼窗前，眸中神色微闪，俊美无俦的脸上，让人看不出一丝波澜。

客栈外，马车早已候着，枭云正扶着沈凝暄上车，似是感觉到他的视线，刚刚登上马车的沈凝暄停下脚步，转头朝着他所在的方向望了过来。

两人的视线，一个平静，一个淡漠，静静地在空中相遇。

淡淡地对他展颜一笑，沈凝暄转开视线，低头进入马车。

见状，独孤宸眸底的神色又深了深！

他流放了她去放羊，她竟然还在笑！

独孤宸眉心一拧，声音低冷地轻轻喃道："不自量力，不知所谓，世上怎会有如此女子？"

听到他的话，站在他身后的荣海身形微颤了颤。看着楼下马车缓缓驶离，看着独孤宸早已不复怒火的墨色双目，他十分轻易地从中读到了一丝陌生的情绪。

意会到那种情绪所代表的意味，他心中不由狠狠一揪，扑通一声在独孤宸身后跪落："皇上，奴才罪该万死！"

"荣海！"

看着颤巍巍跪在地上的荣海，独孤宸微一皱眉，"你何罪之有？"

"皇上！奴才死罪！"

心知世上没有不透风的墙，也没有永远的秘密，荣海不敢去看独孤宸，用力拿额头磕着地，他满脸懊恼地甩手给了自己一个嘴巴子，把心一横，颤声说道："前两日里，奴才……奴才实在担心皇上安危，便去找了皇后娘娘，想由娘娘出面给吴皇传信……娘娘她……她明知奴才是在找替罪羊，却还是为了皇上，义无反顾地帮着奴才背了黑锅，……皇上，这一切都是奴才的错，娘娘她一心为了皇上，是奴才……奴才罪该万死啊！"

话，说到最后，荣海已是泣不成声，只见他抬起手来，又啪啪抽了自己两下，这才将额头抵在地上再不抬头！

"荣海啊荣海！你还真是……"

锐利的视线直直落在荣海头顶，独孤宸语气寒凉地冷笑一声，随即嗤声问道："既是皇后不曾说出此事与你有关，你该暗自庆幸才对，现下又为何要坦白认罪？"

"皇上！"

荣海抬起头来，已是老泪纵横，伸手抹了把泪，他颤巍巍地叹道："奴才原想着，此事就此揭过便罢，但思前想后，奴才觉得，奴才跟了皇上一辈子，不该有任何事情欺瞒皇上！皇后娘娘虽然貌不惊人，但却识大体，懂取舍，是个难得的大度之

第十五章　逆天，打了皇上！

251

人,现在……奴才老了,死了也是贱命一条,断不能眼睁睁看着皇上和娘娘因为奴才的过错,而伤了彼此的感情啊!"

说完话,荣海再次匍匐着身子,等待独孤宸处置!

"荣海……"

冷冷盯着下方的荣海,独孤宸眸色暗了暗,许久之后,他怒极反笑,再次转身看向窗外,幽幽叹问:"你觉得,朕与皇后之间,有感情可言吗?"

"当然有!"

荣海笃定颔首,眸色微深:"皇后娘娘初进宫时,皇上也许十分讨厌她,但是后来……皇上,您可曾想过,为何见着皇后娘娘总是在动气,却总是对她无可奈何?"

"为何?"

独孤宸轻幽一语,似是在问着荣海,却又像是扪心自问!

听到独孤宸的轻语,荣海苦笑了笑,低声说道:"奴才不敢揣度圣意!"

"好一个不敢揣度圣意,朕看你揣度得一点都不少!"眼神冰冷地注视着荣海,独孤宸微眯了双目,然……就在他惊得荣海不知如何是好时,却见他面色晦暗轻挑了挑眉梢道:"你起来吧!"

"皇上?"

荣海身形微怔,一脸惊诧之色,却不曾起身!

皇上这么轻易就放过他了?

窗外,落雨依旧,街道上行人稀疏,目送着沈凝暄所乘坐的马车消失在拐角处,独孤宸转过身来,低眉看了荣海一眼,便再次转身看向窗外:"自朕懂事开始,便是你在照顾朕,父皇和母后不在时,陪在朕身边的也唯有你一人,荣海……你的罪,是该死,但你是朕身边最亲近的人,朕如何对你下得了手?"

"皇上!"

抬头看着独孤宸挺拔俊逸的背影,荣海不禁潸然泪下!

"起来吧!"

瞥见荣海痛哭流涕的模样,独孤宸微皱了皱眉,抬眸瞥见正站在门外的枭青,他用力扶了扶荣海的肩膀,苦笑着抬步向外走去:"朕知道,你们是为了朕好,但这种事下不为例!"

"奴才谢皇上不杀之恩!"

心下紧绷的弦啪的一声断裂开来,荣海泪眼婆娑地看着独孤宸一步步向外,直到他快到门口之时,他方壮着胆子再次出声:"既是真相大白,皇上可要奴才追回皇后娘娘?"

在他看来，既是皇上连他都不忍怪罪，那么那道流放诏书，便也该作废才是！

"既然圣旨已下，一切无用之事，便不必再做！"只在门前微顿了下脚步，独孤宸看似毫不在乎地冷笑了下，便抬步迈过门槛儿。

流放沈凝暄，是在他盛怒之下！

但听了荣海所说的整件事情的来龙去脉，此刻他心中所想却是南宫府戍守的人马，不能撤回，与其留沈凝暄跟在他身边冒险，倒不如现在就这样让她回宫，毕竟远离了楚阳这个是非之地，她便是安全的！

虽然不想承认，但他却不得不承认，他对那个女人，多少是有感情的！

因为此刻的他，竟会在意她的安危！

握着折扇的手紧了松，松了又紧，他眉心紧皱，心中思绪飞转。

人是他带出来的，便该活着带回去！

如是，在心中给自己寻了个勉强说得过去的理由，他淡淡勾起的性感唇角缓缓逸出一抹自嘲的笑。

离开房间，见枭青对自己躬身，他轻点了点头，脚步不停，继续向前："朕交代的事情，办得如何？"

紧随独孤宸左右，枭青神色凝重道："按照暗线提供的消息，属下方才带人去了北堂凌落脚的客栈，可惜……属下去时，那里早已人去楼空！"

"跑得还挺快！"

独孤宸冷笑，一侧唇角邪肆勾起，缓步下楼："若是能让你随随便便抓住，他就不是北堂凌了！"

闻言，枭青苦笑了笑："属下接着去查！"

沈凝暄离开客栈之后没多久，外面的雨势便大了起来。

车窗外，雨声哗哗，再不似早前那般轻柔，枭云轻撩窗帘，遥望身后被雨水覆上一层朦胧光景的楚阳古城！

"这么美的一座城，却成了是非之地！不知等我们走后，会闹出多大的风波……"瞭望美景，枭云心有所感，轻叹口气，她转身为沈凝暄盖着薄被，语气低缓道："娘娘走了也好，离开这是非之地，反倒更加安全！"

"你刚才说什么？"沈凝暄本是在低头看书的，但在听到枭云的话后，却不禁眼睫轻颤了颤，似是觉察到什么，她微蹙着黛眉，心思飞快转动，想让枭云把方才的话重复一遍。

枭云轻笑道："属下说，娘娘离开了这里，便安全了。"

"是啊，离开了这里，本宫就安全了！"沈凝暄轻轻一叹，放下手里的书籍，

第十五章 逆天，打了皇上！

253

转头望向窗外,"可是皇上还身处这水深火热之中!"

枭云闻言,眸色一喜:"娘娘是在关心皇上?"

"本宫的关心,有用吗?"

沈凝暄自嘲一笑,再次拿起书籍,垂眸阅览。

"当然有用!"

枭云凑上前来,笑看着沈凝暄道:"精诚所至,金石为开,只要娘娘用心,皇上对您的态度,一定会有所改观的!"

淡淡抬眸,对上枭云满是鼓励的眼神,沈凝暄挑眉一笑,继续低头看着手里的书。

她进宫的时间不短,与独孤宸相处的时候,大多数时间都是在吵架斗嘴!在过去这大半年里,她的日子过得并不顺妥。

如今独孤宸留在楚阳,万一一个不好……那么到时候,她便顺理成章地坐上太后之位。

这,本来是极好的。

一点都不妨碍她的复仇计划!

但是她对这个结果,却又是极为排斥的!

女人,还真是矛盾!

"娘娘……"

看着沈凝暄垂眸不语的样子,枭云微张了张嘴,刚要再说什么,却忽然脸色一白,额头上冷汗涔涔!

"枭云?"

察觉到枭云的异状,沈凝暄心头一惊,放下手里的书籍,她刚想查探枭云的情况,车门便已大开,紧接着泛着幽光的冰冷剑刃,便已然横于她的脖颈之上。

身形,猛地一滞!

沈凝暄的心怦怦乱跳,眉心紧皱着向车外看去,待见那手持利刃的男子,沈凝暄的脸色,不禁又是一变!

马车外,正持剑逼在她颈间的男子容貌清俊,身姿挺拔,尤其一双冰冷的眼睛,冷得让人心底发颤!

只是,这双眼睛……

紧皱的眉心,一直不曾舒展,沈凝暄凝着那双似曾相识的眸,暂时定了定心神,随即冷然一笑道:"我道是谁,原来是蓝大叔。几日不见,蓝大叔当真英气逼人啊!"

枭云说得没错,去掉满脸虬髯的蓝毅,英挺俊朗,也算是个货真价实的美男子，而此刻，站在车外，以剑劫持她的人，便是他了！

听沈凝暄喊着自己蓝大叔的凉讽语气，蓝毅面色冷峻地眯了眯眼，不过这一次，他并未露出怒容，反倒一脸惊艳地看着沈凝暄，握着剑柄的手，微微用力，他对她哂然笑道："青儿姑娘，别来无恙……哦，或许在下该尊您一声燕后娘娘！"

闻言，沈凝暄目光微动！

看样子蓝毅等人已然知晓了她的身份，不过这样也好，省得她再继续伪装了。

"你还是唤我一声人质吧！"神情淡然地扬起下颌，沈凝暄荣辱不惊地看着枭云，沉声质问蓝毅："你们给她下了什么药？"

"只是一些软筋散罢了！"微侧目，轻睇了枭云一眼，蓝毅笑看着沈凝暄，眸光透着狠色，"燕后与她同乘，如今她中毒昏迷，你却身子无恙，这还真是让在下惊艳啊！"

闻言，沈凝暄慵懒一笑："不管本宫昏迷与否，还不都落在了蓝大叔你手里？"

"好说！"

冷哼一声，蓝毅转身登上马车。

见状，沈凝暄一脸戒备地朝着车厢后退。

"如今知道了娘娘的身份，在下便不会再造次，娘娘大可放心，不过……"蓝毅斜睨枭云一眼，语气里让人听不出一丝情绪，"这丫头，脱逃时，用了些不该用的东西，本来是该死的，但我家主子怜香惜玉，不想白白浪费她这张比花都美的脸，只想着回头把她送给主上，好好乐呵乐呵！"

"卑鄙的主子，龌龊的奴才！"

知是软筋散，无碍于性命，沈凝暄暗暗松了口气，冷瞥着边上如冰块般的蓝毅，她一点都不淑女地啐了一声："枉你还是新越的影卫队长，竟不敢与我燕国影卫交锋，有本事等她醒了，你放了她，与她一较高下！"

虽然早已见识过沈凝暄的伶牙俐齿，这会儿被沈凝暄如此奚落，蓝毅脸色还是变了变！暗暗咬了咬牙，他动了动手里的长剑，逼着沈凝暄退到车内："纵然燕后娘娘再如何伶牙俐齿，眼下也已插翅难飞……您的激将法，对在下而言，无用！"

微拧了拧眉，沈凝暄坐在马车上，眼看着蓝毅上车，从被褥下取出一只香囊丢出车外，她眸色微暗了暗，低眉凝着颈间寒光闪烁的剑刃，面色微愠道："本宫的人被你迷晕了，你却仍旧以剑指着本宫，可是怕了我这手无缚鸡之力的弱女子吗？"

蓝毅眉脚抽了抽，沉着面容冷声道："阴沟里翻船，我经历一次便罢了，这辈子不会再有第二次！"

"蓝大叔，话不要说得太满哦……"知蓝毅指的是上次暗巷里被她逃脱之事，

第十五章 逆天，打了皇上！

255

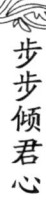

沈凝暄悻悻一笑，顶回一句，便安静地靠坐在车厢内侧，暗暗揣度着眼下形势！

依她推断，那个香囊，该是在客栈时被人放在马车里的，这也就意味着，在独孤宸下榻的客栈之中，的确有新越的暗线。

这个人是谁？！

藏在何处，是独孤宸的亲信，还是客栈里的人？

心中疑问一个接着一个，想到自己身陷虎口，却仍在担心那个一向对她苛待的男人会不会发生危险，沈凝暄自嘲一笑，却是双手紧握，眸间阴晴不定！

许久，轻叹口气，她抬起头来，却不期与蓝毅如炬目光交会一处，迎着蓝毅幽深沉郁的眸子，她心神一凛，却又不动声色地将视线移开。

面露忧色地替枭云拭去额头的汗迹，她心思转了转，再次转头看向蓝毅，满脸好奇之色："本宫就奇怪了，皇上身边守卫森然，你们是如何与枭云下药的！"

"想从我嘴里套话，娘娘的手段，还不够高明！"

冷冷地对沈凝暄如是说道，蓝毅剑眉微拢，以眼神警告沈凝暄："比起燕后娘娘所好奇的，在下更加好奇的是，为何你的手下中了软筋散之毒，你却安然无恙？"

"本宫感冒了！"

胡乱吸了吸鼻子，沈凝暄给了蓝毅一个不是理由的理由，害得蓝毅差点把眉脚抽歪了。淡淡地瞥了蓝毅一眼，她语气凉凉淡淡地道："话说回来，蓝大叔你还真够小气的，如今本宫都落在你们手里了，纵然知道了什么，也不可能去给皇上通风报信了……"

蓝毅冷笑着哼道："与其说了白说，倒不如不要白费力气去说！"

"还真不是一般的小气啊！"直说蓝毅小气，见他脸又黑了，沈凝暄小嘴一瘪，苦笑着看向车窗外陌生的景色，"你要带本宫去哪儿？"

第十六章 奸情，一定要有！

楚阳城西，有淮山一座，山间郁郁葱葱，坐落有一座寺院，寺院禅房中，两位翩翩佳公子，一黑一白两种截然相反的装束，却对坐一桌，于棋盘上厮杀正酣。

两人之中，坐于明处之人，神态优雅，容颜俊美，一身玄黑锦服，昭显其贵气卓然！

他，便是蓝毅的主子，亦是新越摄政王——北堂凌！

但凡见过他的人，都觉他外表俊美无俦，但眼里不经意流露出的精光却让人不敢小觑。

"君子于棋，最忌优柔寡断，你如想成为明君，日后这棋风便一定要改！"垂眸盯着棋盘许久，北堂凌眼中流光闪动，将指尖棋子落于盘上，抬头看着对面一袭白衣的俊逸男子。

"只区区一局棋罢了，没你说的那么严重！"纤长白皙的手指轻落棋盘，白衣男子淡淡出声，语气里尽是洒脱，"你不是说有惊喜要给我吗？"

"当然！"

笑盈盈地看了眼对面的白衣男子，北堂凌视线微转，看向窗外："蓝毅可回来了？"

"是！"

蓝毅自门外进来，朝着对面的男子微躬了躬身，他凑近北堂凌耳际轻道："一切顺利！"

"是吗？"眸光烁烁地笑看了对面的白衣男子，北堂凌轻笑了下，又在棋盘上落下一子，"带她进来！"

"是！"

蓝毅躬身领命，退出禅房。

白衣男子看了离去的蓝毅一眼，蹙眉问着北堂凌："她，指的是……"

北堂凌闲闲一笑，那笑，云淡风轻："燕国皇后——沈凝暄！"

正准备落子的手蓦然一顿，白衣男子看向北堂凌的眸光沉了沉："你抓她何用？"

"自然有大用！"

北堂凌俊美的脸上笑意不减，定睛看着与自己对坐的男子，淡淡笑道："除掉了独孤宸，燕国除了你，还有其他旁枝，与其到时候局势难测，倒不如由你我来扶植一位站在我们这一边的太后娘娘！"

"你想利用她？"

星眸微微眯起，白衣男子声音微冷，薄唇轻启间，他刚欲说些什么，却在听到门外声响时，长身而起，快步行至禅房内间。

"今日不见，日后也总是要见的！你如此反应，还真是耐人寻味！"北堂凌紧抿着唇，满脸沉思和审度地盯着内间。半晌之后见里面的人没有要出来的打算，他眸色微敛，起身向前在窗前站定，似笑非笑地透过窗棂，看着窗外油纸伞下的沈凝暄。

以沈凝暄的身份，蓝毅自然不敢让她淋雨。

于雨伞下，她跟着蓝毅一路向里，原本只听雨声沥沥，却在无意间瞥见窗内安坐的北堂凌时双眸微眯，缓缓停下脚步。

他的眸子，很亮，眸中光华，如盛放的焰火一般，一簇簇的，跳跃起伏！

如此眼神，就像是……一头野兽，正在盯着自己的猎物一般！

迎着他满富侵略的目光，沈凝暄心下一凛，脸色也跟着沉下！

她早知蓝毅带她见的是北堂凌，却直到相见之时，才明了心中对此人的忌惮之意。

世人盛传，新越摄政王，荣华无双，可谋算天下。

而他现在所图谋的，也确实是天下！

发现沈凝暄停下脚步，蓝毅微转过身循着她的视线，看到窗口处的北堂凌。面色恭肃地对北堂凌躬了躬身，他对沈凝暄沉声催促道："燕后娘娘，是要自己进去，还是要在下请您进去？"

"不劳大驾，本宫自己有腿，会走！"冷冷地回了蓝毅一句，沈凝暄暗暗地深吸口气，眸光淡然地直视北堂凌的灼灼目光！

心思沉下，缓缓将双手交握身前，她微扬起下颌，一步步从容上前，仪态端庄雍和，彰显国母风范！

即便是被流放了，她也还是燕国的皇后！

此刻，在北堂凌面前，她所代表的不仅仅是自己，更是燕国的脸面，是以，眼下的她，姿态雍容，再不是蓝毅以前所见那个贪生怕死卖主求荣的丫头了！

看着昂首挺胸，气定神闲地进入禅房的沈凝暄，蓝毅神情微变，北堂凌的眼神也渐渐变了！

眉目中透出一丝淡淡欣赏，他从窗前起身，转身面向沈凝暄，对她炫目一笑，轻松地说道："明明气度雍容，却可将卖主求荣的下贱婢子学得惟妙惟肖，枉本王自诩阅尽天下奇女子，却不想在燕国皇后身上栽了跟头！"

"纵然再如何奇女子，本宫眼下不还是落到王爷的手里了吗？"沈凝暄凝视着北堂凌令人炫目的笑容，淡笑着扫视着禅房四周："本宫不喜欢绕圈子，也请摄政王打开天窗说亮话，你劫本宫至此，到底有何目的？"

眼前对她无害笑着，俊美得也如雕塑一般的男人，是为天下最美的妖孽男子，但是……沈凝暄却觉得，他表面虽然笑着，可在那笑容背后，是一座千年冰山！

"燕后好胆识，着实让本王刮目相看，本王喜欢！"明媚的眸，紧紧凝视着沈凝暄，见她从头到尾不曾露出一丝惧色，北堂凌眼底的欣赏，更深几分。

"本宫不需要你的喜欢！"神色不善地看了北堂凌一眼，沈凝暄也不矫情，大大方方坐下身来。

见状，北堂凌眸色微闪，却是哈哈一笑道："有没有人说过，燕后是第一个不怕本王的女人？"

在新越，他虽只身在臣位，却连当朝皇后都要惧他三分，而沈凝暄是他所见，第一个不怕他的女人！

"本宫与王爷并不熟！"沈凝暄轻叹一声，浅笑道，"倒是皇上经常夸赞本宫——胆大包天！"

轻轻地颦动着眉心，北堂凌轻点了点头："好一个胆大包天！"

半晌，见北堂凌只猛盯着自己瞧，一直不曾落座，沈凝暄冷笑了下，抬眸迎向他晦暗不明的眼神，率先开口道："如若摄政王劫持本宫，是为了要挟皇上，本宫还是劝你莫要白费心机了！"

"哦？"

尾音拉长，北堂凌俊挺的眉微微挑起，琉璃色的双瞳中流露出一抹狐疑："燕后此话怎讲？"

"你看过这个就知道了！"

将早前自己收起的流放诏书取出递给北堂凌，沈凝暄微垂眼睑，在瞥见桌上的棋局时，不禁心意微微一动。

"呵呵——"

将诏书展开看过之后，北堂凌削薄的嘴角，逸出一抹别有深意的轻笑，眸色深邃地坐下身来，他仍是笑吟吟地看着沈凝暄："外界传闻，娘娘素来不得圣心，眼下看来此事为真，不过本王很好奇，既然燕帝要流放娘娘，何不先废了娘娘？"

慢慢将视线从棋局上调转到北堂凌身上，沈凝暄红唇轻勾："如果本宫说，本宫与皇上打赌，赌的便是不能废后，但是最后他赌输了，王爷可会相信？"

闻言，北堂凌俊眉微拢。

不待他再发问，沈凝暄便又无奈一叹："王爷一定会问，这次皇上为何要流放本宫？"

这次，北堂凌笑了，好整以暇地等着沈凝暄的答案。

幽幽垂眸，沈凝暄又是无奈一叹："本宫……把皇上给打了！"

对于北堂凌这种人，你若解释得多了，他反倒会起了疑心！

是以此刻，她是轻描淡写，实话实话！

信不信，由他！

反正，他不是说了吗？

他素来都知，她跟皇上之间不睦！

"燕后娘娘，果真胆大包天！"深深地凝视着沈凝暄清秀的面庞，北堂凌悠悠一笑，不以为然地将诏书丢在桌上："若是现在，本王跟娘娘说，只要燕帝和他身边的人一个都回不了燕国，娘娘手里的这纸诏书，便会是废诏，而您便可以一直在宫中，坐于那九霄云台之上……娘娘，您怎么看？"

沈凝暄心下一惊，却已然猜到北堂凌话里的意味，黛眉紧蹙，她轻轻问道："摄政王此话何意？"

"本王的意思很简单……"对沈凝暄邪魅一笑，北堂凌向前微微倾身道，"若娘娘可以为本王做些事情，本王便让娘娘安安稳稳地坐上燕国太后的宝座！"

闻言，沈凝暄神情蓦地一变，一脸震惊地看向北堂凌。温热的气息尚在耳边徘徊，她眸色微暗，心中思绪百转千回！

她以为，他们劫持她，所为的无非是以她来要挟独孤宸，不过眼下看来，事情根本没有那么简单！

沉寂半晌，抬眸看着眼前俊美得一塌糊涂的男人，她哂笑出声："摄政王莫要告诉本宫，你意欲插手燕国内政，想要本宫替你扶植新帝！"

"燕后果然聪明！"

啪的一声，打了个响指，北堂凌薄唇轻启，鼻息之间有淡淡的桂花香传来，他满是赞赏地笑看沈凝暄："本王就喜欢聪明的女人！"

"本宫不喜欢有野心的男人！"轻轻地冷哼一声，沈凝暄微侧过脸，双眸直视窗外，看那落雨纷飞，她眸光渐渐璀璨灼热，"摄政王，皇上可还活得好好的呢！"

"那个简单！"

轻笑着将视线移到窗外，北堂凌勾了勾薄唇："本王保他这次楚阳之行有来无回！"

虽然早已料到新越所图，此刻亲口听北堂凌道出，看着他信心满满的样子，沈凝暄的心底却仍旧忍不住轻颤了颤，但……即便如此，她却竭力稳住心神，沉声说道："皇上尚无子嗣，若他驾崩，只要如太后安好，登上皇位的，必定是其他旁枝……若本宫猜得没错，这种局面，并非王爷想要看到的，就事论事，你帮本宫保住一世荣华，本宫帮你是应该的，不过本宫平白就成了寡妇，不管怎么想都觉得这买卖亏本儿！"

明白沈凝暄的言外之意，北堂凌的眸子，不禁也是一亮，脸上的笑，温柔得似是可以沁出水来，他低敛眉目，声音温润地道："本王除了喜欢聪明的女人，还喜欢贪婪的女人，娘娘还想要什么？"

"王爷除了喜欢聪明的女人和贪婪的女人之外，最重要的是喜欢美色，只可惜唯这最重要的一点，本宫无能为力！"沈凝暄红唇微弯，戏谑一笑，转头与近在尺咫的北堂凌四目相对，悠悠然道，"人不为己天诛地灭！既是要做，本宫也便要做大，本宫要的，不只是自己的太后之位，还可以让我沈家成为燕国第一外戚的至高权力！"

闻沈凝暄所言，北堂凌明亮的眸中，渐渐多了几分审慎，十分轻佻地伸手勾起沈凝暄的下颌，他闲淡问道："你让本王如何相信你？"

他本就是个多疑之人，从来不会轻易相信任何人！

"摄政王是对自己没信心，还是对本宫没有信心？！"嘴角的笑略带讥讽，沈凝暄定睛望进北堂凌深邃如墨的眼底，眸光闪了闪，她一脸镇定地反问道，"本宫要如何做，摄政王才会相信本宫？"

"这个好办！"

北堂凌魅惑一笑，伸手抚上沈凝暄洁白如玉的颈项，手掌慢慢滑过她细嫩的肌肤："只要娘娘成为本王的女人，本王便会相信你！"

沈凝暄哂笑道："人都说摄政王为人极为挑剔，却不想竟也如此饥不择食！"

她此言，是对北堂凌的嘲笑，却也是自嘲！

然，北堂凌不但不怒，反倒笑得更加迷人："燕后娘娘说得对，本王确实挑剔，不过比起那些金玉其外败絮其中的美人儿，娘娘这样聪明又有欲望的女人，更合本王的胃口！"

语落，北堂凌一把搂住沈凝暄。

"北堂凌！"

沈凝暄眸色微愠，用力挣扎了下，却敌不过他的力道，只得怒喝出声："放开本宫！"

"放开？"北堂凌轻轻摇头，"在这世上，本王只相信自己的女人，若娘娘想让本王相信，便该拿出身为合作者的诚意来。"

去你娘的狗屁诚意！

暗暗在心中怒骂一声，沈凝暄绷直脚尖，小腿用力上摆，作势便要狠击北堂凌的腰眼。

"哐啷——"

沈凝暄的腿才刚刚抬起，尚不曾踢到北堂凌的腰眼，内间里竟突然传来一声瓷器摔碎的巨响！

闻声，沈凝暄身形一震，双目怒张地转头望去，而北堂凌似是早已料到会是如此，眸色深邃地也抬眼朝着内间望去。

"齐王？"

看着自内间走出的白衣男子，沈凝暄腿上的动作一滞，眼底亦尽是不信之色："你……你怎么会在这里？"

"臣下参见皇后娘娘！"

淡淡的语气中透着些许疏离，独孤萧逸对沈凝暄微躬了躬身，却并未回答她的问题，转向北堂凌，他缓步上前，眼神却前所未有的清冽："摄政王，你今日太过分了，她到底是我燕国的皇后，还不容你如此亵渎！"

"哦……"

尾音长长扬起，北堂凌笑看独孤萧逸一眼，目光微闪间，微微勾起唇角："原来齐王殿下是不想我碰你们燕国的皇后啊！"

"摄政王想多了！"

独孤萧逸面色不变，仍是原来的云淡风轻模样，淡然回道："本王所中意之人，是皇后的嫡亲姐姐，燕国第一美人沈凝雪，既是有这层关系，不看僧面看佛面，断断没有让人欺负了她妹妹的道理！"

"原来如此！"

北堂凌淡淡地一笑，双眸微眯，垂首看向沈凝暄："原来娘娘同齐王之间，还有这层关系！"

"放开！"

迎着北堂凌饱含侵略的目光，沈凝暄双眸之中，丝毫不掩愤怒之色！

"燕后娘娘虽貌不惊人，生气的模样，却是格外娇俏，本王还真有些舍不得放开！"轻叹着痞痞一笑，北堂凌恋恋不舍地放开沈凝暄。

沈凝暄阴恻恻地笑道："本宫以为摄政王当是稳重之人，却想不到竟是如此轻浮无耻！"

北堂凌邪魅一笑，温柔的吐息，拂在她的耳边，麻麻的，痒痒的："本王的稳重，只用在国事上便好！燕后，你觉得呢？"

如果可以，沈凝暄现在就想废了眼前这个登徒子，但想到眼下枭云和独孤宸的处境，她不禁暗暗咬了咬牙，阴沉着俏脸，将头转向一边，可是……转头之后，视线所及却是独孤萧逸清冷的双眼。

心下不禁又是一恼，她满腔怒火地将头别向另一边！

过去，在他为她师之时，经常与她对弈。

她对他的棋路，也了解得一清二楚！

也正因为此，刚刚在看到桌上的棋局时，她便已对他心生怀疑！

但，即便怀疑，她却仍旧选择了相信！

因为，那个人不是别人，而是他！

那个与她在相府共度年华，从来温文尔雅，与世无争的萧逸！

但眼下……他就站在那里！站在她的身边，与北堂凌为伍，看着她被北堂凌轻薄。

神情淡漠地凝视着她一脸倔强，对自己视而不见的样子，独孤萧逸心下苦笑，却仍是面色沉静地对北堂凌冷道："摄政王，不要太过分！"

"齐王殿下果真怜香惜玉。"

似是早已料到独孤萧逸会替沈凝暄出头，北堂凌眉心紧拢，转头看着他，闲话家常般，闲闲说道："世人皆知，本王乃是多疑之人，今日若燕后要与本王合作，本王则必要先断其后路……齐王殿下，今日这奸情，一定要有，你看……你是要成全本王，还是自己独享？"

听着北堂凌轻佻放肆的言语，沈凝暄眉心一皱，两眼好似随时都会喷出火来，她咬牙切齿地狠瞪着他，冷然嗤笑道："本宫算是领教了，原来这就是你对待合作者的态度！还真是有够下流无耻！"

闻言，北堂凌只微微一笑，再次俯身凑近沈凝暄。

剧烈的厌恶之意油然而生，沈凝暄忍不住轻颤了下身子："北堂凌，你他妈混蛋！"

闻听沈凝暄的咒骂之声，北堂凌的眼底不禁划过一道亮彩。

他身边的女人，从来都是温顺的，柔情似水，我见犹怜！

还不曾有人不怕死地爆过粗口！

第十六章　奸情，一定要有！

但是沈凝暄却这么做了，且……她的这句粗口，跟她的身份，一点都不相符！

"燕后娘娘还真是让本王越来越欲罢不能了，想来本王安插在燕国后宫的眼线，并没有真正地了解过您吧……"喉间低低的笑声传来，明显感觉到她的颤抖，北堂凌魅感声道，"娘娘莫怪，本王如此行事也是为了以防万一，本王知道，娘娘入宫多时，却仍还是处子……"

"滚！"

沈凝暄忍无可忍，作势便要偷袭北堂凌！

但，尚不等她出手，却见独孤萧逸毅然上前，伸手便将北堂凌从她身边拉开！

陡然被人拉起，北堂凌眸中厉光一闪，皱眉看向独孤萧逸。

温润的笑挂在嘴角，独孤萧逸笑看着北堂凌："摄政王要扶植的人是本王，与她朝夕相处的人，也会是本王，你不觉得，她跟我比跟你更合适吗？"

原本，沈凝暄以为独孤萧逸良心发现，终于出手救她，她心下一喜，檀口微张，她刚要说话，但……听到他的话，她整个人却瞪大了眼，如坠冰窟一般瞪视着他！

"皇后娘娘，冒犯了！"

转过身来，将北堂凌挡在身后，独孤萧逸蓦地伸手，探向沈凝暄的襟口。

一切，发生得太快！

快到沈凝暄猝不及防！

胸前瞬间而来的凉意，让她忽然惊醒，却也让她顿觉血气直冲脑门！

"独孤萧逸！"

北堂凌一脸悻悻地退出禅房，冷笑着关上房门！

无论沈凝暄是皇后，还是太后，齐王与她，在身份上终究有道不可逾越的天堑！

但现在，他们两个却有奸情！

如此不伦，也就意味着，他们都断了自己的后路！

而他，终于可以稳稳放下心来……

紧闭的门扉后，独孤萧逸不顾沈凝暄的奋力挣扎，紧扣着她的双肩，凝视着她的两目。

这一切，他本是要做给北堂凌看的。

但，这原本的心思，却在拥住沈凝暄的一刹那，彻底沉沦！

他爱她！

却注定只能将对她的爱埋入心底，这份感情，压抑得太久，以至于到了现在，因为一个拥抱,而一发不可收拾!

他就想这样拥着她,一直,永远,直到天荒地老,永远都不放开!

独孤萧逸手下的力道,大得惊人,几乎捏碎了沈凝暄的肩膀,让她无法挣开,但即便如此,她却并未死心,手腕蓦然一转,指间的戒指上探出一枚银针,她狠瞪着眼前被无限放大的俊脸,却迟迟下不了手。

他和独孤宸不同。

独孤宸处处刁难她,但他却是这个世上少数对她好的人之一,若她手上的这一针下去,只怕会要了他的命!

犹豫再三,手中银针收起,她轻启贝齿,直接咬住他的手!

纵是,她可以对全天下狠下心来,却唯独对他不行!

不行!

只她如此用力一咬,独孤萧逸脑海中一切的奢望和幻想,皆戛然而止!

凝着手掌上刺目的红,他自嘲一笑,眼神失落而又伤感地看着沈凝暄:"我就这么让你不能容忍吗?"

"独孤萧逸,你这个疯子!"

一脚踹在独孤萧逸的腹部,将他踹得后退两步,沈凝暄仍觉脑海轰隆,气血不断上涌!

冷冷地,自嘲一笑,她伸手抹去嘴角的血迹,快速护住自己的胸襟,而后微喘着站起身来,满是痛心地看着独孤萧逸:"我所认识的萧逸,不会出卖自己的国家,更不会对我如此下流……独孤萧逸,这一次,你真的太让我失望了!"

"失望?下流?"

寂然一笑,心里却痛得无以言喻,独孤萧逸对沈凝暄笑道:"朝中王孙贵胄,哪一个不下流?或许我本就是下流的,只是你现在才发现罢了!"

说话间,他眸色沉静,向前迫近一步!

一脸戒备地注视着独孤萧逸,沈凝暄秀拳紧握,蓄势待发:"你再过来,我一定不会客气,信不信我毁了你的脸,把你打成猪头?"

要保他人,先求自保!

他若再向前,她保证会不顾一切将他打倒!

今日她若果真跟独孤萧逸有了什么,日后燕国后宫不会容她,天下更不会容她!

"我信!"

洒脱一笑,独孤萧逸缓缓停下脚步,眯眯盯着沈凝暄,视线从她潋滟的红唇一直下移,然后陡然握住她的手臂,将她的衣袖撩起。

第十六章 奸情,一定要有!

265

洁白如玉的藕臂上，一点朱红如血一般！

深凝着那朱红之色，独孤萧逸原本如死灰一般的眸底，瞬间光芒闪耀，在沈凝暄的注视下，他薄唇轻颤了下，取出匕首，捋起自己的袖摆，毫不犹豫地在手臂上划上一刀！

血，一滴滴，如花一般，滴落在棋盘之上！

眼前的这一幕，惊得沈凝暄微翕着小嘴，看向独孤萧逸。

"方才北堂凌说过，你如今仍是完璧之身！"在沈凝暄惊讶的目光中，独孤萧逸轻拧着眉，如以往一般对她温润一笑，那笑容如沐春风一般，与过往一般无二："这下，你我之间，总算有了奸情！"

"独孤萧逸……"

沈凝暄的双眸死死盯着他手臂上的伤口，轻嚅着唇瓣，她想要说些什么，却只唤了他的名字，便再说不出一个字！

他方才，莫不是只想从北堂凌手里救下她？

迎着沈凝暄的眸，独孤萧逸淡淡一笑。低垂眸子，他收起匕首，将手臂上的伤口以衣襟掩去。再抬眸，他弯唇扬手，欲要拂去她额前散落的青丝。

"你要做什么？"

沈凝暄心下一惊，蓦地后退一步，双目怒睁地看着他。

即便他不曾侵犯于她，他却仍旧与北堂凌勾结，做着通敌叛国的勾当。

因她的躲闪和戒备，独孤萧逸心下微窒，明辨她抗拒的眼神，淡淡的痛缓缓涌上心头，他俊逸的脸上渲染出一抹朦胧的伤感："若一切只如初见，你还是你，我还是我，没有年前那场选秀，如今你将是我妻，那样……多好！"

"独孤萧逸……"

听闻独孤萧逸感伤却深情之语，沈凝暄心里微微一悸，眸中却是黯淡无华！

过去在相府，他们对弈赏春，相处融洽……想到过去他为自己带来的那些轻松快乐的时光，她深吸了口气，凄然一笑："若是可以，我也宁愿只认识相府的萧逸先生，而不是现在站在我面前的齐王殿下！"

"小暄儿！"

低低吟唤，语气中是浓浓的爱恋，独孤萧逸的手终是缓缓下落，扶住沈凝暄削瘦的肩胛："如果可以，我可舍弃江山，只做你一个人的先生！"

抬头望进他深情似海的双眼，沈凝暄的心，狠狠地抽痛了下！

但，即便痛着，她还是抬起手来，将肩膀上的大手拿下，"我不需要！"

"暄儿……"

看着眼前一脸决绝的沈凝暄，独孤萧逸眸色微动，心中却是难掩的痛楚。

他想告诉她，若她愿意，他可以拿一切换她自由。

但是，现在……还不是时候！

深深地知道，独孤萧逸的这份感情，自己回应不起，沈凝暄淡淡凝眉，转过身去，不让他发现她眼底那层淡淡的水雾："今日之事，我只当是场噩梦，再回燕国，你是你我是我，从今以后，你我之间，再无瓜葛！"

"你是你，我是我……"

喃喃地重复着沈凝暄的话，独孤萧逸像是一根绷断的弦，忍不住后退两步，凝视她的背影许久，他苦涩一笑，伸手将棋盘上的血打散，而后棋盘端起，转身抬步向外走去。

一步，两步，三步……

知道自己跟身后女子的距离已然越来越远，独孤萧逸转过身来，希翼着沈凝暄可以回头多看他一眼，哪怕……只有一眼！

然，她从始至终，一直维持着背对着他的姿势，从不曾转身多看他一眼！

"我知道，你聪明，也有自己的手段，但是……北堂凌不是简单人物，他野心甚大，只怕还会在你身上做文章，不过，有我在，一定会保全你，你一定记得，好好照顾自己……千万不要轻举妄动！"无奈而又苦涩地轻叹一声，终是没能换来沈凝暄回头相望的一眼，独孤萧逸苦笑着叮嘱她一声，再次转身打开房门离去。

看着独孤萧逸开门离开，沈凝暄闭上双眼，一滴清泪，自眼角缓缓滑落……

禅房外，细雨纷飞。

北堂凌并未离去，而是坐在不远处的凉亭里，正神情惬意地吃茶赏雨。

见独孤萧逸从禅房出来，他轻皱了皱眉，转头将视线投到他的身上。

丝丝落雨，打湿了身上的衣衫，独孤萧逸轻勾着薄唇，端着棋盘一步步上前，直到进入凉亭，来到北堂凌身前。

"本王让你们两人洞房，你把棋盘端出来作甚？"北堂凌的脸上虽带着浅笑，眼底却泛着微微冷意，很显然他对独孤萧逸的表现十分不满意。

"摄政王又开玩笑了！"对于北堂凌的不满，丝毫不以为意，独孤萧逸将棋盘搁在石桌上，笑得洒脱不羁，"虽然我的确舍不得对她下手，不过还是依了摄政王的意思……"

说话间，他抬手将棋盘推到北堂凌面前："摄政王请过目吧！"

直到此时，北堂凌才将注意力放到了身前的棋盘上。

睇见棋盘上的那抹血痕，他潋滟的眸瞬间绽放出一道华彩。

"呵呵——"

倾身拍了拍独孤萧逸的肩膀，北堂凌笑说："本王果然没看错你！"

独孤萧逸淡淡一笑，抬眸问道："摄政王下一步打算怎么做？"

笑吟吟地看着独孤萧逸，北堂凌好整以暇地双臂环胸："齐王，我们来打个赌如何？"

"赌？"

眸光深远地凝着北堂凌！

"你说……"北堂凌唇角邪肆一勾，凑近独孤萧逸耳边轻问，"燕帝出行来看他的旧相好，何必带着位失宠的皇后？"

闻言，独孤萧逸心下一沉，却是疑惑问道："摄政王的意思是皇上对皇后……"

"是不是，我们试试就知道了！"

胸有成竹地清冷一笑，北堂凌低眉睨了眼桌上的棋盘，示意蓝毅收起，而后神神秘秘一笑，"这次，本王若赌赢了，你就是燕国的新帝！"

半日之后，身处楚阳客栈的枭青，收到了一封匿名信。

看过信件之后，他脸色大变，忙差人迅速出城，直到不久后，派出的人回返，他才脸色微变地快步朝着独孤宸下榻的房间走去。

房门外，荣海见枭青脸色不对，不禁皱了皱眉："枭都统！"

"嗯！"

凝眉颔首，枭青不曾多言，径自进入房中。

"皇上！"

甫一入门，看着双手背负站在窗前的主子，枭青脸色凝重地上前躬了躬身："出事了！"

闻言，独孤宸转过向后，原本清朗的眉目皱得极紧："是南宫府？"

"不是！"

低眉看了眼手里的书信，枭青躬身呈上："是皇后娘娘！"

闻言，独孤宸心中咯噔一下，背负在身后的双手蓦然收紧。

半响，他方幽幽出声："皇后的车驾，不是秘密离开楚阳城了吗？"

"是！"

枭青颔首，接着回道："信上说，皇后娘娘在他们手上，属下已然差人查明，娘娘的车驾确实在出城不久……遇袭了！属下暗中派去秘密保护的四个人，也都被人灭口于密林之中。"

眉心紧皱着，伸手接过枭青手里的信件，独孤宸沉眸看过，笑得冰冷无情：

268

"北堂凌，果然够狠！"

枭青手下的影卫，都是精英中的精英，如此被灭口，只能是北堂凌的手笔。

"皇上！"

枭青抬头看了眼自家主子，单膝跪地："属下保护皇后娘娘不周，还请皇上责罚！"

"是朕！"

眸光微暗了暗，独孤宸的语气里掺杂着些许无法明辨的情绪，低沉道："是朕没能保护好她！"

"皇上！"

枭青皱眉，壮着胆子提议道："萧敬已到，南宫夫人那边应该不会再有差错，我们的人，应撤回力保皇上安危，救回皇后娘娘！"

自小到大，他一直追随着皇上，自然知道南宫素儿在他心目中的地位。

但，即便如此，沈凝暄却是燕国的皇后啊！

"皇上！"

见独孤宸半晌不语，荣海心中对沈凝暄有愧，也跟着跪下身来："皇后之危，事关国家社稷，请皇上……"

"好了！"

冷冷地打断荣海的话，独孤宸将手中信件揉进掌心："调遣影卫二十，夜里随朕上淮山！"

闻言，枭青心弦一松，急忙应声而去。

而荣海，则轻颤了颤身子，如释重负地长出一口气。

轻垂眸，将荣海的反应看在眼里，独孤宸冷冷一哼，道："荣海，虽然朕不想承认，但是皇后真的很厉害，竟能让你都站在她那一边！"

"皇上……"

心下微微又是一颤，荣海抬眸看向独孤宸，却见他俊脸阴沉地转身看向窗外。

虽然，他不想承认。

但是乍听沈凝暄出事，他的心里却是真的乱了。

她明明每次都将他气得半死，这次他大可让她听天由命，也好一解自己的心头之恨，但是……不知从何时开始，她的一言一颦，开始能够影响到他的心绪！

这是他跟北堂凌的对弈，他不容自己的女人，落到北堂凌手里，更不许……她有丝毫闪失！

即便，此上淮山是自投罗网，他也会去闯上一闯！

第十六章 奸情，一定要有！

是夜，夜静更深。

窗外的雨仍在淅淅沥沥地下着，沈凝暄靠坐在禅房的床柱上，看了眼逐渐恢复知觉的枭云，再次沉浸在自己纷乱的思绪之中。

脑海中，今日所发生的一切，一幕幕重现！

她轻勾了红唇，笑得苦涩莫名！

她永远都不会忘记，自己亲眼看着独孤萧逸的血，一滴滴滴落棋盘时，心底深处那难以分辨的滋味！

不管他的所作所为让她多么难以释怀，但到了最后，在他替她解围之时，看着那一滴滴鲜红刺目的血，从他手臂上缓缓滴落，她的心却仍是深深悸动着。

但是，悸动又如何？

他对她的好，只能成为她的负担！

而现在他所做的一切，就像是在走钢索一般，随时都会跌入悬崖，摔得粉身碎骨！

北堂凌的阴谋得逞，便意味着独孤宸的逝去。

虽然，她和独孤宸一直不睦，但却承认他是位难得一见的明君！

她不想他有事！

可是……若此次北堂凌的阴谋落败，与他联盟的独孤萧逸，又岂能全身而退？

"娘娘，您在想什么？"

身上虽说恢复了知觉，却仍旧绵软无力，枭云仰头看着神情变幻莫测的沈凝暄，不禁轻声问道。

"我在想……"

沈凝暄回过身来，垂眸看着枭云，轻轻说道："本宫这被流放的皇后，一定不会有人来救，那么我们两人又该如何脱身？"

闻言，枭云面色黯然。

想到今日自己不但不能保护主子，却成了主子的拖累，她自责说道："如果有机会，皇后娘娘跟上次一样，自己逃就好，属下自有办法脱身！"

"本宫知道！"

对枭云投以安心一笑，沈凝暄轻拍了拍她的手，从头上取下一支发簪："这软筋散，随着时间过去，药力会渐渐消失，如果有必要动手，你只需用这个给自己放放血，便可强撑片刻！"

"是！"

枭云眸色隐隐一动，伸手接过沈凝暄的发簪。

不多时，门外传来窸窸窣窣的脚步声，紧接着禅房的门被吱呀一声由外推开。

"谁？"

沈凝暄黛眉一蹙，一脸冷沉地看向房门大开的门口，却见北堂凌一脸闲适地从屋外抬步而入。

"摄政王！"

眸光如刀地紧盯着北堂凌淡笑的俊脸，沈凝暄忍住想要痛扁他一顿的冲动，却仍是仇人见面分外眼红："不敲门，半夜入本宫睡房，你说你这是欺人太甚，不把本宫放在眼里，还是不拿自己当外人？"

"燕后娘娘见谅，实在是计划有变，本王惊喜到无暇顾及太多……"无视沈凝暄杀人的眼神，北堂凌脚步未停，边说着话边缓步行至沈凝暄床前，见她并未宽衣，他淡笑着对身后的两名女婢招了招手，"将本王的披风给娘娘披上！"

"是！"

两名女婢应声上前，不由分说地替沈凝暄披上披风！

"惊喜？"

披着北堂凌的披风，着实不自在，沈凝暄左右看了眼两名侍婢，冷眼看着美如妖孽，却一脸欠扁的北堂凌，不留口德地挖苦道："王爷今儿给本宫的惊喜已然是让本宫一生难忘，本宫怕承受不起啊！"

"莫气莫气！"笑吟吟地看着沈凝暄，北堂凌倾下身来，"本王要带娘娘去看出好戏！"

沈凝暄厌恶地皱起眉头，冷问："什么好戏？"

"到了你便知道了！"北堂凌魅惑一笑，轻拥沈凝暄的肩膀，却被她用力甩开，只得悻悻转身，先行出了禅房！

垂眸看了眼床上仍在昏睡的枭云，沈凝暄暗暗地握了握她的手。感觉到枭云回握自己的力道，她心下微定，从枕侧取了流放诏书置于枭云身旁，起身出了禅房！

直到坐在马车上，沈凝暄才从北堂凌口中得知，为保南宫素儿母子安危，吴皇不仅派出了大将军萧敬，连他自己也将于明日抵达楚阳！是以，在与独孤萧逸商议之后，北堂凌决定在吴皇到达之前，先下手为强，将于今夜偷袭南宫府，目标自然是南宫素儿母子！

听了北堂凌的解释，沈凝暄心暗暗沉下！

那对母子，是独孤宸最大的死穴！

她岂会不知，北堂凌的目标，其实并非南宫素儿母子，而是独孤宸！

轻叹口气，她哂笑着裹紧身上的披风，凉凉笑道："王爷大半夜带本宫出来，可是想要带本宫去看看，皇上是如何当着本宫的面，为了别的女人任你拿捏吗？"

"非也！"仍是一脸闲淡地看着她，北堂凌笑得无害，却风花雪月，"南宫府

第十六章 奸情，一定要有！

271

的事情，本王全权交给齐王处置，本王现在带你去看的，是另外一出好戏！"

闻言，沈凝暄心思微转，眸色渐深，她阴恻恻地看着北堂凌："王爷好手段，纵然坏事做尽，却可将自己置身事外！"

"本王不懂娘娘的意思！"

北堂凌眸光闪了闪，脸上笑意丝毫不减。

"不懂？"沈凝暄嗤笑一声，看向他的眸，满是讥讽之意，"围攻南宫府的事情，全权交给齐王，如此一来，即便大部人马出自你的手下，将来吴皇追查下来，要倒霉的却还是燕国！"

"哎呀！"

似是恍然大悟，北堂凌一脸懊恼地伸手拍了下自己的额头，笑得奸诈莫名："原来把这件事情全权交由他，还有如此好处！不过这可是他为表合作诚意，主动与本王请缨的！"

独孤萧逸，你不但没救，还没脑子……如是，暗暗在心里一叹，沈凝暄冷冷一嗤，眸色深沉地将视线转向一边，感觉自己所乘坐的马车并未下山，而是绕山而上，她蹙起眉头，轻轻撩起车帘！

马车外，夹杂着雨水的夜风微微透着凉意，沈凝暄放眼望去，入目乃一片漆黑，却在不远处的山顶上，有点点火光闪耀！

见此情景，她好奇问道："王爷到底要带本宫去看什么好戏？"

"你往那里看……"北堂凌倾身过来，遥指火光闪烁之处，在沈凝暄耳边轻道，"今夜，那个地方，便是独孤宸的葬身之地！"

若说，因北堂凌忽然亲近，沈凝暄心中一阵厌烦，那么听他所言，沈凝暄却是心下一惊，背脊蓦地开始发寒！

"王爷的意思是，皇上在那里？"微怔了片刻，看了眼一脸浅笑的北堂凌，沈凝暄遥望越行越近的火光，冷笑着皱起柳眉，"是王爷痴了，还是独孤宸傻了？这个时辰，他不在楚阳守着自己的心上人，到这里荒山野岭来作甚？"

"这个本王也很好奇呢！"

北堂凌邪气一笑，眸色深邃如潭，伸手扶住沈凝暄的臂膀，带她起身："走，我们一起去问问他！"

"请王爷自重！"

盯着北堂凌扶着自己的手，沈凝暄眉心紧锁，满脸尽是冷意。

"呵——"北堂凌表情微微一愕，失声笑道："本王忘了，娘娘的身子从今以后只有齐王一人碰得！"

闻言，沈凝暄脸色瞬间一黑！

"北堂凌，你不要太过分！"

"是本王失礼了！"

不等沈凝暄发作，北堂凌悻悻收手，而后率先下了马车，在车外伸出一只手，等着沈凝暄下车。

"不劳王爷大驾！"

冷冷地瞧了他一眼，沈凝暄没有伸手，只冷冷一哼，便垂首步下马车。

见状，北堂凌轻挑了下眉，却淡笑不语！

雨后的寒风，夹带着几许湿意，使得沈凝暄不禁瑟缩了下身子，不远处刀剑交接的刺耳响声不时传来，她循声望去，却见远方悬崖之上，火光绰绰，众人围做一团厮杀正酣！

只匆匆一眼，沈凝暄心下，不禁暗暗一凛！

北堂凌诡计多端，莫不是独孤宸真的着了他的道？

不过独孤宸绝对不傻，何以会如此轻易地被骗到了淮山之上。

"本王今日要请燕后娘娘看一出痛打落水狗！"邪魅的双瞳中有火焰跳动，北堂凌嘴角的笑得意非常。低垂眼睑，但见沈凝暄正面色平静地看着自己却一直不曾动过，他对她微微抬手："山路陡峭，本王扶你上去！"

"若齐王在，本宫必会让他扶着，但是王爷……就免了吧！"唇角的笑，透着浓浓的讽刺意味，继续无视北堂凌的手，沈凝暄抬步向前走去。

她生性豁达，从不曾真心讨厌过谁，但是唯有眼前的北堂凌，让她无法忍受！

然，这一次，北堂凌并未如方才那般，容她无视，而是直接伸手不容拒绝地握住了她的皓腕！

"你……放手！"

沈凝暄目露恼意，转身怒视他，却见他淡淡一笑，拉着她上前："再不走，就该错过好戏了！"

自古以来，男女在力量上，本就是有别的。

怒气冲冲地瞪视着眼前的男人，沈凝暄眉心轻动，只得跟他上前！

淮山山巅，凉风瑟瑟。

越是接近悬崖，沈凝暄便觉鼻息之间充斥的血腥味越发浓重！终是跟着北堂凌一路走近悬崖，她借着火把闪耀的光，看清悬崖上被众人围攻的两人时，她不禁双目骤缩！

真的是他！

如北堂凌所言，被他手下精兵围攻之人，竟真的是独孤宸和枭青主仆！

此刻，他们主仆浑身浴血，正手持宝剑背靠而战，接连逼退上前围攻的新越精

第十六章 奸情，一定要有！

273

兵!

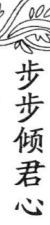

　　在他们脚下,早已伏尸数具,可见厮杀何等惨烈!

　　"都住手!"

　　紧握着沈凝暄的手腕拉她前行,北堂凌忽而沉喝一声,随着他的沉沉喝声,围攻独孤宸的新越精兵纷纷停手!

　　"呵呵——"得意笑着,北堂凌伸手接过一只火把,拉着沈凝暄缓步上前,在距离独孤宸不远处停下脚步,他俊朗的双眸紧盯独孤宸,志得意满地笑道:"本王只道燕帝治国有方,却从不曾想身手竟也如此了得!"

　　"能让声名赫赫的新越摄政王夸,朕还真是荣幸之至啊!"双手紧握长剑,独孤宸看向与北堂凌同行的沈凝暄时,睇见她被北堂凌握着的皓腕,他狭长的凤眸眸光一闪,随即危险眯起……

第十七章　魔星，绝地反击！

　　对于独孤宸冰冷的视线，沈凝暄一点都不觉意外！

　　现在的她，披着北堂凌的披风，与北堂凌执手同行，这一幕莫说看在独孤宸眼里，无论让谁看，都让人觉得暧昧非常！

　　暗暗在心中苦笑了笑，她微定了定心神，而后迎着独孤宸的视线，亦步亦趋地跟着北堂凌上前。

　　"朕道是谁，原来是被朕流放去放羊的丑女人！"周围跳跃的火光，将独孤宸身上的血渍映照得触目惊心，他冰冷的视线自沈凝暄身上缓缓移开，而后凛然抬眸，一脸轻蔑地看着北堂凌："北堂凌，你真是好品位，连我不要的女人都看得上眼！"

　　听闻独孤宸所言，沈凝暄眉心轻拧，唇角微微弯起。

　　语气冰冷，冷嘲热讽。

　　这本就是独孤宸对她的态度！

　　"在燕帝的眼里，她或许如草芥，是一文不值的丑女人，但到了本王眼里，她便犹如至宝！"眼中笑意不减，北堂凌轻轻揽住沈凝暄香肩，笑吟吟地对独孤宸说道，"独孤宸，今日这淮山之巅，便是你葬身之地，只过了今日，她便会是燕国的太后，到那时……她会为本王扶植起一位近我新越的新皇帝！"

　　"北堂凌啊北堂凌！"

　　独孤宸冷冷勾唇，深邃的眸，再次瞥了沈凝暄一眼："你以为，单凭她就能左右燕国朝堂吗？痴心妄想！"

　　独孤宸会看轻自己，沈凝暄一点都不觉意外，不过他故意贬低的言语却让她心里不快！

　　"呵呵——"

轻嗤一笑间,她轻挑眉梢,淡淡说道:"皇上觉得臣妾做不好大燕国的太后吗?"

"沈凝暄!"

剑眉倏地一皱,独孤宸眼波如电,直直射向她:"你《女诫》都读到狗肚子里去了!"

"皇上的意思是,读《女诫》的才是狗吧?"面对独孤宸的口出恶言,沈凝暄不怒不恼,十分利落地反唇相讥,她哂笑而道,"人往高处走,水往低处流,若皇上疼我、怜我、惜我,我也不会如此,既是皇上要流放我,我便只能投靠摄政王了。"

闻言,独孤宸眸光隐隐一闪!

"皇后娘娘!"

见独孤宸不语,枭青实在不忿,面色难看地沉声喝道:"娘娘可知,皇上为何今时会落难于此?"

"本宫又不是神仙!怎么可能知道!"话说到最后,沈凝暄心中隐隐猜到些什么,心下微窒了窒,她眸色闪动,有些不置信地看向独孤宸!

"枭青,你闭嘴,不必跟不相干的人说废话!"眼底蕴染着一层霭霭的雾色,独孤宸薄唇微抿,将手中长剑握紧,不曾再看沈凝暄,只冷笑着看向北堂凌,"北堂凌,你可敢与我一战!"

"本王不是英雄,也没有英雄气概……不觉得有亲自跟你动手的必要!"脸上的笑容,透着几分审度之意,北堂凌对身后的蓝毅微点了点头。

"是!"

蓝毅会意,微微颔首,脚下迅疾如风,转眼行至独孤宸和枭青身前。

"主子小心!"

眼看着蓝毅猛然扬手,枭青身形一转,举剑与之相抗!

他们二人,本就势均力敌,甫一交手,刀光剑影绰绰,枭青便不得不与独孤宸分开稍许,与蓝毅缠斗在一起,一时间再难脱身!

此时,再看独孤宸,只见他头冒虚汗,脸色惨白,连提剑的手都微微轻颤起来。

"软筋散!"

察觉出独孤宸的异样,沈凝暄心下大惊!

他的症状,与枭云早前一模一样,绝对是中了软筋散!

"独孤宸,你身边确实防卫甚严,进食之物亦是验过再验,不过软筋散这种东西,似毒非毒,根本就无法验出!"北堂凌轻启薄唇,印证了沈凝暄的猜测,看着独孤宸一身狼狈的样子,他满怀讥讽地嘲笑着他,"今日你落到本王手里,是虎你得卧着，即便是龙，也得盘着！"

"主子！"

听到北堂凌的笑声，枭青面色遽变，他想要上前保护独孤宸，却被蓝毅所阻！

"北堂凌，你这个卑鄙小人！只会用这些不入流的下三滥手段！"冷眼看了蓝毅一眼，低哑深沉的嘶吼自独孤宸口中传来，只见他身形轻颤着，想要握紧手里的剑，却再也用不上力。

"不管是什么手段，只要能达到目的就是好手段！"北堂凌就像盯着自己的猎物一般，直勾勾地盯着独孤宸，大有居高临下的睥睨意味，"独孤宸，成者王侯败者寇！今日来时，本王便与你的皇后娘娘说过，要让她看一出痛打落水狗的好戏！"

"王爷觉得，现在这场戏就是痛打落水狗吗？"

忽地，一直不语的沈凝暄嘴角微翘，露出一丝浅笑！

北堂凌不曾去看沈凝暄，冷笑着反问道："依燕后娘娘看，以燕帝眼下如此狼狈的模样，难道还不算落水狗吗？"

"不算吧……"语气拉得老长，沈凝暄嘴角的笑越发深了，不动声色地抚上腰间，她猛地甩手，便听锵的一声脆响！

闻声，北堂凌心中一凛，俊眉蓦地一拧！尚不等他反应过来，一把薄如蝉翼的锋利软剑，便不偏不倚地架在他的脖子上！

"燕后……"

锐利的眸子，紧盯着沈凝暄，北堂凌的脸色变幻莫测！

"摄政王！"

轻笑着转头看了眼边上兀自强撑的独孤宸，沈凝暄学着北堂凌的样子，凑近北堂凌耳边，吐气如兰道："我家皇上，哪里像是落水狗，今儿这出戏，若依着本宫来看，该是虎落平阳……被犬欺！"

语落，她朝着正在厮杀的蓝毅怒喝一声："住手，否则本宫结果了他！"

沈凝暄的突然举动，完全出乎北堂凌的意料，因为他自认早已将她逼到绝路，而她，除了与他合作，再无第二条路可走！

但是，她此刻却仍将冰冷的剑刃，架在了他的脖子上！

是以，在她喝止蓝毅之时，北堂凌不由冷冷一笑，暗暗抬手，他眸色冷酷地看着沈凝暄："燕后娘娘这是作甚？"

这世上，没人敢拿剑指着他，可眼前这个女人却在众目睽睽之下，将剑架在了他的脖子上！

这笔账，待会儿会好好地算上一算！

"不准动，否则姑奶奶先划花你这张美美的脸！"北堂凌手上的反制动作，虽

第十七章 魔星，绝地反击！

277

然极其隐秘，却仍旧被沈凝暄识破，握着软剑的手蓦地上移，她冷笑着将锋利的剑刃压在北堂凌俊美无俦的脸上，在他白皙的左脸上轻易留下一道血痕，"王爷的属下即便再如何了得，一定不会查到，本宫自幼跟随姑丈习武……王爷大可试试，是你的手快，还是本宫的剑快！"

"王爷！"

眼看着北堂凌受辱，蓝毅看着沈凝暄的眼神，骤然变冷："放开王爷！"

"我奉劝蓝大叔你也不要轻举妄动，否则……姑奶奶手里的剑，可不是吃素的哦！"唇角的笑，温柔似水，沈凝暄眸光闪动，只淡淡看了蓝毅一眼，便故意将剑刃下压……

"沈凝暄！"

感觉到利刃割在自己脸上的剧痛，北堂凌身形瞬时一僵，呼吸微沉地急忙唤了沈凝暄的名字："独孤宸之所以落到今日这般地步，皆是因为将自己身边的影卫都派去保护另外一个女人，你是他的皇后，他却置你的生死于不顾，你以为今日你救了他，便能得到他的欢心吗？别白日做梦了！"

闻言，枭青面色一变，急忙说道："皇后娘娘，不是这样的……"

"枭青你先什么都不要说！"

对枭青轻摇蛾首，沈凝暄哂然一笑间，嘴角轻撇着，冷冷淡淡在北堂凌耳边说道："我沈凝暄可以不做皇后，更不稀罕什么太后之位，在我眼中富贵荣华尽皆过眼烟云，我看都不会多看一眼，但是……我平生从来最恨两种人，一种是自以为是的人，一种是逼迫我的人，恰好王爷把这两种人都占了去……比起与你合作，我宁愿做梦！"

北堂凌心下一紧，眉头大皱："沈凝暄……"

"哈哈……北堂凌，你听到了吗？她宁愿做梦，也不想与你为伍！"独孤宸虽身中软筋散，浑身无力到连手中的剑都无法举起，但看到北堂凌被沈凝暄算计，他仍觉大快人心，忍不住大笑出声，"枉你天机算尽，却栽在我的女人手里！"

他此言一出，北堂凌面色不由一黑，沈凝暄的脸色也好不到哪里去！

这会儿，她成他的女人了，早干吗去了！

"亏你还有力气说话！"

冷冷地剜了独孤宸一眼，她倏而抬手，啪啪两下，封住北堂凌上身两道大穴！

见状，众人大惊，蓝毅更是抬步便要上前。

"蓝毅，你敢妄动一下试试！"

目光闪动，轻喝蓝毅一声，沈凝暄逼着北堂凌转身面向身后的一众新越精兵。视线从独孤宸身上扫过，她对枭青沉声命令道："愣着作甚？还不赶快把皇上扶过来！"

"属下遵命！"

枭青元比敬重地看了沈凝暄一眼，连忙上前扶着独孤宸站在沈凝暄身后。

终是将主仆二人护在身后，沈凝暄暗暗松了口气！

再看身前，见一众新越精兵虎视眈眈地直盯着自己，她心下微凛！

知身前一众新越精兵素来训练有素，只听北堂凌的命令，她微动手腕，再次将软剑下压，语气轻缓地对北堂凌命令道："摄政王，命令他们让开！"

听到她命令的语气，北堂凌面色泛青，受制于女人，让他心中怒火难抑，只得对她的命令充耳不闻，冷笑道："有胆量，你现在就杀了本王！"

他笃定，沈凝暄不会杀了他，因为他死了，他们三个谁都别想活着离开！

"我还指望王爷护送我和皇上脱险，怎能舍得杀你？！"

想北堂凌心中所想，沈凝暄冷笑一声，却是心意一动，手中软剑轻舞，冷艳的剑光闪过，瞬间划破北堂凌的衣袖，深深刺进他的皮肉，让他忍不住痛哼一声！

在他的痛呼声中，沈凝暄冷笑着将剑身快速架回他的脖子上，低声威胁道："忘了告诉摄政王了，本宫从不杀生，但你在本宫眼里，根本就不算是人，别跟我比狠，否则你会巴不得自己赶紧死……如果我是你，现在就让他们都让开！"

"都让开！"

手臂上淋漓的鲜血汩汩而流，北堂凌想去捂住伤口，却不能动弹分毫，只得吃痛咬牙，脸色阴沉地向蓝毅等人下达命令！

听到他的命令，包括蓝毅在内的一众新越精兵唯恐沈凝暄再伤北堂凌，只得纷纷向后，退让出一条路来。

"走！"

只沉声说出一字，沈凝暄劫持北堂凌在前，枭青搀扶独孤宸在后，快步离开悬崖，朝着不远处停靠的马车行去！

而蓝毅等人，因受制于沈凝暄剑下的北堂凌，只能亦步亦趋紧紧跟在他们身后，准备伺机而动，营救北堂凌！

"枭青，我们走！"

上了马车后，吩咐枭青驾车，沈凝暄看着坐在自己对面的独孤宸，心弦陡的一松，长长舒了口气，手里的软剑也自北堂凌脖子上滑落！

看着沈凝暄如释重负的样子，独孤宸虽身中软筋散，却是眸色微动，对她温润一笑！

"笑什么笑！"

抬眼对上独孤宸温润的眸，见他竟还对着自己笑，沈凝暄面色不郁地狠狠瞪了他一眼，撩起车帘子看向身后的追兵！

第十七章 魔星，绝地反击！

"你以为，你们挟持着本王，就能逃得了吗？"斜睨沈凝暄一眼，北堂凌轻蔑着独孤宸，语气轻狂道，"独孤宸，你以为你当真赢了吗？"

沈凝暄眉心一皱，冷笑道："都到这时候了，你觉得自己赢了吗？"

"本王只是栽在了你手里！"虽然栽在女人手里并不光彩，但北堂凌却不得不承认这个事实，但他只认自己栽在了沈凝暄手里，在面对独孤宸的时候，自己仍然是胜者！

"北堂凌，你以为你赢了吗？"无力靠坐在车厢里，独孤宸深邃的眸子微微闪动，俊美的脸上，露出深深的疲惫之色，他懒懒说道，"你以为，朕死在吴国，燕吴两国便会开战，抑或是素儿母子被燕国之人劫走，赫连飚便会冲冠一怒，与我燕国兵戎相见？"

北堂凌没想到，独孤宸深谙他心中所想，被独孤宸一语便说中了心事，他不禁面色一沉！

见他如此，沈凝暄心下冷笑！

这北堂凌，根本就是狼子野心，巴不得吴国和燕国开战，他好做那渔翁，于鹬蚌相争过后渔翁得利！

只是，独孤宸现下既能说出这番话，便表明早已洞察他的想法，想当然尔，他也该有自己的应对之策才对！

看着沈凝暄冷笑的模样，独孤宸嘴角微弯，在他温润透亮的眸中，隐隐泛着某种异样的情愫！

瞥见他眸底的暖色，北堂凌面露讶异之色！

同为男人，他深知那抹暖色代表着什么，只是……不应该是这样的啊！

不过转念一想，若非如此，独孤宸今夜又岂会涉险上山？

北堂凌心下微转，自嘴角逸出一抹冷笑，轻扫了沈凝暄一眼，他对独孤宸冷道："天下尽知，本王善于谋算且谋算从无遗漏，败在这女人手里，算本王倒霉，不过南宫素儿本王今夜势在必得！"

"是吗？"

轻轻淡淡地笑着，独孤宸的脸上不见一丝担心之色，不看北堂凌恼羞成怒的俊脸，他缓缓合上眼皮！

他确信，没有人伤得了南宫素儿！

"不准睡！"

眼看着独孤宸闭上双眼，沈凝暄紧蹙眉头，毫不客气地踢了独孤宸一脚！

被她一脚踹到腿上，独孤宸身形一震，蹙眉睁眼，一脸不悦地看着她，他抿了抿薄唇，却并未多言，当真强撑着眼皮，一副老老实实的样子！

见状，北堂凌嘴角轻抽！

独孤宸是谁？

他的才智和谋略虽不显山不露水，但从来不容小觑！

更重要的是，他是燕国的皇帝，从来高高在上，可是现在直接被自己的皇后踹了一脚不说，还没有一丁点的脾气！

"看什么看？"

直接无视北堂凌的怪异表情，沈凝暄探身望了眼身后已经被甩了一段距离的追兵，略微沉吟片刻，对车外的枭青命令道："这样不是办法，你先停车，把我们三个放下来！"

"娘娘！"

枭青身为影卫，绝对不可能丢下主子自己走！

"本宫是让你引开追兵！不是让你逃命！"沈凝暄娥眉一蹙，再次命令道，"枭云在山上的庙里，会想办法脱身，你引开追兵后，再返回来救本宫和皇上，放心，只要本宫在，皇上必定万无一失！"

"是！"

有了沈凝暄的保证，枭青自然不敢再耽搁，在追兵赶到之前，他将三人安置在山路旁的树林里，便再次驾车朝着山下扬长而去！

雨夜，夜如泼墨！

被沈凝暄强迫窝在雨水打湿的灌木旁，北堂凌黑着俊脸，对沈凝暄冷笑道："如今劫持着本王，还要带着中了软筋散的独孤宸，纵然你有天大的本事，也不可能逃出生天。"

"你还说过自己谋算从无遗漏呢！"对北堂凌翻了个大大的白眼，沈凝暄怒气哼哼地低语一声，眼看着北堂凌张口欲喊，她抬手便点了他的哑穴！

如此一来，北堂凌身不能行，口不能语，便只能满脸怒火地对她干瞪眼！

"自作自受！"

难得见一向运筹帷幄的北堂凌吃瘪，独孤宸虽浑身酸软无力，却仍是忍俊不禁地自嘴角逸出一抹幸灾乐祸的笑！

"别五十步笑百步！你也好不到哪里去！"回头轻嗔独孤宸一眼，沈凝暄听着由远而近的脚步声紧皱着娥眉，对他嘘了一声，"安静！"

见状，独孤宸心思一沉，冷眼看着山路上点点闪烁的火光，不曾发出一丝声响！

眼睁睁地看着自己的人从不远处经过，北堂凌想动不能动，想喊不能喊，气急之下，他俊美的脸庞，渐渐黑得一塌糊涂，险些没急火攻心！

281

不多时，脚步声由大变小，点点光火远去，沈凝暄紧绷的心弦也渐渐松开！

感受到北堂凌身上的火气，猜他大概会被气出内伤，她忍俊不禁地指着幽深黑暗的密林，抬腿踢了他一脚："起来，你走前面！"

沈凝暄的一脚，踢得并不重，却正好踢在北堂凌的伤口上……剧痛袭来，他龇牙咧嘴，却未发出任何声音！他心下几欲发狂，眸光阴冷地狠瞪着沈凝暄，有种想要将她掐死的冲动！

看着北堂凌盛怒却不能言的样子，沈凝暄心中畅快不已！

轻笑着扯住北堂凌身上的披风，她回头想要扶起独孤宸，却在触碰到他的身子时，明显感觉到他猛地颤抖了下。

"怎么了？"

心下惊讶之余，沈凝暄紧蹙眉头。

"没事！"

独孤宸有气无力地回了一句，却不曾起身。

"没事还不起来？"见独孤宸耷拉着脑袋，沈凝暄心下一紧，伸手覆上他的额头！惊觉掌心下滚烫的热度，她暗叫一声不好，低声唤道："起来，不能在这里睡！"

"朕……没事！"虚弱粗嘎的声音缓缓响起，独孤宸扶着沈凝暄的手，十分艰难地站起身来。

"小心！"

感觉到他趔趄的脚步，和手臂上传来的重量，沈凝暄面色微沉："你先坐一下！"

没有继续上前，她暂时让独孤宸坐下身来，而后快步行至北堂凌身前，伸手便开始解他的披风颈带！

意识到她意欲何为，北堂凌双眸圆睁，眸光中怒火炽盛！

这该死的女人，竟然明目张胆地要将他的披风换给独孤宸！

"世间之事，尽有因果，你今日遇到之事，必然是前尘种下了恶因，怨你，不怨我……"虽夜色深沉，却仍能清楚感受到北堂凌可以杀人的目光，沈凝暄口中碎碎念着，手下动作却是不停，在解下他的披风后，开始动手脱他身上的外袍！

如果说，方才北堂凌是被气到内伤，那么现在，便是气到吐血了！

在如此寒凉的雨夜里，沈凝暄只用了片刻，便将他脱得只剩下了棉帛底袍！

这，对他而言，这是耻辱！

前所未有的耻辱！

而更让他气绝的是，沈凝暄看都不看他一眼，直接将他的外袍和披风拿到了独孤宸身边："穿上！"

"朕嫌他脏！"

见沈凝暄要将北堂凌的外袍穿在自己身上，独孤宸无力地挣扎了下，满是厌恶地往后仰着身子。

见状，沈凝暄微皱了皱眉，语气不善道："都这时候了，你还瞎干净什么？我也不喜欢他，眼下不也披着他的披风？"

闻言，北堂凌差点没气死！

这对夫妻，根本就是欺人太甚！

"天作孽犹可违，自作孽不可活！"知北堂凌肯定气得不轻，沈凝暄闲闲地扫了他一眼，便半蹲着身，将带着他体温的外袍与独孤宸穿上，然后又用披风将他裹得严严实实的。

将披风带子系好，满意地看着自己的杰作，沈凝暄目光轻抬，见身前之人正目光清冽地瞪视着自己，她微弯了弯唇，伸手捧住他微凉的脸，却是笑弯了眼睛："现在这里我是头儿，一切都得听我的。"

感觉到她吐气如兰的气息，温温热热地吹拂在自己的脸上，独孤宸心潮微漾，竟一时忘了继续抗议！

反正，他也没力气抗议！

许久之后，山路上仍时不时有火把闪现！

知那是北堂凌的人，在半山腰寻找他的下落！沈凝暄无奈，为暂时避开蓝毅等人，只得用手里的软剑将独孤宸的手指割破，先替他放了血，然后从披风上撕下一条绑在北堂凌的手腕上，让他在前探路，一行三人朝着树林深处走去！

树林很深，树木多而密，但沈凝暄知道，他们如今不能后退，只能一直向前。

独孤宸中了软筋散，浑身无力，虽暂时放了血，走起路来却仍旧十分艰难！

察觉到独孤宸的脚步越来越慢，她紧咬牙关，撑着他半靠在自己身上的身躯，深一脚浅一脚地向前走着。

听到沈凝暄因吃力而发出的喘息声，独孤宸低垂眼睑。

在夜色之中，深深凝视着沈凝暄模糊的面庞，虽看不清她的容颜，独孤宸的心，却深深悸动着……

他从没想过自己会如今日这般狼狈，更没想到，到了最后，竟是她舍身救他！

好笑的是，他今日前来，本是为了救她！

见独孤宸停下脚步，沈凝暄低头将他的手臂架在自己的肩膀上，边往前走边缓缓出声："我知道你力不从心，但你是独孤宸，是燕国的皇帝，再累也不能跟死猪一样倒下，我可拖不动一头死猪！"

第十七章 魔星，绝地反击！

他现在难道就不像死猪了吗？

听了沈凝暄的话，独孤宸不但未怒，反倒轻笑了下，咬牙忍着随时可能瘫倒的无力感继续前行。

正前方，只身着底衣的北堂凌冷得不停打战！

他自小含着金汤匙出生，十三岁亲政，虽非帝王，却掌握着新越的真正皇权！

从来，人们见到他，都是一脸尊崇，大气都不敢喘！谁曾想，他到了眼下，却落得如此狼狈不堪！

而这一切，全都是拜身后那个女人所赐！

他发誓，此仇来日必报！

别让她落到他手里，否则他定让她求生不能，求死不得！

心下如是恨恨地想着，北堂凌抬步向前，在惊觉脚下蓦地一空时，立马便意识到下方可能有个不小的土坑，心思电转，他不曾停下，只脚步微转，向左靠了一步，想要借此将身后的两人引入陷阱！

然，就在他移开脚步之时，跟在他身后的沈凝暄却目光微闪，蓦地一拉绑在他手上的披风！

突来的扯拽，让北堂凌身形一滞，紧接着他便觉脚下一滑，一个重心不稳，重重摔落前方约有一人多深的土坑之中！

"哎呀！"

眼看着北堂凌掉入陷阱，沈凝暄惊叫一声，扶着独孤宸上前。

"看吧！偷鸡不成反倒又蚀一把米！"

坑洞不深，像是后天有人挖掘而成，站在坑洞上方，沈凝暄与独孤宸居高临下地看着北堂凌，先是轻笑了笑，遂一脸悻悻然道："北堂凌，本宫早就让你老实点，你怎么就不长记性呢？这下好了吧，我们人单力薄，可怎么救你上来啊？"

坑洞下方，因突然摔落且身上穴道被封而摔了一嘴泥的北堂凌可谓狼狈至极……可更要命的是，无论他怎样挣扎，自己都站不起身来！无奈之下，他只得喘息着望向上方的沈凝暄，而后用力张了张嘴，却发不出一丝声响！

他的哑穴还被封着，就算想低头求人，也做不到！

心中懊恼之余，他恨不得抽自己几个大嘴巴子！

他这辈子，从没像现在这么狼狈不堪过！

现在的他，有多狼狈，他的心里，就有多后悔！

他悔啊！

悔得肠子都快青了！

悔他当初没事找事，竟好死不死去招惹沈凝暄这个魔星！

284

"喂！没给摔死吧？"

半晌，不见北堂凌有动静，沈凝暄向前探了探身："怎么没声了？要本宫救你吗？"

废话！

月黑风高，天寒地冻，谁想在这泥坑里待着！

如是，心中愤恨不已地想着，北堂凌微转过头，狠狠地用脚踢了踢脚下的泥土，算作对沈凝暄问话的回应！

"看样子还活着啊！"双眼如新月弯弯，沈凝暄先让独孤宸靠坐在一棵大树下，而后缓步踱回坑洞前，将披风一拢，蹲下身来挑眉看着北堂凌，"让本宫救你也可以，你先开口求求本宫！"

闻言，独孤宸扑哧一下，忍不住笑出声来！

而坑洞下方的北堂凌则气得双目圆睁，将牙根儿咬得咯吱咯吱响个不停！她明明点了他的哑穴，却还让他开口向她求救，这说轻了是在让哑巴说话，在为难他，其实根本就是在戏弄他！

打死他，他也开不了口啊！

这个魔女！

"喂，北堂凌……本宫数一二三，你若是不开口，便是不想承本宫的救命之恩，那本宫可就走了哦！"狡黠一笑，沈凝暄垂眸玩弄着自己修长如玉的手指，不疾不徐地数着，"一……二……三！"

三字出口，沈凝暄偷笑了下，紧皱了眉头对北堂凌伸出一根手指，道："那……我再给你一次机会，开口求我！"

被她如此戏弄，北堂凌气得额上青筋暴起，没好气地狠踹了下脚下的泥土！

"好！你不应声，那我走了！"

状似无奈地轻叹一声，沈凝暄利落起身，转身便要离开！

眼睁睁地看着她要离开，北堂凌大张着嘴，想要嘶喊出声，却发不出一丝声响！他能做的便是双眼怒睁，倾尽全身力气踢打着脚下的泥土！可雨后的土壤，本就松软，经他一阵踢蹬，只听哗啦一声，坑洞边缘处泥土崩塌，瞬间便掩埋了他的半个身子。

"你真不救他？"

独孤宸被沈凝暄从树下扶起，虚弱不堪地朝坑洞方向望了一眼！

北堂凌是新越的实权掌控者，若他死在吴国，又因他而死，只怕届时燕、吴、新越三国的战事又起，到那个时候，受苦受难的，是天下黎民！

虽然独孤宸一直对自己不好，但沈凝暄却不得不承认，他是一个好皇帝！知他

第十七章 魔星，绝地反击！

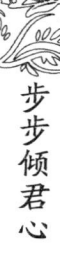

心中所忧为何，她冷着脸嗔了他一眼："自己都自身难保了，心里却还想着黎民百姓……"

没想到沈凝暄竟能一语道破自己心中所想，独孤宸微怔了怔！

但是很快，他便又心中释然！

眼前的女子，虽貌不惊人，却从来都是个慧黠的女子！

是以，她能够想他心中所想，倒也不足为奇！

"当初父皇将皇位传给我，他们便是我的责任！"没有再自称为朕，独孤宸无力喟叹一声，身形微倾了倾，十分自然地倚靠在沈凝暄的身上。

"说你胖，你还喘上了！"对于他的倚靠丝毫不觉有何不妥，沈凝暄冷笑着出声问道，"带着你逃命，本就艰难，再带上他，还得处处提防着，我可吃不消！"

"……"

知道沈凝暄说的是实话，独孤宸轻皱眉心，转头与她四目相对："你在崖顶上，不是说自己武功高强吗？"

"这话只有傻子才会信！"

眸中點光闪过，沈凝暄轻勾唇角，故意转身对着坑洞方向，气死人不偿命地晒然道："我虽自幼跟姑丈习武，却学艺不精，只有傻子才会被我唬住！"

她此言一出，坑洞里的北堂凌身形剧震，脸色青一阵白一阵，好不精彩！

这狡猾的女人，竟将素来自诩聪明绝顶的他给蒙了！

"沈凝暄，你想过这样做的后果吗？万一北堂凌不信你……"

不曾去注意北堂凌有没有出离了愤怒，独孤宸怔怔地看着沈凝暄，心底潮涌起伏，再也无法平静！

她武艺不精，竟还敢对北堂凌下手，让天底下向来算计人到家的新越摄政王上当受骗吃了瘪！

他一直都知她胆子很大，以为她甩他一巴掌，已然是惊世骇俗，但是这一次，他算明白了，她的胆子真的大到没边儿了！

最最重要的是，她做这一切，是为了救他！

"我既然敢做自然想过后果……哎呀，你放心吧，他在这下面，大不了受些活罪，却是死不了的！"被独孤宸看到头皮发麻，沈凝暄娥眉紧蹙，扶着他向前几步，重回坑洞前，指着下方被埋在土里的北堂凌大声说道："就我的功力而言，一个时辰后他自己就可以冲开穴道，若到了那时，你软胳膊软腿儿的，光靠我这三脚猫的功夫，怎么可能对付得了他？如今他掉在这坑里，是老天爷在帮我们！"

沈凝暄的一番言语，让本就怒火中烧的北堂凌脸色都绿了！但此刻他受制于人，加之手臂上的伤口浸湿了水，痛到要死，他只能紧皱着眉头，将双目瞪得滚圆，却无法发泄心中怒火！

夜色黝黑，看不清坑洞下方的北堂凌是何神情，却知其神情一定不善，沈凝暄用力跺了跺脚，满意地看着脚下的泥土哗哗砸落在北堂凌身上，她坏坏一笑，转身扶着独孤宸艰难抬步："走吧，我们下山，等下了山才能算真正脱险！"

闻言，独孤宸苦笑："如今你是头儿，自然听你的！"

"我是头儿也得给你当拐杖不是？"对独孤宸的话不置可否，沈凝暄撇了撇嘴，轻声嘟囔道，"你怎么沉得跟死猪一样？"

"……"

这世上，胆敢形容皇上跟死猪一样的女人，除了她，只怕找不到第二个了！

心念至此，独孤宸苦笑了笑，却聪明地选择缄默，倚靠着她步履艰难地朝山下走去。

时候不长，两人渐行渐远，许久除了雨声，再听不到任何声响，穴道被点的北堂凌直挺挺地躺在幽深潮冷的坑洞里，深埋土中，叫天天不灵，叫地地不应……唯不断起伏的胸口，昭显着他心中的怒火！

沈凝暄！

此仇不报，他誓不为人！

雨，依旧簌簌地落着。

沈凝暄口口声声说，要和独孤宸一起下山，然……离开坑洞后不久，她便紧咬牙关，架着独孤宸，竟是步履艰难地朝着山顶走去！

"暄儿真聪明！"脚下虚软无力，却仍被沈凝暄强迫向前，独孤宸垂眸看着身边的沈凝暄，边喘息边轻声笑道，"最危险的地方，就是最安全的地方，你故意在他耳边说要逃下山去！"

因他的一句暄儿，沈凝暄忍不住浑身起了一层鸡皮疙瘩！

被累得气喘吁吁，她没好气地对他翻了翻白眼："皇上……你能把说话的力气用来走路吗？"

"好！"

十分乖顺地应了一声，独孤宸不再言语，一步步向前。

夜黑风高，再带着一个中了软筋散的大男人，沈凝暄可谓是举步维艰！

但，老天似乎有意与他们作对，时候不长便狂风大作，原本淅淅沥沥的小雨瞬间变大，如倾盆一般哗哗自夜空一泻而下！冰凉的雨水，透过树梢间隙，打落在沈凝暄身上，将她的衣衫全部浸透，让她忍不住轻颤着身子。

独孤宸明显感觉到她的轻颤，目色深沉道："这样不行，我们得先找地方避雨！"

第十七章 魔星，绝地反击！

"你不说我也知道！"

冷冷地睨了他一眼，沈凝暄四下眺望，架起他的胳膊朝着山壁方向摸索，依她判断，淮山之上有寺庙，有打猎的坑洞，便应该有供人避雨暂栖的山洞，而事实证明，果然皇天不负有心人，往前走了一段距离后，还真的寻到了一个山洞！

山洞不大，却很深！

看着眼前黑漆漆的洞穴，沈凝暄嘴角轻勾，如释重负地露出一抹浅笑，扶着独孤宸一路向里，直到没了前路，她才颓然倒地，大口大口地喘息着！

"累得走不动了？"

沈凝暄倒下了，依靠她前行的独孤宸自然也跟着倒下了，从沈凝暄身畔滑落，他浑身无力地躺在她身边，看她的眼神，却悠悠闪闪，平添了几分温柔之色。

"你沉得跟猪一样，能不累吗？"

懒懒抱怨一声，沈凝暄深吸两口气。

独孤宸语气微冷："沈凝暄，你够了啊，一路上不是死猪就是猪，朕可是一国之君！"

沈凝暄转头看向独孤宸，天色太黑，她并未看到他眼底的温柔，而是在轻推他一把后，觉得既好笑又无奈："我错了，皇上怎么可能会是猪呢？皇上现在充其量就是一摊烂泥！"

"你——"

被沈凝暄气得嘴角一抽一抽的，独孤宸眉心一皱，浑身冷得轻抖了下，他忽然无力轻笑："一会儿死猪，一会儿烂泥……你就不怕朕回头跟你秋后算账吗？"

他现在对沈凝暄真的是没一点脾气了！

沈凝暄的气息渐渐平复，声音清冷道："你是皇上，要算账，得先报恩吧？我不畏生死，千辛万苦地从北堂凌手里救了驾，您这一国君王莫不是打算恩将仇报？"

"哼！"

被沈凝暄的话堵得哑口无言，独孤宸能回她的便是冷冷一哼！

她总是有办法挑起他的怒火，却让他的怒火无从发泄！

"小女子多谢皇上不跟小女子计较！"半晌等来独孤宸冷冷一哼，沈凝暄微微一哂，翻身将手探入独孤宸外衣，开始摸索起来！

"你……你干什么？"

浑身瞬间一僵，感觉到胸前那双不安分的小手，独孤宸顿觉心跳加速，喉结轻轻滑动。

闻言，沈凝暄手下摸索的动作并未停下，感觉到独孤宸的紧绷，她不禁蹙眉失笑："找火折子而已，皇上以为我想干什么？"

第十八章　脱险，可还要她？

　　火折子受了潮湿，沈凝暄费了好大的劲才吹燃。
　　火光，瞬间将山洞深处照亮。
　　待独孤宸转头望去，沈凝暄早已来到他身边，不声不响地架起他的胳膊，将他一步步拖到火堆旁的干草堆上。
　　久违的暖意，渐渐驱走严寒。独孤宸微微抬眼，眸中再不见方才冰冷，静静凝视着沈凝暄，半晌不曾将视线移开半分！
　　"看什么看？不是在发烧吗？闭上眼睛睡觉！"仍旧以命令的口气让独孤宸闭眼，沈凝暄不曾看他，低头将他身上湿透的披风解开，又往他身上堆了些干草取暖，这才起身拿着披风到火堆旁烘干。
　　远远看着她拿着披风在火前烘烤的样子，独孤宸心生自己与北堂凌颇有些同为天涯沦落人的感慨，他多少可以体会到北堂凌气极却无奈的心情，不过他算是看出来了，沈凝暄只是趁他中毒，可劲儿地气他，欺负他，其实对他并不算坏！念及此，一道暖流在心间淌过，他忽然觉得，比起北堂凌今夜所受的一切，他还是比较幸福的！
　　幸福？
　　心中喃喃着这个于自己而言极其陌生的字眼，他微蜷着身子，嘴角微微翘起，想到北堂凌此刻躺在坑洞里任大雨淋刷，叫天天不灵叫地地不应的凄惨境况，他不禁肩头轻颤，笑声由小及大，直至笑得开怀！
　　"你都沦落到如此地步了，居然还能笑得出来？"沈凝暄眉心微拢，回眸看了独孤宸一眼！
　　"朕在笑……"半晌才止住笑意，独孤宸微弯着唇，"比起北堂凌，你对朕算是极好的！"

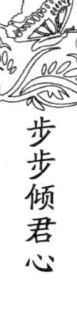

正在支着衣裳的动作微顿,沈凝暄面色不郁,满脸无奈地撇嘴打趣道:"你是我的天,跟北堂凌哪能一样?"

借着明耀不定的火堆,看着她撇嘴的娇俏模样,独孤宸的心底就像是一汪清泉,忽然被投入一颗碎石,荡起圈圈涟漪!

半天不见他言语,以为他浑身无力,又折腾了一晚,早该睡着了,沈凝暄将半干的披风搭在一边的山石上,躺在独孤宸身边的草堆上准备小憩片刻,但……就在她即将闭眼之际,原本该沉沉睡去的独孤宸,却有些费力地转过身来,伸手横在她的胸前,在她来不及反应前,将她圈入怀中!

"皇上!"

沈凝暄身子蓦地一紧,刚要挣脱起身,却听他出声问道:"朕对你百般苛待,你为何还要舍命救朕?"

刚要闭上的眸子,再次缓缓睁开,沈凝暄转过身,好整以暇地凝睇着他俊美的容颜,直视他深邃的眼瞳:"在我回答你之前,你先回答我,你不是一直在守着你的素儿吗?为何会出现在淮山之上?"

"为何?"

轻轻一叹,独孤宸不由有些苦涩地弯了弯唇角:"朕的女人,绝对不容落到北堂凌手里!"

闻他此言,沈凝暄眉心紧拧!

她猜得没错,他之所以落入北堂凌的包围圈,确实是为了救她!不过这理由,还真是像极了他的性格,让人觉得差强人意!

"你还没回答朕的问题!"

声音绵绵软软,独孤宸气息孱弱地闭着眼睛又往沈凝暄身上靠近了些,将她紧紧抱在怀里。

为何会舍命去救他?

这个问题,她也曾在心中问过自己,但是结果却是没有答案,她从一开始猜到北堂凌的图谋,便自然而然地在为他着想,根本就没有想过为什么!

等了片刻,不见沈凝暄回答,独孤宸幽幽出声:"怎么了?平日伶牙俐齿的,今儿倒成了哑巴了?"

"我之所以救你,只是不想燕国的皇帝落到新越手里!你至今不曾废我,若你死了,我岂不成了寡妇?"淡淡笑着,沈凝暄伸手覆上他发丝散乱的额际,感觉到手掌下的温度,虽还有些热,却不至于高得吓人,她微松了松心弦!

"只是如此吗?"

独孤宸似是低喃,语气里伴着几许失落。

"你还打算要个如何惊天动地的理由？"紧皱了眉头轻叹一声，沈凝暄伸手握住他的手腕，作势便要起身离他远些。

"别动，我冷，好冷……"

因为软筋散的作用，他揽着她的手，根本用不上力，但即便如此，嗅着她发间清新的桂花香气，他却贪婪地想要拥她在怀，一点都没有想要放开的打算："让我再抱一会儿，就一会儿……"

"你还真是总能把人当成暖炉……"因独孤宸的依赖，沈凝暄动作微滞了滞，明显感觉到他身上的轻颤，她不禁深深凝眉！

"冷……"

低哑的呻吟声入耳，独孤宸肩头微颤，让沈凝暄不由心下一软。

"上辈子明明是你害了我，现在整得却像是我欠了你的。"心中柔肠百转，沈凝暄眸色微缓，终是饱含无奈地长长一叹！

"冷……"

听到她的叹息声，独孤宸眉心轻轻一拧，唇齿之间却仍旧只低喃着一个冷字！

"怕了你了！"又是一声轻叹，沈凝暄纤细的手臂缓缓上移，直至揽上他的肩头，将自己依偎在他的怀里。

他知道冷，她也好不到哪里去。

正好一起取暖！

"好冷……"双眸紧闭着低吟一声，独孤宸薄薄的嘴唇缓缓勾起！

今夜，他本该在南宫府外坐镇，却在得到她被北堂凌掠劫的消息后，只带着二十影卫上了淮山！无论是在山下时，还是在登上淮山的那一刻，他一直在心里告诉自己，他的女人，绝对不容落到北堂凌手里。

但是，经过今夜之后，就在这一刻，他清楚地感觉到自己心底深深的悸动，直到此时，他才豁然明白，他之所以不顾自身安危登上淮山，或许是因为，他在不知不觉之中已然开始在乎……在乎怀里这个其貌不扬，总是将他气得火冒三丈的女子！

是因为在乎吗？

他扪心自问，却不甚确定！

因为，自素儿之后，他以为他永远都不会再在乎谁了！

山洞外，夜雨下得正急！

山洞深处，沈凝暄和独孤宸全都一身疲惫，交颈而眠！

一个时辰后，山洞三里开外的坑洞里，传出一声暴喝："沈凝暄，本王一定要杀了你！"

此刻，才冲开穴道的北堂凌一身纯白棉帛的底衣早已沾满了泥水，他儒雅的俊

第十八章 脱险，可还要她？

291

脸上，也早已泥渍斑驳，随着他的一声怒吼，终于引来了一直在搜寻自己的蓝毅等人！

"王爷，您没事吧！"

七手八脚地将北堂凌从坑洞里拉出，蓝毅将身上的披风披在他的身上，面色极其难看："属下该死，还请王爷责罚！"

主子遭难，他难辞其咎，比他自己遭难还要令他难堪！

"你看本王像是没事的样子吗？"浑身冷得打战，连牙齿都不停地咯噔响着，北堂凌抚上自己剧痛不已的手臂，心里却气到发狂！

面对他如此怒气，众人皆噤若寒蝉，谁都不敢多言一句。

想起北堂凌手臂上的伤，蓝毅心下一紧，便要查看："王爷，您的伤……"

"嘶——"

手臂上的痛让北堂凌忍不住龇牙，抬手打掉蓝毅的手，他冷冷地扫视了满脸惊疑的众人一眼，气急败坏道："看什么！有什么好看的？还不快给本王追，本王一定要抓住她，把她碎尸万段，以解本王心头之恨！"

"王爷！"

众人围着北堂凌谁都不语，也都未曾领命，只蓝毅咬牙说道："楚阳方面有变，我们当下该立即撤走！"

"什么？"

眸光陡然一厉，北堂凌双目大睁！

翌日，清晨。

雨后的山林，空气清新，鸟鸣啾啾，一缕缕阳光自天际洒落，穿过树梢照亮了大地，山洞里的光线也渐渐亮了起来！

沈凝暄猛地睁开眸子，看着眼前近在咫尺的俊美容颜，方才惊觉原本只是想帮他暂时取暖的自己，竟在他怀里睡到了天亮，而此时他们二人的姿势，也从原来互相取暖的姿势换成了她如小猫一般蜷缩在他的怀里。

"醒了？"

独孤宸薄唇轻抿，双眸仍闭着，十分自然地将下颌搁在她的颈窝处，轻蹭她光滑的侧脸。

心，忍不住轻轻一颤。

深凝着眼前俊美儒雅的这张俊脸，沈凝暄动了动唇角，却终是嗯了一声。知他身上的软筋散药效已过，她轻挑了眉梢，将视线从他俊美儒雅的脸庞上移开，挣扎着便要起身。

"别动!"

像在安抚不听话的孩子,独孤宸下颔上新长出的胡楂,轻轻扫过沈凝暄白皙的颈间:"乖……再让朕抱会儿!"

闻言,沈凝暄浑身忍不住一颤,心想他还得寸进尺了!

用力挣扎了下,她黛眉紧蹙,面露不悦地哑然笑道:"皇上既是醒了,何必还抱着一个自己讨厌的女人?"

"暖和!"独孤宸依旧没有睁眼,只唇角微掀,懒懒地自口中吐出两字,深深眷恋着她身上的温暖和清香!

"你真把我当活暖炉了啊!"冷笑出声,沈凝暄咬咬牙,将腿蜷起的同时,眸中闪过一丝恶作剧的光芒!

如果独孤宸睁眼,一定会在看到她的眼神时而有所防备,但是此刻的他,一直都闭着眼,直到下一刻……

"啊——"闷哼一声,他倏然睁眼,再次咬牙道,"沈凝暄,你不想活了?"

她一定是不想活了!

"皇上……"

迎着他恶狠狠的目光,沈凝暄紧咬下唇,想要笑却又死死忍住!

"你想要谋杀亲夫!"看着沈凝暄强忍笑意的样子,独孤宸双眸喷火,气急败坏地瞪着她!

她居然敢踹他!

"我不是故意的!"

如愿重获自由,沈凝暄睁大眸子,双手摇动着起身后退,她黑白分明的双眼清澈非常,就这双眼睛,若是让不知她本性的人看着,必然会以为她当真是无辜的!

"鬼才会相信你不是故意的!"独孤宸沉喝一声,铁青着脸伸手便要将她抓回!

沈凝暄不傻,自然知道这个时候如果让独孤宸逮着的话,她就死定了!在独孤宸伸手之际,她突然出手,点了他一道大穴,而后脚底抹油快步朝着山洞外奔去:"皇上息怒,我现在去找枭青,让他接您回宫!"

"沈凝暄!"

独孤宸气急败坏,看着她脚底抹油快速朝外奔跑的身影,他忽然有一种错觉,好像她随时都会消失一般!心下一惊,他脱口吼道:"今日你若敢丢下朕一个人跑了,朕回去就杀了青儿!"

沈凝暄骤然停步,转身看着独孤宸,她紧咬了下唇:"皇上是明君,绝对不会滥杀无辜!怎么说昨夜也是我救了你,青儿的事情皇上看着办吧!"语落,她转身便

第十八章 脱险,可还要她?

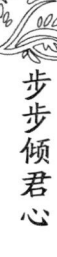

要离去，却在朝着山洞外望了一眼后，快步折回抬手解开了独孤宸的穴道！

"怎么不跑了？"

独孤宸眸光一冷，伸手紧攥住她的皓腕，让她再难离开自己半步。

"外面有人！"

在独孤宸耳边低语一声，沈凝暄伸手取了自己的软剑，独孤宸则阴沉着脸朝山洞外面望了一眼。

他以为，是北堂凌追来了！

不过是他也无妨，如今他身上的软筋散已解，完全可以自保！

沈凝暄抬眸向外，见山洞外的人迟迟不曾进来，不禁冷淡笑道："既是看见了本宫，何不进来一见？"

见沈凝暄跟只刺猬似的炸了毛，独孤宸疑惑道："外面是谁？"

"你见了不就知道了！"没有立即回答独孤宸，听着窸窸窣窣的脚步声由远及近，沈凝暄眸色微闪，望向进洞的一众人等！

来人之中，为首之人丰神如玉，秀逸英风，幽深的双目之中，眼神温润如水，不是北堂凌而是独孤萧逸！

让沈凝暄吃惊的是此刻跟在他身后的，不是别人竟是枭青和枭云！

两人看到独孤宸和沈凝暄，皆松了一口气，连忙上前行礼："属下参见皇上，参见皇后娘娘！"

"你们怎么会跟他在一起？"沈凝暄心神微怔了怔，一时有些搞不清状况！

独孤宸淡淡一笑，轻拥着沈凝暄的肩膀问道："他们怎么就不能跟齐王兄在一起？"

"……"

沈凝暄不语，只淡淡抬眸与独孤萧逸四目相对，见他唇间含笑，目光闪动，她恍然了悟，盯着独孤萧逸的眼神，渐渐深沉几许！

难怪独孤宸昨夜在马车上对北堂凌的言语一脸不屑，一副成竹在胸的神情，原来他早就已经在北堂凌身边布下了一枚重子！试想，北堂凌以为断了独孤萧逸所有的后路，即便对他仍有防备，却会放松许多，有他做内应，南宫素儿的安全自然无虞！

原来从来运筹帷幄的，不是北堂凌，而是他独孤宸！

思绪飞转之际，脑海中忽而闪过那日在禅房里独孤萧逸霸道的言行，沈凝暄不由嘴角轻扯，冷冷嗤笑出声！

想她接连骗了新越皇帝，整治北堂凌，却不承想到头来也如他们一般，让人当成傻子耍了一回！而这个耍了她的人，曾经是她的老师，是她最亲近的人！

枉她昨夜还为他担心，生怕他事情败露会丢了性命！

听到沈凝暄的冷哂声，独孤萧逸心下微苦！缓缓自唇畔扬起一抹温润的笑弧，在她冰冷的眸光注视下，他上前几步对独孤宸躬身揖手："臣下救驾来迟，让皇上受惊了！"

一语落，枭青和枭云一左一右自独孤萧逸身后走出，快步上前，在独孤宸身前单膝跪落："属下救驾来迟，请主子降罪！"

"昨夜之事怨不得你们！"拢起的眉渐渐舒展，独孤宸微微舒了口气，命枭青和枭云起身，他视线微转，看向一边的独孤萧逸展颜一笑道，"这次的事，辛苦王兄了！"

"为皇上解忧，是臣的本分，臣不觉辛苦！"独孤萧逸微微挑眉一笑，幽幽深邃的目光掠过面无表情的沈凝暄，方才轻道，"皇上和皇后娘娘，昨夜受惊了！"

"托皇后的福，朕很好！"

想起昨夜沈凝暄的表现，独孤宸不禁露出一缕淡笑，低眉看向身边一脸愤愤，气鼓鼓的沈凝暄，他眉心微皱，脸上笑意更深："看来，王兄演技不错，聪明如你也被骗过了！"

"我道是北堂凌傻，原来自己也是傻子！"淡淡一哼，沈凝暄瞥了他一眼，双眸微愠一眨不眨地注视着独孤萧逸："比起我骗北堂凌的那些小把戏，齐王的手段自是技高一筹啊！"

闻言，独孤萧逸温润一笑。

唯那双温和冷静的眼中，闪过一丝痛楚！

人活于世，总有一个永远不想欺骗的人！

于独孤萧逸而言，这个世上，他最不想骗的人，就是她了！

但他昨日，却终究骗了她！

凝着他眸底的晦涩，沈凝暄低敛眉目，挣了挣被独孤宸紧握的手："放手，我要出去透透气！"

"朕一放手你不就跑了吗？"不是没察觉，却只当没看到沈凝暄和独孤萧逸的神情变化，独孤宸对沈凝暄轻挑俊眉，紧握她手腕的手又紧了紧！

见状，沈凝暄眉头紧皱，一脸不爽！

眼看着她安静下来，独孤宸的唇角处浮上一抹完美至极的微笑弧度，眉心舒展地转头问着独孤萧逸："楚阳方面情况如何？"

"还算不错！"

独孤萧逸淡笑着回道："如皇上所料，臣临阵倒戈，与北堂凌那些手下交手没多久，吴国大将军萧敬便带人赶到，不过可惜的是，新越的那些人都是死士，臣没能抓到活口！"

第十八章　脱险，可还要她？

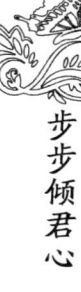

"北堂凌心机深沉,绝对不容燕吴两国抓到可以联盟向新越开战的理由,那些人都是死士,一点都不足为奇!"脸上的笑渐渐敛去,独孤宸蹙眉问道,"可有北堂凌的下落?"

提到北堂凌,独孤萧逸神色一凛:"臣听萧敬说,新越那些残兵,昨日在寻到北堂凌之后,便已离开楚阳,而他也已派兵追剿,不过情况不容乐观!"

"便宜北堂凌了!"

口中虽说着便宜了北堂凌,但独孤宸深知,若真的抓到他,事情只怕会更难处理,是以,让他落荒而逃其实是最好的结果!想到北堂凌被沈凝暄整得凄惨,他心情大好,脸上再次露出一缕浅笑!

"这衣服朕穿了一宿,真让人倒胃口!"

含笑间,握着沈凝暄手腕的手一直不曾松开,独孤宸一边脱着身上原本属于北堂凌的衣服,一边拉着她朝山洞外面走去!

枭云和枭青跟随在独孤宸身边多年,除了当年与南宫素儿在一起时,鲜少见他真心笑过,如今看着他的笑容,再看他和沈凝暄紧握的手,他们不禁也都露出了喜色。

只是,同样的一幕,看在独孤萧逸的眼里,却让他心底剧痛,脸色黯然!

"皇上,臣妾的手腕都快被你捏断了!"十分不情愿地被独孤宸牵着往外走,沈凝暄不依地又挣了挣手臂,见无法挣脱,她转头问着独孤萧逸:"南宫夫人怎么样?昨夜可有受惊?眼下她该跟吴皇团聚了吧?"

她深知,独孤宸最大的死穴,便是南宫素儿!

方才,他不问,并不代表他不关心!而是他不想听到,那个从一开始便早已注定的答案!

正如沈凝暄所料,在听到她的问话时,独孤宸身形明显一顿!但只怔了一瞬,他脚步未停,只对她冷冷一笑:"沈凝暄,就你话多!"

沈凝暄无奈笑了笑,"没办法,臣妾这人心肠好,实在是想看到有情人终成眷属!"

果然,听了她的话,独孤宸的脸瞬间又阴沉下来!

对他冷峻的神情早已习以为常,沈凝暄扁了扁嘴,转头别有深意地看向独孤萧逸,静等他的回答!

读懂了她的眼神,独孤萧逸微微一笑,却是摇了摇头,道:"吴皇确实到了楚阳,但昨晚并未现身,也不曾与南宫夫人相见!"

闻言,独孤宸脚步蓦地一顿,害沈凝暄一时躲闪不及重重撞到他坚实如铁的后背上!

酸楚之意瞬间袭来，沈凝暄轻掩琼鼻，双眸中瞬间闪现水雾！

独孤宸回身看了沈凝暄一眼，暗骂她自作自受，回眸看向独孤萧逸："你的意思是他来了，却还是不曾去见过自己的妻儿？"

"是！"视线轻飘飘地自沈凝暄脸上扫过，独孤萧逸心底暗暗一痛，抬头迎着独孤宸的视线微微颔首！

"这个缩头乌龟！"

冷冷低咒一声，独孤宸握着沈凝暄的手倏然一松，大步流星地向外走去。

见状，枭青连忙跟上。

山洞外，荣海刚刚赶到。

见独孤宸安全无忧，他一脸喜色，忙迎上前来："皇上……"

"备马，朕要进城会会赫连飚！"

不等荣海说完，独孤宸已然沉声命令道！

山洞里。

沈凝暄的手，仍然保持着独孤宸松开时的姿势！

怔怔地看着自己的手，她的嘴角，不禁冷冷地挤出一抹自嘲的笑："这会儿倒不怕我跑了！"

独孤宸心中所记挂的，永远是那个美若天仙的女子，是他的素儿！

"暄儿……"

凝着沈凝暄脸上那抹自嘲的浅笑，独孤萧逸俊朗的脸上尽是关切之意，轻轻抬手，他想要握起她的手，好让她不至于太过尴尬，却碍于枭云在场，不得不将双手紧握，将心中柔情尽力压下！

见状，枭云低眉敛目，不曾去探寻两人之间的关系，而是对沈凝暄躬了躬身："属下先到外面等着娘娘！"

待枭云出去，沈凝暄黛眉微蹙，语气冷淡地对独孤萧逸轻道："昨日之事，只不过是一场戏罢了，我不会放在心上，你也不必解释什么！我还是那句话，从今往后，你是你，我是我……"

"我……"

独孤萧逸张口欲言，却又倏地住了口，一句话都不曾为自己解释："要怎样做，你才能消气？"

沈凝暄冷笑："我不生气！"

"你生气了！"

独孤萧逸笃定。

第十八章 脱险，可还要她？

沈凝暄同样静静地回望着他，嘴角微微一勾："只要我能消气，你什么都肯做？"

"是！"

凝着她明亮的眸，独孤萧逸温润一笑，对她轻轻点头。

只要她不生气，他什么都肯做！

见他点头，沈凝暄不禁婉然一笑，笑盈盈地对他勾了勾手指："你过来一下！"

"嗯？"

独孤萧逸眉宇几不可见地轻皱了下，却还是上前两步在她身前站定。

"你再过来些，我悄悄告诉你！"沈凝暄嘴角的笑弧渐渐扩大，对独孤萧逸又勾了勾手指！

独孤萧逸眸光微闪，心中了然，却仍是依言倾身。

见状，沈凝暄微微倾身，轻轻地凑到独孤萧逸的耳边，她身上独有的桂花香气让独孤萧逸心中微微荡起一丝波澜！

"你不是想知道，我如何才能消气吗？就是这样——"就在独孤萧逸失神之际，沈凝暄嘴角轻勾着，猛地抬脚，狠狠踩在他的左脚之上！

"啊——"

一声痛呼，独孤萧逸俊眉拧起，就差没抱脚痛哭了！

闻声，枭云急忙进来。

见齐王强忍疼痛的样子，她暗暗咂舌，心下对他同情万分！

"这下我消气了！"

沈凝暄双手抱胸，看着独孤萧逸不怒却反笑的眸，不禁心下微微一暖，头也不回地转身向外走去。

"这……"看着沈凝暄离开的背影，枭云对独孤萧逸躬了躬身："娘娘她只是一时生气……王爷您没事吧？"

"本王早已料到她会动手，没什么大不了！"独孤萧逸苦笑着，动了动被沈凝暄踩痛的脚，俊美的脸上没有一丝恼怒之色！抬眸对上枭云的眼，他不以为意道："你赶紧跟出去看看，莫让皇后娘娘走丢了！"

"是！"

枭云见他如此，唇瓣微抿，也只得奉命行事，轻躬了躬身便赶忙追了出去！

独孤宸走了，枭青走了，沈凝暄也走了，待到枭云一走，山洞里便只剩下独孤萧逸独自一人！独孤萧逸并未立即离开山洞，只身站在空荡荡的山洞里，低眉打量着地上的干草和燃尽的火堆，又笑看着自己锦靴上清晰可见的泥印，终是苦笑着摇了摇

298

头:"这丫头,看来还真是气得不轻啊!"

与她相处两载,他对她的脾性,早已了如指掌!方才,在她让他靠近之时,他便已料到她一定会对他动手。

但,即便料到了,他却仍然选择,让她如愿!

谁让,他确实骗了她呢?!

假意投靠北堂凌,是皇上给他的命令,他只能遵从不能违背!但……若只是用皇命来解释他昨日在禅房内对她的所作所为实在太过牵强!

若方才枭云不在,只有他与沈凝暄二人,他一定会解释。

一定会让她知道,昨日在北堂凌面前,他是在演戏,但对她……却是戏假情真!

但是……枭云就在外面,纵然他此时心中有千言万语,却不能对她多说一句!

因为,他深知,只要她一日是燕国的皇后,她便不是身为齐王的他所能染指的!

不过,这些并不重要!

重要的是,等到来日,南宫素儿回到燕国皇宫,后宫之中没了她的容身之地,他一定会让她知道,他可以褪下这身蟒袍,舍弃所有荣华,同她远离尘嚣,给她一个真真正正的,不再有一丝隐瞒的独孤萧逸……

独孤宸下了淮山之后,不曾洗漱,未曾换衣,直接策马狂奔,一个时辰后直达楚阳府衙。

微仰头,看了眼头顶上方金灿灿的楚阳府三个大字,他眸色一敛,翻身下马,直接大步而入!

似是早已知道他会来,从府外一直到府内,没人敢上前阻拦,容他一路畅行,直至堂殿之上,而此时素有吴国第一美男之称的吴皇赫连飚身着一袭玄色锦衣,正襟危坐于上,早已候他多时!

甫一进殿,一见赫连飚,独孤宸便沉声问道:"赫连飚,你什么意思?"

赫连飚轻轻抬眸,看着独孤宸一身泥渍的狼狈模样,不禁淡淡一笑:"在当今世上,可以让独孤宸失态的,唯南宫素儿一人,宸……你为了素儿,连自己一国之君的形象都不顾了吗?"

"你少跟我来这一套!"

独孤宸几步上前,在赫连飚身前站定,眼神阴沉地看着他,就差没伸手去揪他的领子了:"你扔下素儿母子不管不顾,如今既是到了楚阳,却又为何视而不见?"

"我为何如此,你难道不知吗?"

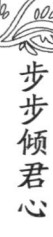

清冷笑着，赫连飚优雅抬手，端起桌上茶盏清淡一笑："我们师兄弟三年不见了，何不坐下谈谈！"

独孤宸垂眸冷睇他一眼，声音清冽如泉："我跟你没什么好谈的！"

赫连飚轻抬目光，琥珀色的眸子中，闪过一丝莫名的情绪："我们可以谈的有很多，比如来谈谈南宫素儿……如何？"

"你想跟我谈什么？"

单单南宫素儿四个字，便足以让独孤宸立刻落座。

轻睇了眼一脸阴郁坐在边上的独孤宸，赫连飚幽幽一叹，放下茶盏："北堂凌盯上了素儿，是你我两人的原因，如今素儿在楚阳，已然不再安全！"

"我知道！"

淡淡应声，独孤宸轻道："当年既是她选择了你，也有了……属于你们的孩子，如今便只能是你带她走！"

"但她心里的那个人，一直都是你！"

语气蓦然转冷，赫连飚自嘲一笑："那一夜，本就是个错误，就连那个属于我们两个人的孩子，她也一直以姑母自称，从不曾真正相认，你觉得她这么做，到底是为了什么？"

闻言，独孤宸眉心轻皱，心中百转千回。

赫连飚冷笑一声："独孤宸，她心里还想着你！"

"她是在心里恨我！"

抬眸与赫连飚四目相对，独孤宸眸色深凝地望着他，脸色泛起痛意："那一夜，她选择了你，如今她是你孩子的母亲，我与她还有可能吗？"

赫连飚扬眉一笑，道："若你真心爱她，便不会在乎那些，孩子我可以带走，但独孤宸我现在只问你一句，你……可还要她？"

闻言，独孤宸脸色猛然一变，却又很快恢复冷峻："你这话什么意思？杀父之仇，弑母之恨，你以为我要她，她就会跟我走吗？"

"她会！"

十分笃定地迎视着独孤宸晦暗的双眼，赫连飚苦笑道："你以为，她这么多年，在楚阳做什么？"

"她……"

独孤宸心里忍不住一颤，眸中光华微闪。

她在等他吗？

这怎么可能？

"她在等你！"

300

赫连飚无奈一叹，垂眸看向他，深邃的眸海中，情绪莫辨："还是那句话，你……可还要她？"

"我要！"

心中最柔软的地方投射出一道阳光，独孤宸心思沉重到说出话的神情凝重万分。

虽然，"我要"二字，说得简单，但若南宫素儿重返燕国后宫，必将在朝前引起惊涛骇浪，这些必然棘手，但他却不在乎！

"有你这句话就够了！"

眸色陡然一暗，俊美无俦的赫连飚有些苦涩地微勾了勾薄唇："我已然跟南宫月朗谈过，远儿我会带回吴国，他们兄妹二人会跟你回去！"

闻言，独孤宸轻皱了下眉心，却并不言语，只神情变幻莫测！

沈凝暄和独孤萧逸一行三人在下了淮山之后，并未重回楚阳，而是在独孤萧逸的安排下，直接去了最近的一座小镇，找了家客栈暂时安顿下来。

洗漱过后，沈凝暄简单地用了些早膳，便再次躺回床上，呼呼大睡起来。

一觉醒来，已是午时过半，看了眼趴在桌上小憩的枭云，她懒懒问道："皇上可回来了？"

枭云闻声，连忙坐起身来，对她摇了摇头！

还没回来吗？

想到他和南宫素儿之间的情分，沈凝暄微微挑眉，却也没多说什么，而是轻弯了弯唇角，便直接抓了床边的披风，掀起被子起身下床。

见沈凝暄披上披风，枭云微怔了怔，不禁开口问道："娘娘这是要作甚？"

沈凝暄不疾不徐地将披风带子系好，这才转身看着枭云："若我说要回相府，你可会阻拦？"

"会！"

郑重颔首，迎着沈凝暄的眸，枭云低头轻道："皇上给属下的旨意是护送娘娘回京！"

"你觉得你拦得住我吗？！"沈凝暄抬步向外，伸手便要打开房门。

"娘娘！"

枭云心下一惊，连忙上前欲要阻拦，却在看到门外之人时，暗暗停下脚步。

客房门外，独孤萧逸一袭白衣，手握长箫，望着沈凝暄的目光，如他的人一般，温煦怡然，不见一丝凌厉之势！

"你也想拦我？"

第十八章 脱险，可还要她？

301

站在门口，看着门外的他，沈凝暄眸色一沉，抬头瞪了他一眼！

经沈凝暄一瞪，独孤萧逸面露疑惑地微微拧了拧眉，眉心舒展之时，他笑得如沐春风一般："本王都不知皇后娘娘意欲何为，谈何要拦娘娘？"

枭云闻言，忙为他解惑道："娘娘不等皇上，也不回宫，说是要回相府去！"

"相府？！"

独孤萧逸微怔了怔，凝眉笑看着沈凝暄："本王听闻月夫人最近会进京小住，娘娘想去探望姑母？"

闻言，沈凝暄神情微愕！

她姑姑进京了吗？为何她没有得到消息？

怔怔回神，见独孤萧逸正笑吟吟地对自己眨着眼睛，她心下恍然，忙不迭地应声说道："本宫儿时是姑母抚养长大，自三年前本宫回京之后，便一直不曾见过姑母，如今她老人家好不容易进京一趟，本宫自然要去探望！"

独孤萧逸轻轻点了点头，道："娘娘的心情，本王可以理解！"

神情澹静地看着眼前含笑点头的独孤萧逸，沈凝暄星眸微眯："可以理解，你就让开！"

他，是她的师傅！

对于他的身手，她还是有几分了解的！

倘若今日他一定出手拦她，她若想离开，只怕会多费不少周折！

只是，他若要拦她，又何必替她找借口？

凝视着沈凝暄，独孤萧逸淡淡地对她扬眉一笑："皇上还不曾回来，娘娘就这么走了，恐怕不好吧？"

闻他此言，沈凝暄眸色微敛，脸色也渐渐冷了下来："独孤萧逸，你什么意思？一定逼我动手吗？"

"本王不是要逼你动手！而是……"

看着沈凝暄微沉的脸色，独孤萧逸心里有种说不清道不明的情绪在疯狂滋长，眉心微微拧起，他却仍是笑着的模样："皇上不在，本王必要保证皇后娘娘的安全，如若娘娘一心要现在回去倒不是不可以，但一定要本王随行！"

"真的？"

沈凝暄心下狂喜，有些不相信独孤萧逸的话。

"自然是真的！"

笑着说出这句话，见沈凝暄眉心蠕动，不等她出声，独孤萧逸朗朗一笑："如若娘娘不想本王随行，本王便也只能拦着娘娘了。"

凝着他脸上的笑，沈凝暄不禁喜上眉梢，随即抬步便要向外走去："走吧，本宫容你随行！"

"皇后娘娘！"枭云见沈凝暄要跟独孤萧逸走，急忙伸出手臂，挡住她的去路，"属下请娘娘恭候圣驾，随皇上回京！"

"枭云！"

淡淡拧眉，沈凝暄刚要出声，便听独孤萧逸先声道："据本王所知，早前皇上便是命你护送娘娘回京！"

"是！"

低垂眼睑，枭云颔首应是！

独孤萧逸淡淡问道："对于娘娘的去留，皇上可有新的旨意？"

抬眸看着独孤萧逸，枭云微微摇头："还没有！"

"那就是了！"独孤萧逸笑看沈凝暄一眼，对枭云说道，"方才本王命人备了三匹快马，正好我们三人同行，如何？"

"就这么定了！"

不等枭云答应，沈凝暄展颜一笑，抬步便跨过门槛儿。

"这……哎呀！"

实在拗不过沈凝暄，枭云没有办法，只得对留守客栈的属下吩咐一声，便跟着沈凝暄和独孤萧逸一起上路，提前返回燕京！

从燕京一路到楚阳，沈凝暄一直乘坐马车，从来没有机会骑马，在归途之中，她驭马乘风，英姿飒爽！

迎面的风，自耳际呼啸而过，吹乱了她的发丝，却让她感觉到了自由的味道，深深地，吸了口气，心下畅快不已，她挥舞马鞭，在官道上策马奔腾！

"夫人，您慢些，别摔了！"看着沈凝暄一路驾马狂奔的潇洒模样，枭云不止一次地提醒她，生怕她一不小心摔落下马！

"吁——"

勒紧缰绳，让马儿暂时停下，沈凝暄巧笑回眸，对身后的枭云招了招手："枭云，你现在怎么如此婆妈？就把心安安稳稳地放在肚子里吧，我不会有事的！"

言罢，她双腿猛地夹紧马肚，再次向前飞驰！

见状，枭云蹙了蹙眉，却是一脸无可奈何之色！

笑吟吟地凝望着前方自由奔放的沈凝暄，独孤萧逸看了枭云一眼，轻笑着说道："放心吧，她不会有事的。"

枭云脸色微微一凝："王爷怎么知道？"

"因为，她是在马背上长大的！"

脸上的笑，越发灿烂，独孤萧逸用力挥舞了下马鞭，策马朝着前方的沈凝暄追

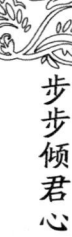

去:"驾——"

枭云神情一怔,连忙挥舞马鞭追了上去。

时下,正是日薄西山时,落日的余晖,淡淡的昏黄,洒落整片大地。

放眼望去,看着沈凝暄和独孤萧逸一前一后被落日余晖所晕染的背影,枭云心底重重一叹,唇瓣有些苦涩地弯起!

一路上,独孤萧逸丝毫不掩对沈凝暄的感情!

人都说,当局者迷旁观者清!

也许沈凝暄并不曾过多地想过什么,但作为旁观者的她,既不是瞎子,也不是傻子,自然看得真真切切!只是,这样的感情,在她看来,虽然看得见,却终究是不会有结果的,就如那落日黄昏,纵然再如何的美,却也只在转瞬之间……

第十九章　有我，不必硬撑！

是夜。

独孤宸回到客栈的时候，已是午夜时分！

他的脸色，就如此时的夜色一般，黑沉一片，布满阴霾，让人心中倍觉压抑，连大气都不敢出！

他既是如此，便不难想见，今日他与吴皇见面时就素儿的问题谈得并不愉快！由荣海引着，一路行至二楼，独孤宸并未立即回客房休息，而是转头问着荣海："她呢？"

闻言，荣海皱了皱眉！

片刻后，了然他口中的她指的是谁，荣海忙回道："皇后娘娘在另外一间房，这会儿该早已歇下了！"

"哪间房？"

看着荣海，独孤宸眉梢轻挑："带朕过去！"

"呃……是！"荣海微微颔首，引着独孤宸来到沈凝暄所住的房间门口。

"皇……"

站在房门外的侍卫见独孤宸驾到，本欲开口禀报沈凝暄的去向，但尚不等他开口，独孤宸便已然推开房门，进入黑漆漆的客房之中。

见状，侍卫面色瞬变！

眼看着侍卫神情有异，枭青低声问道："怎么了？"

"皇后娘娘她……"

"沈凝暄——"

侍卫刚要将事情禀明枭青，却在听到独孤宸如火山爆发一般的咆哮声后，忍不住身形剧震!

荣海忙拿着火折子进屋点了灯!

昏黄的灯光,照亮了整个客房,也将独孤宸盛怒的俊颜,映照得格外清晰!

枭青紧跟着荣海进入客房,见床榻上空无一人,他面色微变,抬眸窥见独孤宸如冰霜一般的怒颜,随即心下一紧,转头看向身后负责戍守的侍卫。

"皇后……人呢?"

不等枭青出声询问,一脸阴沉的独孤宸,眼神犀利如刀,冷冷地盯着门前的侍卫!

"启禀皇上……"不敢迎视他的眼,侍卫双眸垂落,战战兢兢地回道,"娘娘今日午后,便跟着齐王殿下一起……先行回京了!"

闻言,独孤宸的脸色更加阴沉几分,双眸危险眯起,他咬咬牙,声音自齿缝中迸出:"你说她是跟齐王一起走的?"

"是!"

因独孤宸冰冷的神情而直觉头皮发麻,侍卫低头应声!

"呵——"独孤宸哂然一笑,俊脸上神情难测的同时,双拳倏而紧握,"好你个独孤萧逸!"

"皇上!"

听闻独孤宸喃着独孤萧逸的名字,枭青心下一沉,忙低声说道:"依属下看,有齐王和枭云护佑,皇后娘娘一定可以顺利返回京城!"

"你知道什么!"

独孤宸冷冷转身,狠狠地瞪了枭青一眼。

"属下……"

枭青张口欲言,却忽然被身边的荣海扯了一下!

微微侧目,睨着荣海,他浓眉紧皱,一脸不明所以!

轻嗔枭青一眼,荣海对他摇了摇头!

不是哪里,是全部!

当初,在冷宫里,皇上曾问过齐王,到底喜欢皇后哪里,他可是亲耳听到齐王如此回答的!或许枭青会和世人一般,都道齐王喜欢的是皇后娘娘的姐姐沈凝雪,但唯有当时在场的他知道,齐王钟情之人,实则是他们的皇后娘娘!

可那是皇后娘娘啊!

现在她跟着齐王一起走了,不用想也知道皇上会有多大的反应了!

不过,在他看来,皇上为此事动怒,便也就意味着,他对皇后娘娘的看重,这可是天大的好事啊!

偷偷地斜睨着边上一脸怒容的独孤宸，荣海嘴角轻勾，不禁暗自欣喜！

不曾忽略荣海嘴角的笑意，独孤宸紧拧了下眉头，满脸不悦地低声命令道："准备车辇，明日到楚阳接上素儿，起驾回京！"

"皇上！"

不承想独孤宸竟然要带南宫素儿回京，荣海的脸色瞬间铁青："此事……"

"此事朕已然有了决断，你听命便是！"独孤宸将薄唇紧抿成一道直线，转身看向空无一人的床榻，眸色微微泛起冷意……

眼看着独孤宸一脸谁都不准劝的样子，荣海惴惴不安地与枭青对视一眼，躬身退了出去。

从楚阳一路向北，阳光犹然，天气却渐渐冷了。

越过燕吴边境时，沈凝暄身上衣裳，再次换回了冬衣！

凛冽寒风，吹过江河，转眼间，二月末时，骏马奔驰的官道两旁，渐显茵绿，经过一连数日的赶路，沈凝暄和独孤萧逸一行也终于抵达目的地——燕京！

依着枭云的要求，沈凝暄在京城外，终是不再骑马，换乘了马车。

时候不长，马车在一座偌大的府邸前缓缓停驻。

沈凝暄年前春时入宫，自此之后，便一直不曾回相府省亲！

如今重回相府，她原本平静的心绪渐起波澜！

时间，正是日薄西山时。

如火般的晚霞，燃亮了西方的天空，将相府的前厅里映衬得一片昏黄。

前厅里，沈洪涛浅啜一口热茶，正凝眉看着身侧的虞氏，脸上略显不悦之色。

沈凝雪的美，虽承袭自沈洪涛英俊的面容，倒也有虞氏的功劳，如今虽已过四十，她举手投足间仍是风韵犹存。一双剪水秋眸淡淡地睨了沈洪涛一眼，她紧咬了下朱唇，刚要解释些什么，却在抬眸之间，见家丁急急忙忙地进了前厅："老爷，夫人，皇……皇后娘娘驾到！"

闻言，虞氏一惊，噌的一下从座位上站起身来："你说谁来了？"

"是本宫来了！"

不待家丁开口，沈凝暄已然站在门外，沈洪涛见状，急忙放下手中茶盏，与虞氏一同起身对她恭敬行礼！

"老臣参见皇后娘娘！"

"妾身参见皇后娘娘！"

"父亲见外了！"对沈洪涛弯唇一笑，沈凝暄眸间光华闪动，视线微转，睇向边上的虞氏，她轻敛了眸，淡漠出声："数日不见，母亲可安好？"

第十九章　有我，不必硬撑！

因为沈凝雪入宫一事，虞氏一直恼着沈凝暄。

是以，即便她被打入冷宫之后，虞氏也不曾去探望过一次。

不过这一切，沈凝暄并未放在心里。

谁让，人家本来就不是她的亲娘呢？！

"身为臣子，该有的礼节总是不能免的！"低垂眼睑，沈洪涛抬起头来，见独孤萧逸也在，他面色微变，连忙躬身揖手："老臣给齐王殿下见礼！"

"相爷免礼吧！"

俊脸上笑容可掬，独孤萧逸十分随意地抬了抬手。

"谢齐王殿下！"沈洪涛对独孤萧逸微微拱手，转身面向沈凝暄，虽有些疑惑，却是恭敬问道："据老臣所知，皇后娘娘跟皇上出游了，眼下怎会与齐王殿下在一起？"

听出沈洪涛话里的弦外之音，独孤萧逸笑得云淡风轻："皇上在外尚有要事未了，命本王护送皇后娘娘先行回京！"

"是啊！"

枭云附和一声："娘娘入宫之后，一直思家心切，如今听说月夫人回相府省亲，便想着过来探望！"

"月夫人？"

因枭云的话，沈洪涛和虞氏都是一愣。

见两人如此反应，枭云心下微冷，紧皱着娥眉看向独孤萧逸。

"本宫只是想家了，反正皇上也还没回来，本宫打算在相府小住几日。"不等枭云言语，沈凝暄已然淡笑着开口，她的语气不容拒绝。

闻言，枭云面色微沉，沈洪涛和虞氏则是尴尬一笑。

视线微转，看向沈凝暄，虞氏慈蔼笑道："这相府是皇后娘娘的本家，皇后娘娘想要住多久，便住上多久，这样吧，妾身这就把府里最好的院子差人收拾出来……"

"不必麻烦了！"

沈凝暄淡淡扬眉，转身向外走去："本宫还住清辉园即可！"

见状，独孤萧逸温和一笑，与枭云一起抬步跟上。

眼看着一行三人渐渐远去，沈洪涛和虞氏的脸色都不算好看。

虞氏抬起头来，小心翼翼地看了沈洪涛一眼，"老爷，您看！"

沈洪涛面色一沉，眸中泛起冷意："我若是你，现在不是去对付小五，而是想法子把雪儿身上的病治好，你该庆幸现在皇后娘娘住在府里，否则这事儿我跟你一定没完！"

闻言，虞氏的脸色一阵青白，目送沈洪涛拂袖而去，她的眼底浮上一丝冷意。

也不知大长公主从哪里找来的狐媚子，府里的五姨娘，勾引男人的手段高明得很，像是锁了这男人的魂儿一样，整日都把这男人拴在自己屋里，如此下去还能了得！

只是这女人比她想象的聪明，一碗毒药都被她躲了过去。

就不知，这碗药躲了过去，等到下一次，她是不是还有这么好的运气！

清辉园，位处相府最偏僻之处，院落不大，却花草亭台一应俱全，环境清幽雅致，不失为一个修身养性的好地方。

这里原本是沈凝暄的闺房所在，如今她身在后位，纵是人去院空，也一直都有人定时打扫，是以，即便大半年无人居住，这里也不见一丝荒芜之气！

庭院里，沈凝暄早前栽种的药草还在，正是春意盎然时，长势正好！

跟随着沈凝暄一路进入屋内，枭云的脸色实在难看得厉害，却不得发作，只是低眉敛目面向独孤萧逸，沉声问道："皇后娘娘，月夫人并没有回相府！"

"也许我们来得不凑巧，月夫人走了也不一定！"

淡雅的笑一直挂在唇角，独孤萧逸轻挑了挑眉，慵懒随性地斜倚在椅子上，笑吟吟地看向沈凝暄："皇后娘娘觉得呢？"

"本宫觉得也是！"

轻勾了红唇，沈凝暄看着四周熟悉的摆设，长长地舒了口气，起身便朝着里间走去，边走她边轻声说道："枭云，本宫要小睡片刻，你若有时间，现下便去五姨娘院子里与她说一声，本宫明儿一早要见她！"

知道沈凝暄既是如愿回了相府，自己不管如何劝说，她也不会回宫，枭云无奈蹙眉，只得脸色难看地应了声："属下领命！"

沈凝暄转身笑看枭云一眼："都是自己人，你不必如此拘礼！"

闻言，枭云面色一僵！

皇后娘娘这是要拉她下水啊！

这下可好了，等皇上回来怪罪起来，她是想洗都洗不清了！

"赶了这么多天的路，好累！"有些好笑地看着枭云的表情，独孤萧逸轻勾了薄唇，淡声说道，"枭云姑娘，有没有人说过，你不冷的时候，其实真的挺好看！"

枭云脸色一红，看了独孤萧逸一眼。

见他唇角轻勾着转身向外走去，她不禁恶狠狠地瞪了他一眼！

入夜，清辉园一片清幽。

沈凝雪所居住的彩云阁中，却在一阵摔砸之后，寂静得让人心慌！

第十九章 有我，不必硬撑！

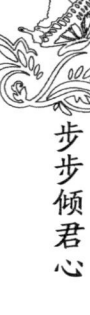

自从上次无缘无故地病了之后，沈凝雪除了全身奇痒以外，白日里容貌倒也还好，一到晚上就会起一身的红疹子，再加之她因为奇痒而越发乖戾的性情，让她身边的丫头们，一到晚上就人人自危！

"大小姐！"

怯生生地抬眸看了眼梳妆台前一脸红疹的主子，碧儿颤声说道："天色不早，您早些安置吧？"

"安置什么？你觉得我能睡得安稳吗？"

绝美的容颜上，布满红色的疙瘩，沈凝雪紧咬着唇，忍着不去抓挠，脸色却阴郁得极为难看！

虽然，她没有证据，但她心里怀疑，自己这身怪病，十有八九跟沈凝暄有关系。

如若不然，如今跟在皇上身边的会是她，哪里还轮得到她沈凝暄！原本，她便因此事而耿耿于怀！眼下听闻沈凝暄回来了，还堂而皇之地住在了清辉园里，她心中恨意汹涌，能睡得着觉才怪！

沈凝雪说不睡，碧儿自然不敢再继续多言。

静默许久，沈凝雪眸色一沉，拉开梳妆台的抽屉，竟然从抽屉里取出一道圣旨。

修长的手指，紧紧握住手里的圣旨，她低敛了眉眼，眸色阴沉道："暄儿，你可别怪我，这一切都是你逼我的，你不是说，只要你在，我就不能入宫吗？那么现在，我能做的，便只有除掉你，你可千万别怨姐姐啊！"

睄见她手里的那抹明黄之色，再听她如此言语，碧儿心下蓦地便是一紧！

她们家小姐手里，怎么会有一道圣旨？

这种东西，不该出现在她手里才对！

翌日，天清气朗，阳光明媚。

金灿灿的阳光，穿过窗棂，淘气地打在床帐上，扰了沈凝暄的美梦！

缓缓睁眼，一夜好眠的她，神清气爽，精神奕奕。

洗漱更衣过后，沈凝暄出现在偏厅之时，几个丫头早已将早膳摆好。

似是早已算准了时间，沈凝暄的早膳刚刚用罢，五姨娘便到了。

独孤珍儿送入相府的五姨娘唤作明珠，这明珠出身大户人家，容貌上品，才学不差，只可惜是庶出，古来嫡庶有别，就因为她是庶出，才落得由大长公主牵线，嫁到相府做了沈洪涛的第五房小妾。

从五姨娘口中，沈凝暄得知，前两日里，虞氏偷换了五姨娘的药，结果那碗药却阴差阳错地毒死了五姨娘屋里的猫……

可惜的是，此事沈洪涛只追查到了张妈身上，而张妈在被查出的当晚便自缢身亡了。

如此，即便此事乃是虞氏所为，也已死无对证了！

除此之外，五姨娘还告诉沈凝暄，最近这阵子沈凝雪倒是日日进宫讨好如太后和玉美人，只可惜的是，她身上的病不管找了多少大夫，都丝毫不见起色，直到现在为止，她白日里倒一切都好，只是一到了晚上，就会起一身的红疹子，剧痒不说，还吓人！

听完五姨娘的话，想到白日里沈凝雪到宫里去低三下四地伺候人，晚上回来还要被剧痒折腾得夜不能寐，沈凝暄唇角勾起的弧度越发完美，笑着看了明珠一眼，她刚要启唇说话，却见独孤萧逸一脸凝重地从厅外进来。

独孤萧逸从来都不是喜怒形于色之人，此刻见他如此，沈凝暄心弦一紧，不禁开口问道："齐王殿下怎么如此神情？"

明珠听沈凝暄之语，连忙福身行礼！

独孤萧逸的视线轻飘飘地自明珠身上一扫而过，转而看向沈凝暄，对她沉眸说道："出了件很有意思的事儿，皇后娘娘还是到前面去瞧瞧吧！"

闻言，沈凝暄黛眉倏地一拧，面色也跟着沉下……

她跟独孤萧逸相处的时间不算短，对于他的性子也是了解颇深的。

如今，他嘴上说得云淡风轻，眸色却是阴沉的。

如此可见，前边儿一定发生了令他意想不到的事情，而这件事情关乎于她！

看着沈凝暄拧起的眉心，独孤萧逸薄而性感的唇，轻轻一抿，语气淡淡道："方才本王用过早膳后到前厅里跟相爷吃茶，不想大小姐从宫里带回了一样东西，这东西事关皇后娘娘……"

"五姨娘闲来无事，便随本宫一起过去瞧瞧吧！"缓缓自唇角勾起一抹浅笑，沈凝暄笑看明珠一眼，自座位上娉婷起身。

沈凝雪带回来的东西，一定不会是什么好东西！

只是，这事关于她的东西，到底为何，她还真得去瞧上一瞧！

相府前厅里，气氛凝滞得让人窒息。

主位上，沈洪涛阴沉着脸色，将手里的圣旨握得极紧，他冷眼睨着厅里垂首而立的沈凝雪，语气前所未有的冷凝："雪儿，你可知道，这道圣旨对我沈家意味着什么？"

"女儿自然知道，这种东西，现在不曾诏告天下，如今既是落到女儿手里，女

第十九章　有我，不必硬撑！

311

儿便该将之藏起抑或是销毁！可是父亲……"低垂着眼睑，沈凝雪轻应一声，却是黛眉一蹙，幽幽说道，"这圣旨上的笔迹和印鉴全部为真，如此可见皇上早已有了废后之心，既是如此，就算女儿将这东西毁了，待到皇上回宫之后，还会有第二道第三道圣旨，女儿想着，与其到时候让父亲大人颜面扫地，倒不如提前让您知道此事，也好早早有了心理准备！"

"唉——"

眸底盛怒之下，却是痛心疾首，沈洪涛用力将手里的圣旨砸在桌上，脸上神情变幻莫测！

虞氏见状，连忙上前安抚："老爷，您先消消气，莫要气坏了身子！"

"我现在能不气吗？"

怒冲冲地回了虞氏一句，沈洪涛的脸色阴郁难看得紧。

"皇后娘娘驾到！"

正在沈洪涛想着该如何亡羊补牢时，沈凝暄到了。

闻声，沈凝雪儿则阴恻恻地轻勾了勾红唇！

"父亲！"

甫一进门，便见沈洪涛脸色难看地坐在主位上不曾起身行礼，沈凝暄眸中光华一闪，却是淡淡一笑，"你这是怎么了？何以脸色如此难看？"

"暄儿啊！"

眸色微冷地看着过去半年多以来，一直让自己心有不满的女儿，沈洪涛没有再尊她为皇后，而是大手一抬，将手里的圣旨扔在桌上："你给为父好生解释解释，这到底是怎么回事？"

随着沈洪涛的动作，沈凝暄的视线，自然而然地落在那明黄色的卷轴上！

那是……

见沈凝暄微眯了双眼，枭云几步上前，取了那道圣旨。

"这是皇上亲自所书，要废你为后的圣旨，如今印信已落，只差诏告天下……"轻颤的语气里，似是隐忍着巨大的愤怒，沈洪涛的胸口处剧烈起伏着，"你倒是跟为父说说，你在宫里都干了些什么好事？"

面对父亲的指责和质问，沈凝暄眉梢轻挑了下，对枭云伸出手来。

看着沈凝暄洁白纤弱的手，枭云将废后诏书递了过去！

轻垂眸，将诏书打开，看着诏书上龙飞凤舞的刚劲笔墨，沈凝暄眸色微冷，看向沈凝雪的视线，却透着几分探寻之色。

这道圣旨，是那日独孤宸在冷宫所书，他说要留她做个念想！

可是后来，独孤宸掳她出宫，这圣旨应该还留在冷宫里，可是现在却又为何出现在沈凝雪的手里？

是青儿吗？

不会是青儿！

那么是彩莲？

一时间，心中思忖连连，沈凝暄冷笑了笑，不禁在心里暗叹一声！

这件事情，果然如独孤萧逸所料，有点意思！

见沈凝暄一直拿着圣旨发呆，沈洪涛顺了顺气，沉声问道："暄儿，此事你怎么解释？"

见沈洪涛对沈凝暄如此态度，枭云张口便道："相爷，此事……"

"父亲！"

冷笑着出声打断枭云的话，沈凝暄握着诏书的手微微收紧，轻敛了眉眼，她面沉如水地将之呈于沈洪涛面前，脸上泫之若泣："女儿没用，到底还是惹怒了皇上，这废后诏书确实为真！"

"什么？"

因沈凝暄的承认，沈洪涛剑眉蓦地一拢，视线扫过沈凝暄手里的废诏，他脸色变了变，而后猛地一拍桌子："当初在太后寿宴上，皇上没有废你，如今这又是为何？"

抬眸仔细观察着父亲冷厉的脸色，沈凝暄紧紧咬着下唇，苦笑着回道："女儿样貌不济，本就不讨皇上欢心，还罔顾圣恩，不小心打了皇上耳光……"

"什么？"

沈凝暄的话甫一落地，众人皆是一惊！

沉默片刻，沈洪涛放在桌上的手微微颤抖着，脸色一时难看至极："你这个逆女，你可知道，对皇上动手，是要诛九族的重罪！你不想活了不打紧，无论如何不该连累整个沈家与你陪葬啊！"

"女儿知道……"

虽然早已料到，沈洪涛听到自己的话后，一定会勃然大怒！

可是当沈凝暄听到沈洪涛后面的那句话时，心里忍不住涌起阵阵难以言喻的酸楚和失望！

若说，虞氏不是她的生母，那么这沈洪涛却是她的嫡亲父亲。

可是现在他说什么？

他说，她不想活了不打紧，无论如何都不该连累整个沈家跟她陪葬！

她这父亲，还真是绝情得很啊！

"老爷！你先莫要动气！"

313

第十九章 有我，不必硬撑！

虞氏上前，伸手抚着沈洪涛的背脊替他顺了顺气，这才抬眼看向沈凝暄，见沈凝暄面眉心轻蹙，一副晦暗模样，她唇角冷冷勾起，眉目间隐隐皆是责备之色："暄儿，早前为娘便说过，宫中之事波诡云谲，以你的才色和心思，根本无法立足，如此为娘才百般央求，让你助你姐姐入宫，可你心里嫉妒你姐姐，死活不依，如今倒好，如今可好，废后……你若成了废后，让你父亲的脸面往哪儿搁啊！"

虞氏的话，乍一听像是苦口婆心地在劝着沈凝暄，实则是不停地往沈洪涛心里的那堆火上添着柴火！

果然，在听了虞氏的话后，沈洪涛的脸色，瞬间又铁青了几分！

面对虞氏的落井下石，沈凝暄心底里冷笑着，明净的双眸中，却是水雾弥漫。轻轻地哆嗦着红唇，她哽咽道："母亲，皇上曾说，父亲对朝廷有功，女儿的错，不会祸及沈家……您该知道的，不是我妒忌姐姐，是姐姐百般害我，女儿心中疑惑，何以同为母亲所出，母亲的手心手背，竟是厚此薄彼？"

"你还敢信口雌黄！"面对沈凝暄的指责，虞氏脸色陡变，轻颤着手，她直指着沈凝暄，"若你姐妹能同时入宫，如今我相府便是一后一妃，荣宠至极，可如今你被废了，因你早前陷害你姐姐一事，若你姐姐日后进宫，也会受你所累，在宫中步履维艰！"

"母亲，您别说了！"

察言观色如沈凝雪，自然知道在何时将自己的委屈展现人前。只见她快步上前，扶着虞氏的手臂，低声说道："一切都是雪儿不好！"

"母亲，看到了吗？姐姐都说，是她不好！若是我陷害于她，那日在太后宫中，她为何无言反驳？"冷冷地瞥了眼沈凝雪，沈凝暄直接曲解沈凝雪话里的意思，讪然一笑后，她用力紧咬唇瓣，将下唇就快咬出血来，眼泛泪光地以手指戳着自己的胸口出声问着虞氏，"母亲，你的厚此薄彼，着实让女儿怀疑，你到底是不是我的亲娘！"

迎着沈凝暄冰冷的眼神，虞氏轻颤了颤唇："我……为娘……"

"够了！"

猛地怒喝出声打断虞氏的语无伦次，沈洪涛一拍桌子，从座位上站起身来，满脸怒容地看着沈凝暄："你可知道，你身为沈家二小姐，是为当朝国母，我沈家便是皇亲国戚，多了这废后诏书，你就是废后，对沈家而言便只能是永远都摆脱不了的污点！"

"父亲！"

凄然抬眸，凝望着自己的父亲，沈凝暄心头如利刃划过，却是眼神冰冷地冷笑着问道："说来说去，你其实现在最担心的，不是我的安危，而是怕被我连累！"

直到这一刻，她才不得不承认！

她，对于眼前这个男人，真的什么都算不得！

314

什么父女之情，那全是狗屁！

"相爷！"

看着沈凝暄晦暗冰冷的神情，独孤萧逸虽然知道，沈凝暄是故意要沈洪涛误会她会连累到沈家，却仍旧有些心疼地忍不住出声喝止："如今废后诏书还不曾诏告天下，她还是燕国的皇后娘娘！"

"对！"

沈凝暄身后一向寡言的枭云，亦是一脸愤愤伸手扶住沈凝暄轻颤的肩膀，"皇上如今还没有下诏废黜皇后娘娘，相爷怎就知皇后娘娘会连累沈家？相爷如此行事，难道不怕世人笑您眼里只认权势，不认女儿吗？"

"女儿？"

冷笑了笑，沈凝暄倔强地抹去脸上的泪水，直直地望着沈洪涛："他眼里只有沈凝雪，何时当我是他女儿了？"

"你……"

原本在独孤萧逸出面时，沈洪涛的疾言厉色已稍有收敛，此刻听闻沈凝暄说自己从未当她是女儿，他的脸色瞬间铁青："你眼里还有我这个父亲吗？"

"在你不把我当女儿的时候，你便已经不配做我的父亲！"又是冷冷一笑，沈凝暄眼底的水雾却化作泪珠滚落，不看沈洪涛，也不看虞氏，她胡乱在脸上抹了一把，毅然转身向外走去。

"你给我站住！"

见沈凝暄头也不回地向外走去，沈洪涛蓦地又是一声怒喝！

眉心轻皱着，沈凝暄停下脚步，却不曾回头看沈洪涛一眼！

此一刻，相府前厅里的气氛，已然凝滞到了极点！

而独孤萧逸和枭云两人，则面色冷凝地站在沈凝暄身后，冷眼看向前方的一家三口。

沈洪涛的视线自枭云身上扫过，又有些忌惮地看了独孤萧逸一眼，心里的火气虽大，却只得硬生生压了下来。

见沈洪涛如此，独孤萧逸眉宇冷冷一皱，看着他的眼神，少见的冰冷。

沈洪涛神色微紧，转眸对站在门前的沈凝暄沉声说道："这废后诏书，只怕皇上回宫之后便会诏告天下，如今皇上尚未回宫，你既是已然回了相府，便先暂住在清辉园中，只待皇上回宫后再行发落，从今日起，我不会踏足清辉园一步，为父……权当没有你这个女儿！"

没有她这个女儿吗？

暗暗在心底重复着沈洪涛的话，沈凝暄心痛难抑！无比艰涩地闭上泪眼，她嘴

第十九章　有我，不必硬撑！

角微微翘起，一抹冷绝的笑意缓缓跃然脸上。沉默许久，她紧咬朱唇，她微仰头，将眼底的泪逼回："相爷的话，本宫记下了！"

言落，她别有深意地看了明珠一眼，毫不留恋地抬步离去。

见她离去，枭云自然不会多待。

微敛了眸，看了看眼前厅里的众人，独孤萧逸唇角薄凉一抿，也旋步离开了前厅。

自从跟着沈凝暄进入前厅之后，明珠一直都在冷眼旁观。

接收到沈凝暄的视线时，她微怔了怔，再抬眸，见屋里就剩下虞氏母女二人，嘘寒问暖地围着沈洪涛，她眸色一缓，忙快步上前，柔若无骨的小手，抚上沈洪涛的脸侧，声音软得让人骨头都能酥了："老爷，您消消气儿！千万莫要气坏了身子才好！"

原本，虞氏的心里就不痛快，现在见到明珠，她心里的火气自然也就跟着大了起来，只见她眉心狠狠一皱，抬手便推搡着明珠道："你这小贱人，莫以为相爷不知你是皇后的人，给我滚一边去！"

虞氏推搡的力道不大，但明珠却是个懂得把握时机的人，只见她瞬时跟跄了身子，跌坐在地，随即便拿手里的帕子捂着脸嘤嘤地哭将起来："妾身不是谁的人，妾身只是老爷的人，今日之事，妾身看得明白，明摆着大小姐有错，姐姐却拼命想要遮掩，姐姐就是一直厚此薄彼，呜呜……老爷，姐姐如此欺负妾身，您可得给妾身做主啊！"

明珠是谁？

她现在可是沈洪涛的心头肉！

眼看着她被虞氏推倒在地，本来就对虞氏颇有微词的沈洪涛当场推开虞氏，上前将她扶起："珠儿，你没摔疼吧？"

"老爷，妾身没摔疼，只是心疼你！"

我见犹怜地投入沈洪涛怀里，明珠泫然若泣的模样，让沈洪涛那颗还不算太老的心，碎成了一片一片的："好珠儿，好珠儿，我知道数你最好了！"

闻言，虞氏本就难看的脸色，就像是吃了黄连一般，难看极了……

清辉园，前厅里。

沈凝暄双目微红，怔怔地倚窗而立，凝望着窗外绿油油的药草，心中思绪百转千回。

静静地在沈凝暄身后伫立许久，见她一直不言不语沉浸在自己的思绪之中，独孤萧逸满脸担忧地缓步上前，俊朗的眉微微扬起："你说，等皇上回来，若是相爷知道你在楚阳救驾有功，他会是何反应？"

恍然间，自深思中回神，沈凝暄抬眸迎上独孤萧逸关切的眼，笑得有些冷："我猜，他的反应一定会很精彩！"

闻言，独孤萧逸淡雅一笑。

看着她微肿的双眼，他心下一叹，终是忍不住伸出手来轻轻抚触！

独孤萧逸的手指，骨节分明，指尖的动作，却是出奇轻柔。

因他的抚触，沈凝暄的眉心轻轻一蹙。

见状，不等她露出反感之色，独孤萧逸便已然收回了自己的手，轻轻拧了眉，叹声问道："你没事吧？"

"我能有什么事？"

淡淡一笑，沈凝暄看似淡然地轻垂了眉眼："在我故意顺水推舟让他们误会我即将被废之时，便已然料到他们会如此反应！"

"人生在很多时候，料到是一回事儿，真正面对的时候，却会是另一番感受！"唇角边缓缓勾起一抹浅笑，独孤萧逸蹙眉笑凝着沈凝暄哭红的眼，戏谑道："你看你，眼睛都哭肿了！明明心里就很在意，何必如此呢？"

沈凝暄苦笑了笑，喟然叹道："有些事情，王爷永远都不会懂！"

独孤萧逸所认识的沈凝暄，娴静，婉约，身上从来都透着一股子淡然出尘的气韵。

以前的她，时而莞尔浅笑，时而狡黠灵动，只是……不知从何时开始，这一切全都变了味道！

是……从那皇后之位开始！

从她处心积虑，费尽心机从沈凝雪手里抢走了皇后之位开始，她渐渐变得冷情，一点点地再没了原来的样子！

面对这样的她，他不觉得反感，却在心里隐隐心疼着。

世上，没有哪个人会无缘无故改变。

眼前的女子，也该如此！

只是，他很想知道，那个让她一改性情的原因，到底是什么？！

静默许久，深凝着沈凝暄晦暗无光的眸，独孤萧逸的眸色微深几许，一脸闲适地双臂环胸，他一副很受伤的样子："是我不懂还是你终究不想让我懂？你这丫头从来都跟我隔着心，无论是以前还是现在！"

闻言，沈凝暄蹙眉反问："王爷何出此言？"

"看吧，看吧，现在这里，就你我两人，你还叫我王爷，这不是拿我当外人吗？！"像是抓住了沈凝暄的把柄，独孤萧逸忍不住轻叹着揉了揉她的头发，眸色微润地柔声说道，"小暄儿，你知道吗？这个时候，比起你笑，我宁愿看你哭……"

因独孤萧逸亲密的举动，沈凝暄斜倚在窗前的身子，蓦地便是一僵！

听他如以往一般，唤着自己小暄儿，感受到他手上轻揉的动作，她心弦微紧，

第十九章 有我，不必硬撑！

缓缓抬眸，对上他深情如许的眉眼，深深地看着他儒雅俊逸的脸庞，她抬手握住他置于自己头顶的大手，语气平淡却又满是无奈："先生，你该比任何人都清楚，不是我要把你当外人，而是……自我入宫之时，你我之间，便再也回不到从前了！"

"小暄儿……"

轻握住沈凝暄的手，明显感觉她心中抗拒，独孤萧逸眉宇轻拢着有些尴尬地将手收回，微敛了眸，轻轻一叹，他再次抬眸与她四目相接，语气低幽说道："如果，我只说如果……如果小姑姑不曾选你为后，你可会接纳我的感情吗？"

闻言，沈凝暄眉头微皱了皱。

转身行至桌前，兀自提壶倒了杯水，她轻啜了口茶，道："这世上，没有如果。"

"但是现在……"

如墨的双瞳，一眨不眨地凝睇着眼前的女子，独孤萧逸语气坚定道："在这里，在这一刻，从来都没有皇后，也没有齐王，有的，只是你我！你是沈家的二小姐，而我……是萧逸！"

"萧逸？"

脸上的浅笑，爬上眉梢，沈凝暄放下手中茶盏，抬眸迎上他深邃的眸子："那又如何？"

"那又如何？"

将沈凝暄浅笑的模样深深地烙在脑海，重复着她淡漠如初的话语，独孤萧逸伸手扶住她的肩膀，直接将她拽入怀中，垂首便堵住她微张的檀口。

双目瞪得大大的，沈凝暄只觉脑海中隆隆作响！

她没想到，独孤萧逸会将礼仪伦常悉数抛却脑后，如此肆无忌惮地吻着自己。

"你放开！"

打，打不下去，甩，又甩不开，沈凝暄的一张小脸，也不知是被气得，还是因为刚才的那一吻，红彤彤的，好看极了！

"虽然我不想放，但是现在还是会放开的！"

知道沈凝暄一定气得不轻，独孤萧逸像是一只偷了腥的猫儿，餍足地笑了笑，然后伸出另外一只手，扶住她柔弱的肩头："我知道，你顾忌我们的身份，怕连累了我，可是小暄儿，我也知道你今日心里难受，我只是想要告诉你，现下若你想哭，便痛痛快快地哭，在我面前，你不必硬撑！"

闻言，沈凝暄眉心轻蹙，原本恼怒的心田竟然缓缓划过一道暖流……

独孤萧逸就是这样，总是知道如何动摇她那颗原本冷硬的心，在她的心里留下一片柔软的地方。

但是，这份柔软，对于一心誓要报仇的她来说，注定是要深藏于心底的！

思绪至此，只是转瞬之间，她眸色一沉，将头转向一边："你看我像是在硬撑吗？我现在一点都不想哭，只想要狠狠揍你一顿！"

眸底闪过几分无奈，独孤萧逸脸色微黯了黯，轻轻喃道："揍我一顿，你不只手疼，只怕心也会痛吧！"

"滚！"

轻抬眸，斜睨了一向温文尔雅，此刻却有些无赖的俊逸男子，沈凝暄紧皱眉头，再次用力挣了挣自己的手臂。

听沈凝暄骂出滚字，独孤萧逸不禁轻笑："这次楚阳之行，你还真是让我惊艳，小暄儿……看样子我对你，还不算太了解！"

"懒得理你！"

实在是不习惯现在的独孤萧逸，沈凝暄又挣了下，终是摆脱了他大手的禁锢，淡淡转身说道："以后你若再有逾矩之举，我定像对付北堂凌一般让你吃不了兜着走！"

凝着她纤细的身影，独孤萧逸眸色微敛，轻轻叹道："暄儿……你可还记得，在淮山之上我说过的话吗？"

沈凝暄心下微微一窒，却是轻点了点头，眸色清幽道："记得又如何？"

那日，他曾对她说，如果可以，他只愿做她一人的萧逸！

但，他们之间的关系，就如她方才所言，自她进宫之时起，便再回不到从前了！

纵是他千般的好，她能做的，便只是微转过头，神情极淡地对他轻道："那日之事，只不过是一场演给北堂凌的戏罢了，我会忘记，你也不必过多介怀！"

"暄儿！"

目光如炬地紧盯着她，独孤萧逸忍不住道："那日我是不是在演戏，你心里最是清楚！"

她知道！

她当然也清楚！

只是，即便是清楚他对自己的心思，他们之间又能如何？

暗自在心底涩然一叹，沈凝暄缓缓勾起一抹苦涩的笑靥！不曾回头去看身后对自己用情至深的男人，她满是疲惫道："先生，你对我的情，犹如鸩毒，只会让我步入深渊！先生，你走吧，我现在……真的很累……"

闻言，独孤萧逸心神微动，心下苦涩莫名！

他何尝不知，以她当下的心情，跟她谈感情，有多么不合时宜！

但，情之所至！他就是想让她明白他的心，让她知道无论何时她不是孤孤单单的一个人，而他……终有一天，会让她光明正大地站在他的身边！

第十九章　有我，不必硬撑！

屋里的气氛，渐渐变得凝滞起来，接下来很长一段时间里，独孤萧逸和沈凝暄谁都不曾言语。

沉寂半晌，沈凝暄终是出声道："先生帮我个忙吧！"

"你说！"

唇角轻轻一勾，独孤萧逸目光温柔似水。

他爱死了她唤他先生时的声音和语气！

终于转过身来，沈凝暄对独孤萧逸道："请先生进宫一趟，务必把青儿与我接出来！"

早已料到沈凝暄会接青儿出宫，独孤萧逸对她温和一笑道："落日之前，我一定将青儿与你带来！"

午膳过后，独孤萧逸离开相府，直接进宫。

他本以为，答应沈凝暄接青儿出宫，只是举手之劳，却不想在进宫之后，直接便被如太后传到长寿宫中。

长寿宫，苏合香的香气四下飘散，缭绕鼻端。

抬眸看了眼上位上面色不善的如太后，独孤萧逸微勾了唇角，淡笑着看向崔姑姑："今儿哪个不长眼的惹太后娘娘生气？直接让本王拖出去打上五十大板！"

崔姑姑嘴角轻抽了抽，脸上赔着小心："是……是皇上！"

"皇上？！"

浓墨般的剑眉倏地一皱，独孤萧逸有些惊讶地出声问道："皇上现在人不在宫中，怎么可能惹太后动气？"

眼看着齐王殿下一脸疑惑不在状态的样子，崔姑姑叫苦不迭道："殿下有所不知，皇上今日一早，已然回宫了！"

"是吗？"

心想着自己和沈凝暄一路快马加鞭也才昨天回到京城，这独孤宸怎会回来得这么快，独孤萧逸转头看向一脸沉郁的如太后，笑吟吟地问道："皇上回宫了，太后您老人家该高兴才对啊！"

"皇上回宫，皇嫂确实该高兴，不过……"

脸色不郁地自殿外而入，独孤珍儿轻睨独孤萧逸一眼，抬头看向上位的如太后："皇上没有带回皇后娘娘，却带回了南宫素儿，皇嫂岂会不怒？"

闻言，独孤萧逸面色微变，眸光骤然一闪！

独孤宸竟然冒天下之大不韪，将南宫素儿带回了皇宫！

第二十章　要人，兄弟相争！

凝着独孤萧逸微变的脸色，一直在生着闷气的如太后沉声开口："天下人尽知，南宫素儿早已是吴皇的女人，皇帝放不下她，屡次前往楚阳看她，哀家不曾阻拦，并不代表是准他把人带回来，他如此行事岂不胡闹！"

将如太后盛怒的模样看在眼里，独孤萧逸了然为南宫素儿一事，皇上定然已和太后闹得不欢而散。

现在太后召他至此，只怕是要兴师问罪的！

果然，就在他思忖之时，如太后再次开口，语气里对他颇为不满："齐王，你这孩子稳重，是皇上的兄长，正该谏阻此事。"

闻言，独孤萧逸轻笑了下，将事情撇了个一干二净："太后娘娘有所不知，臣是先皇上一步护送皇后娘娘离开楚阳的，对于此事并不知情！"

"是吗？"

如太后对独孤萧逸的话深感怀疑，看向他的目光略有几分冷意。

"皇嫂完全不必如此！"独孤珍儿一直就见不得独孤萧逸受一丁点的委屈，淡淡说道："此事齐王没有说谎，方才本宫已然查过，确实如他所言！"

"那皇后呢？"

精心描绘的长眉微微一拧，如太后定睛看向独孤萧逸："他护送皇后先皇上一步离开楚阳，如今皇上都回宫了，他将皇后护送到哪里去了？"

对于如太后微冷的眼神丝毫不以为意，独孤萧逸淡淡说道："太后您有所不知，皇上为了南宫素儿，有意要废黜皇后，早在楚阳时便一旨圣谕将皇后娘娘流放到了西土，原本皇后娘娘想在流放之前去看一眼相爷夫妇，却不想今日一早，沈家大小姐不知从哪里得了一道圣旨，有那道圣旨在皇后娘娘只怕不会再回宫了！"

如太后紧皱的眉头，微微颤了颤："什么圣旨？"

"废后诏书！"独孤萧逸淡淡敛眸，迎上如太后冰沉的双眼，直接把头疼之事全都丢给独孤宸，"皇上亲笔所书的废后诏书！"

"什么？"

如太后面色陡然一变，脸色瞬间铁青地对崔姑姑吩咐道："去请皇上过来！"

"是！"

崔姑姑应声，衔命而去。

看着崔姑姑离开，独孤萧逸视线微转，求救似的对边上神色凝重的独孤珍儿轻眨了眨眼。

意会他这是想要脱身，独孤珍儿微弯了弯红唇，轻挑了黛眉对他说道："方才皇上跟皇嫂闹得不欢而散，这会儿子崔姑姑去请，只怕会碰了钉子，齐王你就莫要愣着了！"

"呃……"对独孤珍儿感激一笑，独孤萧逸装作恍然大悟的模样，"姑姑说得是，侄儿这就过去！"

一溜烟出了长寿宫，独孤萧逸并未去天玺宫去请独孤宸，而是直接去了冷宫。

但，当他抵达冷宫门口时，却见荣海半躬着身，正站在冷宫门外，远远地朝他望来……

目光与他相交，荣海眸子一亮，瞬间喜笑颜开！

见状，独孤萧逸眉宇一皱，转身便要离去！

"齐王殿下！"

荣海连忙迎上前来，对独孤萧逸含笑施礼："奴才给殿下请安！"

"免礼！"冷着俊脸转过身来，低眉看着身前的荣海，独孤萧逸无奈问道，"荣总管一路舟车劳顿，不好好歇着，跑到这冷宫来作甚？"

闻言，荣海脸上赔着笑容："主子还未曾歇下，哪里有奴才先歇的道理？"

荣海是独孤宸的亲随，从来不离独孤宸身侧，如今他在这里，独孤宸自然也该在这里。

思及此，独孤萧逸清亮的双瞳之中，闪过一丝锐冷，俊脸之上却是笑吟吟地凝着荣海："荣总管眼下出现在此，莫不是皇上身在冷宫之中？"

"正是！"

荣海轻笑了笑，眸光闪动地看着独孤萧逸："皇上才刚回宫不过两个时辰，便赶来冷宫探望皇后娘娘，只是……"

面对荣海的欲言又止，独孤萧逸的眼底不禁闪过一丝玩味："正好本王有事也要找皇上，还请荣总管通传吧！"

"不必通禀！"将独孤萧逸镇定自若的神情看在眼里，荣海又笑了笑，朝着冷宫门内伸手道："王爷请吧，皇上在里面等着您呢！"

闻言，独孤萧逸眸色微敛。

轻轻地把玩着拇指上的翡翠扳指，他眉梢一抬，迈步进入冷宫。

原本，他以为眼下独孤宸会陪着他的南宫素儿，却不想他竟然出现在冷宫之中。

莫不是，他对他的小暄儿也有几分意思？

想到这个可能，独孤萧逸不禁薄凉勾唇。

他的小暄儿，配得上全天下最好的男子，但若独孤宸要了南宫素儿，便休想鱼与熊掌兼得！

甫入冷宫，独孤萧逸便看到了一身明黄，正闲闲靠坐在石凳上喝茶的独孤宸。

心思微敛，他低眉敛目缓步上前，躬身行礼："参见皇上！"

"嗯！"

独孤宸视线微转，深邃幽深的双目，看似平静无痕，却像是隐着让人难辨的惊涛骇浪一般："她在哪儿？"

怡然无惧地紧紧盯着他的眼，独孤萧逸笑吟吟地反问："臣不知皇上言下指的是哪个她？是南宫素儿还是……"

"王兄何必明知故问？"独孤宸声线泛着冷意，把玩着拇指上与独孤萧逸那只扳指极像的翡翠玉环，直截了当道，"朕说的是朕的皇后！"

独孤萧逸微微抬眸，看着独孤宸阴郁的脸色低声道："据臣所知，皇上已经废了她！"

眸光中厉色一闪而过，一眨不眨地盯着自己身前出类拔萃的独孤萧逸，独孤宸轻扯唇瓣，"先莫论朕没有废她，即便是废了，她也是朕的女人，她的去留，该由朕决定，不应该跟王兄扯上半点关系！"

"若臣说，臣想跟她扯上关系呢？"丝毫无惧独孤宸眸底寒意，独孤萧逸依旧笑得温和："皇上知道的，臣喜欢她，既是如今皇上身边有了南宫素儿，何不成全了我们？"

闻言，独孤宸脸色蓦地一黑，整个人都跟着冷了下来！

感觉到独孤宸周身所散发的冷意，独孤萧逸浅笑辄止，淡然如昔，深凝着独孤宸冰冷的双眸，他淡淡然道："皇上不是一直担心臣会有不臣之心吗？其实对于江山，臣一点都不稀罕，臣只要有她，便立即退走，立誓在有生之年永不进京！"

独孤萧逸废太子的身份，何其尴尬，天下尽知。

但即便知道，却从未有人直接将事情说破，可是今日，他却淡笑之间，自己一

语点破！

如此，可见他胸怀坦荡。

但，若牵扯到一个女人身上，这番举动却又完完全全变了味道！

"你在威胁朕？"

原本紧抿的唇瓣，微微开合，俊脸上凛冽之色一闪而过，独孤宸紧盯着独孤萧逸的眸子里，此刻尽是慑人的冷意！

"臣怎敢威胁皇上？"

淡淡的笑，始终挂在唇边，独孤萧逸含笑迎上独孤宸冰冷的视线，俊朗的容颜上，不见一丝玩笑之意："臣听说皇上将南宫姑娘带回宫了，臣想……以皇后的性子，日后指不定会如何欺凌南宫姑娘，加之……您本就不喜皇后，如今若将她给了臣，既可将后位留给自己心仪之人，又能安定君心，实乃百利而无一害啊！"

"王兄还真是替朕分忧啊！"

薄而好看的唇形微微一抿，独孤宸眸光阴鸷地盯着独孤萧逸，语气低沉如寒冬的冰，让人觉得寒意逼人："你说得没错，朕确实担心你会有不臣之心，不过即便朕再如何担心你，也不会拿自己的女人与你做交换！"

闻他所言，独孤萧逸眉宇一皱！

"还有素儿！"不待他出声，独孤宸再次开口说道，"她日后不会觊觎后位，亦不会跟皇后有任何冲突！"

"日后的事情，谁也不能妄下断言！"独孤萧逸华眸微眯了眯，笑看着独孤宸，"皇上，女人心，海底针啊！"

独孤宸眸色微微又是一冷："想不到王兄欲得皇后的心，竟是如此迫切！不过残花败柳罢了，当真值得王兄如此吗？"

"在皇上眼里，皇后也许形同瓦砾，但是在臣眼里，她就是天上的星辰！"看着紧皱眉宇的独孤宸，独孤萧逸眉梢轻动，却将眼底因独孤宸那句残花败柳而荡起的阴霾隐藏得极好，笑容依然，"话说回来，这宫里的人都知道，皇上从没碰过她，而今您已经废了她，她……充其量只算是您不要的女人！"

"王兄可是忘了自己的身份么？皇后被废了，也还是朕的女人……"目光微敛，独孤宸眼底锐芒闪动，"即便是朕不要的女人，也不是王兄可以染指的！"

听到独孤宸的话，独孤萧逸始终含笑的脸色，渐渐敛去了笑容，他望着独孤宸的眼，平静中不见一丝波澜，"臣说过的，皇上若是准了臣的不情之请，臣立即远走，到那时天下将不会再有齐王！"

他岂会不知，即便沈凝暄被废，以她废后的身份，他和她之间，也是不能见容于世的，但是眼下，在独孤宸面前，他却从未想过要轻易放弃！

324

独孤宸没有想到，即便自己讲话说到如斯地步，独孤萧逸却仍旧没有放弃。

冷然一笑间，他微扬了下颌："为了一个女人，放弃所有的荣华富贵，王兄认为值得吗？"

"值不值，见仁见智！"

在这一刻，独孤萧逸的神色，前所未有的郑重。

蹙眉睨着眼前一脸坚决的独孤萧逸，独孤宸微微一怔，心中忽而升起一股酸意。

在他面前，独孤萧逸从来不曾掩藏对沈凝暄的感情，如今更是明目张胆地跟他要人，若今日之事放在半年以前，他不敢保证不会应下，但眼下他的心底却有一个让他震怒的认知！

如若没有沈凝暄的回应，独孤萧逸怎会如此孤注一掷？！

原本，沈凝暄跟他说，眼前男子所中意的是她的姐姐，想来……从一开始，她便骗了他！

意识到这一点，他心头一颤，不禁脸色又沉了几分！

即便是他不要的女人，独孤萧逸也休想得到！

"臣从来不曾求过皇上，今日便只求皇上恩准……"将他阴郁的脸色变化看在眼底，独孤萧逸神情肃然，似是在谈论今日的天气一般，"放她随臣离去……"

独孤萧逸说话的语气，是那么云淡风轻，但是听在独孤宸的耳中，却是格外刺耳。凝视着眼前宁愿舍弃一切只求跟沈凝暄长相厮守的俊朗男子，他哂然一笑，冷着脸将头偏向一边："王兄今日求的若是旁的也就罢了，但事关朕的皇后，朕不能答允！"

"若是……"

双眸一眨不眨地注视着独孤宸，独孤萧逸沉眸看向自己拇指上的那抹翠色，张口欲言，却见独孤宸微转过头与他四目相交，眸光似火如霞，"朕知道王兄要说什么，王兄也大可不必白费唇舌！"

闻言，独孤萧逸神情一怔！

将戴着扳指的拇指紧紧攥在掌心，他笑得高深莫测："皇上当真知道臣想要说什么吗？"

"朕知道，王兄喜欢皇后，一心想要得到她……"独孤宸语气波澜不惊，神色亦透着难言的坚定和果决，"但是，如王兄一心想要得到她的心情一般，朕现在想要将她留在宫中，绝对不容她离开朕半步！"

"皇上！"

眉尖一扬，独孤萧逸唇畔噙起阴冷之色："皇上既是有如此想法，却又为何将

第二十章 要人，兄弟相争！

325

南宫姑娘带回宫中？"

听独孤萧逸提到南宫素儿，独孤宸隐于广袖中的手微微收紧。

他此次出行，贸然带南宫素儿回宫，确实不妥。

但是，那是他的责任，也是他欠她的！

可是沈凝暄……

脑海中浮现出那张安静的容颜，他紧皱了眉宇，冷冷一笑："朕是皇上，鱼与熊掌兼得，又能如何？"

伴随着独孤宸的话，周围的气氛瞬间变得沉重而压抑。

看着他唇角的那抹冷笑，独孤萧逸眸色微缓，淡淡说道："皇上，您杀了南宫素儿全家，她如今如此回宫，岂会屈于人下，您如此行事，到头来只会害了皇后娘娘！"

"那是朕的事！"

嘴上虽是如此说着，心中却已然起了波澜，独孤宸冰冷的视线，轻飘飘地扫过一边不远处厅堂里的青儿，淡淡的语气中透着极寒："现在，你只需告诉朕，她到底在哪儿！"

远远地看了青儿一眼，知独孤宸是在以青儿要挟，独孤萧逸心下微冷，脸上却是淡然如初。

他并未多说什么，只是静静地看着独孤宸。

一时间，冷宫庭院内，春风拂面，独孤宸和独孤萧逸两人一坐一站，两两相对，气势上难有输赢，气氛却冷得吓人。

沉寂许久，独孤萧逸终是先一步低眉敛目，脑海中却仍旧闪过独孤宸眸底的这抹炙热！

如此，他轻轻一叹，笑得云淡风轻："皇上对她到底是何心境？占有还是……"

闻言，独孤宸挺直的背脊微微一僵！

他，一直都不确定自己对沈凝暄到底是何种心境！

但是，现在直接被人一语点破，却是他所不能容忍的！

眉宇紧紧皱起，他冷着脸转头看着独孤萧逸："王兄今日关心的事情，未免太多了些！"

"她可是臣喜欢的人！"

好看的眉形轻轻一抿，独孤萧逸笑了笑，故意道："就像皇上对南宫姑娘一般，只要是她的事情，臣事无巨细，都会忍不住想要去关心！"

"你喜欢？你喜欢的，是朕的女人！"

哼笑一声，眼底却不见一丝笑意，独孤宸眉心紧皱成川字，深邃的眸色中蕴着暴怒之色:"独孤萧逸!你一再强调朕喜欢的女人是素儿,无非担心皇后回宫会受到怠慢!"

独孤萧逸灿然一笑,轻垂眸:"皇上圣明!"

"哼!"

冷冷地又是一哼,独孤宸沉声说道:"既是你如此担心,那朕还是要回你方才那句话……她是朕的女人,日后在宫中如何,那也是朕的事情!"

"皇上的女人吗?"怡然无惧地微扬着头,独孤萧逸眸光闪动,坚毅的神情中不见一丝退却之意,"既是皇上的女人,她又何以还是处子?她还算不得是皇上的女人吧!"

"独孤萧逸!"

猛地一拍石桌,独孤宸震怒起身,惊得荣海和枭青皆是身形一怔!

不曾理会两人震惊的目光,独孤宸倏然伸手揪住独孤萧逸的襟口,犀利的眸光如利刃一般落在他英俊非凡的脸上,几乎是咬牙切齿道:"此乃皇室隐秘,岂容你如此胡言乱语!"

独孤宸如此反应,可说在独孤萧逸期待之中,却又在他意料之外!

他没想到,独孤宸的反应竟会如此激烈!

定定地看着眼前出离愤怒的独孤宸,他的眸底深处不见一丝惧意,反倒隐隐有着一丝异样的光华!微微往后仰身,他唇角涩涩一勾:"皇上如此反应,倒让臣开始好奇,您心里的那个人,到底是南宫素儿还是皇后娘娘!"

闻言,独孤宸心下狠狠一窒,连带着手上的动作也是一僵!

"不管皇上心里的那个人是不是皇后娘娘,不过……"凝视着独孤宸俊美的容颜,独孤萧逸淡淡一笑,笑得洒脱出尘,"废后诏书上,白纸黑字写得一清二楚,皇上已然废了她!"

眸色微微一变,独孤宸沉声问道:"什么废后诏书?"

他明明只是将她流放了!

"皇上不知?"

脸上故意露出一丝惊讶之色,独孤萧逸凝眉说道:"那诏书,虽尚未昭告天下,不过臣看过,相国夫妇也看过,是为皇上亲笔所书,还有皇上的印鉴为证……为君者,当是金口玉言,此事可不能儿戏啊!"

听独孤萧逸所言,独孤宸的脸色瞬间沉郁得不像样子。

心思电转之间,他自然知道,出自自己亲笔的废后诏书到底指的是什么,不过那诏书沈凝暄应该留在了宫里,不曾带在她身上才对!

"那废后诏书,是沈大小姐自宫里带出!"似是猜中独孤宸心中所想,独孤萧逸轻叹一声，低声说道："相爷看过那诏书后，直说不认皇后这个女儿了，皇后真可怜……"

"沈凝雪！"

独孤宸眸光如电，思绪瞬间纷乱。抬起头来，见独孤萧逸好整以暇地看着自己，他俊脸上的神情，要多冷就有多冷，语气森冷无情："你信不信，但凭你对皇后的觊觎之心，朕就可以要了你的命！"

"臣信！"

独孤萧逸似将生死置之度外，淡笑着点了点头，却又淡笑着说道："只是臣更加笃信，皇上是明君，此次出行，臣有功无过，如今南宫素儿入宫，臣只是为皇后担忧罢了，您杀臣只怕难堵悠悠众口！"

自从先皇临终时废了自己的太子之位，他就知道自己头上的这颗脑袋长得并不牢靠，随时都有落地的可能！

所以，他活得隐忍而小心。

但是，在沈凝暄的问题上，他不想退让！

独孤宸当然不会许他将沈凝暄带走，既是现在带不走，那他能做的，便是护她周全！

南宫素儿如何，他不关心。

沈凝雪安的什么心，他也不在乎。

他只要他的小暄儿安然无恙！

看着独孤萧逸俊脸上的淡笑，独孤宸忽然惊觉独孤萧逸方才所言，是话中有话，而一向冷静自持的自己，竟未曾听出他话里的意思！

他不是傻子！

自然能够分辨，独孤萧逸说了那么多废话，现在才说到重点！

独孤萧逸跟他要人时，早已料到他不会应允，他是要以他自己的方式告诉他，宫中本就不太平，如今南宫素儿回宫，势必风起云涌，若他想要将沈凝暄留在身边，便应该想好该如何护她周全！

纵是他是好心，但是好心用在她的女人身上，却是对他皇权的挑衅！

意识到这一点，他眉宇轻皱，眸中情绪渐敛，冷眼凝视独孤萧逸，揪着他襟口的手也随之松开："朕只容你这一次，若有下次，朕必杀之！"

"臣谢皇上不杀之恩！"

独孤萧逸唇角轻勾着，将襟口整理妥帖，再次抬眸，对独孤宸幽幽说道："皇上，因废后诏书一事，太后此刻盛怒，请您移驾长寿宫！"

闻言，独孤宸眉头瞬间大皱！

心想不久前才和自己的母后因南宫素儿不欢而散，现在过去只怕还是不会善了，他轻皱了皱眉头，转身抬步，大步流星地向外走去。

独孤宸一走，荣海和枭青自然也跟了上去。

只是片刻，冷宫之内，便只剩下独孤萧逸和青儿两人。

"吁——"

见皇上终于走了，青儿一直狂颤的小心肝儿，终于安宁下来。

看着皇上出了冷宫左转，她不禁好奇问道："那不是去长寿宫的方向，皇上这是要去哪儿？"

"自然是接皇后回宫！"

遥望着独孤宸离去的方向，独孤萧逸不禁眸色微暖。

由皇上亲自接沈凝暄回宫，这便是他想要的结果！

轻抬手，蜷起手指蹭了下鼻尖儿，他俊美的脸上淡笑依然，转身对青儿轻轻一笑，"好好收拾一下，准备跟皇后娘娘搬回凤仪宫去！"

"呃……是！"

怔怔地看着眼前的独孤萧逸，青儿唇瓣轻颤，眸底情绪复杂："先生真的喜欢皇后娘娘吗？"

"是啊！喜欢！"

薄而好看的唇微微勾起，独孤萧逸毫不隐瞒地对青儿点了点头。

他喜欢沈凝暄！

那份喜欢，让他愿以一生，护她，宠她，只爱她一人！

那份喜欢，深至于爱！

"您喜欢的不是大小姐吗？"

青儿蹙眉咕哝一声，随即百思不得其解地问道："奴婢不明白，既是您对皇后娘娘喜欢已然到可以在皇上面前舍弃生死的地步，直接带着皇后娘娘逃了便是，方才又为何要让皇上知道皇后娘娘在哪儿！"

独孤宸刚刚离去之时，青儿或许没反应过来，但是过后一想，她便明了，独孤萧逸根本在言谈之间，便已经透露了沈凝暄所在之处！

"本王倒是想逃，关键是你家皇后娘娘，不肯跟本王一起逃啊！"独孤萧逸眸色微黯地轻轻一叹，没有告诉青儿，若是皇后出逃，会牵连多广，他敛去笑意，转身看着西山处的落日，瑟瑟然叹道："青儿……日后如果皇后在宫中受了委屈，务必要让本王知道……"

青儿闻言，连忙颔首："奴婢记下了！"

第二十章　要人，兄弟相争！

不久后，独孤宸乘龙辇出行，独孤萧逸自然随行。

然，辇车尚不到宫门时，便又被人拦了下来。

此人，正是南宫素儿的兄长，南宫月朗！

独孤萧逸端坐马背之上，斜睨了眼气宇轩昂的南宫月朗，淡笑着问道："南宫兄此刻拦下圣驾，可是有什么紧急之事？"

"是！"

微微颔首，南宫月朗脸色有些难看地转头对独孤宸拱手："皇上，方才太后寻到了昌宁宫，只怕会为难素儿……"

"什么？"

俊朗的眉，微微一皱，独孤宸面色变幻间，对荣海盼咐道："摆驾昌宁宫！"

见状，独孤萧逸轻蹙了下眉心，却未曾阻拦。

"南宫素儿……"

片刻之后，待龙辇离去，他冷笑着勾了勾薄唇，兀自调转马头，独自出宫……

午后，自独孤萧逸离去，沈凝暄便和衣歇下了。

日落西山时，见独孤萧逸尚未回来，枭云将饭菜热好，来到床前准备伺候她起身："娘娘，该起了！"

"嗯……"

自鼻息间逸出一声轻吟，沈凝暄眼睫轻颤了颤，终是缓缓睁开睡眼，看了眼窗外的天色，她拧眉问道："王爷带青儿回来了吗？"

"还没！"

枭云轻摇了摇头，迎上沈凝暄黯淡的眸，敛眸问道："娘娘不舒服吗？"

"许是着凉了，不打紧！"

沈凝暄抬眸对上枭云关切的眸，她苦笑着双臂向后将身子撑起，唇瓣干涩，似要裂开一般，轻抿了抿唇，她对枭云盼咐道："王爷说过，日落前一定带青儿过来的，你去外面瞧瞧，怎么还没回来！"

"有王爷在，青儿不会有事的！"枭云却并未动作，紧蹙的眉，越发紧了，看着沈凝暄病怏怏的样子，她将粥碗递到床前，"娘娘先喝些粥，属下出去帮您请大夫！"

人，往往神伤，身子便也会跟着出状况！

沈凝暄自然也不例外！

虽然她口口声声说自己没事，但在枭云看来，沈洪涛夫妇决绝的言辞，到底伤透了沈凝暄的心。

这不现在，她不就病了吗？！

"不必了！"

沈凝暄急忙伸手，拽住枭云的胳膊，刚要阻止她去请大夫，便听闻门外传来窸窸窣窣的脚步声！

"是青儿！"

只一瞬间，沈凝暄面露喜色，她赶忙掀被下床，迫不及待想要迎上前去，可她才刚刚站起身来向前走了两步，便觉一阵晕眩袭来，整个人脚下一软，直接跌落下去。

"皇后娘娘！"

一声惊呼，枭云刚要上前，却见一道白色身影一闪而入，将沈凝暄稳稳接入怀中！

"王爷！"

一脸忧色地看了眼怀抱着沈凝暄的俊逸男子，枭云面色微变了变，急忙伸手探了探沈凝暄的额头。手掌下滚烫的温度，惊得她瑟缩了下手："好烫！"

"去请大夫！"

声音变得有些冷，独孤萧逸浓密如剑的眉头紧紧拢起，动作轻盈地抱着沈凝暄起身，将她小心翼翼地放在榻上。

沈凝暄并非孱弱之人，除了初入宫时被人推入河中病过一次，大半年的光景都不曾再生过病，纵是在楚阳时，淋了雨亦是如此，但是今日她却病了！

大夫替她诊脉之后，直言她许是因为在楚阳的那场雨后，身子本就不好，加之过去数日一路舟车，始终不曾好好休息，这才在心感神伤之下一病不起，不过好在只是发热，并不严重，只需吃几服药便可痊愈！

时候不长，大夫开好了方子。

沈凝暄身份尊贵，非比寻常，这取药熬药的事情，枭云自然不肯假手于人，也正因为如此，等到她去熬药之时，屋里便只剩下独孤萧逸独自一人守在沈凝暄榻前。

还是那句话，枭云觉得，让独孤萧逸守着沈凝暄，是极为不妥的。

但是，除了独孤萧逸，换了旁人她还真不放心。

如此，思来想去之后，她还是请独孤萧逸暂时留在清辉园，直等着她熬好了药再走。

枭云离开以后，寝室外虽有小丫头守着，寝室里却只剩独孤萧逸和沈凝暄两人。

静坐矮凳之上，独孤萧逸目光轻垂，视线始终凝注在沈凝暄潮红的小脸上，伸手取下她额际的湿巾，他探了探温度，不禁轻皱了皱眉头，复又换了新的湿巾替她敷上。

第二十章 要人，兄弟相争！

"姐姐……为什么要杀我……"

迷糊之际，沈凝暄紧拧着眉心，神情恍惚地伸手想要推拒什么，嘴里却在不停地嘟囔着："沈凝雪，你还我娘命来……还我命来……"

听到她嘟囔的言语，独孤萧逸眸色蓦地一沉，伸手握住她不停在空中抓挠的双手，他的神情瞬间凝重起来："小暄儿乖，有我在，没有人伤得了你！"

在他的安抚下，仍旧处于昏睡中的沈凝暄十分神奇地渐渐安静下来。

看着她看似极为痛苦的小脸，独孤萧逸心中一阵刺痛！

沈凝雪，曾经要杀她？

他为何不知？

还有她娘……

思忖着沈凝暄方才的一语，独孤萧逸心中顿时疑问重重。

紧握着沈凝暄的双手，他伸出手来，抚上她潮热的脸颊，语气温柔得仿佛沁出水来："小暄儿，你放心，终有一天，我会堂堂正正地站在你身边，不让任何人伤你一分一毫！"

枭云进门的时候，刚好听到独孤萧逸如此信誓旦旦的言语。

心下暗惊之余，她的脚步也跟着微顿了顿。

听到他的脚步声，独孤萧逸眉心轻皱了下，将沈凝暄的手轻轻放下，转头看向脸色十分难看的枭云。

"怎么？"

见枭云脸色难看得很，独孤萧逸深邃的星眸，不禁微眯了眯。

枭云闻言，直接从门后拎出一个被点了穴道的小丫头来。

那丫头一袭翠绿，料子普通，是相府的下等丫头无疑。

直接将小丫头丢在地上，枭云脸色冷凝道："王爷，方才属下与皇后娘娘熬药时，见这小丫头鬼鬼祟祟地在窗外徘徊，便将计就计地出了下，结果……"

哼哼冷笑了下，枭云将手里的药包丢在地上。

见状，独孤萧逸眸色倏尔一冷！

他在皇宫长大，各种明的，暗的，上得了台面，上不了台面的手段哪一样没有见识过，眼下虽然枭云不曾明言，事实却早已明明白白！

在这座富丽堂皇的府院之中，有人知道沈凝暄病了，想要在她的药里伺机下药，害了她的性命！

这人还真是胆大包天！

"是谁？"

声音出口，虽是淡淡的，却透着无形的威压，独孤萧逸在问话的同时，心中思绪亦在飞转！

"奴婢不知……"

已然被枭云解开穴道的小丫头体若筛糠地趴跪在地上，直接被独孤萧逸冰冷的眼神吓得痛哭流涕："奴婢不知王爷问的是什么……"

"不知？"

独孤萧逸冷然一笑，低敛了目光，看了眼小丫头手边的药包，他淡淡的语气，仿佛在谈论外面的天气："皇上的废后诏书还没诏告天下，皇后便还是皇后，谋害皇后，是为诛灭九族的大罪，赶明儿一早，本王会奏请皇上，诛了你的九族！"

闻言，小丫头身形一颤，人到底都是自私的，她本以为今夜可以全身而退，却不想被捉个正着，在生死和家人面前，她宁可选择出卖自己的身后之人："是相爷……他皇后娘娘打了皇上，成了废后不说，还会连累整个沈家，还说……"

见小丫头吞吞吐吐，独孤萧逸眸色一厉："他还说什么？"

若是放在以前，给沈凝暄下药，这便是谋害皇后，是要诛九族的死罪。

但是，现在相府里的人，在沈凝暄的误导下，都当她是废后！

一个随时会给相府带来厄运的废后！

是相爷沈洪涛？

一个废后暴毙，还是死在自己的娘家，这种事情只要皇上不追究，便不会有太大的麻烦，加上顾念沈洪涛德高望重的相爷身份，皇上大约不会继续追究她触动龙颜的罪过！

只是，虎毒尚且不食子，真的是他吗？

恐怕，不尽然吧！

"他说皇后娘娘现在是废后，即便是死了，他也有法子让相府安然无恙！"紧咬着牙，硬着头皮把话说完，小丫头砰砰地拿头磕着地板，恸哭出声："王爷，奴婢知道自己罪该万死，不过奴婢知道的，全都已然跟王爷说了，还请王爷饶了奴婢的家人……"

"全都说了？"

眸色阴郁地看着面前的小丫头，独孤萧逸沉冷一笑，"只怕，你说的还不够多吧！"

闻言，小丫头一惊，尚不等她反应过来，独孤萧逸抬起一脚便将她踹出两米开外："好你个大胆的奴才，事情到了现在，还不从实招来！"

被独孤萧逸一脚踹得剧痛难忍，小丫头苍白着脸色，五官因痛楚紧紧纠结在一起，痛得就差在地上打滚了。

抬起头来，不期对上独孤萧逸阴戾的俊眸，她浑身剧烈一抖，却是紧咬牙关

道:"王爷明鉴,此事确实是相爷的意思!"

"好!"

独孤萧逸淡淡敛眸,深幽的眸底让人看不出喜怒:"将她点了穴关入柴房,务必不许任何人靠近,待明日一早皇后醒了,看她如何处置!"

枭云闻言,一时间犯起了难,略微沉吟,她淡声说道:"王爷,属下没有助力,既要仔细照顾皇后娘娘,又要守着这贱婢……"

身为影卫的枭云,从来不需要帮手。

但是现在,她既是影卫,又要做兼职的丫头,着实分身乏术啊!

"本王明白你的意思!"

轻点了点头,独孤萧逸淡淡说道:"稍等片刻,此事本王已经有了安排!"

听了独孤萧逸的话,枭云微皱了皱眉。

她自然听得懂,独孤萧逸话里的意思,不过这等子事本来是皇上做的,现在却全都由王爷做了,如此显然是越俎代庖,但她却无话可说!

因为现在沈凝暄需要这些,但是皇上却不在这里。

时候不长,独孤萧逸安排的人,便已然到了。

枭云本以为,他会为沈凝暄安排几个武功高强的暗卫,但令她吃惊的是,她没等到武功高强的暗卫,却等来了一位削肩柳腰,身材出挑的美人。

这美人生得,眉若远黛,顾盼神飞,一袭淡淡的紫色春裙,将她的身材衬得纤若细柳……

"王……王爷!"

有些瞠目结舌地看着眼前的女人,枭云怔怔转头,不可思议地看着独孤萧逸。

他,竟然将一个如花似玉的大美人儿送到沈凝暄身边了。

说句大不敬的话!

这美人儿用来在皇上身边争宠还差不多,哪里是伺候人的主儿。

淡淡抬眸,独孤萧逸看着枭云,对美人儿轻挑了眉梢。

美人会意,款步上前,对枭云微微颔首:"枭云姐姐是吧,妹妹我叫秋若雨,以后会一直跟随在皇后身边,与你一起护她左右!"

"呃……呵呵!"

暗叹自己幸亏不是男人,得以自秋若雨迷人的眼波中回过神来,枭云指了指地上的小丫头:"先把这丫头带到柴房锁起来,不准任何人见她!"

闻言,秋若雨轻拧了下眉,却是淡淡一笑,只轻轻一提,便将小丫头拎了起来。

"柴房不安全,我会给她安排个不必让人看守的好去处!"

淡笑之间，眸底眼波流转，那叫一个媚眼如丝，秋若雨一个闪身便带着小丫头出了寝室。

好厉害的轻功！

心中暗暗一惊，枭云清秀的脸上，到底收起了方才的轻视之色。

也对，齐王派来保护沈凝暄的人，怎可能是泛泛之辈！

一个时辰后，一直昏睡的沈凝暄终于悠悠转醒。

微睁了睁眼，入目便是独孤萧逸那张俊美的容颜，她轻拧了下眉心，昏迷前的记忆，冲入脑海，她低低喃问："青儿呢……"

早知她醒来第一件事，便是要问青儿，独孤萧逸温和一笑，轻声说道："这相府现在就是火坑，你舍得青儿也跳进来？"

"火坑？"

原本困顿的双眼，倏地有了光亮，沈凝暄以眼神询问独孤萧逸话里的意思。

无视沈凝暄询问的视线，独孤萧逸在枭云灼灼的注视下，还是亲自伸手扶着沈凝暄靠坐在榻上："把药端来！"

"是！"

枭云端着药碗沉眸上前，刻意想要将独孤萧逸和沈凝暄隔开："王爷请容属下与皇后娘娘喂药！"

"不必了，本王来吧！"聪明如独孤萧逸，自然知道枭云在别扭什么，不过经由今日在宫中与皇上的一番言语，他若是在乎那些，未免就有些矫情了，是以，即便枭云不愿意，他还是从她手里接过了药碗，对她和秋若雨淡淡说道："你们且先下去，本王有话要跟皇后娘娘单独谈！"

枭云面色一变，干笑了笑，道："王爷，这样不妥吧！"

独孤萧逸轻淡一笑，转头对秋若雨使了个眼色。

秋若雨会意，直接上前，不言不语地径直对着枭云出手。

枭云心惊之余，只得出手抵抗。

不过片刻，她便与秋若雨打斗在一起，且……还被秋若雨缠斗到了屋外。

见状，沈凝暄微拧了拧眉："她是……"

"我的人！"

对沈凝暄轻勾了勾唇，独孤萧逸舀了一勺汤药，送到她的嘴边："她名唤秋若雨，以后她会代我时刻守在你身边。"

"独孤萧逸！"

紧皱了黛眉，沈凝暄苍白的脸色，让人看着格外心疼："我不需要！"

她和他之间，本就剪不断理还乱，若是再加上一个秋若雨，只怕会更乱！

第二十章 要人，兄弟相争！

于她而言，有青儿这一个弱点，便已然足矣。

她不能，亦不想让任何人动摇自己的心，否则那个人，会成为她身上更大的弱点！

"暄儿！"

墨色的深瞳中，有温柔，亦有隐隐坚信："你可知道，你昏迷之后，这清辉园里发生了什么事？"

沈凝暄抬眸看了他一眼，眼底半分惊讶也无，只淡淡说道："有人给我下毒！"

闻言，独孤萧逸心下一怔！

他没想到，沈凝暄竟会料到此事！

深凝沈凝暄片刻，他眉心轻皱着，循循善诱道："你身边，只有枭云一人，昨夜若熬药的换做旁人，你可想过后果会是如何？"

"我当然知道！"

轻轻蹙起眉心，沈凝暄定睛看着眼前满是担忧的独孤萧逸，随即面色一冷，沉声说道："若我说，在我昏倒之前，我便算准了有人会下毒，还算准了，你一定会留下来陪着我，更算准了枭云一定会抓住那下毒的人，你……可会相信？"

"小暄儿……"

纵是一直镇定淡然，却还是因沈凝暄的话心中暗惊，独孤萧逸唇畔清冷勾起，眼底的光波淡淡凝于一处，"你可曾想过，若万一你算错了呢？到时候你有可能会被活活毒死！"

"独孤萧逸！"

心跳，忍不住乱了几分，沈凝暄声音蓦地一冷，眸色清冷而疏离："你难道听不懂我的话吗？现在你最该关心的，不是我的安危，而是你一直都在我的谋算之中，我是在利用你！利用你的人，利用你的感情！"

"是吗？"

独孤萧逸凝视着她，片刻之后，却是自嘲一笑道："你既是在利用我，利用我的感情，何不一次利用彻底，直接将我的人留下，好好照顾你？"

听独孤萧逸如此至情至深的言语，沈凝暄紧皱了眉头，一直凝聚于眼底的清冷渐渐瓦解，直到溃不成军！

径自抬手，挥落独孤萧逸手里的药碗，她面色阴沉得难看，眸底却是水光泛泛，几乎用吼地大声喊道："独孤萧逸，你是白痴吗？被人利用还甘之如饴，我到底哪里好了？让你如此不计后果的……"

不等沈凝暄的话，悉数说出口，独孤萧逸蓦地伸手，不容她拒绝地以十分强势的姿态将她拥入怀中："我不管让你改变的是什么，你一直都是我心里的那个小暄儿，纵使你是皇后，成了别人的女人，我也愿意为你付出一切，我只要你过得好，哪怕不能长相厮守，亦无所谓，只要你过得好……"

闻他此言，沈凝暄盈满眼眶的泪水，终于自眼角滑落。

不曾挣开他的怀抱，她抬起手来，用力捶打着独孤萧逸的后背，又哭又笑地道："独孤萧逸，你说你是不是傻？我不值得你如此待我！"

他一直都是如此！

不管她如何抗拒，如何退缩，他却一直都不曾停下自己的脚步，不停地朝着自己走来！

一心为她，让她退无可退，动摇她的心！

让她深埋在心底的脆弱，暴露在光天化日之下！

沈凝暄的手劲儿不小，在她的捶打下，独孤萧逸轻皱着眉头，眼底却尽是温润的笑："为了你，我愿意做天下第一傻人！"

沈凝暄眉心一拧，伸手便又是两拳："傻人！痴人！蠢人！你根本就是个呆子！"

"只要你不推开我！"

独孤萧逸展颜一笑，那笑容暖得仿佛能融化冰川："我愿做你一个人的呆子！"

闻言，沈凝暄被眼泪润湿的眼睫不禁轻颤了颤，原本紧握成拳头的手，微微松开，落在独孤萧逸的手臂上，她咬了咬牙，却终是任他抱着自己，不曾将他推开，只无比苦涩地喃喃叹道："我是皇后，你是齐王，我们如此，若让人看了去，我便再也不能跟皇上说……清者自清了！"

唇角的笑弧，越发完美。

独孤萧逸紧拧了眉，心中却是这几年来从未有过的惬意。

许久，终是轻轻一叹，他伸手扶住沈凝暄的双肩，依依不舍地放开她，垂首说道："以后的事情，有我，即便拼上一切，我也会保你周全！"

沈凝暄眸光微微闪动："秋若雨我收下，但是你若在乎我，从现在开始便不必管我，只需管好你自己即可！"

独孤萧逸闻言，脸色微微一沉！

见她如此，沈凝暄轻声问道："青儿呢？为何不见她回来？"

独孤萧逸温润勾唇，笑得清幽，宛若刚出水面的青莲一般，淡淡凉凉："皇上怕你跑了，将青儿扣做了人质！"

闻言，沈凝暄笑得凉薄："你的意思是，皇上回宫了？"

独孤萧逸轻点了点头："不过皇上这两天，有些棘手的事情要处理，暂时没时间接你回宫！"

第二十章　要人，兄弟相争！

"呵呵……"

沈凝暄有些自嘲地笑了笑,笑嗔了独孤萧逸一眼:"那你还说他怕我跑了?"

见沈凝暄嗔笑着看向自己的模样,独孤萧逸仿佛于瞬间回到了以前,轻轻一叹,他缓缓勾唇:"最迟不过两天,皇上便会接你回宫!"

"嗯!"

沈凝暄一直都知道,自己一定会回宫,只是时间长短的问题,想着独孤宸一路从楚阳赶了回来,现在却不曾追究她擅作主张入住相府一事,必定是遇到了令他自己头疼的事情。

只是,精明如北堂凌,都被他算计了,这天底下还有何事,于他来说算是棘手的?

见沈凝暄一直紧蹙着娥眉,陷入自己的思绪之中,独孤萧逸伸手重新端来药,舀了一勺送到她的嘴边。

"我自己来!"

对于独孤萧逸过分亲昵的动作,仍旧觉得别扭,沈凝暄脸上微热,抬眸警了他一眼,伸手接过药碗。

轻垂眸,睨着碗里黑糊糊的药汁,她眉心轻拧了下,便屏住呼吸,仰头一饮而下。

见状,独孤萧逸轻皱了皱眉头,伸手取了边上的蜜饯。

紧拧着眉梢,将最后一口药汁喝下,任药汁的苦涩滋味,在唇齿间弥散,沈凝暄紧皱着黛眉,却始终不曾喊过苦!

"来!"

因沈凝暄隐忍的模样,心底微微泛着心疼,独孤萧逸将蜜饯送到她的嘴边。

"不需要这些!"

将独孤萧逸拿着蜜饯的手推离稍许,沈凝暄紧抿了下唇瓣:"吃得苦中苦,方为人上人!"

独孤萧逸看着她忍苦的娇俏神情,忍不住伸手想抚上她的唇,却被沈凝暄拂开。

沈凝暄脸颊一热,不禁狠狠地剜了他一眼:"我说过不推开你,并不是一定要接受你,若你胆敢一直如此,小心我利用完了你,再把你一脚踹开!"

"你舍得踹我?"

放荡不羁温和地笑着,独孤萧逸的眸子眸光灿灿,一直紧盯着沈凝暄泛着红潮的脸庞。

独孤宸总是说,她生得容貌不济,是他宫里最丑的女人!

可是在他眼里,她现在的神态,却是极美的。

那种美,仿佛是一种毒,让他心动,亦让他甘之如饴!

"懒得理你!"

似是真的生气一般,沈凝暄冷眼瞧了独孤萧逸一眼,拉着被子便要躺下身来。

独孤萧逸并未阻止她,倒是替她温柔地掖了掖被角,心绪微微沉淀,看着她清亮的眸子,他淡淡说道:"皇上……将南宫素儿带回了宫中!"

第二十章 要人,兄弟相争!